时尚公关，上流名单

LAUREN WEISBERGER

EVERYONE WORTH KNOWING

［美］劳伦·魏丝伯格 著
王超 高银伶 译

中信出版集团 · CHINACITICPRESS · 北京

图书在版编目（CIP）数据

时尚公关，上流名单 /（美）魏丝伯格著；王超，高银伶译. — 北京：中信出版社，2015.11
书名原文：Everyone Worth Knowing
ISBN 978-7-5086-5478-2

I. ①时… II. ①魏… ②王… ③高… III. ①长篇小说 - 美国 - 现代 IV. ①I712.45

中国版本图书馆 CIP 数据核字（2015）第 207491 号

时尚公关，上流名单

著　　者：[美] 劳伦 · 魏丝伯格
译　　者：王　超　高银伶
策划推广：中信出版社（China CITIC Press）
出版发行：中信出版集团股份有限公司
（北京市朝阳区惠新东街甲 4 号富盛大厦 2 座　邮编　100029）
（CITIC Publishing Group）
承 印 者：中国电影出版社印刷厂

开　　本：880mm × 1230mm　1/32
印　　张：12.5　　字　　数：296 千字
版　　次：2015 年 11 月第 1 版　　印　　次：2015 年 11 月第 1 次印刷
广告经营许可证：京朝工商广字第 8087 号
京权图字：01-2014-6110
书　　号：ISBN 978-7-5086-5478-2/I · 697
定　　价：39. 00 元

1

成为一个美丽的人儿，那是一种怎样的感觉？

——约翰·列侬、保罗·麦卡特尼

《宝贝，你是个有钱人》（*Baby,You're a Rich Man*）

尽管是极为不经意的一瞥，我还是很快意识到，那个巨大的、肉肉的、正在高低不平的硬木地板上急行军的家伙是一只——蟑螂！这只超级大虫小心翼翼地避开我光着的两只脚，然后消失在书柜底下。我强迫自己进入查克拉[1]式呼吸状态——这还是被父母拖去禅修班的那个星期学会的招式。沉心静气呼吸吐纳几次之后，我的心跳渐渐平稳下来。几分钟之后我终于神志清醒、体力恢复，立刻动手施行必要的措施：首先，

1 查克拉：在印度瑜伽的观念中是指分布于人体各部位的能量中枢。——编者注

从沙发底下解救出米林顿，它吓得抖个不停；然后，一秒钟没耽搁，我套上及膝靴，拉上拉链，把裸露的小腿遮严实了；最后，打开通往走廊的门，开始到处喷洒那种地摊上买来的号称加强版的杀虫剂，把我这个迷你小公寓里看得见的地方都喷了个遍。四处挥舞着杀虫剂，感觉像是一次次摁下“大规模杀伤性武器”的按钮。我干得如此投入，以至于10分钟之后电话铃声响个不停还不愿意撒手。

来电显示出的号码是佩内洛普的，我正准备无视，又很快意识到，她现在可是我仅有的两个能够求助的救星之一啊！虽然喷了杀虫剂，但那只超级蟑螂说不定会千方百计存活下来，再次在我客厅里巡回漫游。不行，我得去她那儿或者威尔舅舅家借宿。威尔今晚还不知道在哪儿逍遥快活呢，明智的做法还是跟佩内洛普保持联系。我心里盘算着，接起了电话。

“佩，我刚刚被全曼哈顿最大的蟑螂袭击了，怎么办啊？”一抓起电话我就对她嚷嚷。

“贝蒂，我有重大新闻宣布！”她声音比我还激动，完全无视我正处于惊恐之中。

“什么新闻能比我被超级蟑螂袭击还重大？”

“艾弗里刚才向我求婚了！”佩内洛普尖叫道，“我们俩订婚了！”

该死的！“我们俩订婚了”，这简简单单几个字，会让一个人欣喜若狂，也会让另一个人痛不欲生。这种情况下，我那套应对人情世故的模式自动开启了，提醒我现在对她大声说出心里的真实想法是不合时宜的。我难道能跟她说：“佩，他是个无能的家伙，是被宠坏了的男孩，是吸毒成瘾的纨绔子弟。他知道你和他根本不是一路人，所以急着在你意识到这一点之前，在你的无名指上套上戒指。嫁给他是在浪费你的青春，10年之后，将会有像现在的你一样年轻性感的女人彻底取代你的位置，你将独自吞下苦果。不要这样做！不要这样做！不要这样做啊！”

“天啊！”我也尖叫起来，“恭喜恭喜啊，我真是太为你开心了！”

“哦，贝蒂，我知道你会祝福我的。我现在激动得说不出话来，这一切发生得那么快！”

那么快？你从19岁起就只和这个家伙约会好不好！整整8年了，你难道没指望他向你求婚？我只希望他在拉斯维加斯举行单身派对的时候不要染上疱疹。

“好好跟我讲讲，什么时候的事？一切都是怎么发生的？订婚戒指呢？”我喋喋不休地追问，把死党的角色扮演得真实可信。已经考虑得相当周到了，我想。

“好吧，不过不能跟你聊太久，我们现在在瑞吉酒店呢。你记得今天他多么坚决地要求接我下班吧？”还没等我回答，她气也不喘地继续说道，“他亲自开了车在外面等着，跟我解释说是因为打不到出租车，然后告诉我10分钟后去他父母那里吃晚饭，他已经在Pre Se餐厅预订了位子。当然，我有点儿气恼，他事前甚至都没有征询我的意见，你知道去那里是一件多么麻烦的事情。正当我们在书房里喝着餐前酒时，我们的父母一起走了进来。我还没反应过来到底发生了什么事情，他已经在我前面单膝着地了！”

“在双方父母面前？他当众求婚了？”我知道我的声音听起来有被吓到的感觉，但是我控制不了。

“贝蒂，这算不上当众求婚吧。他们是我们的父母啊。然后他说了世界上最甜蜜的话，意思大概是：如果没有我们的父母，就不会有我们俩的相遇、相知、相恋，这话说到我心窝子里了。最后，他拿出了两枚戒指！”

“两枚戒指？”

“两枚。一枚是他祖母的祖母留下来的，镶着7克拉钻石的铂金钻戒，作为订婚戒指。另一枚镶着3克拉宝石，非常精致，更适合平时戴。”

“适合平时戴？”

“我可不像你想象的那样，可以戴着7克拉的钻戒在纽约大街上招摇过市。我觉得他想得真周到。”

“两枚戒指？”

“贝蒂，你有点儿语无伦次了。之后我们去了Pre Se餐厅，晚餐的时候，我爸爸甚至关掉了手机，还说了一番非常得体的祝酒词。饭后我们坐着马车在中央公园逛了一圈，现在住进了瑞吉酒店的套房。我想必须打电话告诉你这个好消息。”

噢，我认识的那个佩内洛普去哪里了？她曾经认为所有的订婚戒指都长一个样，所以从没打算买。而且就在三个月前，她的一对大学校友在马车上举行订婚仪式时，她还表示这是世界上最恶俗的事情，是对《复制娇妻》这部电影的拙劣模仿呢。我痛苦吗？当然。那个差点儿与我订婚的男人，喜欢在每个周日吃早午餐的时候浏览《纽约时报》上的结婚启事……哎，现在可不是想这些的时候！

“真心为你感到高兴！我迫不及待地想知道最新进展，想听你说每个细节，不过你们还要举办订婚仪式呢。先挂了电话吧，多去陪陪你的未婚夫——未婚夫，听起来是多么的不可思议啊！”

“艾弗里在接一个工作上的电话。我一直叫他挂掉，”她提高嗓门，表示为他着想，“可他就是对着电话说个不停。对了，你今晚怎么过的？”

“今天又是一个不错的周五啊。让我想想，我和米林顿沿着河边散步去了，一路上都有些无家可归的家伙扔饼干给它吃，所以它开心得很。然后我们就回家了。之后我很可能杀死了大纽约地区最大个儿的昆虫。我叫了越南菜，但想起报纸上说附近有些越南人关起门烹制狗肉，于是又扔了。现在正准备享用我重新加热的米饭、黄豆，还有一包不太新鲜的多滋乐扭扭糖。神哪，我听着像瘦身特餐推销员，是吧？”

她笑了一下，在这个特殊时刻显然没准备安抚我。她那头“嘀”了一声，表明又有一个电话打进来。

“哦，是迈克尔，我还得告诉他呢。你介不介意我把他拉进来，咱们来个三人群聊？”她问道。

“当然不介意。我很乐意听到你告诉他这件喜事。”迈克尔在佩内洛普挂掉电话之后，毫无疑问会向我表达相同的感受，因为他对艾弗里的厌恶远甚于我。

电话那头“嘀”了一声，接着是一阵短暂的沉默，然后又“嘀”了一声。“大家都在吗？”佩内洛普尖声尖气地问，她平常可不那样说话，“迈克尔？贝蒂？你们两个家伙都在吧？”

迈克尔是我和佩内洛普在瑞士联合银行的同事，但自从他升任副总裁之后（有史以来最年轻的副总裁之一），我们就很少见面了，尽管他有正式的女朋友，但佩内洛普的婚约真正展示了这样一个现实：我们长大了。

“女孩们，你们好！”他听起来有点儿心力交瘁。

“迈克尔，你猜怎么着，我订婚了！”

一阵不易察觉的迟疑。我感觉到了，和我刚才一样。迈克尔没有显得惊喜，但还是非常努力地酝酿了一个貌似真诚的热情回应。

“佩，这真是一个天大的好消息！”他对着电话大声喊道，声音的高亢有效弥补了真情实感的欠缺。我在心里默记着，下次一定要给他提个醒。

“我就知道！”佩内洛普喜气洋洋地回应道，“我就知道你和贝蒂一定会为我感到高兴的。就几个小时前的事呢，我真是太兴奋了！”

“我们非得庆祝一下不可，”他大声提议，“黑门酒吧（Black Door），就我们三个！那里有各种牌子的酒，价廉物美！”

“那是必须的，”我附和道，很高兴能插上话，“庆祝活动那就基本上安排就绪了。”

“好的，亲爱的！”佩内洛普远远地回应道，显然对我们的买醉计划兴趣不大，“伙计们，艾弗里挂电话了，他正在拽我的电话线呢。艾弗里，等一下！我必须开溜了，回头我再打电话给你们。贝蒂，明天上班见。我爱你们！”

电话那头“嘀”了一声，然后迈克尔说话了：“你还在吧？”

“当然，是你打给我呢，还是我打给你？”我们很早之前就明白，你绝不能相信第三个人已经断线这种事，因此在说那个首先挂断的人坏话之前，最好做好防范措施，那就是挂了电话再重新接通。

我听到尖锐的叫声从他那边传来，然后他说道：“该死，有人找我了。现在没法聊，明天再说怎么样？”

“好的。代我向阿惠问好，好吗？还有，迈克尔，别急着订婚。我想我也没法面对你做这种决定。”

他笑了：“你没必要担心这个，我答应你。明天再联系。还有，贝蒂，振作起来！艾弗里也许是我们遇到过的人中最不靠谱的家伙，但是佩内洛普看起来很幸福，这不就是你想看到的吗？”然后我们就挂了电话。

我呆呆地盯着电话好几分钟，然后慢慢把身体探出窗外，徒劳地想看看能稍稍抚慰心情的河景。这间公寓很小，但是谢天谢地，被我一人占有着。自从卡梅伦搬出去之后，我一个人在里面住了将近两年。尽管它是如此逼仄（我伸展双腿时几乎就能碰到对面的墙壁），尽管它坐落在默里山（Murray Hill），尽管它的地板渐渐扭曲变形，甚至有蟑螂在上面横行无忌，但它毕竟是专属于我的私人宫殿。这幢建筑是水泥浇筑成的怪物，位于第34大街和第1大道交叉口，像一头长满翅膀的巨兽，里面住着很多“了不起”的租客：某个解散了的男子乐团青年成员、某个专业的壁球运动员、某个二流色情明星以及她的一帮固定访客、某个姓名不详的路人甲、某个过气女童星（已经有20年不曾开工），还有成百上千个大学毕业生，他们实在拿不定主意是否要永远告别大学宿舍和联谊会会堂。这里还有一览无余的东河风光——包含一台工程起重机、两辆大型垃圾装卸卡车、一堵从附近建筑延伸出来的砖墙和窗帘的褶皱后隐隐浮现的8厘米宽河景。我享受着所有这些福利。这间公寓的租金放在纽约州北部地区的话，可以租一套带有四个卧室、两个半浴室的独栋别墅了。

蜷缩在沙发上，我开始反思自己刚才的反应。我的表现看起来应该是足够真诚的——如果没有显得过头的话，佩内洛普知道我天性不是那种容易激动或者狂喜的人。我已经积极地探究订婚戒指的情况了，并且声称为此感到非常高兴。当然，我没有任何的真心诚意。但是她应该已经幸福和眩晕到不会注意这个……总而言之，至少是一个B+级的表现。

等呼吸完全正常后，我再次点燃一根烟，这让我稍微感到舒服一些。事实证明那只超级蟑螂没有再次露面，这一点也让我情绪好了一些。我试图说服自己：我的所有不开心来源于我对佩内洛普真挚的关心——因为她将嫁给那么一个浑蛋，而不是来源于内心深处的嫉妒——她现在有了未婚夫而我连新的约会对象都没有。但我还是无法说服自己。卡梅伦已经离开两年了，尽管我已经经历了所有“失恋症患者”所必须经历的阶段（工作狂、购物狂、暴食狂），而且还继续参与市面上流行的“陌生人约会”、“只饮酒约会”以及稀罕的“正式晚宴约会”，但总共只有两个男人与我的约会次数达到3次，没有人达到4次。我不断地告诉自己我没有任何问题，并且时不时地让佩内洛普来证实这一点，但我还是开始怀疑这样做到底有没有用。

一根抽完了，我又点燃一根，对米林顿表示抗议的眼神视而不见。憎恶自己的情绪开始蔓延，就像一条熟悉的、温暖的毛毯覆盖在我肩上。内心要有多邪恶的人，才无法在最好的朋友最幸福的时刻表达真诚的祝福啊！我怎么就变得如此卑鄙了呢？

我拿起电话，拨通了威尔舅舅的电话，想要在他那儿寻找一些支持。他不仅是世界上最聪明、最毒舌的人之一，同时也是我永远的“啦啦队队长”。他接电话时带着一点儿喝了金汤力鸡尾酒后的含糊。我一口气向他倾诉了佩内洛普对我的“背叛”行径，不过是简短的、不那么伤感的版本。

“这听起来仿佛是你在内疚，因为佩内洛普非常兴奋，而你却不像你应该表现的那样开心。”

“是的，就是这么回事。”

“噢，亲爱的，这不算糟的。至少，这跟你对她的不幸感到幸灾乐祸不可相提并论。对吧？”

“什么？”

“幸灾乐祸。你总不会从她情感或其他方面的不幸上获取快乐和满足吧？”

“可她没有不幸，而是欣喜万分啊。我才是不幸福的那个人。”

“对啊，所以你没有那么糟糕。还有，我的孩子，你不愿意嫁给那种被宠坏的、唯一的才能似乎就是花父母的钱、在大麻堆里吞云吐雾的臭小子吧。我说得没错吧？”

“不会，我当然不愿意嫁给那种人。我只是觉得一切都变化莫测。佩内洛普和我形影不离，可她就要步入婚姻了。我知道这种事情终将会发生，只是没想到会来得如此之快。”

“婚姻是所有中产阶级的宿命。贝蒂，你知道这一点。”

威尔的话让我脑海里浮现这几年来周日早午餐的一系列画面：威尔、西蒙、埃塞克斯豪斯酒店、我，还有“周日风尚”栏目。我们边享用早午餐边对婚姻这回事进行研究分析，没有一次不是以插科打诨的方式将这个话题演变成不怀好意的嘲弄。

威尔继续说道：“渴望与另外一个人建立一种终生关系到底是为了什么，只是为了把个性中每一个细微的部分都扼杀掉吗？看看我吧，我今年66岁了，从来没有结过婚，但是过得非常幸福啊！”

“威尔，你是同性恋好吧。还有，你不是在左手无名指戴了一个金戒指嘛！”

“你想说什么？你认为我事实上已经和西蒙结婚了？怎么可能啊。旧金山市政大厅举行同性恋婚礼时，我可没有出现。以前没有，将来也不会。”

“在我出生之前你们就已经生活在一起了。其实你心里早就意识到你们俩——从本质上来说——已经结婚了。”

“胡说八道！亲爱的，我们之间没有任何法律和感情方面的牵绊，只要愿意，随时可以离开对方。是感情让我们在一起，而且只要有感情就已足够。对你我没什么隐瞒的。还是跟我说说戒指的事情吧。”我于是边用力咀嚼着多滋乐，边将他关心的所有细节原原本本地告诉了他。

快到凌晨三点的时候，我被米林顿“呜呜”的声音弄醒，它想要去床上睡。这时我才发现自己竟然就这样躺在沙发上睡着了。我抱起它，踉踉跄跄地挪进卧室，一上床就把脑袋狠狠埋到枕头底下，混沌的脑海里有个声音在不断回响：“这不是世界末日！不是！不是！”

2

就是这么不走运，佩内洛普的订婚仪式刚好是在周四晚上，那是我与威尔舅舅他们雷打不动的聚餐日。哪个不去都不行啊！我站在我那幢战后修建的、丑巴巴的、高耸着的默里山公寓前，迫不及待地想躲进威尔那幢中央公园西区的两层别墅。现在不是下班高峰期，不是圣诞节或交接班时间，也没有下瓢泼大雨，但是大街上却看不到一辆空的出租车。我吹着口哨、大叫大嚷，像个疯子似的上蹿下跳了将近20分钟，但是于事无补。终于有一辆空车在我前面停了下来，但当我提出要去威尔所在的那个住宅区时，出租车司机冷冷地丢下一句“太堵了”便绝尘而去。最后终于有一辆车答应载我时，我松了一口气，满怀感激地给了他50美分小费。

“嘿，贝蒂娜，你看起来不太高兴，一切都还好吗？”一直以来，我坚持让大家叫我“贝蒂”，大部分人都这样叫。只有我的父母和威尔舅舅的门卫乔治坚持称呼我全名。乔治是个非常精明的老家伙，能游刃有余地处理任何事情。

“还是那样，‘出租车的烦恼’呗，乔治！”我叹了口气，在他脸上吻了一下，“你今天过得怎么样？”

“每天都是好日子！”他没有一点儿嘲弄的口气，“一大早起来花几分钟欣赏太阳，接下来的每一刻都妙不可言。”

“贝蒂！”我听见西蒙的声音，从大厅那隐藏得极好的收发室里传来，“是你吗，贝蒂？”

他从收发室里走出来，穿着一身白色网球服，一个球拍形状的包斜挎在宽阔的肩膀上，大踏步走到我面前，给了我一个结结实实的熊抱，异性恋男性们可绝不会这样拥抱一个女孩子。对我来说，缺席每周一次的晚餐简直是“大逆不道”，更何况，参加这种成为惯例的聚餐，是目前为止我得到最多异性关心的时刻啊！（周日的早午餐除外。）

在威尔和西蒙近30年的共同生活中，他们发展出许许多多的“惯例”。他们总共只去三个地方度假：一月下旬他们去圣巴特岛（后来威尔一直抱怨那里“太法国”了），三月中旬去棕榈泉，以及偶尔去基韦斯特过个周末。他们只喝从Baccarat水晶玻璃杯里倒出来的金汤力酒，每个周一晚上七点到十一点在伊莱恩餐厅度过，并在那里每年举行一次假日派对，派对上每个人都穿着高领羊绒毛衣……威尔身高近一米九，留着很短的银发，酷爱肘部打着小山羊皮补丁的毛线衣。西蒙身高只有一米七五，有着瘦削的运动员般的体形，不论春夏秋冬，都习惯穿一身亚麻布的衣服。他经常声称“同性恋们有超脱于潮流的特权”。即便是现在，尽管从网球场上刚刚下来，他还是坚持穿上白色亚麻布的连帽衫。

“我的好姑娘，你好吗？快点，威尔肯定在想我们俩都去哪儿了，还有，我刚得知新来的女佣已经准备好了大餐。”西蒙在我眼里是一个完美绅士，他接过我肩上鼓鼓的包，打开电梯门，摁下PH（顶层公寓）键。

“网球打得怎么样？”我问道，想知道眼前这个奔60岁的男人怎么会有比我所认识的所有男孩都棒的身体。

“哈，你可以想象，一帮老家伙在球场上东奔西跑，拼命追着不可能击到的球，就好像他们是网球运动员安迪·罗迪克那样挥动拍子。有点辛苦，但是充满乐趣。”

公寓的门半开着，像往常一样，我能听到威尔在书房对着电视絮絮叨叨的声音。很久以前，他挖掘出许多独家重磅新闻，比如20世纪70年代著名歌手莉莎·明尼里的毒瘾复发，罗伯特·肯尼迪的风流韵事，以及报业大王威廉·赫斯特的孙女帕蒂·赫斯特从社会名流蜕变为邪教成员的内幕。但民主党的“不择手段”最终将他的兴趣由所有新奇古怪的事物转向了政治领域，他管这个叫“克林顿情结”。现在，几十年过去了，威尔渐渐从一个有政治立场的“新闻上瘾者”发展成新闻领域的“匈奴王阿提拉[1]”。在居住于曼哈顿上西区的右翼社会和娱乐专栏作家中，他毫无疑问是唯一的同性恋者，并拒绝对任何娱乐和社会事件发表评论。他的书房摆放着两台电视机，大的那台一直播放《福克斯新闻》节目。“总算”，他总是喜欢这样说，“有一档合乎‘我’这样的人胃口的节目了。”

通常这个时候，西蒙都会反唇相讥：“对，终于有一档节目可以满足住在广大曼哈顿上西区的右翼、同性恋、社会和娱乐专栏作家了。”

较小的那台电视在CNN、CNN头条新闻、C-SPAN、MSNBC这几个有线电视频道切换。威尔称新闻中的那些犯罪者们为“自由派的阴谋”，

1 阿提拉：Attila,406年~453年，古代欧亚大陆匈奴人的领袖和皇帝。在西欧，他被视为残暴及抢夺的象征，但也有历史记载形容他是一位伟大的皇帝。——编者注

电视机的顶部有一行他手写的字：了解你的敌人。

电视正在直播CNN主持人阿龙·布朗对弗兰克·里奇的采访，访谈的主题是与最近选举相关的新闻报道事件。“阿龙·布朗是一个胆小如鼠的娘娘腔！”威尔骂骂咧咧地把他的水晶玻璃杯放下，顺手把他的一只比利时牌的鞋子掷向电视。

“嘿，威尔。”我打招呼，他的桌上总是用Orrefors的水晶盘子盛着那种裹着葡萄干的巧克力糖果，我顺手抓了一大把。

“对于新闻报道会不会影响选举结果这种事情，这个国家稍微懂点政治的人都能发表真知灼见，这些傻瓜们有必要非得去采访《纽约时报》的人吗？这个世界现在到处都比五分熟的牛排还血腥，我还需要坐在这里听这帮家伙的喋喋不休吗？”

“没你想的那么严重，威尔。再说，你可以关掉电视嘛。”他还是紧盯着电视屏幕，我挤出一丝微笑，心里小声嘀咕：他究竟需要多长时间才能像看待俄罗斯《消息报》一样看待《纽约时报》呢？或者把杰森·布莱尔的丑闻[1]当作强力的证据：你对报纸的最好评价是，它是垃圾，你对报纸的最差评价则是，它是对诚实勤劳的美国人民的阴谋。

“什么，看看阿龙·布朗先生对弗兰克·里奇先生的采访，他们对讨论的所有事情公然带着偏见。贝蒂，我们别忘了，这也是那种记者为了赶截稿期而胡编乱造的报纸。”他呷了一口酒，猛戳了两下遥控器，将两台电视都调成了静音。今晚只用了15秒——新纪录诞生。

“不提这个了，”他边说边拥抱了我，在我脸颊上飞快地吻了一下，“你看起来气色不错，亲爱的。不过，偶尔穿一次裙子难道比杀了你还难

1 新闻记者杰森·布莱尔在《纽约时报》任职期间，73篇报道中杜撰了36篇，包括“9·11”事件、伊拉克战争被俘女兵等报道。——编者注

受吗？”

他不是很自然地将话题转移到我的生活——这是他第二喜欢的话题。威尔比我妈妈年长9岁，两人确定是同父同母的亲兄妹，但是他们之间的差异大到让人很难相信这一点。对于我的工作要求我只能穿宽松衫和帆布鞋以外的衣服，我妈妈担心得要死。而威尔则认为把套装当作工作服非常可笑，上班时就应该穿Valentino的礼服或者是精致的系带的Louboutin女鞋。

“威尔，穿裙子去投资银行上班真的会被杀的，这个你知道啊！”

“我知道。只是不相信你会在银行里干一辈子。”这话他说了很多次了。

“你们这帮人喜欢，不，简直是深爱着资本主义，不是吗？”我嘲弄道，“当然。‘你们’指的是共和党人，可不是同性恋者。”

他扬起浓密的灰白色眉毛，隔着沙发盯着我看了一阵儿。“说得好，非常好。银行是没什么可指责的，亲爱的，我想你知道这一点。在银行上班挺好，令人尊敬的职业！比起你父母希望你从事的那些不切实际的‘拯救世界’的事情，我更欣赏你做现在的工作。只不过，你现在还那么年轻，不应该一头扎进银行那些无聊的工作中。你应该跳出来，多认识一些人，去参加派对，在这个城市好好享受年轻单身的时光，别再守着银行那张乏味的办公桌了。想一想，你到底想做什么？”

他无数次向我提及这个话题，但我始终给不了他一个有说服力，甚至是稍微像样一点儿的回答。实际上这是一个简单的问题。在上高中的时候我认为自己大学毕业后会加入“和平工作团”[1]，因为父母一直向我

1 和平工作团：Peace Corps，是一个由美国联邦政府管理的美国志愿者组织。截至2013年，先后有接近22万美国公民参加过和平工作团的工作。——编者注

灌输这个观念。但后来我去了埃默里大学并在那里遇到了佩内洛普。她喜欢我对曼哈顿的私立学校和马撒葡萄园岛一无所知，而我，则喜欢她对这一切了如指掌。在圣诞节假期前我们形影不离。大一结束那年，我把曾经最喜欢的感恩而死乐队的T恤衫扔进了垃圾桶，毕竟乐队的主唱杰里·加西亚已经死了很久了。那些篮球比赛和周末聚会很有趣，我还跟一大群不修边幅、不懂环保的家伙一起加入触身式橄榄球协会。我不再是一个与周围格格不入的古怪女孩，和其他同学穿着一样的牛仔裤和T恤衫（甚至不检查一下它们是不是“血汗工厂”生产出来的），啃着同样的汉堡，喝着同样的啤酒，感觉真是棒极了。大学四年中，我身边围绕着一群意气相投的朋友，也交过几个男朋友，没有谁跟我一样身负“和平工作团”的使命。所以，当大学即将结束、招聘季如期而至时，面对大公司开出的高薪、签约奖金还有飞往纽约面试的机票，我也无法阻挡诱惑。几乎所有的朋友都找到了类似的工作，因为一个22岁的毕业生想要在曼哈顿租下一套房子，金融业似乎是不二之选。令人难以置信的是，5年的时间一晃而过，无声无息地消耗在了业务培训、季度总结和年终奖这些时间的“黑洞”里，甚至没有时间让我好好审视一番这份工作。事实上，这份工作我干得不错——这似乎在一定程度上证明我的选择没有错。尽管威尔一直强调我应该考虑换一份工作，但是直到目前为止，我对自己的处境还是相当满足，不可能一下子产生跳槽到其他行业的想法。

“我到底要做什么？我到底该怎么回答这样的问题？”我反问道。

“为什么不能回答？你再不赶紧跳槽，当你40岁并终于爬到经理的位置时，某天清晨你睁开眼睛，可能会绝望到想跳河自尽。亲爱的，银行业本身没有任何问题，它只是不适合你。你属于更多人，应该充满欢笑，你应该去写作。还有，你应该穿更高档的衣服。”

我还没跟他说起我正考虑加入非营利组织的事情。他痛心疾首地宣称，他极力想消除我父母对我长期“洗脑”造成的影响，但是以失败而告终。在那晚剩下的时间里，他一直沮丧地坐在桌旁，我有一次试图跟他谈谈去计划生育协会面试的打算，他警告我说，虽然这是一个非常高尚的想法，但很快会将我引回——用他的话说就是——“伟大但脏乱不堪的世界”的老路。我们又继续聊了几个“老生常谈”的话题。首先是我并不存在的感情生活（“亲爱的，对一个打算将工作作为唯一情人的女人来说，你太年轻漂亮了！”），然后评论了一番他最新的专栏文章（“曼哈顿人变得如此缺乏教养，以至于不愿意去了解选举的真相，这难道是我的过错吗？”），然后又回到我高中时发生的政治活动（“愤怒时代”总算是结束了），最终又再次回到所有人都乐此不疲的话题——我那“惨不忍睹”的装扮（“外出约会绝不能穿不合身的男式长裤！”）。

当他开始津津乐道于拥有一件Chanel套装的美妙之处时，女佣敲门进来通知我们晚餐已经准备好了。于是我们拿上各自的酒走进餐厅。

“今天完成了不少工作吧？”西蒙问威尔，在他脸上亲吻了一下。他换了一身亚麻睡衣，手上端着一杯香槟。

“当然不是，”威尔回答道，把他那杯肮脏的马提尼[1]酒放在一边，另外倒了两杯香槟，递给我一杯，“截稿时间是今天半夜，为什么我非得在十点之前做这件烦人的事情呢？我们庆祝什么？”

我尝了一口戈尔根朱勒干酪沙拉，很高兴终于吃到了不是从流动摊贩那里购买的食物，然后喝了一大口香槟。如果我可以每晚在这里蹭饭，却不用表现出自己是世界上最大的失败者，我会毫不犹豫地这么干。但是可怜的自尊心还是让我懂得，在同一个人那里——即使他们是我的亲

1 肮脏的马提尼：dirty martini，马提尼酒中的一种，橄榄的味道比一般的马提尼重。——编者注

舅舅以及他的伴侣，每周蹭饭超过一顿晚餐和一顿早午餐的话，那就是有点厚脸皮了。

“什么，我们有好消息值得举杯庆祝吗？”西蒙问道，他拿了几片佣人准备好作为主菜的薄片牛排，“就当是给生活来个小小的改变吧，贝蒂，晚饭后你有什么打算？”

“参加佩内洛普的订婚派对。其实我需要快点出发了，佩内洛普和艾弗里还没来得及反对，妈妈们已经自作主张地把一切安排好了。我只知道派对在切尔西的一家酒吧举行，而不是上东区的什么地方——我想这是妈妈们对他们的妥协，家长们不可能真正喜欢那种地方。”

“那家酒吧叫什么名字？”威尔问道。如果不是那种灯光昏暗、原木装修并且乌烟瘴气的酒吧，他是不大可能知道的。

“佩内洛普提起过，但是我记不清了。店名的首字母好像是‘b’，我想，它应该在这一带——”我边说边从包里掏出一张皱巴巴的纸片，“它在第10大道和第11大道之间的27街上，叫作——”

“纽约游廊8号！”他们异口同声地说道。

“你们怎么都知道呀？”

“亲爱的，它在《第六页》上经常被提到，以至于有人认为这家店是《第六页》的专栏编辑理查德·约翰逊开的。”威尔说道。

“我读过一篇专门介绍它的文章，它最初是模仿贝弗利山庄酒店的小木屋建筑，服务质量可与之媲美。虽然只是一家酒吧，但是那篇文章将酒吧保安描述成一个无所不能的人，从预订一种难得一见的寿司到安排直升机，简直可以为客人提供任何匪夷所思的服务。这个城市有许多热闹几个月但很快就被人遗忘的地方，但是所有人都认为纽约游廊8号是当之无愧的常青树。”西蒙说道。

“我想，只是在黑门酒吧坐坐，对我的社交生活帮助不大嘛。”我边说边推开面前的餐盘，“今晚我要先开溜了，你们不介意吧？佩内洛普希望我比艾弗里的朋友和她父母先到达那里。”

“去吧，贝蒂，去吧，最多再补个妆，然后赶紧走吧！当你找到一位年轻帅气的绅士约会时，你就不会再受伤了。”西蒙激动地大声说道，好像有满屋子英俊潇洒、事业有成的好男人在等我走进他们的生活似的。

“可能还不止呢，没准儿能找个年轻帅气的小伙儿好好玩一夜。”威尔眨了眨眼睛，半开玩笑地说道。

“你们才是最棒的小伙子。”我起身吻了两人的面颊，然后拿上包和羊毛衫，“威尔，你让唯一的亲外甥女出去勾引男人，难道不觉得良心不安吗？”

“完全不觉得。”威尔大声说道。而西蒙则严肃地摇摇头说：“看在上帝的分儿上，放开一点儿，去好好找点乐子吧！”

当出租车停在酒吧门口时，我倒吸一口冷气，门口等待的人排了几十米长的队。如果不是佩内洛普在这里开派对，我一定会让司机别停下来往前开。没办法，我只好满脸堆笑地挤到队伍的最前面询问一下，那里站着一个身材高大、像特工一样戴着耳机的男人，手上还拿着一个笔记板。

“你好，我叫贝蒂，受邀来参加佩内洛普的派对。”我边说，边扫视了一番队伍，没找到任何一张相识的脸。

他毫无表情地看着我：“好的，很高兴认识你，佩内洛普。如果你和其他人一样排队等候的话，我会让你尽快进去的。”

“不是，这是佩内洛普的派对，我是她的好朋友。她让我提前过来的，所以如果你让我现在进去的话，就太感谢了！”

“嗯，想法不错。但是听着，请靠边儿站，并且——”他用一只手调了调耳机，好像在认真听着什么，其间点了几次头，然后抬起头注视着长长的队伍（现在已经拐过街角了）。

“大家听着，”他宣布道，他的声音立刻让这群穿着暴露的派对爱好者们安静了下来，“根据纽约市消防局的相关规定，酒吧的容量现在已经处于饱和状态了，所以只有当里面的人离开时，外面的人才能进去。大家要么在这里等着，要么就请晚一点儿再过来。”

抱怨声四起。好吧，好好说看来不管用，我想，他肯定是没搞清楚状况。

“先生，打扰一下！”他再一次把目光转向我，脸上带着明显的不耐烦。“你的职责是让大家在这里排队等待，但是今晚是我朋友的订婚派对，她现在非常需要我。如果你认识她的妈妈，就应该明白我是多么迫切地需要进去。”

“有意思！听着，我不在乎你朋友佩内洛普是嫁给威廉王子还是别的什么人。现在我就是不能让任何人进去，否则我们就是违反消防规定，你肯定也不希望这样吧？”他语气稍微缓和了一些，“还是去排队吧，我们会尽快让你进去的，好吗？”我想他在试图缓和我的情绪，但是更加激怒了我。他看起来有点眼熟，尽管我不知道自己为什么会有这样的感觉。一件褪色的绿色T恤紧紧地裹在他的身上，似乎在告诉别人只要他想，他就能轻而易举地将别人拒之门外。不过，那件松松垮垮的褪色低腰牛仔裤，又似乎暗示着他的放荡不羁和不修边幅。他穿着一件灰色灯芯绒夹克，正当我暗叹他的头发比我见到过的所有男人的头发都要好——微长、乌黑、浓密而且富有光泽时，他又做了一个耸肩的动作，简直是酷毙了！

他绝对可以去当模特！我克制自己去这么想，对一个连七年级都没念完的人来说，这样发号施令的差使一定很过瘾。我一边这样想一边走到了队伍的后面。我不断给佩内洛普和艾弗里打电话，但是每次都没人接听。站在门口的那个帅气但死脑筋的家伙平均每10分钟才放进两个人。我站在那儿足足等了一个小时，心里恶狠狠地酝酿着各种羞辱他的话，这时迈克尔和他女朋友偷偷溜了出来，站在离门口几步远的地方点燃了香烟。

“迈克尔！”我尖叫起来，从自己的声音里听到一股可怜劲儿，“迈克尔，阿惠，我在这儿！”

他们一齐把目光转向人群，并准确地捕捉到我。因为我毫无尊严地嚷着跳着，所以找到我并不困难。他们向我挥手致意，而我干脆向他们跑去。

“我早就应该在里边了，却在该死的门口遥遥无期地等待着。门口站着的那家伙不让我进去，佩内洛普肯定要杀了我。”

“嘿，贝蒂，见到你真高兴。”迈克尔侧身在我脸上吻了一下。

“对不起。”我先拥抱了他，然后是阿惠——一个长相甜美的日本女孩，正在大学里攻读医学，现在和迈克尔合住同一间公寓。“你们好吗？你们怎么会一起来参加这个派对的？”

“我们好像每半年才有一次机会一起晚上出来，”阿惠微笑着回答道，顺手拉过迈克尔的手放在自己的后腰上，“那是仅有的12个小时，他不用工作，我不用值班接听电话。”

“然后你们就来到这里？不会吧，你们是不是疯了？阿惠，你可真是‘贤妻良母’。迈克尔，你知不知道自己找到了一个怎样的姑娘？”

“我当然知道。”他回答，满是爱意和敬慕地看着阿惠，“她知道，如果我不露面的话，佩内洛普不会饶了我。但我想现在我们该走了。已经过了4个小时了，阿惠还想回去睡6个小时的觉，她已经几个星期没好好睡觉了。所以我们先撤了。现在大家似乎还忙着往里挤呢！”

我转身看见一大群俊男靓女正在进进出出。有一大拨人从酒吧涌出来，浩浩荡荡向特里贝克地区的酒吧区去了，另一拨人则迫不及待地在保安拉开天鹅绒拦绳后鱼贯而入。

“我记得你刚才说下一个就轮到我的。”我直截了当地向那个保安说道。

“您要去拜见您的佩内洛普公主的话，就请自便吧。”他一边说道一边伸出手调了调耳机，跟对方认真交流着在我看来似乎是非常重要的信息。

“看，你现在可以进去了。”迈克尔说，然后拉着阿惠走到大街上，“这周之内给我打电话，我们小聚一下，叫上佩内洛普——今晚跟她聊聊的机会都没有，我们好像有一段日子没聚在一起了，代我跟她说声再见。”然后他们就离开了。毫无疑问，他们是害怕佩内洛普发现后会不高兴，所以干脆选择不辞而别。

我转身看见只有三三两两的人在人行道上晃悠，或者拿着手机在打电话，完全不在乎能不能进去。就这样，刚才拥挤的人群突然间蒸发了，而我，终于“获准”入内了。

“啊，谢谢，你可真是帮了我的大忙。”我对那个保安说道，从他的巨大身躯边擦身而过，径直穿过他为我拉开的拦绳。我推开一扇巨大的玻璃门，步入黑黢黢的门厅，看见艾弗里正兴致高涨地紧贴着一位大胸美女窃窃私语。

“你好，贝蒂，你一整晚都跑到哪里去了？”他一看见我，就立刻向我走来，殷勤地接过我的外套。这时，佩内洛普也闻声赶来，看见我后，涨红的脸色慢慢缓解下来。她穿着一件黑色小礼服，肩膀部分缀着亮闪闪的金属片，脚上是一双银色的鞋跟极高的细跟凉鞋。我立刻知道，这身装扮绝对是她妈妈的主意。

“贝蒂，”她嘘声道，抓着我的手把我从艾弗里身边拽开（他立刻和那女孩继续亲密地聊天)，“你怎么现在才来？今晚我可是备受孤独的煎熬啊！”

我瞪大眼睛，环顾四周。“孤独？这里肯定不止200人吧，这么多年了，我还不知道你竟然有200个朋友。这才是名副其实的派对啊！”

“是啊，确实阵容庞大。但事实上只有5个人是冲着我来的，我的妈妈、弟弟，房地产部门的一个女孩，还有我爸的秘书，然后就是你了。迈克尔和阿惠已经走了，是吧？”我点头。“剩下的是艾弗里的朋友，还有我妈妈的朋友。你刚才在哪里？”她端起杯子喝了一大口酒，然后递给我，我感到她的手在微微颤抖，好像她递过来的是一根管子而不是香槟杯。

“亲爱的，我到这儿已经超过一个小时了，就像我们约好的那样。只是在酒吧门口遇到了一点儿小麻烦。”

“不会吧！”她惊呼道。

“真的。是个非常帅气的保安，也是个十足的笨蛋。”

“噢，贝蒂，真是对不起！你怎么不给我打电话呢？”

“我打了，打了很多次，但是你可能没听到。听着，这个不值得你费心。今晚是属于你的，那就尝试着去尽情享受它。”

“来，我们一起喝一杯。”她从侍应生的托盘里取了两杯酒，“你觉得今晚的派对怎么样？”

“难以置信。你妈妈花了多大工夫来筹备这一切啊？”

“几个星期前她在《第六页》上看到名模吉塞尔·邦辰和莱昂纳多在这里幽会的报道，所以我猜她受此启发立即将我的订婚仪式预订在这里。她总是说我应该常来这种地方坐坐，因为这里常会有大名鼎鼎的顾客光临。我没告诉她的是，有一次我被艾弗里拉到这儿来，有顾客甚至直接在酒吧的地板上做爱。”

“这只会更加坚定她在此开派对的决心。”

“没错！”一个如模特般高挑的女人挤到我和佩内洛普之间，给了佩内洛普一个漫不经心的飞吻。我吓了一跳，端起杯子咽下一大口酒，悄悄溜到一边。我抓住几个刚刚到的银行同事，聊了一通无关痛痒的话题。难得离开电脑的他们，碰上这种场面，一下子都有点无所适从，所以一个个看上去木呆呆的。佩内洛普的妈妈简短地和我聊了几句之后，迅速地将话题转移到她穿戴的Chanel礼服和高跟鞋上，然后挽着佩内洛普的胳膊将她推向另一拨宾客。我研究着来往穿梭的“服饰搭配专家”们，尽量不让自己表露出自惭形秽的样子。我的衣服是几个月前凌晨三点从网上淘来的大众品牌J. Crew和Banana Republic的混搭。威尔舅舅坚持要我去商场好好挑几件能“穿得出门”的衣服，但是具体什么品牌的衣服适合我，他也说不上来。我想，让这里的随便哪个人裸着身体到处走，他们都会非常乐意。比衣服（尽管它们堪称完美）更加出色的是他们的自信，而自信则与衣服毫不相干。两个小时后，三杯酒下肚，我醉得不轻，心里想着应该回家了。但不知怎的又抓起一杯酒，醉眼迷离地晃悠到外面。

门外等待的队伍早就消失了，只剩那个把我拒之门外的保安还在。以防他再对我有什么不敬的言辞，我心里默默组织着各种恶毒的语言，随时准备予以还击。但是，他只是朝我咧嘴一笑，然后又将注意力放回到正在阅读的一本书上，那本书握在他硕大的手掌上就像纸板火柴一般小巧玲珑。他真是好帅啊……但仍然是一个愚蠢的家伙。

“喂，我到底有什么地方让你如此讨厌？”我终于忍不住问了。在这座城市的5年间，除非是逼不得已，我总是千方百计避开那些有保安和天鹅绒拦绳的场所，我多少从父母那里遗传了一点儿平等主义的正义感——要不就是我有强烈的不安全感，这取决于你如何看待这个问题了。

“什么？”

“我是说，为什么刚才你不让我进去，即使里面是我最好朋友的订婚派对。”

他摇了摇头，苦笑了一下。“听着，我可没有故意针对你。酒吧给我一张清单，让我照着清单放人，维持门口的秩序。如果你的名字不在清单上，或者你在清单上的其他100个人出现后才到的话，我只好让你在门外等候了。除此之外，再没有其他原因了。”

“好吧！”不管怎么样，他的那套“守门法则”让我差点错过最好朋友的重要夜晚。我身子踉跄了一下，嘀咕道：“不是针对我，是吗？”

“你以为我会故意为难你吗？有一大群真正目中无人、惹是生非的浑蛋让我火冒三丈，我要是真想为难谁的话，轮也轮不到你。所以，我们还是停止争论吧，我帮你叫辆出租车吧。”

应该是第四杯酒了吧——酒壮㞞人胆——我现在可没有兴致研究他妥协让步的态度。我转身推开门。“我可不需要你的假情假意，别指望我说谢谢。”我啪地关上门，蹬着略显老气的平底鞋，强作清醒地走进酒吧内。

我拥抱了佩内洛普向她告别，给了艾弗里一个飞吻。有几个客人想过来与我说话，但在他们过来之前，我已径直向门口走去。我瞥见角落里坐着一个女孩，安静地抽泣，但是带着那种被人关注的满足感。离我身体一步之遥的地方，有一对非常时髦的外国情侣在跳着热舞，两人的臀部激烈地互相摩擦着。然后，我走出门外，摆出一副明显无视那位保安的姿态。但我还是注意到，他正在津津有味看着的那本旧书是《查泰莱夫人的情人》(*Lady Chatterley's Lover*)。哼，色狼！我站在路边，挥手打算叫一辆出租车，但发现大街上空空荡荡。这时开始下起冷冰冰的毛毛细雨，这让短时间内打到车更加成为一种奢望。

“嘿，你需要帮忙吗？”他在拉开拦绳放进三位叽叽喳喳、摇摇晃晃的女孩后，冲我大声问道，“这条街在下雨后特别难打到车。”

“谢谢，不用了，我好得很！”

“那就随你便了！”

每分钟都难挨得像一个小时那么漫长，毛毛细雨转眼变成豆大的雨点。我杵在这里，到底想要证明什么呢？门口那个家伙已经撑开雨棚，倚着门站在那里继续安静地看书，好像全然没有意识到无情鞭挞着我的大风雨。我一直瞪着他，直到他抬起头，微笑着说道：“看来你一个人应付得不错嘛。拿上一把大伞一直走到第8大道，在那儿你就能轻而易举地打到车。这是对你善意的提醒哦！”

“你有伞？”我不禁问道，雨水已经彻底濡透了我的衣服，浓密的头发黏在脖子上，又湿又冷的一大团。

“当然有。放在这儿就是为今天这样的天气准备的。不过，我想你肯定没兴趣拿一把，对不对？”

“当然，我自己能应付。”我差点被这家伙的虚情假意蒙骗了！这时一辆电召的士驶过，我灵机一动，何不打电话给瑞士联合银行的汽车服务公司，叫一辆车载我回家。

“你好，我是贝蒂娜·罗宾逊，我的会员号是6338，我需要一辆车，我在——”

“全被预订完了！”女接线员满是怒气地打断我。

“不，我想你肯定没弄明白。我是你们公司的会员，并且——”

“嘀”一声，对方挂线了。

我像个落汤鸡一般呆立在那儿，愤怒之火在胸中熊熊燃烧。

“还是叫不到车？”他饱含同情地问道。12岁那年我就偷看了《查泰莱夫人的情人》，并从《永恒之妻》(*Forever, Wifey*)、《我的身体怎么了？女孩之书》(*What's Happening to My Body? Book for Girls*)等书籍中获取了不少性知识，但是里面的情节几乎忘得一干二净了。可能是记忆力衰退了，或者是这两年来很少去想男欢女爱这种事，又或者是我的感情世界已经被钟爱的爱情小说填满了。不管怎样，我回想不出一点点“龌龊”的情节来。“没车了，”我叹息道，“今晚我倒霉透了！”

他走进雨中，递给我一把打开的长柄雨伞，伞面两侧都印着酒吧的标识。“拿上伞，一直走到第8大道，如果还是打不到车，就去找塞丽娜酒吧的保安，它在第7大道和第8大道之间的23号。跟他说是我让你来找他的，他会帮你安排妥当的。”

我还想着要不要直接无视他，然后去坐地铁，但在凌晨一点坐地铁绕回家显然太缺乏吸引力。“谢谢！”我轻声道，不想抬头看他的眼睛（毫无疑问地透着幸灾乐祸）。我接过伞，开始沿街向东走去，走出很远还是能感受到他在身后注视着我。

5分钟后，我终于蜷缩在了一辆黄色出租车的后座里，虽然依旧浑身湿透，但是毕竟很温暖了。

告诉司机我的地址后，我颓然倒在座椅上，浑身再没有一丝多余的气力。在这个时间，坐出租车只有两个好处，一是晚上出去玩得很开心，回家的路上可以和某人在出租车里温存。二是用手机跟好友亲热地聊上两三分钟。而这两样跟我都无关。我把湿漉漉的头倚靠在后座头枕上，那里铺着一块脏兮兮的塑料布，我全然不在乎之前有多少油腻的、蓬乱的、多日不洗的、爬满虱子的脑袋在那里停留过、磨蹭过。我闭上眼睛，想象等会儿打开家门，米林顿会气喘吁吁地、歇斯底里地欢迎我回家。当你拥有这么一条狗，还会需要男人——或是新近订婚的好朋友吗？

3

佩内洛普订婚派对后的那个星期简直令人无法忍受，当然这是我咎由自取，我大可以像个没教养的女儿那样，随便找个借口跟父母大吵一架——而不是终日里独自憋屈着，傻乎乎地手足无措。现在，我坐在瑞士联合银行只有淋浴间那么大的小隔间里，就像过去56个月来的每一天那样，死死握着电话，它现在已经有点褪色了，被美宝莲新活粉底（黄褐色腮红）不断摩擦，而且沾上了欧莱雅水润炫彩唇膏（水晶粉红）。我一面把听筒按在耳朵上，一面用力去擦那些污渍，然后把手指伸到办公椅底下擦拭干净。在电话里，我正在被一个“最低额度”的客户狠狠责备，那个只投资了100万美元的客户极其苛刻地要求了解我们的详细运作情况——连4 000万美元的客户都从未提出过这样非分的要求。

“考夫曼夫人，我非常理解您对目前市场略微下行的担忧，但是我向您保证，一切都在我们的掌控之中。我知道您的侄儿——那位室内装饰设计师，认为您的证券投资对公司债券造成不稳定的影响，但是我向您保证，我们的交易商非常棒，总能为您实现利益最大化。我不知道在目前的经济环境中32%的年收益能否实现，但艾伦一回来我就马上让他给您打电话。是的！当然！是的，是的，是的，他开会回来我绝对让他立刻给您回电话。是的，当然！是的，这个自然！是的，非常感谢您的来电！好的，那么，再见！”她一挂电话，我就狠狠地把电话挂了。

将近有5年时间，我没有说一个“不”字了，因为显然你需要至少72个月的工作经历，才有资格说“不”。我马上给艾伦发了一封电邮，央求他赶紧给考夫曼夫人回电话，那样她就会停止对我的“摧残”了。但是我惊讶地发现，不知什么时候，他已经回到他的办公桌旁了，正忙着向我们群发他每日一则、灵感迸发的“胡言乱语”：

> 伙计们，早上好。让我们时刻记住，向我们的顾客展示我们昂扬的工作面貌！和优质顾客的良好关系就是我们的全部事业——他们对我们充满耐心、考虑周到的服务特别是目标导向的投资模式赞不绝口。我非常荣幸地宣布，我们将就如何更好地服务客户开展每周一次的头脑风暴。会议将于每周五上午7点开始，这将给大家一个跳出思维窠臼的机会。伙计们，早饭算我的，各位只要准时到会并戴上你的“思维之帽”，记住亚历山大·格拉汉姆·贝尔说的：“伟大的发现和进步都是众人智慧的结晶。”

我盯着这封邮件看了很久，直到目光有些呆滞了。他坚持使用的“伙计们”和“跳出思维窠臼”，跟“思维之帽”这个比喻比起来，哪一个更让人讨厌？他发这封邮件是不是要在我暗无天日的生活中再增加点痛苦，我沉思了几分钟，尽力不去想这封邮件的事。接着，我又接了一个疯狂的电话，通话时间长到足以让我忘记那封邮件。电话是考夫曼夫人的侄子打来的。通话时间长达破纪录的57分钟，90%的时间他都在就一些超出我权限范围的事情指责我，我只是沉默，偶尔为了让他换个话题而对他所说的表示赞同——也就是承认自己既愚笨又无能。

挂了电话之后，我又开始无精打采地盯着那封邮件，我不是很明白自己为什么要把贝尔先生的名言和自己的生活联系起来，还有，自己为什么要那么在乎这个，但是我知道，如果我想溜出去吃午餐，现在是最佳时机了。在进入瑞士联合银行的第一年，我谨守不得因午饭离岗的纪律，但是后来，我和佩内洛普开始胆大妄为，每天溜出去10到12分钟去叫个外卖，同时，痛痛快快地倾诉自己的郁闷和苦恼。这时，电脑桌面上跳出一条信息：

佩：准备好了吗？来个沙拉三明治吧。5分钟后在第52街见？

我飞快地在键盘上敲下“好”，点击发送。然后脱下我的西装夹克，把它挂在椅背上（表明我在岗）。当我掏出钱包时，一个部门经理瞥了我一眼，我只好又去倒了满满一马克杯热咖啡放在桌子中间，以更有力地证明我不准备离开，然后和办公室里的同事们闲聊了一番（他们正忙着将脸上的脂粉蹭到话筒上，所以压根儿没理睬我）。接着，我便自信满满地走向门厅。佩内洛普在房地产部门上班，办公室在我楼上两层，她早已在电梯里等我了。我俩就像训练有素的中情局特工，彼此几乎不望对方一眼。我先出了电梯，在大厅里兜了一圈。大约一分钟后，她匆匆出了门，然后信步走过喷泉。可怜的我，穿着那双丑陋蹩脚的高跟鞋，深一脚浅一脚尽力跟上她，潮湿的空气像一堵无形的墙一样打在我脸上。直到进入闹市区我们才开始交谈。百无聊赖的都市白领们排着长长的队伍——一律是安安静静地站立着，享受着一天中宝贵的自由时光。当意识到不论买什么吃的都需要耐心等待时，我们立刻变得恼火而沮丧。

“你想吃什么？”佩内洛普问我，她的目光在三台铺满不同食物的推车上仔细搜索，车上各种特色小吃香气扑鼻。服装不同、肤色各异的男人们清蒸、油炸、炙烤着各种食材，然后满满堆放在这群饥肠辘辘的白领们面前。

“全是些撒满调味料的食物，要么就是不明来历的肉串。”我无动于衷地回答，继而探究起一堆烟熏的肉，“这个，真的能吃吗？”

“我今天心情不错哦！”

“噢，对不起，我应该非常激动，5年奴隶般的生活渐渐变得美好了。我的意思是，看看我们，多么容光焕发啊！”我把双臂展开，用力挥舞起来，“每天工作16个小时，不能抽出一丁点儿时间出去吃个午饭，已经够悲惨了。而且，他们甚至不允许我们为自己挑选食物，简直是天理不容。”

“这又不是什么新闻，贝蒂。不明白你最近为什么对这件事特别抵触。”

“今天特别无聊，和昨天一样，不，比昨天更加无聊！”

“怎么了？发生什么事情了？”

我想重提“两枚戒指”的事情，但是极力控制住自己。我仿佛看到一个肥胖的女人穿着比我还难看的西服裙，一双白色的锐步球鞋，裹得紧紧的上衣沾上了几滴热乎乎的酱汁，还顺势滴到了上衣皱巴巴的蕾丝花边上。那是10年后自己的模样，我被这个想象恶心得前仰后翻。

“什么事都没有，所以才百无聊赖啊！”我尖叫道。两个看起来非常青涩的金发小伙刚刚走出“普林斯顿饮食俱乐部”，回过头来好奇地看了我一眼。这两个男生看起来相当不错。我想上去跟他们搭讪，给自己找一点点“美妙时光”，但是我立刻又想到，对我而言，这些身材火爆的曲棍球运动员不仅太过年轻，说不定他们已经有了美丽动人、比我年轻七八岁的小女朋友了。

“贝蒂，说实话，我不知道你究竟在追求什么。我的意思是，这就是一份工作，不是吗？做什么都一样，绝不可能像终日坐在乡村俱乐部那般惬意。当然，醒着的每一分钟都在工作，确实让人恼火。其实我也不喜欢金融业，从来没觉得在银行上班有什么好的——但是也没有那么糟糕吧。”

在佩内洛普大学毕业那一年——她上大学纯粹是为了钓个金龟婿，她的父母曾极力劝说她在《Vogue》或苏富比拍卖行（Sotheby's）谋个职位，但当她坚持要和我们一起到瑞士联合银行上班时，他们默许了——在一家金融企业上班，对找个好老公来说也是近水楼台，只要她能始终铭记目标，并如淑女一般小心谨慎，结婚之后立刻辞职就行。所以，尽管她看起来对这份工作牢骚满腹，事实上（至少我觉得）还是挺乐在其中的。

她拿出一张10美元的钞票，为我们的两盘印度烤肉串埋单。她伸出的手仿佛磁铁一般吸引了我的目光，必须承认她无名指上的戒指真是光彩夺目，戴上戒指的她也显得神采奕奕，我对她这样感慨过10次了。她幸福的模样一览无余，很难让我再对她订婚这件事情再有微词了。而且，艾弗里在求婚之后“洗心革面”，摇身一变俨然一副货真价实的、体贴的未婚夫模样，这更是让佩内洛普心花怒放。他会在下班后与她一起回家，甚至买好早餐让她在床上享用。而更为重要的是，他已经整整3个星期没有去泡酒吧了——唯一的一次还是为了庆祝他们订婚，要知道这可是他最钟爱的消遣方式啊。佩内洛普并不在意艾弗里和其他男人那样，偶尔去酒吧里喝喝酒或跳跳舞，只不过她自己一丁点儿也不喜欢那样的生活。一般来说，艾弗里晚上和他咨询公司的同事一起出去玩，佩内洛普和我、迈克尔（如果他有时间）会去黑门酒吧这个别具一格的非主流酒吧坐坐，点上一杯啤酒，想象不出还有哪里比这儿更好的。但是，肯定有人暗示了艾弗里：一个星期有6个晚上把未婚妻晾在家里，这跟抛弃人家也没多大分别。所以，他又会挖空心思挽回局面。不过我知道，他不可能坚持这样做。

我们原路折回公司大楼，小心翼翼地溜回办公室，整个过程中只是撞见了公司那个循规蹈矩的擦鞋工，给我们一个不怀好意的白眼（他和我们一样被禁止在午餐时间离岗，以防某双鸡翅般尖削的皮鞋在中午一两点的时候急需被擦得锃光瓦亮）。佩内洛普跟着我进了我的小隔间，一屁股坐在我对面那张椅子上，理论上那张椅子是专门招待贵宾或客户的，但事实上它是来者不拒。

“我们已经定好日子了。”她气喘吁吁地说，一边把那盆香酥美味的烤肉串放在腿上，迫不及待地大嚼起来。

“是吗，什么时候？”

“从下个星期算起的整整一年之后。也就是八月十号，地点选在马撒葡萄园岛。选在那里很合适，因为那里是我们相识的地方。我们已经订婚几个星期了，妈妈们已经等得有点恼火了。我实在是不知道该如何面对她们。”

在佩内洛普和艾弗里还在蹒跚学步的时候，两家人就一起出去度过假。他们珍藏着数量庞大的度假合影，有的拍自夏天的马撒葡萄园岛，照片中他们穿着运动汗衫和人字拖，揣着印着交叉字母的L.L.Bean手提包；有的是滑雪的季节在阿迪朗达克山脉拍的，他们都穿着Stubbs & Wootton休闲鞋。后来，佩内洛普去了南丁格尔·班福德私立女校，艾弗里则去了协同私立男校。他们各自童年中还有很大一部分时光，被他们热衷社交的妈妈领着参加各种聚会以及周末马球赛。艾弗里乐在其中，对所有基金会组织的“青少年委员会”发出的邀请来者不拒，每周有6个晚上拿着父母给他的无限额信用卡外出交际，是纽约市少有的那种对所有人、所有地方了如指掌的天才少年之一。而佩内洛普则让她父母大失所望，她对什么都提不起兴趣，一而再再而三地拒绝了整个圈子的邀请，反而更愿意和一群有点古怪的“艺术家”们凑在一块儿，他们大多靠拿奖学金生活。这群孩子让佩内洛普的母亲寝食难安。艾弗里和佩内洛普从来没有真正走近过——更谈不上什么浪漫的异地恋情——直到艾弗里高中毕业去了埃默里大学（他比佩内洛普早一年毕业）。佩内洛普曾说，她一直以来对艾弗里怀着强烈的爱慕之心，他在学校时是最受欢迎的男生之一，既是英俊迷人、体格强健的足球运动员，又是学习成绩出众的高才生，他是如此优秀，完全不需要摆出傲慢的样子来装腔作势。以我的判断，在他们俩的关系中，佩内洛普已经完全把自己虚化成艾弗里的背景。在她那个年纪，漂亮的脸蛋和丰满的胸部是评价女孩美丽与否的唯一标准，于是她耗费大量精力让自己变得更加动人，同时极力地不让别人发现蛛丝马迹。这一招非常有效，直到艾弗里大一暑假来到马撒葡萄园岛时，有一次在两家共用的温泉浴室内偶遇佩内洛普，目睹了佩内洛普的一切——修长的身材、优雅的举止、白皙的肌肤以及乌黑笔直的长发，还有那用眼线笔精心描绘出的水灵灵的褐色秀目，这些无不令他惊艳。

之后她做的事情，是其他任何女孩都会认为大错特错的——这错误关系到她的名声与自尊，也关系到第二天她能否接到他的电话——在艾弗里第一次亲吻她的几分钟后，她就向他“献身”了。（“我真的情不自禁，”她无数次重复她的“初夜”韵事，“我简直不敢想象艾弗里·温赖特会对我感兴趣！”）但是，和我认识的其他女孩子不同，她没有遭遇那种见面几小时就发生关系，然后男主角从此人间蒸发的悲惨命运。佩内洛普和艾弗里很快陷入爱河，他们的订婚只是一个确认仪式，让这种关系显得正式而已。

“你妈和艾弗里的妈现在变本加厉了吧？”

她叹了口气，眼珠转了转。“变本加厉这个词听起来挺有趣。我原以为不会变成这样，但事实确实如此，我妈最近逐渐变得更加令人难以忍受。我和她最近一次吵得天翻地覆是为了结婚礼服，她认为如果不是出自王薇薇或卡罗琳娜·海莱拉的手笔，根本不算一件正儿八经的婚纱，我说当然算，她显然不同意，而且言辞激烈、态度坚决。”

“最后谁赢了？”

“最后还是我妥协了，说实话，只要婚纱真的好看，我并不在乎到底是出自谁的设计。我现在意识到自己必须非常谨慎地选择为之斗争的事情，我坚决不妥协的就是结婚公告。”

“结婚公告？里面说了什么？”

“别逼我了。”她咧嘴一笑，狠狠吸了一大口胡椒博士。

“说嘛！”

“贝蒂，不要，这个真是糟糕透了，别逼我说出来。”

“说嘛说嘛，佩，给我老实交代。一旦说开了就没事了，快说吧！”我边说边用脚推搡她的椅子，急切地想知道个中原委。

她用她瘦削修长的手拢在轮廓完美而苍白的额头上，无奈地摇了摇头：“《纽约时报》！”

“我就知道！我向你保证，我和威尔都会站在你这一边。你妈妈不是在开玩笑的吧？”

“当然不是，她很认真的。”佩内洛普悲叹道，“还有，艾弗里他妈妈也极力要求结婚公告发布在《纽约时报》上。”

“佩，这很好啊！你们简直就是郎才女貌、天造地设的一对，现在更是要无人不知、无人不晓了。”我咯咯地笑着说道。

“贝蒂，你真该去亲耳听听她们都说了什么，简直太荒谬了。她们已经兴致勃勃地列出了一张长长的清单，幻想登上所有这些私立学校的名字。你知道吗？我无意中听到我妈和结婚公告的编辑通电话，她希望在公告里包含所有亲戚的学校。那个女编辑告诉她婚礼前6个星期才会讨论结婚公告的内容，但是这一点儿也没有打击她们的热情，艾弗里的妈妈已经预约了婚纱照的摄影师，甚至对我们如何摆造型都有了五花八门的主意，比如怎样让我们的眉毛保持水平，这是她从杂志上学来的技巧之一。可是，婚礼还有整整一年呢！”

“是的，但是像这种事情，本来就需要不断研究，提前做大量的准备工作啊！”

“她们就是这样说的。”

“要不，你们选择私奔呗！”但在她开口之前，外面传来艾伦砰砰砰的敲隔间墙的声音，看见我们之后，他挥手致歉，表示不好意思打扰了我们的“小会议”，他过来是看看要不要帮我们叫午餐。

“姑娘们，我无意打断你们的小会议。”他说道，我和佩内洛普背着他默念着他装腔作势的说辞，“贝蒂，我有点事情想跟你说。”

“你们聊，我正准备走呢。”佩内洛普松了一口气，显然为可以借机溜之大吉而感到非常庆幸——她可不喜欢和艾伦聊天。“贝蒂，我们回头好好聊。”我还没来得及说“好”呢，她已经一溜烟儿不见人了。

“说——说吧，贝蒂！”

“说什么啊，艾伦？”他说这话时超像《上班一条虫》那部电影里的兰博，如果我不是正在挨批的话，我真的觉得跟他对话是一件非常有趣的事情。

“好——吧，我在想你有没有抽时间读了那封电邮？”他重重地咳了一声——可以听见喉咙里有痰在呼呼作响，然后扬起眉毛看着我。

“当然了，艾伦，我就在这儿拜读的，‘每个个体的付出将汇成一个群体的成就——这让一个团队成功，让一个公司成功，让一个社会成功，让一种文明成功’。是的，我必须说，里面的话说到我的心窝子里了。”

“真的吗？”他看起来非常高兴，“那是我昨天发的，不过我非常高兴它能产生这样的影响。”

“千真万确，这些话真是说得太好了，我从中获益匪浅。怎么了？哪里出问题了吗？”我用我最逢迎、最关切的口吻问道。

“没什么问题，就是刚才我找了你将近10分钟，10分钟听上去不长，但是我想对一直等你电话的考夫曼夫人来说，10分钟就像永恒。”

“永恒？”

“我只是觉得你不应该离岗那么长时间，这些时间应该用来好好地为我们客户服务，比如考夫曼夫人，在我们瑞士联合银行你要保持良好的工作态度。回去好好思考一下这些问题，好吗？”

“真的很抱歉。我只是出去买了点午饭。”

“我知道，贝蒂。但是我想我没必要再向你重申公司的制度：工作人员不得外出吃午餐，我那里有一抽屉的外卖菜单，你要不要去我那里看一下。”

我只好保持沉默。

“噢，贝蒂。我肯定佩内洛普的上司肯定也像我需要你那样地需要她，所以让我们尽量把这种闺密间的私聊控制在最低限度，好吗？”他对我报以“宽容”的一笑，俨然刚刚对我施予了极大恩惠一般，同时露出斑斑驳驳的牙齿，上面积淀了长达37年的各种污渍。我想如果他再不立即合上嘴，我肯定要忍不住吐出来了。自从12岁那年第一次观看《少女就爱寻开心》(*Girls Just Want to Have Fun*)这部电影到现在，我都没有从女主角琳恩·斯通那样的思考中脱离出来，她说：“不论什么时候我和一个男生共处一室，不论他是谁——是约会对象，是牙科医生，或者任何人——我想，如果地球上只剩下我们两个人，当他吻我的时候，我会不会觉得恶心呢？”感谢琳恩，我现在也会情不自禁地这样想，即使真的发生那种事情，我一想到自己亲吻艾伦立刻就会反胃。

“好吗？你觉得怎么样？”他变得有些紧张，双脚不停地换来换去，我很想知道眼前这个焦虑的、拙于交际的男人，是怎么进入这个公司的管理层的，而且还比我高出至少三个级别。我注意到客户们与他握手时他身体会不自觉地向后缩，但是不管怎样，他顺利地攀上了步步高升的梯子，顺得简直就像他抹在自己所剩不多的几缕头发上的润发油。

我现在只想让他马上消失，显然我估计错误。我应该乖乖地满口赞成，然后回去享用我的午餐，但是我没有那么做。我说：“您是不是对我的表现非常不满，艾伦？我已经非常尽力了，但是你总是对我横挑鼻子竖挑眼。”

“我没有说我对你的表现不满，贝蒂。我觉得你做得，嗯，还可以，但是我们应该精益求精，不是吗？就像温斯顿·丘吉尔曾经说过的那样……”

“还可以？就像用‘有趣’来形容某人，或者用‘不错’来形容一次约会一样吧，我每周工作80个小时，我把生活的全部都献给了公司”。艾伦每个星期比我多干15个小时的工作，所以，在他面前用工作时间来强调对公司的贡献，显然是不太理直气壮。但是我说的也是事实：我工作得真苦啊，没有时间在网上购物，没有时间和威尔舅舅通个电话，甚至溜出去和佩内洛普吃个午餐都不行。

“贝蒂，不要这么感情用事，多花点心思学习业务，也多一点儿耐心对待客户，我认为你还是蛮有希望获得晋升的。尽量别在上班时间闲聊了，真正把你的心放在工作上，那样的话，你的前途不可限量。”

当他老生常谈他最喜欢的句子的时候，我看着他沾满唾沫的两瓣薄薄的嘴唇，感到我身体里有什么东西“啪”地折断了。没有谁的肩膀上站着天使，也没有谁的肩膀上立着魔鬼，精神世界里没有泾渭分明的是非和对错，谁也不能一下子就判断出事物最终的结果，并为之未雨绸缪。不论做什么都不能保持一成不变的观念——我突然有了一种非常清晰的感觉，它让我变得冷静和坚定，与之相伴的，是一种深深的领悟：我不能再忍受现在这种生活了，一秒钟都不能。

“好吧，艾伦，我不会再闲聊了，再也不会了——我，不干了。”

有那么一会儿，他显得有点疑惑，直到他意识到我是认真的并且态度非常坚定之后，他终于开口了：“你说什么？”

“请您将我刚才的话当作是提前两周的离职通知。”我说这话时，语气中带着自信，但这自信却是微微有点动摇了。

他看上去像是在仔细考虑我的决定，擦了擦汗涔涔的眉毛，几次皱起眉头，最终平静地说道：“没那个必要的。”

现在轮到我困惑了。“非常感激，艾伦，但是我真的必须辞职。”

“我的意思是你没必要再待两个星期，贝蒂，公司找一个接替你的人没那么麻烦，外面有大把有能力并且非常真诚地想来这里工作的人。请与公司人事部门讨论辞职的具体事宜，然后在今天下班前把你的东西打包收拾好。当然，无论将来你要去做什么，我都在此祝你好运！”他挤出一个生硬的笑容后便转身离去。这好像是我在他手下工作的5年间，他第一次这么自信满满。

各种纷繁复杂的思绪在我脑海里翻滚着，它们一下子从各个方向涌上来，让我根本无法好好揣摩。艾伦他可真有种啊——谁能想到呢！我刚刚丢了我的饭碗，就这样辞职了，既没有前瞻也没有后顾。必须打电话给佩内洛普，可她正忙着呢。我怎么把我那一大堆东西弄回家啊？是不是先去叫一辆出租车到公司来？我可不可以去领失业救济金呢？我还会不会仅仅为了吃烤肉串跑去市中心呢？我应不应该在客厅里把我所有的工作服烧掉，来一个庆祝的篝火晚会呢？米林顿肯定会非常开心，因为它可以在大中午出去溜达了。只要我高兴，可以看《价格竞猜》[1]看到昏天黑地。为什么之前我从来没想过这些呢？

我又盯着电脑屏幕好一会儿，直到眼睛干涩，然后我径直走进休息室，在一间相对隐蔽的隔间里崩溃了。一开始还觉得挺悠闲的，立刻又大骂自己愚蠢得不可救药，美好的感觉来得快去得也快。我做了几次深呼吸，然后试着心平气和地默念起新学的经文，但是我嘴里发出的每一个词听上去都像是哽咽声，谁能告诉我，我刚才到底做了什么啊？

1《价格竞猜》：*The Priceis Right*，享誉美国近40年的电视竞猜类节目，如今通过游戏的方式呈现。——编者注

4

“贝蒂，别难过了。你又没做伤天害理的事情，只是辞去工作罢了。我要恭喜你、祝贺你、欢迎你来到无忧无虑的美丽新世界。你要知道，不可能所有的事情都按计划进行。”在我们等威尔回家的这会儿，西蒙使出浑身解数来安抚我，因为他根本没看出来我早已气定神闲了。

我想，我最终感觉到的东西是“禅”，就像是禅宗的以“修行”的精神“隐退”。“那是一种非常奇异的经历，完全不去想接下来要做什么。”那是一种有点麻木却又平心静气的感觉。

尽管我认为自己应该更加惶恐不安才对，但最近的一个月我确实感觉很不错。我恨不得向所有人宣布我辞职的消息，但是真拿起电话，心里又被无聊、无精打采、怠惰之类的情绪占据了，事实上我好像没法向别人诉说辞职这件事情，虽然只要拨通号码然后大声宣告就行，但是每次我拿起电话，一想到该怎么向别人解释我辞职的原因（实际上没有），怎么回答我接下来的计划（事实上也没有），瞬间就没有打电话的欲望了。所以，在一种近乎焦虑的、避世的、抗拒的心理状态中，我每天睡到下午一点，起床后基本就是看各种各样的电视节目，或者带着米林顿出去购物，买回来一大堆不需要的东西，以此来填满我空虚的生活。甚至，我还很快地重拾起吸烟的恶习，只是为了在《柯南秀》[1]播放完后有点事情可以做。这听起来像是完全堕落的生活，却是我记忆中近年来最美好的一个月。如果威尔没有打我办公室电话并从我的继任者那儿得知我辞职的事情，这种美好似乎还会一直持续下去。

真是意外惊喜！在没做任何努力的情况下，我轻轻松松瘦了4.5公斤。除了每天外出“觅食”，我根本没有进行其他任何体育锻炼，可是现在我的状态比以前任何时候都好——当然比之前每天工作16小时的日子好太多了。在上大学时，我的身材还算苗条，但是一参加工作，体重就嗖嗖地向上飙升，一是没有时间锻炼，二是饮食也不够健康，从之前的精挑细选降格为每天大嚼恶心的烤肉串、甜甜圈和自动售货机售卖的甜食，还有那种加了很多糖的咖啡（因为喝了太多，我感觉牙齿已经被永久性地裹上了一层糖衣）。我的父母还有好朋友们通情达理地对我的体重视而不见，但我知道自己看上去糟糕透了。每年元旦的时候，我都会郑重宣布新的一年要勤去健身房健身，但计划通常只会严格执行4次，接下来，我会一脚踹飞唤我起床锻炼的闹钟，然后宣布锻炼的时间重新用于睡觉。只有威尔会不厌其烦地警告我，比如“亲爱的，你还记不记得，有一次星探在大街上拦住你，问你是否想成为模特？以后再也不会发生这种事情了，你说呢？”或者“我的贝蒂啊，就在几年前，你还是唇红齿白的窈窕淑女，活脱脱的清水出芙蓉啊……你为什么不花点时间重现你

1 柯南秀：*Conan*，美国晚间娱乐节目，每周一至周四播出，由柯南·奥布莱恩主持。

当年的魅力呢？”我知道他说得很对——当我唯一那条Sevens牛仔裤的扣子深深陷进肚子上的赘肉，以至于有时候很难找到它时，无可置疑地表明我减肥的必要性。在我失业的这段日子里，我消瘦得非常明显，皮肤变得更加白皙，眼睛变得更加明亮，更为神奇的是，5年间我的脂肪第一次在屁股和大腿上消失，胸围却没有缩水——毫无疑问这是来自上帝的启示：我本来就不应该出去工作。但我当然也不可能是那种好逸恶劳的懒女人，所以，我将失业后的委屈、后悔和悲痛“恰到好处”地融合在一起。西蒙显然深信不疑。

“我认为现在来一杯鸡尾酒再合适不过了，贝蒂，我给你调点什么喝呢？”

他完全不知道我一个人的时候也喜欢喝酒，可不是因为绝望和寂寞才喝酒。我想事情的时候必须喝点酒，如果刚好没有酒伴，那就自斟自饮。“我是成年人，给我来杯葡萄酒或香槟酒，或者是4小杯不加冰块的伏特加。”就这样说。为什么不呢？可我还是控制住了自己，对他的建议假装考虑了一会儿，然后回答他：“来杯马提尼吧！”

这时威尔舅舅冲了进来，他是如此精力充沛、热情洋溢，仿佛能让周边的空气都带了电。“真是太棒了（Ab fab）！”他大声宣布，这句话是从英国广播公司（BBC）节目上学来的（尽管他总是拒不承认），“西蒙，给咱们摆脱银行家的小贝蒂来点特干马提尼，用灰雁伏特加和三颗橄榄伏特加来调制。我要的跟平常一样。亲爱的，我为你感到非常骄傲！”

“真的吗？”我问道。昨天我听了他的电话留言，他对我辞职一事没有觉得特别意外，只是要我今晚去他的公寓里喝酒。“贝蒂，我亲爱的外甥女，你的小把戏结束了。我刚才打电话到你办公室，接电话的家伙战战兢兢地说她已经顶替了你的位置，这让我很好奇，想知道此刻你正在忙什么，我希望是精彩的事。没准儿你正挽着情人呢。我想明晚6点整

和你见面，你可以把你的光荣事迹一五一十说给我们听。然后和我们一起去伊莱恩餐厅参加一个小型宴会。”（嘀）

“千真万确！你终于离开了那个该死的银行。贝蒂，你绝对是一个魅力十足的可人儿，那么漂亮，那么迷人！你那份枯燥的工作只会扼杀你的魅力。”他突然伸出他硕大却非常灵活的双手比画了一下我的腰围，发出一声兴奋的大叫，“瞧我发现了什么？这是腰吗？感谢上帝，西蒙，这姑娘又把她的好身材给找回来了！天啊，看来这几个星期你都在努力让脂肪长在它该长的地方嘛。欢迎回来，亲爱的！”他举起西蒙为我们调好的马提尼（威尔因为总是笨手笨脚地把酒水洒一地而被禁止调酒），同时脱掉了墨绿色的羊毛衫，这件衣服在我出生前他就已经穿在身上了。

西蒙微笑着也举起了酒杯，轻轻地与我们碰了碰杯子，尽量不让杯子中珍贵的液体泼洒出一点点。我就没那么小心谨慎了，结果牛仔裤被这酒精混合物溅湿一大片。除非是一个人的时候，否则我才不会直接用嘴把它舔干净呢，呵呵！

“好吧，”威尔清了清嗓子，“言归正传，接下来有什么打算？为杂志撰稿吧。比如时尚类杂志。我听说现在《Vogue》正在招人呢。”

“噢，拜托。”我叹了口气，一点儿都不愿意去考虑这种事情，“《Vogue》？你觉得我有这个本事或资格为那家杂志的主编工作——她叫什么名字？”

这时西蒙插话了：“安娜·温图尔。好像有点困难。”

“不行？好吧。那么，《Bazaar》杂志怎么样？”威尔问道。

“嗯……”我低头看着自己那双有点磨损的、丑陋的平底鞋，然后抬头看着他，我可能已经过了穿Birkenstock鞋、扎马尾辫的阶段，但在大学毕业后，我还是深深地沉溺于装满Ann Taylor服饰的衣柜里。

“行了，别再妄自菲薄了，亲爱的。你总能找到合适的工作。记住，如果你真的没什么地方可去，我这里随时欢迎你。”自从我上高中起，他就通过种种婉转的方式，无数次提及让我跟他一起工作，然后畅想一番如果我们共事会多么有趣。他还经常称赞我在成为一名研究者或作家方面是如何的有天赋。我的父母保留着我写下的每一篇小文章，将其复印出来寄给了威尔，他甚至在我大学二年级选择英语专业那年给我送来一大束鲜花作为祝贺。签名卡上写的是：致我们家未来的专栏作家。

他之所以这么不厌其烦地提及此事，是因为他觉得将来我一定会真正进入这个领域，对此我也毫不怀疑。只是近来他的专栏变得更加保守，越来越不像社会娱乐版的评论，因此也逐渐失去了一些老读者的青睐——他们曾经虔诚地追随他达数年之久。他曾是这种特殊文体的大师级人物，针砭时弊、一针见血，但是从来不以“大师”自居，而是极为低调随和。最近，他写了一篇千字小文，主要是说明“为什么联合国是恶魔的化身”。（摘录一段：在这个科技高度发达的时代，这群外交官们为什么还非得亲自蹲守在纽约市里，占据着最佳地段的停车位、最好餐馆里最好的桌位，硬生生给这个城市隔离出一个非英语环境？为什么他们不能在自己的国家里，通过电邮投票表决呢？为什么当没人愿意听从他们的时候，就必须由我们来承受交通堵塞和恐怖袭击呢？还有，如果他们的确不愿意在各自国家里用信息化手段办公的话，我们为什么不把这里所有的商品搬到内布拉斯加州的林肯市去呢？让我们看看还有没有人会渴望来这里改变世界。）我对跟他学习写文章有一点儿兴趣，但是这看起来太没挑战性了。别人一定会这样跟我说：“嘿，你真是个幸运儿。你舅舅是个响当当的专栏作家，为多家报刊撰文，而你又刚好为他工作。”他有一个由助理和研究人员组成的小团队，如果我加入进去并马上开始写作，他们一定会狠狠咒骂我。还有，我害怕破坏一件美好的事：威尔是我除了父母以外唯一的亲人和挚友，如果我去他那里上班，在佩内洛普结婚之后，我全部的社交生活就是跟他混在一起，那他简直要成为我生活的全部了。所以，跟他一起工作看起来不是什么好主意。

“我之前的老板让我意识到，我可不是那种一天时间里就能冒出很多奇思妙想的人。不知道那样的人是不是你梦寐以求的员工？”

“可别这样说！你比我办公室里那些孩子们强多了，他们就会假装找材料，实际上是在nerve.com[1]网上上传一些荒诞而缺乏创意的性感图片。”他不屑地说道，“你知道，我欣赏那种视职业道德为狗屎的做法，否则我怎么可能每天写那么多垃圾出来呢？”他非常豪迈地将杯中酒一饮而尽，然后一屁股坐进真皮沙发里。“只要能让人思考，那就足够了！我们走吧，还有个宴会等着我们呢！”

“好吧，但我不能在那儿待太久。今晚还要去参加读书俱乐部的活动呢。”

“真的吗？听起来像是社交活动，你现在在看什么书呢？”

我飞快地想了一遍，然后脱口而出：“《白鲸》（*Moby Dick*）”。这是我最快想到的流行读物。

西蒙突然回过头来，注视着我：“你正在看《白鲸》？你没有开玩笑吧？”

“她可没有开玩笑，”威尔笑着说，“她还看《在宾夕法尼亚的激情和痛苦》（*Passion and Pain in Pennsylvania*），诸如此类的书。亲爱的，你就不能把你这爱好改一改吗？”

“你无法理解的，威尔。”然后，我转身面对西蒙，“无论我向他解释多少次，他就是拒绝理解我的想法。”

“到底让我理解什么？我可爱聪慧的外甥女、英语专业的高才生，怎

1 nerve.com：分享性、文化和其他一切让人神魂颠倒的图片的网站。——编者注

么就沉溺于爱情小说无法自拔？你说得很对，我确实无法理解。”

我低头看着脚尖，装出一副无限害羞的样子说：“《坏男孩》（*The Very Bad Boy*）刚刚上架……它被寄予厚望。也不是我一个人才痴迷——它是亚马逊网上预订量最大的书之一，而且要等三个星期才能邮寄到家。”

威尔看着西蒙，不相信地摇了摇头：“亲爱的，我就是不能理解为什么。为什么？”

为什么？为什么？让我怎么回答这样的问题？我也千百次问自己为什么。这个爱好开始得再简单不过了，在一次从波基普西到华盛顿的航班上，我从前排座位后背的口袋里无意中发现了一本名为《猛烈》（*Hot and Heavy*）的书。那年我13岁，已经很清楚应该将其藏起来，不让父母发现。这本书让我如此着迷，以至我们到酒店并准备出去参加全国堕胎合法化行动联盟的游行活动时，我谎称自己喉咙很疼，无法外出，这样可以在酒店把书看完。自此以后，我很快学会了如何去发掘更多的爱情小说，能飞快地在图书馆找到正确的那个书架。和妈妈一起逛超市的时候，我会从图书区的购物车上偷偷拿上几本，然后趁妈妈在前台付款的时候，用我少得可怜的那点零花钱买下它们。我以每个星期2~3本的速度阅读，隐约意识到它们在我家属于被禁止的读物，因此小心翼翼地将它们藏在壁橱的小格子里，并且只有在家里熄灯之后，才偷偷拿出来看，睡觉前再放回去。

在我第一次发现爱情小说的时候，那富有强烈性暗示的封面以及里面生动的描写都让我脸红心跳，像所有那个年龄的孩子一样，我不希望父母知道我对男女之事有一丁点儿的了解，所以，只在他们绝对不可能发现的时候偷偷阅读。时光飞逝，我快17岁了，在高二或高三那年，我决定不再躲躲藏藏了。有一次，我陪爸爸去我家附近的书店领取他预订的一本书，当他准备付钱的时候，我取出一本《她的皇室保镖》（*Her*

Royal Body Guard），放在柜台上，装作若无其事地对他说：“我忘记带钱包了，你先帮我垫着，回家后我再还给你。”

他拿起书，用两个手指夹着，好像它是一只被车轧死的小动物，脸上的表情像是看笑话似的。过了一会儿，他笑着说：“贝蒂娜，你从哪里拿来的就放回哪里去吧，然后挑选一些真正值得看的书。我肯定你妈20分钟之内就会回家——我们没有时间在这里闲逛了。”

最后他拗不过我的坚持，还是帮我付了钱，也许他只是想尽快离开那家书店而已。在晚餐的时候，他又提起这件事，显得很困惑，好像极力想弄明白事情的真相。“你不是真的在看这种书吧？”他问道。

“我真的在看啊。”我简短地回答道，声音听起来很淡定，但心里在犯嘀咕。

“当”的一声，妈妈的餐叉掉在她的盘子里。“不可能！”她语气坚定地说，好像只要她态度足够坚决，事情就会如她所愿一样。

“噢，可是，我真的在看啊。”我尽量用一种轻松的语调让气氛缓和下来，“妈妈，爱情小说有5 000万读者。它们很有趣，而且让人心情放松。我的意思是，里面有痛苦，有狂喜，还有一个完满的结局——你想要的，都能找到。”我动之以情、晓之以理，毫无疑问，我的言辞凿凿让他们印象深刻。全美国每年出版的爱情小说超过2 000种，创造出1.5亿美元的产业。有五分之二的美国妇女每年购买一本以上的爱情小说，超过三分之一的畅销书是爱情小说。最近，一位研究莎士比亚的学者（同时也是哥伦比亚大学的教授）承认它创作了十几本爱情小说……为什么我应该害羞呢？

当时我没有告诉我的父母——现在也没有告诉威尔和西蒙的是——我有多么热爱爱情小说。逃避现实当然是原因之一，但是生活还没有糟糕到逼我钻进虚拟的幻想世界。两个优秀的人，为了在一起而克服千辛万苦，他们如此深爱着对方，爱情让他们总是能够绝处逢生，性爱描写只是额外福利。最为重要的是，爱情小说总是有一个幸福的结局，那种乐观的精神深深感染我，让我情不自禁一本接着一本地看下去。它们情节跌宕起伏、描写真实可信，尤其是对爱情的细致描写让我欲罢不能——即使我的父母向我灌输诸如女权主义、政治正确性以及妇女权益之类的思想。在这个世界上，我对爱情的渴望超过其他任何事物。每天，我总是忍不住将现实生活与理想世界对比，我想要童话般的爱情，不是我和卡梅伦之间的那种，也绝不是纽约大部分男男女女们之间的那种。我不会放弃希望——至少现在还不准备放弃。

我会把这些告诉西蒙吗？显然不会。所以我只好笑笑，并且自我解嘲，比如，无论什么时候，当有人问我为什么阅读爱情小说，我就回答："我只是看不了正儿八经的书罢了"。

"哦，不管怎么说，"我轻松地微笑着，没有与威尔和西蒙进行眼神交流，"这都是我从小养成的一点儿小癖好，并且到现在还没放弃。"

威尔显然觉得我轻飘飘的回答尤其令他抓狂。"小癖好？亲爱的贝蒂，你加入一个读书俱乐部，而它唯一的使命，就是让你更加沉溺到爱情小说中去？"

千真万确，在加入读书俱乐部之前，生活中没有人能理解我。我的父母不能，威尔舅舅不能，高中和大学时代的朋友们也不能。佩内洛普每次在我房间里发现爱情小说时，只是无奈地摇摇头。（发现它们并不奇怪，我有400多本小说，它们塞满盒子、橱柜、床底下的箱子，还有少部分就放在书架上——如果封面不是那么露骨的话。）尽管我知道几乎所有的女人都在看这种书，但直到两年前在市中心的巴诺书店（Barnes & Noble）偶遇考特妮，我才真正认识了一位喜爱爱情小说的女人。那天我刚下班，在巴诺书店的圆形书架上寻寻觅觅时，听见背后有个女孩说：

“其实你没必要难为情！”

我转过身，看见一位与我年纪相仿的漂亮女孩，她有着标准的鹅蛋脸和自然粉红的嘴唇，仿佛是留着长卷发的瓷娃娃，让人联想到《草原上的小木屋》（*Little House on the Prairie*）中的奈莉。她的五官是如此的精致，就像水晶雕刻一般，让人担心一不小心就会被碰碎。

“请问，你是在跟我说话吗？”我问道，同时以迅雷不及掩耳之势，用手边一本大大的英语－希腊语字典，把我刚找到的《每个女人的梦想》（*Every Women's Fantasy*）盖住。

她点点头，走到我身边，小声地说道：“我是说，你不用再难为情了。很多人都在看这个。”

“谁说我难为情了？”我抢白道。

她把目光转移到我遮盖着的那本书上，扬起一侧的眉毛。“我叫考特妮，也喜欢看这些。我有大学文凭和正当工作，而且从不羞于承认自己爱死这些玩意儿了。你知道，还有许许多多人和我们一样。我们每个月举办一两次聚会，喝喝酒、侃侃书，彼此间互相支持、互相鼓励，将这项爱好坚持下去。我们的聚会，既有读书俱乐部的功能，又有心理辅导课的作用。”她打开自己的Tod's肩包，翻出一张皱巴巴的收据，用牙齿拧开万宝龙钢笔的笔帽，潦草地写下了一个公寓地址和一个电子邮箱。

“我们下次聚会是下个星期一晚上。过来看看！有什么疑问就发电邮给我，不过也没什么可疑虑的。我们现在正在读这本书，”她小心翼翼地拿出一本《谁想嫁给一个万人迷》（*Who Wants to Marry a Heartthrob*），“非常期待你的加入！”

或许是因为确实太过痴迷，一个星期后我真的出现在那位陌生人的公寓里。我很快意识到考特妮所言不假。每个女孩都聪明伶俐并且非常“酷”，有着独特的品位，都是爱情小说的拥趸。除了一对双胞胎姐妹之外，成员中没有谁是朋友或同事关系。所有人都和我一样，是无意中“闯进”这个团队的。我竟然是她们中间唯一一个公开宣布有这项爱好的人，这让我既诧异又有点得意。关于这个读书俱乐部的具体内容，她们对自己的丈夫、朋友或者父母们都是讳莫如深。从我参加这个聚会以来的两年间，只有一个人向男友坦陈了自己的阅读嗜好，为此不断被男友嘲笑，最终她选择了分手，因为她意识到真正爱她的男人不会毫不顾忌地嘲笑她喜欢的东西。两年来，我们中间有人选择了跳槽，有人步入婚姻殿堂，还有人经历了诉讼案件，但彼此之间一直互相关心、互帮互助。虽然当我们在大街上或者派对上遇见时，仅仅是一句简短的问候，或者一个彼此心领神会的眼神交流。自从错过了上次的聚会，整个星期我都特别期待今天的聚会，我可不想被威尔毁了。

我和西蒙、威尔挤进一辆出租车，当车子在饭店门口停下的时候，我们发现来得比我们早的大有人在。

“打起精神来！”西蒙小声提醒我，这时伊莱恩餐厅的所有者伊莱恩·考夫曼摇摇晃晃地向他走来。

“你迟到了！”她嚷道，指了指后面的房间，里面有几个人在说说笑笑，“去跟他们聊聊，我去给你们拿点喝的！”

我跟着他们走进房间，四处打量这个看起来平常却大名鼎鼎的餐厅。房间的每一寸墙上都排列着书籍，此外就是相框装裱的、有亲笔签名的照片，照片里的人物几乎涵盖了20世纪所有的作家。那种以原木为主的装饰和亲切的氛围让人恍惚置身于邻里之间的聚会——如果我没有在那群人中认出艾伦·德肖维茨、蒂娜·布朗、塔克·卡尔逊、多米尼克·邓恩和芭芭拉·沃尔特斯等名人的话。服务员给我端来一杯预调的肮脏的马提尼，我立刻开始啜饮起来。等到桌子上坐满了来自媒体和政坛的保守主义分子时，我已经把杯中酒喝光了。

威尔举杯向查理·罗斯表示祝贺——今天大家来到这里就是为了祝贺他的新书出版。这时唯一的一位不到40岁的女人靠近我小声问："请问您是如何来到这个聚会的？"

"我是威尔的外甥女，被他逼着来的。"

她温柔地笑了，把手放在我的膝盖上，这让我一阵紧张，然后才发现她只是想跟我握手。"我叫凯莉，是我帮你舅舅策划的这个宴会，所以和你一样，也是被逼无奈来到这里的，呵呵！"

"很高兴认识你！"我小声回答，"我叫贝蒂，刚才在威尔那里玩，然后就被带到这里来了。不过这个聚会看起来很不错。"

"真的吗？其实我不喜欢这种布置方式，但我想这样比较符合你舅舅的要求，一大群名人，每一个都是大费周折才能邀请到的——之前从未有过——伊莱恩对所有的细节进行了把关。不管怎么样，我对结果还是挺满意的。待会儿，我们如果能防止他们酩酊大醉的话，今晚就可以称之为完美了"。

很快地，第一轮端上来的鸡尾酒被一扫而空，然后他们又围攻起桌上的沙拉。"你刚才说'策划聚会'，具体指的是什么呢？"我问道，只是想找点话题（并不是真的有兴趣）。但是凯莉好像并没有注意到这点。

"我开了一家公关公司，"她呷了一口红酒，"我们受各种各样的客户委托——饭店、酒店、精品店、唱片公司、电影制片厂还有名人们，通过媒体广告、新品发布等方式，尽我们所能地来为他们提高曝光率和知名度。"

"今晚也是吗？那你是受了谁的委托？威尔吗？我还没听说他有公关公司的朋友。"

"不是。今晚是查理出版公司雇我来的，邀请的都是媒体精英。当然，出版公司也有专职的公关人员，但是他们不像我们有那么广泛的社会关系，可以把事情做得如此专业。所以，我出现在这里。”

“我明白了。那么，你们是怎么认识这些人的呢？”

她又笑了。“我有一整个办公室的人，他们的工作就是去认识每一个值得认识的人。实际上总共有35 000多个人的资料，我们可以在任何有必要的时候联系到他们。这就是我们的生意。对了，你是做什么工作的？”

谢天谢地，正当我绞尽脑汁想要搪塞过去的时候，站在门口的伊莱恩示意让凯莉过去一下，她便飞快起身，大步向前厅走去。我把注意力转向西蒙，他坐在我的左边。我听到照相机快门“咔嚓”响了一声（但没有开闪光灯），这才发现有个摄影师蹲在屋子的一角专心致志地给他们拍照。

我记得我第一次参加媒体圈的宴会也是被威尔拽去的，那年我14岁，刚从波基普西市旅行回来。那次也是在伊莱恩这儿，同样是一个新书出版派对，记得当时我还天真地问西蒙：“你觉得奇怪吗？有人在我们吃饭的时候为我们拍照。”

他咯咯地笑出声来。“亲爱的，这个一点儿都不奇怪，这就是他们请我们来的目的啊。在报道这个派对的时候，如果没有照片作为佐证，谁知道这个派对是不是真的举行过？没人会为这样的新闻报道埋单。如果我没记错的话，那个摄影师来自《纽约客》杂志。他一离开，马上会有其他媒体的摄影师溜进来。每家媒体都希望获得进来的机会。”

也正是在那个晚上，威尔开始教我如何与旁人交谈。最为关键的是要切记：没有人在乎你做什么或者想什么，等大家一坐下来，你就开始向你右边的人发问。随便什么都可以问，假装对他（她）的回答感兴趣，他（她）回答完之后沉默一会儿，然后对他（她）的回答提出更多的问题。经过数年的指导和实践，我几乎能游刃有余地与任何人侃侃而谈，但是我并不喜欢这种场合——就像14岁那年第一次来这里一样，所以在吃完沙拉之后，我向大家道了一声“再见”便溜了出去。

今晚的读书会在位于纽约东村的艾莉克丝家举行。我坐上6号地铁，从我的iPod里找到快速马车合唱团那首《在我梦里》(*In My Dreams*)，静静听了起来。当我在“公共剧院”站下车匆匆赶路时，不小心和一个娇小的类似图书管理员的女人撞了个满怀。因为在这起“事故”中我负有主要责任，我真心诚意地说了句“对不起”。可是她一下子变得怒气满面、神情骇人，尖声叫道：“对不起？你好好走在人行道右边，就不会发生这倒霉事。”然后，她边走边不停咒骂。很显然，她需要花上几个小时好好看看那本《坏男孩》。

我一直向东走过6条长长的街道，终于到达今晚的目的地。我摁响了她家的门铃，然后开始艰难地攀爬楼梯。她说过她的工作室在一幢6层高、无电梯的住宅楼里，但我发现实际上这栋住宅楼有7层，一楼是一家中国人开的洗衣店。艾莉克丝是一个典型“东村范儿”艺术家，从头到脚一身黑衣，头发的颜色千变万化，有一处微小的面部穿孔，这让她的嘴唇－鼻子－眉毛呈现规律的循环状。身为一名纽约东村的艺术家，却像大部分妇女一样痴迷于爱情小说，如果被她的同行们发现，她显然会颜面尽失——包括身为艺术家的“街头声誉”。所以，我们都赞成告诉她的邻居们(如果他们问起的话)，我们来这里是参加“性瘾症”患者聚会。“你愿意让别人知道你是一名性爱上瘾者呢，还是一名爱情小说爱好者？”我们曾经这样问她。“毫无疑问是前者啊！”她不假思索地答道，“对某事成瘾很酷，所有充满创造力的人都对某些事物上瘾的。”

她穿了一条摇滚范儿的皮裤、一件褪色的老款CBGB[1]T恤，看上去

1 CBGB：位于纽约的一个酒吧，它被公认为朋克音乐的诞生地。——编者注

比平时更加“朋克”。我接过她递来的一杯朗姆可乐，然后坐在床上看她涂抹另外6层睫毛膏，等待其他人的到来。詹妮和吉尔双胞胎姐妹最先到，她们今年30岁出头，性格跟男孩子一般豪爽。吉尔在大学攻读一个建筑方面的学位，詹妮供职于一家咨询公司。她们还是小女孩的时候就迷上了爱情小说，那时她们偷偷阅读母亲藏着的书。紧随她们而来的是考特妮，就是介绍我进入这个读书会的女孩，也是《青少年》(*Teen People*)杂志的助理编辑，她不仅喜欢看爱情小说，而且还自己创作。最后出现的是维卡，她有一半瑞典血统和一半法国血统，说英语时带着一点可爱的口音，在上东区私立学校做幼儿园老师。读书会的成员可谓无所不包!

“谁有新鲜事，说出来让大家分享一下?”在其他人尽情享用甘甜如饴的饮料时，吉尔发问了。她一直承担着把大家拉回聚会主题的责任，但是这是徒劳无功的。因为我们的读书会和文学探究相去甚远，倒更像是一种“集体治疗”。

“我辞职了。”我欢呼雀跃地大声宣布，同时将手中的红色塑料杯高高举起。

“干杯!”大家一起碰杯。

“贝蒂，你早就该逃离那个苦海了。”詹妮说。

维卡点头表示:“就是，就是，你的上司不值得你留恋，是不是?”她用她甜甜的嗓音说道(尽管口音有点奇怪)。

“那是当然，我才不会想念艾伦呢。”

考特妮在10分钟内灌下了第二杯饮料，然后开口道:“我同意。现在言归正传，今天我们讨论的名言警句是什么?有没有谁给了你们启发?”

在我第二次参加读书会的时候，就跟大家分享了艾伦在部门会议上“灵光一现”的格言警句，它们非常有趣而又“充满智慧”。在简单的介绍之后，我宣读了前几周艾伦最极品的句子，让大家笑得前仰后翻。后来，大家都开始搜集各种负面的“名言”，下流的、讽刺的、消极的，一应俱全。如果我愿意，可以学习一些，然后带回去跟艾伦好好“分享”。

“这可提醒了我，”我郑重宣布，从包里取出一张复印纸，“我在离职的三天前收到的，将是我一生最爱。它是这么说的：‘团队协作，简单地说，就是牺牲小我，成就大我。’这句话，是多么发人深思啊！”

“哇哦！”詹妮感叹道，“感谢贝蒂的分享。我只是想弄明白怎样才能做到‘牺牲小我、成就大我’。”

“我也是。”艾莉克丝接过话头，“这跟我最近听到的一句话有异曲同工之妙啊。这是作家戈尔·维达尔说的：‘当我的朋友获得成功，我身上的某些东西就死去了’。”

大家都大笑起来，直到詹妮宣布了一个“爆炸性”的新闻：“说到上司……呃，我，我和我的上司发生了一点儿事情。”

“一点儿事情？”吉尔追问道，“你压根儿没跟我提起过！”

“好吧，这是昨天晚上才发生的。我回家的时候你已经睡着了，直到现在我才再次见到你。”

“赶紧说说你和上司的那点‘事情’，求你了！”维卡瞪大了眼睛。

“呵呵，无非就是男女之间那点事情呗！”她脸上露出娇羞的微笑。

“什么？”吉尔跳了起来，眼睛直直地看着詹妮，脸上的表情既惊恐又惊喜。“到底怎么回事？”

“好吧，我们搞定一位意向客户之后，他问我想不想和他共进晚餐。我们去吃了寿司，然后去喝了酒……”

“然后呢？”我追问。

“然后越喝越多，再然后就是第二天醒来，我发现自己浑身赤裸地睡在他家床上。”

“我的天啊！”吉尔激动得手舞足蹈。

詹妮奇怪地看着她说：“你激动什么？这又不是什么大不了的事情。”

“我只是想不到你的职业生涯中竟然发生这么重大的事情！”吉尔反唇相讥道。

“哼哼。你显然不知道，我在某些领域还是很有天赋的，对吧？”詹妮坏坏地笑着。

“你们上床了？”艾莉克丝问道，“请回答‘是’。今天我要彻夜难眠了。贝蒂在没选好退路的情况下毅然从银行辞职，而你，喝得烂醉如泥然后去上司家里‘滚床单’！我终于觉得自己开始对身边的人产生影响了。”

“嗯，其实我不确定我们算不算真的发生关系。”詹妮回答。

“你到底什么意思啊？”艾莉克丝叫了起来，“你的意思是你们既上床了，又没有上床？”

“嗯，如果他不是我的上司，这次肯定不算。只是进出了几次而已——更别提高潮。”

“那也比我这两年强多了。”我说。

“真有趣。詹妮，我想知道在你‘没有高潮就不算’的名单上有多少男人的名字？说实话。”考特妮问道。这时，艾莉克丝用托盘盛着倒满烈酒的小玻璃杯，从厨房里走过来。

“现在，我们这里有个现成的坏女孩，还有什么必要讨论《坏男孩》呢？”她边说着，便将托盘里的酒分发给大家。

于是，我们变得更加“群情激昂”起来。

5

在家待业的生活转眼过去了一个月，接着又过去了三个星期。除了父母和威尔舅舅每天打电话给我（他们管这叫“查岗”）之外，近三个星期和上个月一样安逸。一般情况下，妈妈和我的通话内容如下：

妈妈：嗨，亲爱的，今天有什么进展吗？

我：你好，妈妈。工作我正四处找着呢，其中有很多看上去挺有前途的，不过我还没有找到那个最让我心动的。你和老爸最近怎么样？

妈妈：我们一切都好，就是替你着急。你还记得阿德尔曼夫人吧？她的女儿负责为地球观察研究所筹募资金。她说希望你能够联系她，她们长期招聘有责任心、高素质的人才。

我：嗯，听起来不错，我会认真考虑的。（我摁下遥控器换了个电视频道，“奥普拉脱口秀”节目开始了）。妈，我要行动起来了，还有很多求职信要写呢！

妈妈：求职信？哦，是的！我就不耽误你了。宝贝，祝你好运。我知道你很快就会找到工作的。

一天之中，只有在这痛苦的7分钟里，我坚持一切都好、很快会有一份好工作降临，其余时间一切都是乱糟糟的：鲍勃·巴克在电视上絮絮叨叨，米林顿在屋子里躁动不安，破旧不堪的平装书横七竖八地堆满角落，我在网上绝望地浏览各式招聘网站，每天用4袋辛辣的膨化零食果腹。偶尔打印一点儿资料，或者上传一份求职申请。我没有觉得沮丧，但是也搞不清真实的感觉，主要是由于我基本闷在屋里绝少外出，心里只想着再找不到工作的话生活将难以为继。之前时不时听说有人这样感慨：“我一个星期不工作就受不了！你知道吗？我就是那种需要不断创造价值、做出贡献的人。”屁话，我一个字都不信！这段时间坐吃山空，我真的陷入弹尽粮绝的境地了。不过，我坚信自己肯定会时来运转、柳暗花明的，再大不了我就去投靠威尔舅舅和西蒙。坐在那里杞人忧天可是够傻的，我还不如用这时间向“菲尔博士”[1]好好学习一点儿真正有价值的生活经验。

每天取信件的工作可以打发掉大概10分钟。尽管我知道信件在每天下午两点钟就到了，但我一直要到深更半夜打起精神去取它们，因为不得不去取一大堆诸如账单、商品目录等。我住13楼——晦气的楼层，当第一次来到这间公寓的时候我曾犹豫要不要租下它，那个房产中介为此

1 菲尔博士：美国一档著名谈话类节目，主持人是著名电视心理学咨询专家菲尔·麦格劳（Phil McGraw）。——编者注

嗤之以鼻："怎么，你一定也信星座吧？你可不应该去理睬这些可笑的说法……想想看，这点租金竟然能住上带中央空调的房子。"在纽约，被自己花钱雇来的人奚落是常事，我赶紧结结巴巴地向她道歉，并在租房合同的落款处签上大名。

今天还算幸运，信报箱里躺着一份最新一期的时尚杂志《In Touch》，它起码可以让我打发掉个把小时了。我手里捧回这堆东西，跌跌撞撞开了门，进门的时候顺便检查了一下地板上有没有潜伏的蟑螂，接着又被米林顿一顿疯狂地拥抱。它似乎把我每次出门都当作永远抛弃它的世界末日，所以用几近疯癫的喘息、呜咽、跳跃来迎接我的归来，这让我不禁担心有一天这种极度的兴奋会要了它的小命。

想起当初饲养员交给我那半打饲养手册（给我的时候强调是为了"以防万一"）里面的忠告，我故意无视米林顿的热情，像平常那样把提包放好，把外套扔在床上，然后径直向沙发走去，刚一坐下，米林顿就跳到了我的膝盖上，伸长脖子用舌头舔我的脸。它小小的湿湿的舌头从我的额头一直舔到下巴，还徒劳地想把舌头伸进我的嘴里去。米林顿边亲还边打起了喷嚏，第一个喷嚏把口水喷到了我脖子上。它在"火力全开"之前，识趣地从我怀里滚落下去，随即打了一个惊天动地的喷嚏，喷出的口水将我的裙摆溅湿了一大片。

"好姑娘。"我温柔地喃喃着，感到有一丝内疚，用双手将它抱起来，感觉到它整个身体都在颤抖着，但是一想到电影《新婚夫妇》（*Newlyweds*）开播在即，以及它的喷嚏将会持续10分钟，我赶紧将它放了下来。直到最近，我终于在面对米林顿的时候不会条件反射般地想起前男友卡梅伦，毫无疑问这是一个令人惊喜的进步。

佩内洛普在艾弗里组织的一次烧烤聚会上介绍我和卡梅伦认识，那时我们刚刚毕业两年。我不知道是他棕色光亮的头发吸引了我，还是他裹在Brooks Brothers卡其裤里的翘臀吸引了我，反正我的心被一击即中，甚至没有注意到他喜欢吹嘘认识某某名人以抬高自己的恶习，或者是每次饭后抠牙齿缝儿的粗鄙模样。此后不久，我疯狂地爱上了他，他跟我说起他热爱的债券交易，他在大学预科时的曲棍球生涯，还有他曾利用周末远足到汉普顿和棕榈滩……他就像个社会实验家——虽然算不上凤毛麟角，但确实与众不同。他让我欲罢不能。虽然这段感情一开始就存在隐患——《社会名人录》可以找到他父母的名字，而我的父母曾经因为参加抗议示威，被联邦调查局列入“危险的鼓动者”的名单。当时我已经开始在银行工作，而他又是上流社会前程远大的青年才俊，这些都向我父母表明了我不可能投身于“绿色和平运动”。认识一年之后我们搬到一起住（恰逢我们各自的租金同时上涨）。在同居了大概半年之后，我们开始意识到，我们除了共享一间公寓、都从事金融行业、拥有艾弗里和佩内洛普这些朋友之外，彼此之间再无共同之处。于是我们急切地尝试了这种情况下的情侣们都会做的各种事情——比如一起去购物来增进彼此的联系，或者增添一点儿有趣的话题，而不是总是争论轮到谁去向房东恳求换一个新的马桶座圈之类的事情。我们还买了一只重约4磅的约克夏犬，花掉了我们3 200美元，卡梅伦事后总是唠叨：“这狗要800美元一磅呢！”。每次在彼得·卢格尔牛排馆吃饭时，如果他点的主菜超过4磅重，我就威胁着要杀了他，声称都是因为他的馊主意，我们才花了那么多钱买了那条狗。我对长着毛发的所有东西都过敏，无论是活的动物还是毛绒玩具，或者皮草外套，统统过敏，但他认为这也不是什么问题。

“卡梅伦，你之前看到过我被狗狗围绕的情景。我不知道你为什么又要和我作对，而且你也是在自讨苦吃。”我想起第一次与他父母见面的情形，那是在阿迪朗达克山一个冬日的周末，他们圆满举办了一场“盎格鲁-撒克逊系白人新教徒”的聚会，壁炉里还燃着真正的炭火！不用遥控器，也不用商店里买来的木柴，穿着J. Crew苏格兰格子睡衣，屋子里有木制野鸭作为装饰，摆放着足以开一个酒吧的各式名酒，还有两只迈着大步走的小金毛犬。我不合时宜地打了个喷嚏，把眼泪都打出来了，响声之大让他醉醺醺的母亲都为之一震（“哦，亲爱的，再来一杯雪利酒会让你好受一点儿！”），然后讲起了有关“传染性”的各种冷笑话。他那醉意明显的父亲好不容易放下金汤力酒，在等自己足够清醒时，开车送我去了急诊室。

“贝蒂，不用担心这个。我已经做了方方面面的研究，确定我们找到了一条完美的狗狗。”他看上去扬扬自得、心满意足。而我已经在心里默默倒计时，等待租期到头——还有整整170天。有时我也会试图挽回初次见面的激情，让我们冰释前嫌并将关系推向新的高度，但是始终没有特别的事情发生。他总是有一种傻气，那是一种所有私立学校都试图掩盖（而不是治愈）的傻气。作为一名衣着整洁的学院派男孩，毫无疑问他是聪明伶俐的，而且在有需要的时候，他能自如地展示那种魅力，但是大部分时候这种能力显得过于肤浅了。我们有共同的朋友，都喜欢发牢骚和一支接一支地抽烟，各有一条几乎一模一样的橙红色长裤。一本好的爱情小说，有可能以我和卡梅伦的关系为原型吗？答案当然是不可能，我也绝不相信。但是，在我刚刚毕业那几年，他那种平淡无奇的陪伴确实给了我巨大的满足感。

“我不怀疑它是一只非常特殊的狗狗，卡梅伦。”我心平气和地说道，就像在对一个三年级孩子那样讲话，“问题是，我会过敏，我对所有的狗狗过敏。你懂我的意思，是吗？”我甜甜地笑着。

他咧嘴笑了，对我屈尊的、贱贱的口吻不为所动。我意识到，他非常坚决地想要那只狗。“我到处打电话咨询，也好好研究了一番，我觉得我们应该庆幸——找到一只低过敏性的狗狗，你知道什么是低过敏性吗？

贝蒂，跟我一起念，低——过——”

“你找到一条低过敏性的狗？他们是怎么把它养成那个样子的？我绝对不会要一只基因变异的动物，它总有一天会把我送进医院的。没门儿！”

“贝蒂，你难道不知道吗？它是如此完美。饲养员向我保证，因为约克夏有着真正的毛发，不是毛皮，人们不可能对它产生过敏，你也不会。我已经跟对方约好了，这个周六就去领一只。他们在达里安，离我上班的地方很近，他们答应给我准备公的和母的各一只，方便我们挑选。”

“我要上班。”我冷冷地说，非常清楚地意识到，在我们岌岌可危的关系中增加一丁点儿责任心，也只会加速它崩溃的进程。或许我们应该在那个时候就分手，但是在十二月去租一间公寓可不是容易的事情，而现在这个地方大小合适。好吧，狗狗应该很可爱，还能分散一下注意力……于是我同意了。“那就这样吧，星期六去。我调到星期天上班好了，让我们挑选一只低过敏性的狗狗。”

他给了我一个大大的拥抱，告诉我他计划租一辆车，或许还可以顺便去附近的古玩店逛逛。我想，可能，只是有可能，这只小小的基因变异的狗狗会成为挽救我们感情的救星。

大错特错！

那显然是痴心妄想。狗狗显然没有改善任何事情（真是让人意外），但是卡梅伦说得没错，米林顿果真是低过敏性的。我可以随便抱它、抚摸它，它用小小胡须蹭我的脸颊时，我也没有一丁点儿皮肤瘙痒的迹象。可问题是，米林顿本身却会对任何东西都过敏。任何东西！当它与它的兄弟姐妹们在一起时，就没完没了地打喷嚏。这个很好理解……这只唯一的母狗有点感冒，在送它去宠物医院就诊的路上我们精心呵护。只是感冒怎么总是好不了呢？可怜的小米林顿还是一直喷嚏不断。在连续三个星期的日夜照料之后，卡梅伦断言我们的宝贝狗狗不会好转了，即使我们已经在它身上花费了将近3 000美元：包括兽医咨询、抗生素、特殊食物，还有两晚上的急诊病房（当它喘得近乎窒息的时候）等费用。我们被迫多次请假，对彼此大呼小叫，并且花钱如流水——很快，我的银行存款和他在对冲基金公司的薪水只能勉强支付它的开销了。最终医生对它的诊断结果是：它对大多数日常事物都高度过敏，这些过敏源包括灰尘、污垢、花粉、清洗液、清洁剂、染色剂、香水以及其他动物的皮毛等，但远不限于此。

这真是一个巨大的讽刺。我，世界上最容易过敏的人，现在养着一只几乎对任何东西都过敏的狗。在这三个星期中，卡梅伦、米林顿和我都没有连续睡着超过4个小时。大部分人在这种情况下会怎么做？在第四个无法入眠的星期开始的那个晚上我这样问自己。一对正常的情侣会毫不犹豫将狗送回去，去一个温暖的地方度假，然后再将这件糗事当作派对上的笑料抖出来。而我是怎么做的呢？我雇了一个家政工人将公寓的每一寸都彻彻底底打扫了一遍。为了让米林顿可以正常呼吸，我甚至让卡梅伦永远离开这里，他照做了。8个月之后佩内洛普告诉我，卡梅伦和他的新女朋友在苏格兰一个高尔夫球场里订婚了，订婚现场他还穿着苏格兰短裙。之后他们去了佛罗里达州，女方家在那里拥有一个私人小岛。这件事说明：所有的事情都会丝毫不差地朝着既定的方向发展。两年之后，米林顿渐渐能够忍受威斯克洗涤液的气味了，卡梅伦在初为人父时按照家族传统接受大家的敬酒，而我呢，米林顿会眼巴巴等着我下班然后给我非常热烈的欢迎——我们都是赢家！

米林顿终于不再因为过敏而打喷嚏了，并且能依偎在我身边短暂入睡，它瘦小的身体蹭着我的小腿，随着呼吸而不断有节奏地起伏着，或者随着电视节目里的声音（我一直开着电视作为背景声音）而律动着身体。看完了《新婚夫妇》，我偶然调到《粉雄救兵》[1]，节目嘉宾卡森用一对沙拉夹从几位异性恋男性的衣柜里挑出了几件衣服，并形容它们为1987年版的Gap。我意识到他们如果挑中了我的衣柜肯定会大吃一惊：作为女孩，我想他们很不愿意看到我衣柜里的Ann Taylor现成的套装和唯一一条Sevens牛仔裤，另外还有一些纯棉的吊带衫来配我“出门”穿的衣服。

十一点刚过，电话铃声响了，我走到电话边，耐心等待来电号码出现在电话屏幕上。是威尔舅舅，接还是不接？他总是在约稿截止日挑一个奇怪的时间打电话过来，但是我因为一整天的无所事事已经精疲力竭，没有精力再应付他了。我继续盯着电话看了一会儿，还没想好接不接，这时电话留言开启了。

“哦，贝蒂，拿起这该死的电话，”电话里传出威尔的声音，“我发现这个电话的来电显示功能真是可恶，至少当我们还没开始聊天的时候，把我的名字屏蔽掉——否则，谁都可以在一块小屏幕中看见是谁打的电话，然后决定接不接电话；不过，它最大的好处就在于，它让我们在通电话时不像在真实环境中聊天那样能看见对方。”他叹了口气，然后我笑了。

“对不起，对不起，我刚才在洗澡呢！”我撒了个小谎。

“亲爱的，半夜十一点洗澡，难道准备出去过夜生活啊？”他开玩笑道。

“这个有那么不可信吗？我之前就出去过的嘛，你又不是不知道。比如，佩内洛普的订婚派对。在纽约游廊8号。我不就是西半球那个唯一

1《粉雄救兵》：*Queer Eye*，美国一档真人秀综艺节目，由五位同性恋男性帮助异性恋男性做造型顾问的节目。——编者注

不知道纽约游廊8号在哪儿的人吗？这些事实有没有提醒到你啊？”我又咬了一口瘦吉姆肉条（Slim Jim），自从发现父母对这玩意儿深感恐惧后，我就深深地迷恋上了它。

“贝蒂，那都是陈谷子烂芝麻的事了，我差点都不记得了。”他思考了一阵然后说道，“亲爱的，我打电话来不是为了破坏你的心情，虽然我实在不能理解，为什么像你这样一个年轻有魅力的女孩子，宁愿在星期四的晚上一个人坐在家里，嚼着人造肉条，对着一只5磅重的小狗说话……我有一个最棒的主意，你能不能花一分钟时间听一下？”

我们都扑哧一笑。我什么都没有，就是有时间。“你完全弄错了，我的狗狗体重是4磅。”

“贝蒂，听我说。我不知道自己为什么没有早点想到这个，我是个十足的傻瓜，竟然没有发现你那方面的潜力。亲爱的贝蒂，你告诉我，你对凯莉印象如何？”

“谁是凯莉？”

“就是上次参加伊莱恩餐厅查理的晚宴时坐在你身边的女士。记起来了吧，你觉得她怎么样？”

“我不知道，不过她看起来挺不错的。为什么这样问？”

“为什么？亲爱的，你最近真是不动脑子。你觉得去她那里上班怎么样？”

“啊？谁到她那里上班？我被你搞糊涂了。”

他叹了口气。“我慢慢跟你说吧。你现在正处于失业状态，我看得出你有点过于享受你目前的状态了，于是我就想，或许你愿意去凯莉那里上班。”

“策划派对吗？”

“亲爱的，她做的事情可远不止策划派对，她和酒吧老板们交流各种小道消息，从他们那里搜集到别的客户的各种资料，然后将那些资料提供给专栏作家们，他们才能写出有利于她自己客户的东西，她还向名流们寄送礼品，邀请他们来参加她策划的活动，于是，媒体也跟着来了——她每天晚上都是光鲜亮丽地出现在别人面前。哦，我越想越希望你从事活动策划这一行，你觉得怎么样？”

“我不知道，”我说，“我还是觉得自己做那种事情比较合适，嗯，你知道的，就是那种……”

“有意义的？”他脱口而出，和说“凶残的”这个词一样的口吻。

“是的，我的意思是，不像之前的工作，也不像我现在的状态。”我喃喃道，“不过，我明天真的要去上门送餐服务总部去开一个会，只是生活的一点儿小改变，你知道的。”

他沉默了一会儿，我知道他在仔细斟酌他将要说的话。“亲爱的，这个听起来蛮有意思的。让世界变得更加美好永远都是值得赞许的事情。只不过，你贸然将职业生涯向那个方向改变的话，将来你可能会处于一种非常危险的境地。如果现在我没有提醒你这一点，我会觉得自己失职。你知道那是什么样的，不是吗？”

我叹了口气。“我知道，我知道。只是这看起来好像挺有意思的。”

“好吧，我不必说策划派对跟帮助有需要的人一样有意思，事实上它有趣得多。亲爱的，策划派对又不是犯罪，凯莉的公司虽然成立不久，但是很快就会成为行业翘楚，她拥有让人印象深刻的客户名单——公司虽然小却精，是个不错的地方，各种各样肤浅的、自高自大的人都需要她的帮助。而你呢，可以从最近与世隔绝的状态中摆脱出来。这还不让你心动吗？”

“我不确定。可以给我时间考虑一下吗？”

“当然可以，我给你24小时的时间来权衡这份工作的利弊得失，要知道这可是一份以派对谋生的工作啊！我希望你能够做出正确的决定。”在我还想说什么之前，他飞快地挂掉了电话。

那天我睡得很晚，第二天继续磨磨蹭蹭地做不了决定。我在街角的宠物商店逗狗狗们玩耍，在迪伦糖果屋消磨了一阵时光，将屋子里的书按字母表重新整理了一遍。说实话，我很好奇这份工作的具体内容到底是什么。它的某些部分对我来说确实很有吸引力，让我有机会结识一些新朋友而不是整日坐在办公桌前。在银行工作的这些年让我养成注重细节的好习惯，在威尔舅舅指引下长达数十年的社交锻炼让我与任何人谈论任何问题都不在话下——即使聊的话题无聊至极，我也能做出一副很感兴趣的样子。尽管有一点儿尴尬，也有点魂不守舍，但我依然能千方百计让自己侃侃而谈，因为这一点，不少人甚至认为我深谙社交之道。而且，一想到要打印很多简历以获取面试的机会，组织派对看起来似乎更合我的心意。所有这一切，再加上我银行账户里的钱已经处于最低“水位”之下了，更让这个机会看起来像救命稻草一样。

我拨通了威尔舅舅的电话。

“好吧。我会给凯莉写信的，向她咨询关于这份工作的信息。你可不可以给我她的电子邮箱地址？”

他哼了一声：“她的什么？”他连一个录音电话都不愿意购买，更别提电脑了。他专栏里的文章都是用一个吱吱作响的打字机打出来，然后由一位助理在电脑上输入电子文档。当需要他校订的时候，他就站在助理身边，指着电脑屏幕上的文字，要求她删除或增加词句，最终将文章修改成他想要的模样。

“电子邮箱就是一个特殊的电脑上的地址，通过它我可以给凯莉发送一份电子信件。”我放慢语速，详细解释。

“你完全没问题的，相信我，贝蒂，别搞笑了，你完全没必要那样做。我直接打电话让她联系你，你们好敲定什么时候正式到岗。”

“威尔，你难道不觉得我们有点操之过急了吗？我最好先给她寄去我的简历，如果她觉得可以，我们再见面详谈。找工作一般来说都是这个套路，你知道的。”

“是的，我听说是这样。”他回答道，听起来越来越心不在焉，“这太浪费时间了。我肯定你将是这份工作的最佳人选，因为在银行工作的经历使你掌握了许多技能——关注细节、心思缜密、坚守底线，等等。而且，我知道凯莉也是个优秀的女人，因为她曾经是我的助手。我会给她打电话说说你的事情，让她知道如果她用你会有多么幸运。亲爱的，没有任何值得担忧的事情。”

“我不知道她之前是你的助手！”我说，心里默默估算着凯莉的年龄。

“是真的。她一毕业就来到我这里，雇用她是因为她父亲的嘱托。但这是我做过的最英明的决定之一——她非常聪明、勤奋，把一切打理得井井有条。作为回报，我手把手教她。后来她去了《人物》杂志社，最后又成功转型为公关高手。她一定会非常欢迎你的加盟，相信我。”

“好的！”我毫不犹豫地一口答应，“如果你真的这样认为的话。”

“亲爱的，我给你打包票。那就这样说定了。我会让她给你打电话讨论细节性的问题，不过我知道不会有任何问题的——你只要先把衣柜清理一番，比如把所有的西装裙套装，或者看起来像西装裙套装的衣服扔进垃圾桶——其他一切都会是妥妥的。”

6

那天早上九点，我准时达到办公大楼，凯莉已经在大厅等候，看到我之后她迎过来给我一个大大的拥抱，就像我们是久别重逢的老朋友。

“贝蒂，亲爱的，很高兴你加入我们！”她吸了一口气，快速地从头到脚扫了我一眼，那一瞬间，我看到她脸上的表情不是恐慌，而是痛苦，旋即，灿烂迷人的笑容重新定格在她脸上，她热情地拉着我的手朝电梯走去。

我自认为第一天上班不穿套装很明智，但是当我看到其他人的着装时我意识到自己穿错了衣服。很显然，我对商务休闲装（炭灰色长裤、淡蓝色牛津衬衫和毫不起眼的低跟鞋）这个概念的理解与凯莉公关公司的人不同。办公室位于市中心，透过宽敞明亮的落地窗，整个华尔街，甚至向西到新泽西，所有景色一览无余，给人十足的“阁楼感”。巨大的圆形会议桌前坐着6个人，无一例外地穿着黑色衣服，拥有惊人的美貌。

一个看起来极其营养不良的女孩对着凯莉喊道：“《第六页》婚前协议趋势评论，二号线。”接听那个小小的听筒前，凯莉示意我先坐下。一秒钟之后，她咯咯地笑着，向对方问候和恭维，边说边在朝南的落地窗边踱着步。我坐在一个超级瘦的女孩旁边，正准备向她做自我介绍时，看到她用手指示意我等一下。这时我才注意到桌边的每个人都在不停地说着什么，但显然又不是同彼此说话。仔细观察我才发现，他们每个人耳朵上都佩戴着一只小小的蓝牙耳机。一切看起来都很诡异，当时我还不知道，在短短的几周后，我的看法就完全变了，如果脸颊上不是时刻贴着那样的电话，我会感到自己如赤身裸体般不自在。那个女孩很严肃地点了几下头，朝我这边瞄了一眼，低声嘟囔着什么。我识趣地把视线移开，默默地等待有人注意到我。

“喂，喂，刚才你说你叫什么？”在观察其他人的时候我听到她这么问。尽管男孩女孩之间有着很大的差别，但他们的令人不安的吸引力却是共通的。当我开始呆呆地盯着他们时，我的背上突然被人拍了一下。

“嗨，”那个瘦女孩说道，“你叫什么名字？”

“我吗？”我讷讷地问，以为她还在跟别人讲电话。

她笑了起来，并不那么友好。“你以为这里除了你，还会有谁的名字我不知道？我是埃莉莎。”她朝我伸出的手极其冰冷而消瘦。我看到她细细的右手中指上戴着一枚钻石戒指。

“哦，嗨，我是贝蒂。贝蒂娜·罗宾逊。今天是我第一天上班。”

“是的，我听说了。好吧，欢迎你加入。凯莉应该暂时不会挂掉那个电话，所以，要不我趁这个时间介绍大家给你认识？”她把她带点红的金色长卷发朝头顶挽成一个蓬松的发髻，从下面用爪型发夹固定起来。几缕头发从额前垂下，被她别在了耳后。发髻从发夹处向外漂亮而自然地蓬开着。那种发髻的效果是我努力尝试却永远都不可能做到的。随后，她取出一副巨大的太阳镜从耳后往上推到头顶。从镜架上银色的标签上我知道那是Gucci太阳镜。就这么毫不费力的，她就能做到时髦而迷人。我感觉她是值得我永远仰视的人。

埃莉莎走到桌子的另一端，快速切换电灯开关三次。我随即听到他们都异口同声地对听筒说："我现在有一个重要的电话进来，能否挂掉等下再打过去？"几乎是同时，6只精心护理的手从耳朵中取出耳机。就几秒的工夫，埃莉莎不发一言就已经紧紧抓住了房间中所有人的注意力。

"嗨，各位，这位是贝蒂娜·罗宾逊。她以后主要与利奥和我一起工作，所以，大家要多多帮助她，好吗？"

所有的人都在点头。

"那是斯凯。"埃莉莎开始挨个介绍，她指着一个五官分明的女孩说道。斯凯下身穿深靛蓝色的牛仔裤，上身着黑色紧身长袖T恤，腰间是5厘米宽的皮带，皮带扣上镶嵌着大块宝石，脚蹬一双我所见过的最精美绝伦的牛仔靴，一头男式超短发，恰恰烘托出她女性的柔和美。再一次，我只想坐在那里注视着她，但是我还是竭力保持清醒跟她打招呼，斯凯回我以神秘莫测的微笑。"斯凯目前负责Kooba包的宣传。"埃莉莎把手指指向下一个人说道，"那是利奥，我身边另一个资深人士。现在，是你了。"她最后一句话的语气我难以体会。

"嗨，亲爱的，很高兴认识你，"利奥一边说一边从椅子上站起来吻我的脸颊，"很高兴办公室又多了个美女。"他转向埃莉莎说道："很抱歉，亲爱的，我得去跟Diesel牛仔裤的帅哥共进早午餐了。麻烦替我向凯莉说一声，好吗？"埃莉莎点点头。利奥背起一个邮差包朝门口冲去。

"戴维，跟贝蒂打声招呼。"埃莉莎对屋里剩下的唯一一位男士命令道。戴维幽幽地从额前浓密的黑发下抬起双眼。他用手指梳理了一下头发，用他那双浓密的睫毛后面的深邃眼睛盯着我。一阵尴尬的沉默之后，他从口中吐出音调奇怪的“嘿”。

“嗨，戴维，”我说，“你这是哪里的口音啊？”

“很明显，他从意大利来，”埃莉莎迅速帮戴维做了回答，“难道你听不出来吗？”

我当即感觉到埃莉莎和戴维之间有点什么——那是一种“恋爱”的气氛。我为自己敏锐的第六感窃喜不已。当我还沉浸在这种喜悦中时，埃莉莎一下子坐到了戴维的腿上，双手像小女孩拥抱父亲一样缠住了戴维的脖子，在他嘴上深深吻了一下，显然，那绝不是女儿吻父亲的方式。

“拜托，埃莉莎，别在我们面前这么露骨，好不好？”斯凯叫道，眼珠几乎要翻到后脑勺去了，“我们平时想象你们两个的性爱场面已经够糟糕的了——不要把我们的想象变成现实来上演，行不行？”

埃莉莎听罢叹了一口气，起身站起来，戴维趁机抓住她的左胸捏了一下。这一幕让我忍不住假想瑞士联合银行的两个员工在会议室做此举动的场景，这让我差点笑出声来。

“哦，好吧。”埃莉莎继续介绍，似乎刚才什么都没发生过一样。“斯凯、利奥和戴维都是经验丰富的老员工。那边的三个女孩，”她指向那边坐着的三个漂亮女孩，两个是金发，一个是黑发，面前都有一本笔记本电脑，“她们是‘名单女孩’，负责获取所有参加活动人员的所有相关信息。你知道曾有人说过这个世界上只有少数人值得认识。当然，她们就能认识这些人。”

“嗯，我理解，”我小声嘟囔着，尽管我根本不明白她在讲什么，“完全是这样。”

三个小时之后，我感觉自己已经在那里工作了三个月。我参加了一场员工会议，和大家一起闲适地喝着健怡可乐和斐济水，谈论即将举行的坎迪斯·布什内尔的新书发布会。斯凯开始向大家汇报清单中的每一个事项，大家就场地、邀请人员、菜单、赞助商、摄影场地和媒体通道等一一讨论，每个人都提出自己的修改和完善意见。斯凯确认完清单后，凯莉示意大家安静，请一个“名单女孩”宣读最新的邀请名单，那气氛就像是等待倾听上帝的启示。每一个名字都引起大家不同的反应，点头、叹息、微笑、嘟囔、摇头，或者是翻白眼。名单里的名字，我只听说过几个：妮可·里奇、卡雷娜·戈尔·希夫、娜塔丽·波特曼、吉赛尔·邦辰、凯特·斯佩德和安迪·斯佩德、布雷特·伊斯顿·埃利斯、兰德·基伯和《欲望都市》(*Sex and the City*)的全体演职员。摇头、叹息、微笑、嘟囔、摇头、翻白眼，如此持续了近三个小时，他们详细剖析了每个细节的优缺点，包括哪些应该加到聚会中，哪些应该去掉。整个过程比接听考夫曼夫人的电话还要让人筋疲力尽。到下午两点，当埃莉莎问我能否陪她喝杯咖啡时，我简直是不假思索地答应了。

在过道上，我们抽起了香烟。我突然非常想念在瑞士联合银行外与佩内洛普分享一份沙拉三明治的时光。埃莉莎喋喋不休地发表关于办公室政治的言论，无非是“谁是主导者(她)，谁想成为主导者(其他所有人)”之类的。我使出自己对任何人都无话不谈的技能，不停地问她问题，又对她的回答充耳不闻。直到我们端着咖啡(埃莉莎的是脱脂、脱咖啡因的黑咖啡)坐到角落的椅子上，我才真正听她在说什么。

“哦，天啊！你快看那是什么？”她低声嘶叫道。

顺着她的目光，我看到一个穿着普通牛仔裤和黑夹克的瘦高女人，她的头发是单调的棕褐色，身材也极其一般，总之，所有与她相关的一切都彰显“普通”这两个字的含义。难道那个女人是某个名人，才让埃莉莎如此激动？但是，我根本就没在任何地方看到过那个女人。

“那是谁？”我识趣地问道。我根本就不关心她是何方神圣，但知道我应该表现出关心的样子。

“不是‘是谁’，而是‘是什么’！”埃莉莎几乎是压低嗓子尖叫着，始终没有把目光从那个女人身上移开一秒。

“什么？”我依然一头雾水。

“你什么意思，‘什么’？你不是开玩笑吧？难道你没看到它吗？你需要我给你一副眼镜吗？”我以为她是在取笑我，谁知她真的从她超大号的手提袋里取出一副眼镜。“给你，戴上好好看。”

我继续目不转睛地盯着那个女人，但还是摸不着头脑。埃莉莎靠近我低声说道：“看、她、的、包，难道那不是你见过的最棒的东西吗？”

我的眼睛这才找到目标，定格在那个女人点咖啡时挎在手腕上的一个大皮包。当她付款时，她把皮包放在收银台上，从中翻出钱包，又把皮包挎在胳膊上。埃莉莎一动不动地盯着它，嘴里不由自主地发出啧啧声。而对我来说，那不过就是一个普通的包，只是大一点儿罢了。

“哦，天啊天啊，我受不了了。它真是太惊艳了。那是鳄鱼皮的铂金包，最稀有的一款。”

“是什么包？”我问道。我想我应该假装知道她在谈论什么，但是在那个时候我发现根本做不到。

她惊讶地盯着我，扫描着我的脸，似乎突然发现我在她旁边一样。“你真的不知道，不会吧？”

我摇了摇头。

她深深地吸了一口去，狠狠地啜了一口咖啡，然后握住我的手臂，似乎在说，现在仔细听好了，我将告诉你一件你必须了解的重要事情。“你听说过Hermès吧？”

我点点头，看到她脸上掠过一丝欣慰。“我当然听过，我舅舅就只戴这个牌子的领带。”

“不错，比领带更重要的是它的包。最先风靡一时的是凯莉包，自从格蕾丝·凯莉用了它以后，就以她的名字命名了。但是，比凯莉包更高端、声名高出1 000倍的就是铂金包了。”

她充满期待地望着我，我喃喃说道：“嗯，它看起来是很可爱、很漂亮。”

埃莉莎叹了一口气。“当然，它的确精美绝伦。那个包差不多要20 000美元，它值这个价钱。”

我倒吸了一口气，被自己的口水噎得够呛。“你说多少钱？你不是在开玩笑吧，不可能！那只是一个皮包。”

“那不是一个皮包这么简单，贝蒂，它代表着一种生活方式。如果能抢到一个包，我会毫不犹豫地掏出这么多钱。”

“我觉得大家争先恐后地为一个包付出这么大代价太不可思议了。”我毫不掩饰地道出自己的看法。从我当时的角度出发，说出那样的话看起来非常符合逻辑。我当时并不知道自己的话有多愚蠢，所幸埃莉莎做好了教育我一番的准备。

“上帝啊，贝蒂，你真的不知道，是吗？我不相信这地球上还有人没加入抢购铂金包的行列。赶快加入这个行列，也许——仅仅是也许——你终有一天能把这款包给你的女儿用。”

“我的女儿？ 20 000美元的一个包？你不要开玩笑了。”

看我这么不开窍，埃莉莎崩溃了，把头埋在了桌子上。“不，不，不。”她呻吟道，似乎陷入了巨大的悲痛中，“你根本不明白，它不仅仅是一个包。它是一种生活品位。它是一种象征，代表你的身份。它是活着的理由啊。”

她戏剧式的言论让我忍不住发笑。埃莉莎坐直身子，开始像连珠炮一样向我发起了轰炸。

“我有一个朋友，她最爱的祖母去世了，相恋三年的男友又跟她分手了，这让她一蹶不振。她吃不下，睡不着，一天到晚窝在床上，并因此被炒了鱿鱼。她顶着巨大的眼袋，拒绝见任何人，从来不接听电话，完全把自己与外界隔绝起来。几个月之后，我终于在她的公寓见到了她，当时她向我吐露了自杀的念头。”

“太可怕了。”我低声应和着，竭力跟上她如此跳跃的话题。

“是的，非常可怕。但是你知道是什么让她重新振作起来的吗？”去她家之前，我经过Hermès店，就去问了一下最新的订购信息……只是看一下有没有什么惊喜。你猜怎么着？当我到她家之后，我告诉她还有18个月她就能拿到一个铂金包。你能相信吗？只需要再等18个月啊！”

“她怎么说？”我问道。

“你觉得她会说什么？她激动万分！上次她去问过要等到5年以后才能拿到包。但是由于他们新培训了一批工艺师，于是她的名字被排在了一年半后的名单上。她立即洗了个澡，并答应和我一起去吃午饭。那是半年前的事情了，现在她有了新的工作和新的男朋友。你看，那个铂金包给了她活下去的动力和勇气！当你即将拥有一个铂金包的时候，怎么还会选择自杀呢？根本不会。”

现在轮到我仔细打量她，想确认她是否在跟我开玩笑。她没有开玩笑。事实上，埃莉莎因讲述这个故事而显得容光焕发，似乎给她注满了充实、乐观地生活下去的能量。我很感谢埃莉莎用铂金包的故事开导教育我，同时也很想知道自己一脚踏进了怎样一个世界，很显然，这个世界与我了解的投资银行界有着天壤之别，我要学的还有很多。

7

现在是晚上七点半，这是我在凯莉公关公司从事派对策划工作的第四天。在我下班回家的路上，公寓附近的报刊亭里只剩下最后一份《纽约日报》，上面有威尔的专栏“公民意志”。自从我开始识字以来，我便几乎每周不落地阅读它，但出于某种原因，我始终没有订阅任何一份刊登这个专栏的报纸。当然，对于专栏的主题逐渐转变成威尔炮轰降临在这座他心爱的城市上每一起社会“悲剧”的表演台，我是持保留意见的。而且，让我继续保持沉默变得越来越困难。

“贝蒂，今天的专栏棒极了，真是说出了我的心里话！”小区的保安谢默斯一边给我开门，一边满身酒气地挥舞着今天的《纽约日报》大声说道，“你那了不起的舅舅，总是一针见血。”

“真有那么好吗？我还没来得及看呢。”我一边敷衍地回应道，一边快速往里走去，就像大多数想要逃避对话的人都会做的那样。

“不是一般的好，简直是好得不可思议！现在他又多了我这个忠实的粉丝。所有人都会开玩笑说希拉里·克林顿是自己的好朋友，我原以为我是这个城市唯一支持乔治·布什的人，但是你舅舅让我意识到我不是一个人。”

“嗯，我想你说得对。”我径直向电梯走去，但是他仍然跟了上来。

“他近期内会过来看望你吗？我非常希望能够当面告诉他我是多么——”

“我一定会通知你的，如果他过来的话。”电梯门终于关上了，我无奈地摇了摇头。记得有一次威尔来我这儿，当谢默斯得知他的大名之后，几乎是寸步不离地跟着他，这很烦人。毫不夸张地说，谢默斯这样的人就是威尔舅舅“目标人群”中的典型人物。

当我开门进屋的时候，米林顿又条件反射般地进入了“癫狂”状态。自从我重新开始工作之后，它见到我时的那种兴奋程度更甚于平时。可怜的米林顿，今晚不能带你出去散步了，我一边想，一边安慰性地摸了摸它的脑袋，然后翻开《纽约日报》上威尔的专栏，开始倾听他最新的“大声疾呼”。米林顿急切地跑到自己的撒尿垫上解决内急，突然又醒悟到今晚不能出去，于是跳进我怀里陪我一起看报纸。

正当我翻出外卖菜单，准备叫一份外卖的时候，放在咖啡桌上的手机像一个装发条的玩具一般震动起来。我犹豫着要不要去接。这部手机是公司给我配的，它就像我的新同事们一样永不疲倦地忙碌着。我已经连续三天晚上没好好休息，每晚外出参加公司安排的活动，跟在凯莉后面学习她所做的一切事情——与客户沟通协商、向慢吞吞的侍者发飙、主持贵宾会议、制作记者通行证。新公司的工作比银行的工作更折磨人，一整个白天的办公室工作之后是一晚的外出应酬。但是，新的公司到处都是年轻、靓丽的面庞。如果一定要每天花上16个小时在工作上的话，我想我肯定会选择DJ、香槟鸡尾酒，而不是各种各样的投资证券。

手机响了一声。彩色屏幕上显示收到一条短信息。短信息？之前我从未收到或者发送过。稍微犹豫了几秒钟，我点击了“读取”，屏幕上跳出一行字：

晚餐，西普，九点，到时见。

这是什么意思？应该是某种隐秘的晚餐邀请，但是去哪里，和谁一起？唯一的线索是这个陌生的917开头的号码。我拨通了这个号码，电话那边有个女孩气喘吁吁地立刻接通了电话。

“嘿，贝蒂！在忙什么，你今天在家吗？”她问道，一下子将我的希望扼杀了——我多么希望电话那边的人是误拨了我的号码。

“呃，嗨！请问您是哪位？”

“贝蒂，我是埃莉莎啊。这个星期我们一起工作了24或27个小时。我们晚上约好，去为坎迪斯先生的派对圆满成功而好好庆祝一下。来的就是平常那几个人，我们九点见怎么样？”

“嗯，好吧，当然啦，听起来不错……我再确认一下，那个饭店叫什么来着？”

“西普里亚尼市中心餐厅。”她回答，好像不太相信我竟然无法根据她的短信而推测出这个店名，“你会来的，对吗？”

“当然，我喜欢那儿，你们介意我带一个朋友过来吗？因为已经跟她约好了而且——”

“太好了！带上你的朋友，我们待会儿见！”她尖叫了一声，然后挂了电话。

我一合上电话，立刻就登录查格调查网（Zagat），输入“西普里亚尼市中心”这几个字——就像所有纽约人在听说一个新店名字后都会做的那样。食物得分21，店内布置得分20，服务质量得分18。不像某些店名只有一个词的饭店，比如“鲤鱼”（Koi）、“黄油”（Butter）或者“莲花”（Lotus），这些无伤大雅，实际上体验之后非常糟糕。到目前为止，“西普里亚尼市中心餐厅”看起来很值得一去。网站上的简介是这样写的：

> 在苏豪区的这家意大利北部风情餐厅里，“想看见谁或者想被谁看见”绝对算不上什么问题。大多数顾客来这里主要是为了感受欧洲美女的“飞吻”，或者欣赏她们“佯装享用沙拉”，而不是来品尝味道好得不得了的“特色菜”。美国人可以在这里体验一回“当外国人”的感觉。它得到的高分说明了一切。

好吧，不管怎么说，今晚又将是一个“欧洲之夜”。更加要命的是，我该穿什么衣服去？上班的时候，埃莉莎和其他同事好像总是穿黑裤子、黑短裙或黑连衣裙，所以遵循这个规律看来是比较保险的选择。然后，我拨通了佩内洛普的电话。

“嘿，是我。在忙什么？”

“啊！你这家伙何其幸运啊，能够离开这家血汗工厂。帮我问问凯莉她还招不招人？”

“呃，还好吧。但是听着——今天晚上和所有人见个面怎么样？”

“所有人？”

“呃，也不是所有人，就是现在和我一起搭档的那几个人，我知道我和你已经事先约好，但我们也就是去黑门酒吧坐坐，倒不如和他们一起吃晚饭有意思，你觉得呢？”

“应该是吧，”她回答道，声音听起来很疲倦，“艾弗里今天晚上和一帮高中同学出去玩了，我没什么兴趣，就没有一起去。和你们一起吃晚饭听起来不错，我们在哪儿见？”

“西普里亚尼市中心餐厅。你去过那里吗？”

“没有。但是我妈经常谈论它，对它挺着迷的，还特别希望我能成为它的常客呢！”

“唉，看来你妈妈和我舅舅知道这个城市每一个时尚的地方，而我们却一无所知，真是悲哀啊！”

“欢迎进入我的生活！”她叹息道，“艾弗里也一样，他知道所有人、所有事。可我就是不喜欢被打扰。一想到维持各种关系需要付出的努力，我就觉得精疲力竭，不过今晚应该挺有趣的。我很想见识一下以策划派对为工作的人们，而且那里的食物应该也不错。”

“呵呵，我可不敢保证食物是很大的卖点哦！在跟埃莉莎她们一起工作的那段时间，我似乎从未见过她们吃任何东西，她们好像仅仅以香烟和健怡可乐为生。”

“惹火女郎餐，嗯哼？你不得不佩服她们为了好身材所做出的牺牲啊。”佩内洛普又叹了口气，“再过几分钟我就回家，等会儿你想不想和我一起打车过去？”

“太好了！快到九点的时候，我会在第14大道和第5大道的交叉口等你。我一打到车就给你打电话。”

“那就说定了，我在路口等你。待会儿见！”

我直奔我的衣柜而去，在“否决”几件过时的和“退休”的衣服后，我选定了一条黑色紧身裤和一件样式简单的黑色背心。挑出几双“体面”的高跟鞋，这还是在苏豪区逛街的时候买的。然后花点时间把从我妈那儿遗传来的过于浓密的头发吹了一下。起初大家都很羡慕我的头发，后来才意识到它们只适合扎成马尾辫，并且出门前需要多花30分钟来打理它们。我还想再化个妆，这才发现睫毛刷由于很久不用已经黏成一块、几支口红也卡在管内出不来。没关系！我边哼唱着《有生之年》（*The Living Years*），边在脸上“动工”了……这更像是一种有趣的游戏。我必须承认，最终的效果配得上我付出的努力：心爱的腰带不再被我的腰围撑得鼓起，在我身体其他地方瘦下去的同时，乳房依然丰满坚挺。还有，我那很少使用的睫毛膏竟然出乎意料地把睫毛涂得堪称完美，将我那双冷冷的褐色的眼睛打造出一种性感和狂野的味道。

佩内洛普在八点五十分的时候到约定地点等我，然后我们准时到达饭店所在的街区。西百老汇街聚集了一大片饭店，而且几乎每一家都挤满了顾客——连店门口都摆满了桌子，每个人都穿戴整洁并且显得欣喜若狂。我们在寻找那家饭店时遇到了一点儿小小的麻烦，因为饭店的经营者们没有挂出路标——也许这是一个很实际的问题。而纽约大部分热门的餐饮娱乐场所都只有不到半年的“旺季”，一旦旺季突然来临，准备工作做起来很容易丢三落四。还好，我记起在“查格调查”上看到过它的门牌号，凭借这个，我们终于在很远的一个街角发现了它。一群群衣着暴露但珠光宝气的女人聚在吧台边，男侍者不断地往她们杯子里添酒。但是没有看见埃莉莎或者其他的公司同事。

“贝蒂，在这边！”埃莉莎叫道，她一手端着香槟，另一只手夹着香烟，牢牢占据着饭店门外众多餐桌中正中间的那一张，姿势撩人地倚靠在意大利式餐椅上，细如树枝般的胳膊看上去就像随时会折断一样。“其他人都在里面，很高兴你们能过来！”

“我的老天啊，她也太瘦了吧！”在我们向她走去的时候，佩内洛普在我耳边小声地嘀咕。

“嗨！”我吻了吻埃莉莎的一侧面颊，然后转身想向她介绍佩内洛普，但发现她还等在那儿——她的脸向前凑着，眼睛闭着——在等待一个传统欧式的“双吻”礼，我刚才显然是“半途而废”了。最近我在《Cosmo》看到一则令人信服的小短文，它批评“双吻”礼是一种愚蠢的表达感情的方式，我为此暗下决心：我绝对不会做出“双吻”这种举动来。于是，我选择忽视她的“翘首以盼”，但是为了圆场，我还是热情地说道：“谢谢你邀请我，我真是爱死这个地方了！”

她立刻回过神来。“我也喜欢这个地方。他们这里有全世界顶级的沙拉——你好，我叫埃莉莎！”她边说边向佩内洛普伸出手去。

“对不起，我真是太冒失了。”我有点脸红，佩内洛普肯定觉得我这话听起来特别可笑。“佩内洛普，这位是埃莉莎，她整整一星期都在带我到处熟悉情况。埃莉莎，这位是佩内洛普，我最好的朋友。”

“哇哦，好靓的戒指！”话未说完，埃莉莎就已经抓起了佩内洛普的左手，伸出手指轻轻地拨弄那颗硕大的钻石，“这么大……真是，光彩夺目！”事实上，佩内洛普只是随便秀了一下那只“平时戴戴的”三克拉钻戒而已，我真想知道埃莉莎看见她另外一只戒指时会是什么样的表情。

“谢谢！”佩内洛普显然非常受用，“我刚刚订婚……”她话还没说完，戴维不知从哪儿冒了出来，他从后面一把抱住埃莉莎，两人的胳膊缠绕着放在她的小蛮腰上——只是轻轻拢着，好像生怕弄疼她。他贴着埃莉莎的身体，在她耳边轻声说了什么，惹得埃莉莎笑得花枝乱颤。

“戴维，亲爱的，别闹了！你认识贝蒂的吧，还有这位，贝蒂的好朋友，佩内洛普！”

我们以“飞吻”的形式互相问候（这次“吻”在了两侧面颊，我坚决不做“双吻”的决心坚持了不到20秒），但戴维似乎不能将眼睛从埃莉莎身上挪开哪怕一秒钟。“我们订的桌子，已经准备好了。”他用带着意大利口音的英语大声说道，轻拍着埃莉莎的瘦骨嶙峋的屁股，英俊的脸又向埃莉莎的脖子凑去，“你们准备好了的话我们就进去吧！”戴维的口音中总是有些听起来很别扭的地方，好像从法语绕到意大利语再重新绕回法语一样飘忽不定。

“我好了，”埃莉莎欢叫道，同时将手中的烟头扔到桌底下，“我们进去吧！”

我们有6个座位的餐桌位于餐厅靠里边的角落。埃莉莎随即告诉我有些“潮人”喜欢前面的位置，但是真正够酷够特别的位置是靠里边的。斯凯、戴维和利奥是昨晚参与坎迪斯·布什内尔新书发布会的其他几个成员。注意到这里只有戴维和埃莉莎这一对情侣，我心情轻松许多。他们都在慢条斯理地喝着酒，讨论着什么话题，表现出一种真正自信的人才有的从容之态。而且，没有人穿黑色的衣服。斯凯和埃莉莎穿着几乎一模一样款式的短裙，一个是明艳的珊瑚色配一双华丽的银色高跟鞋，另一个则是宝石蓝配金属色凉鞋——鞋带一直系到小腿肚那里。没人在乎现在已经是十月中旬，半夜的时候颇有凉意。男士们在晚餐前也都做了精心准备，穿上了阿玛尼西装。戴维却还穿着那件深灰色的工作服，即使这样，因为有着高大有型的身材，他的穿着看起来还是比大多数美国男士更加得体。利奥穿着一条磨损的Paper Denim牛仔裤、一件复古的紧身T恤衫——上面写着“越南，我们离开就是胜利”，脚蹬一双橙色的男式美洲豹运动鞋，绝对称得上是时尚和休闲的完美结合。我走过去想挨着他坐下，他却突然轻盈地站起身来，以迅雷不及掩耳之势亲吻了我的左右脸颊（用时比他一句话中停顿的时间还短），并绅士地为我把座椅拉出来，并为佩内洛普准备了一把椅子。佩内洛普明显正努力表现出一副早已习惯这种场合的架势。当大家都坐定之后，利奥又把菜单递给我，招呼服务员去取我们要的酒，而这丝毫没有影响他和别人聊天。

我绞尽脑汁地想要说出某种够时髦的酒，但是由于多年来我只跟威尔喝酒，对酒真的所知甚少。绝对伏特加最近好像很流行，就点这个吧！我这样想着。

“嗯，请给我来一杯‘绝对伏特加’再加一杯葡萄汁。”当服务员询问的眼神第一个朝我射来，我轻声说道。

“不会吧？”埃莉莎瞪大眼睛，惊奇地看着我，“这里不出售绝对伏特加呢。我们何不开几瓶红酒开胃？”

“哦，当然。这个主意不错！”我被打击了。

“别难过，我刚还想点一杯啤酒呢。”佩内洛普凑过来对我小声说道。我忍不住大笑起来，好像这是我听见过的最好玩的事情。

戴维用蹩脚的意大利语向服务员交代着，时不时用手势做补充，甚至还做了一个亲吻指尖的动作，似乎是表示他点的食物是难以抵抗的美味，埃莉莎和斯凯无限崇拜地看着他。然后他又转换到带着口音的英语，跟我们这群“只懂一种语言的”傻瓜交流起来：“我点了三瓶基安蒂红葡萄酒先开开胃，如果大家都没意见的话。另外，大家想要带气的还是不带气的？”

埃莉莎转向我说道：“戴维来自西西里岛。”

“哦，是吗？真有意思！”我说，“他的父母还在那里吗？”

“不，不，他4岁的时候就到了美国，但始终对自己的故乡充满感情。”

大家开始为想要的瓶装水举手表决——我明智地克制住想要一杯普通凉白开的想法。结果，戴维每种水各点了三瓶。根据我的估计，我们已经花费了将近300美元，并且还没有点上一盘开胃小菜。

“酒点得真棒，戴维！”斯凯一边大声赞叹，一边用她精心雕琢的指甲点击手机按键。我猜她在发短信。“我能以个人名义担保，我们全家好几年来在托斯卡纳避暑时，这是我唯一喝的酒。”斯凯说完把全部注意力都放在了编辑短信上，这时手机响了起来，她看了一眼来电号码，脸上露出一丝厌恶的表情，然后把手机塞进了包里。

我忙着研究菜单，一边暗暗揣测是不是每个凯莉公关公司的员工都有一大笔信托基金。我没有机会品味基安蒂红葡萄酒的美妙之处。我父母的“避暑”计划，是从波基普西市开车到伊萨卡岛的卡尤加湖，在那里他们与当地人在门廊做素食烧烤，还喝了当地的“甘草茶”。说实话，如果一顿饭要花费我一个星期的预算，我才不愿意点那么贵的红酒充面子。

“那么，昨天晚上很折腾吧？”戴维问道，“我的意思是，没有一位一线明星出席，事情很不好办吧？”

“有几个《欲望都市》的演员到场的。”利奥深思熟虑之后说道。

“呃，对不起，我可不认为克里斯·诺斯和约翰·考伯特算得上一线明星！”斯凯回应道，“你见到莎拉·杰西卡·帕克了吗？没有！还有，‘欲都’——她用了简称——那么糟糕！昨晚简直像一场噩梦。”

这个小组被华纳图书公司请去策划坎迪斯·布什内尔的新书发布会，显然那里热闹得像个动物园一样。由于我一开始就没有参与这个项目，所以昨晚被派去参加一个欢迎晚宴，是为凯莉公关公司的新客户欢迎他们的首席执行官。

利奥感叹道：“我知道你说得没错，当然，那帮人真是太……乱来了！”

“那可不是！在院子里的那些女孩都是谁啊？她们喝起香槟来那叫一个猛——好像从来没喝过似的。还有那两个讲着斯塔滕岛方言的家伙，竟然真刀真枪干了一架，太可怕了！”斯凯接着道。

“佩内洛普，你没错过任何事情。”埃莉莎向她保证，尽管佩内洛普显然还没搞清楚大家到底在讨论什么。“这就是新书派对的精彩之处，出版方往往不明门道，他们不知道到底哪些人该请，哪些人不该请。”

戴维优雅地呷着酒，点了点头。“不过，至少我们以后不会再被凯莉训‘为什么让名单上的这些人参加派对’了。说真心话，我可不想再听到这种话了。”

自从这个星期一我到凯莉公关公司上班起，就不断听到有人提及“名单”这个词，但是凯莉还没有机会向我详细解释这个“所有值得认识的人的最全面的数据库”，她计划明天，也就是星期五，再为我好好介绍这个“名单”的重要之处。我仍然在等待着另一只鞋子落地，内心深处不大愿意承认凯莉真的是一个乐天派——即使她表面看起来如此。但是到目前为止，她保持着一以贯之的乐观主义。另外，我还不大相信凯莉是因为威尔的关系才让我去她那儿上班的，她看上去是真心诚意为我的到来而感到高兴。我已经花了足足4天来仔细观察和研究她，极力想从她身上找出哪怕一丁点儿瑕疵，但还是没法指出她个性中任何负面的东西。难道她真的堪称完美无瑕吗？唯一可疑的地方是她喜欢在电子邮件里使用大量表情符号，但是她从来没有批评我“闲聊”，或者用“委婉”的言辞来干涉我的工作，所以，我非常乐意接收她发来的邮件。

正当大家在争论凯莉这位34岁的“熟女”有没有做过眼部整容手术时，我的手机铃声响了起来。我飞快地将手机调整为静音，但很快意识到，大家非但不介意我接听这个电话，而且似乎还很期待我摁下接听键。

“嗨，贝蒂，你好吗？”

是迈克尔，他似乎有一点儿疑惑。

“亲爱的迈克尔，你好！”亲爱的？我怎么想都没想就蹦出这个词，一桌人都充满好奇地看着我，特别是佩内洛普。“亲爱的？”我看见她用口形疑惑地轻声问我。

“亲爱的？”迈克尔在电话那头笑了起来，“什么，你是不是喝醉了？我今天提前下班，告诉我你在哪儿，我过来找你！”

我跟着笑了起来，完全不能想象和乔恩·克莱尔简直是一个模子里刻出来的，迈克尔温柔地、笨拙地说双关语的情形。这时戴维正在对其他人描述着他在撒丁区刚租下的别墅（准备明年八月去度假）。“我正在和几个同事一起吃晚饭，还要大概一小时。等我回家的时候给你打电话好吗？”

“当然，”他说道，听起来似乎更加疑惑了，“打我家的座机好了，我的手机快没电了。”

“嗯，待会儿联系。”我挂了电话。

“是我认识的那个迈克尔吗？”佩内洛普满脸狐疑地问道。

“他——是——谁——？”埃莉莎从桌子对面扑到我面前，急不可待地问道，“恋爱对象？银行上班的性感经理？暧昧的感情在分开之后变得确凿无疑了？快点交代！”

尽管与迈克尔上床的想法对我而言毫无吸引力，而且他还深深地爱着他甜美可爱的女朋友。佩内洛普非常清楚，我和他的关系纯洁得像一张白纸。但我还是顺着埃莉莎的话头说：“嗯，跟你说得差不多！”当大家的注意力今晚第一次集中在我身上时，我还故作娇羞地低下头。“我们，呃，刚刚弄清楚了一些事。”

“天啊，”埃莉莎尖叫了起来，“我是第一个知道的。凯莉一定会把他列入‘名单之中’，这样他就会把他那些了不起的银行家朋友们带来参加聚会，太有趣了！来，让我们敬贝蒂，还有她的新男朋友！”

“哎！准确地说，他还不是我的……”

“敬贝蒂！”大家一起喝彩道，端起酒来互相碰杯。佩内洛普也端起了酒杯，但眼神直直地看着前方。我用胳膊肘轻推了她一下，然后将杯中酒一口干了。一种幸福的眩晕袭来！桌上甜点以及周围的一切都变得模模糊糊、摇摇晃晃起来。

“我打电话问了艾米，她说今晚我们可以去纽约游廊8号坐坐。”利奥大声宣布道，捋了一下遮住眼睛的黑亮头发。今晚直到目前为止，我一直在听他们谈论全市最好的做脸去处，真正时尚新潮的John

Varvators拖鞋。他们最喜欢的普拉提教练上课迟到10分钟他们有多恼火。他们当中只有利奥是同性恋。

“纽约游廊？是不是就是纽约游廊8号？”我问道。我一贯的谨小慎微在酒精的作用下荡然无存。

交谈声戛然而止，四张精心修饰的脸庞一齐转向我。最后还是斯凯鼓起勇气来“承担”我的问题造成的困扰。

“是的，”她平静地说道，尽量不和我眼神交接——显然是为我感到惭愧，“艾米·萨科是纽约游廊8号和罗特61吧的老板，也是凯莉非常要好的朋友。今晚我们都在受邀的客人之列，这可是这个星期最棒的派对了。”

每个人都点头表示同意。

“我无所谓，”戴维说道，一边还玩着埃莉莎的头发，“只要保证我们有一张桌子就行，反正今晚没别的什么计划。”

“同意！”埃莉莎附和道。

服务员拿账单过来的时候已经是半夜了，尽管佩内洛普和利奥饶有兴致地聊着，我还是看得出来她已经急不可待地想回家了。但是纽约游廊8号听起来真的不错，所以我给了她几个暗示的眼神，然后径直走向卫生间，在那儿等着她过来。

“真是一个美妙的夜晚。”她不带感情地说道。

“是啊，都是一帮酷酷的家伙，是吧？跟我们平时接触的人不太一样！”

“绝对的，嘿，希望你别介意，我想早点回去了。”她说道，声音好像从很远的地方传来。

“出什么事情了吗？怎么了？”

“不是，什么事情也没有。只是太晚了，而且我似乎不大习惯酒吧的氛围。我和艾弗里说好今晚我俩都回家的，所以最好现在就走。总之，晚餐很棒。不过我有点累了，你们可以去那里玩个痛快，好吗？”

“你真要回去？要不我和你一起坐出租车回家，然后睡觉。我也觉得自己不适合这里的氛围。”我提议道，但是她坚决不同意。

“别说傻话了。好好去玩吧，代表我们两个人去！”

我们回到大家中间，坐到各自的位子上，发现大家已经打开最后一瓶酒喝了起来。这时服务员举着账单向我们走来，我突然间呼吸粗重起来——粗略地默算一下，每人至少花费了将近250美元。不过，AA制显然不适用于这里，戴维毫不犹豫地接过那个小小的皮革账单夹，淡定地宣布道：“今晚算我的！”

没有人表示异议，也没有人做出跟他抢着付账的姿态。

他掏出一张黑玉色的银行卡，轻轻插在账单间，递给服务员。这就是传说中神秘的“美国运通黑卡”？只有年收入在15万美元以上的顾客才有办理这种卡的资格。我也是最近才对它有所了解。除了家底千万的富二代们，没有人不对它垂涎三尺。

“准备好了吗？”埃莉莎问道，整理了一下自己的短裙，把美丽小巧的屁股盖住，“我们需要两辆出租车。利奥和斯凯，你俩先打的过去。我、戴维、贝蒂和佩内洛普随后过去与你们会合。你们先到那里的话，最好预订左边那张靠近吧台的桌子，好吗？”

“对不起，我想我必须得回家了。”佩内洛普说道，“晚餐很棒，不过我明天还要早起上班。很高兴能认识你们！”

“佩内洛普，你绝对不能回家，夜生活才刚刚开始呢！来吧，最棒的派对在等着我们！”埃莉莎极力怂恿道。

佩内洛普微笑着说：“我也很想去，真的。但是今晚真的不行。”她拿起外套，飞快地给我一个告别的拥抱，然后向其他人挥了挥手。“戴维，谢谢你的晚餐。认识你们真是我的荣幸！”我还没来得及告诉她回头给她电话，她已经走远了。

我们跌跌撞撞地走向预订好的出租车，边走边随意地聊着天，我只能不时点头或者发出“嗯”的声音。直到站在纽约游廊8号天鹅绒的地毯上时，我才意识到自己真的有几分醉意了，而且，由于完全没有去这些火爆夜店的经验，我一不当心就会说出刚才那种让人脸红心跳的话来。

“埃莉莎，我想我最好还是不进去了，”我有气无力地说道，“我感觉不太舒服，而且，明天一大早还要去……”

话没说完，她就尖声尖气地大叫起来，脸上的表情眉飞色舞：“贝蒂，你别开玩笑了！这可是你第一次来纽约游廊8号，而且我们都已经进来了。跨出这一步也是你工作的一部分，明白吗？”

我模糊地意识到大概有30人在外面排队——大部分是男人，他们正盯着我们看，不过埃莉莎看起来毫不在意。戴维正在和酒吧的一位保安互相击掌问候。除了顺从大家的意思之外，我别无选择。

“当然，”我小声道，“你说得很对！”

“萨米，今晚我们在艾米的邀请名单上！”埃莉莎自信满满地对那个保安宣布道。他身高超过1米9，体重估计有100公斤，竟然就是佩内洛普订婚派对时遇见的那个家伙。他看起来不太喜欢门口喧闹的场面，但是当埃莉莎向他走去时，他彬彬有礼地地回答道：“那是当然，埃莉莎，你们来了多少人？快进来吧，我让经理给你们挑个好位子。”

“太好了，亲爱的，非常感谢！”她在他脸上吻了一下，抓着我的胳膊，贴近我耳朵说道：“这些家伙自以为了不起，可实际上，如果他们不是在这家酒吧门口站着的话，别人甚至不会正眼看他们！”

我点头，希望萨米没听见这话——即使他活该被这样贬损。我回头瞅了他一眼，发现他也正盯着我的背影看。

“嗨！”他向我点了点头，表示也认出了我。

“嗨，”我聪明地回应道——尽量不提“今晚我进去总不会有什么问题”之类的话，“那天晚上，谢谢你的雨伞！”

但是他没有听到我的话。他已经转身去拉那根红色天鹅绒绳子，向等待着的人群告知还没有轮到他们进去。他边对着无线对讲机说着什么，边推开大厅的门。我们穿过衣帽间，一下子被笼罩在一片“云山雾海”之中。

“你是怎么认识他的？”当戴维在和方圆6米内的所有人打着招呼时，埃莉莎偷偷问我。

“你说谁？”

“门口那家伙。”

“谁啊？”

“在酒吧门口站着的那傻瓜！”她说道，吐出一大团烟，仿佛塞满了她整个肺部。

“你看上去挺喜欢他的。”我回答道，想起刚才她是多么热情地拥抱他。

“那我还能怎么办？这是迫不得已的，很掉面子的事情。你认识他？”

“不认识。几个星期前在佩内洛普订婚派对上见过，他对我很不友好，让我在门口无止境地等。我跟他就见过那么一次，其他的就一无所知了。”

“嗯，”她低声道，似乎对我刚才说的每个字都提不起兴趣，“我们来喝一杯吧！”

即使是号称全美数得上来的知名酒吧，纽约游廊8号看起来也不算很大。整个酒吧是长方形的布局，最边上安放着吧台，两边各摆放着8张桌子。顾客可以聚集在吧台附近喝酒，也可以在酒吧中间跳舞。只有全部用玻璃做的天花板和两排棕榈树，让人感受到一点儿异国情调。

“嘿，伙计们，在这边！”利奥叫道，他坐在靠近吧台左边的那个沙发上——正是埃莉莎嘱咐的那个位置。在酒吧隐蔽的角落里，DJ播放着50美分[1]的歌曲。我注意到斯凯已经坐在一位男士的腿上，随着音乐摇摆着身体。他们的桌子上方就有一个小型吧台，上面摆放着凯歌香槟、坎特一号伏特加、添加利金酒，还有用来调酒的瓶装的橙汁、葡萄汁、蔓越莓汁、奎宁水和苏打水。佩内洛普曾提及她订婚派对的昂贵费用，所以我知道这里的每瓶酒都起码标价上百美元。

“你想喝点什么？”利奥从我身后走了过来问道。

我可不愿意再冒一次丢人的危险，所以我只是要了一杯香槟。

“马上就来，”他说道，“来吧，我们去跳舞。斯凯，你来吗？”

利奥站了起来，但斯凯正沉浸于和那个男人的调情，整个人都跨坐在对方身上。我们没有听到她的回答。

这群人这可谓清一色的俊男靓女。所有人的年龄跨度只在10岁以内——从二十几岁到三十几岁，而且似乎每个人对这里都是熟门熟路。女人都很高挑，泰然自若地穿着袒胸露背的衣服，露出白皙诱人的大腿，但是并没有俗气的感觉。男人们搂着她们跳舞，不安分的手游走在她们的后背、香肩和玉臀上。他们没有一个满头大汗，也绝不会让女士们的酒杯变空。这里的场景，一点儿都不像我叛逆的学生时代露营的夜晚，那时我对热闹欢腾的人群充满恐惧。

我扫视完全场后，发现利奥已经挑选了一位黑发的英俊男士，他们和一对模特般的情侣一起翩翩起舞，四人随着音乐的节奏而不时碰触到彼此的身体。偶尔地，他们会互换位置，以便让两个女孩面对面，贴身而舞。

---

1 50美分：50 Cent，原名科迪斯·杰克逊，美国黑人说唱歌手。——编者注

我走进卫生间，突然间，不知是谁的一双胳膊迎面抱住了我，我只瞥见对方留着浅棕色及腰的卷发，然后闻到一股糅合着漱口水和香烟的气味。

“贝蒂，贝蒂！我真不敢相信，我们多久没见面了！”对方的尖叫声从我肩膀上传来，她的下巴顶着我的胸部，让我感觉很不舒服，特别是在还不知她是谁的情况下。她抱着我好一阵儿后，才把手松开，看见她的一瞬间，我做梦也没想到是她。

艾比·艾布拉姆斯！

“艾比？真的是你吗？哇哦，确实好久不见了。”我提醒自己说话要谨慎，尽量不要表现出很不乐意见到她的样子。在大学时代有关她的回忆全都如同噩梦一般，毕业后我们虽然留在同一个城市，但我还是极力想要忘记她的存在。在几分钟之前，我还可以说这个城市足够大，大到在长达5年的时间内，我们还没有一次偶遇。现在，好运显然到头了。她看上去比实际年龄要老一些，显然做了隆鼻手术和丰唇手术，但是最引人注目的还是她的胸部。巨无霸般的胸部几乎占据了她整个身体。

“实际上，我现在是艾比盖尔。”她立刻纠正我，“很疯狂是吧？我听说你现在在凯莉公关公司上班，所以就知道迟早会在这儿碰到你。”

“什么意思？你在纽约住了多久了？”

她盯着我，脸色惊恐，拽着我的手，把我拉到角落的沙发上。我想要挣脱她，但是她拽得死死的，而且还在不断用力。“不会吧你？难道你没有听说过？我也是混媒体圈儿的啊！”

我不得不假装咳嗽，然后用右手遮住我的嘴，这样她才看不出来我在忍不住哈哈大笑。在埃默里大学上学的时候，艾比就喜欢宣称她混迹什么“圈儿”——女大学生联谊会、男子篮球队、学校报社活动之类的。

没人知道她为什么要这样做——实际上这毫无用处，但是出于某种不为人知的原因，她始终坚持这样做。大一那年我们住在同一楼层，很快，我就注意到她有一种不可思议的本领——能准确地感知到令别人不安的事物。她经常“审问”我喜欢哪个男生，然后让我“无意中”发现她和那个不久前才被我夸赞的男生“眉来眼去”。我听说有一次她在宿舍的卫生间里仔细盘问一个亚裔女生，怎样用一支眼线笔描画出性感、挑逗的双眼。有一次她“借用”了一个同班同学的历史试卷并且照搬全抄，历史教授发现“雷同卷”后准备给两人都打不及格，她才只好承认自己一时“搞错”了。我和佩内洛普一起在上新生写作课程的时候，我们很快就达成共识：应该尽量远离她。她是那种你一开始接触就会感到浑身不自在的女人，她会巧妙而刻薄地对你的发型、男朋友或者着装评头论足，一旦不可避免地把你惹火后你要反击时，又会假装忏悔或害怕。我们经常有意无意地冷落她，但她好像始终浑然不觉。相反地，她总是“不厌其烦”地缠上我们，以便继续“贬损”我们。理所当然，她从来没有交过真正的同性朋友。不过在大学期间，她一直以十二分的热情投入到联谊会和体育小组的活动中去。

“媒体圈吗？不，我真不知道。你近来在忙什么呢？”我用我能发出的最倦怠的口气回应她，心里发誓再也不让她和我的生活产生任何交集。

“好吧，让我想想。我最初去了《Elle》，然后跳槽到网络杂志《Slate》——这一步非常明智，你知道吗？我还在《名利场》待过一段时间，但是里面的规章制度过于严厉。现在我是一个自由撰稿人——署名文章随处可见！”

我认真想了好一会儿，但是想不出在哪里见过她的名字……所有的报刊上都没有。

“你呢，新工作怎么样？”她尖声尖气地问道。

“呃，是的，我已经上了将近一个星期的班了，到目前来说，感觉挺新奇。我不确定自己能否进入公关‘圈儿’，但是我挺喜欢这份工作的。”

她完全没意识我话里暗含讽刺，或者故意当作没听见。“那可是一家名气很大的公司呢，吸引了最优质的客户资源。天啊，我太喜欢你的吊带衫了——如果你的小肚子再往里收一收的话，那就完美了，你懂吗？我也一直穿着吊带呢！”

我竟然不由自主地吸了吸肚子。

正当我想要放出点“狠话”来回击她的时候（比如“为什么她2公斤的肉在她身上看上去足足有10公斤”之类的），她又接着发问了：“嘿，快告诉我，你最近联系卡梅伦了吗，你前男友是叫卡梅伦吧？我听说他为了一个模特跟你分手，不过我可不相信这个！”

跟她的尖酸刻薄比起来，我的“道行”差了不止一点点啊。

“卡梅伦？我不知道你也认识他。不过，他毕竟也是土生土长的纽约人，所以……”

“噢，贝蒂，见到你真是太开心了。”她说道，不让我就刚才那个话题发表评论，“下次我请你吃午饭好吗？我们真该好好叙叙旧。我一直想打电话给你，可你在毕业后简直就像人间蒸发一样！你平日跟谁聚在一起呢？还是那个文静的小女生吗？她真是个乖乖女，她叫什么来着？”

“你指的是佩内洛普吧？她是个好姑娘，已经订婚了，而且，对，我们还经常见面。下次见到她一定代你向她问好！”

“是的，是的，请务必代我问候。那么，下周上班的时候我给你电话，到时我们去找个好地方吃午饭，好吗？再次祝贺你终于和该死的银行说再见，并走进这个真正精彩的世界……我已经迫不及待要向所有人隆重介绍你。呵呵，感觉有好多人你必须去认识啊！”

我正准备无奈地承受艾比的喋喋不休时，埃莉莎出现了。我之前从未想过她的出现会让我如此高兴。

“埃莉莎，这位是艾比。”我边说边随便地指了一下艾比。

“全名叫艾比盖尔。”艾比插话道。

“是的，呃，艾比，”我瞪了一眼艾比，继续介绍道，“这位是我的同事埃莉莎。”

“你好，我们之前见过的，是吧？”埃莉莎嘴上叼着一支香烟，一边在提包里摸索着打火机。

“您说得对。”艾比回答。她从隔壁桌上拿来一盒火柴，非常殷勤地帮埃莉莎点燃烟，然后问道：“可以给我来一支吗？”

她们开始叽叽喳喳地交流起各种小道消息，特别提到了一本新杂志《纽约独家新闻》（*New York Scoop*）。这本杂志以各种八卦传闻的集萃为主要特色，我曾在办公室里听人提起过它。尽管它正式发行有一年多的时间了，但直到最近有人用蹩脚的笔名——艾莉·英塞德[1]在上面开辟专栏，它才渐渐为人所知。每周发行两期，有网络版和纸质版两个版本。艾莉的专栏不像辛迪·亚当斯或丽兹·史密斯在《第六页》上发表的文章那样附着作者的照片。艾比坚持称艾莉的专栏为近年来媒体界最重要的成就之一，但是埃莉莎不以为然，据她掌握的情况来看，目前只有时尚界或娱乐圈的人才饶有兴致地看它——尽管她预测其他人也会渐渐被吸引。她们津津有味地就这个话题讨论了大概一分半钟，于是我心安理得地找个借口走开了。

迷迷糊糊地，我闯进一大群俊男靓女中间，这才发现只有我一个人像根木头似的杵在那儿，其他人都随着音乐扭摆着身体——每个人都有

1 艾莉·英塞德：Ellie Insider，意思是内幕提供者艾莉。——编者注

非常好的节奏感。“跳舞”这种事情从来不是我的强项。在高中舞会时，我会在播放忧伤的慢歌时千方百计溜出舞池[主要是为了躲开长达8分钟的《天国的阶梯》(*Stairway to Heaven*)这首曲子]，在校园的潜水酒吧里喝醉时，我也会跟着自动点唱机手舞足蹈，不过“舞姿”确实羞于见人。我还没来得及摇摆，又陷入了极度恐惧之中。尽管只是短暂的一瞬间，但我感觉到每个人都盯着我婴儿肥的身体来回摇摆。我要赶紧离开，至少回到自己的桌子旁，逃离这地狱般的舞池。但是正当我打定主意“逃离现场”的时候，感觉到一只手轻轻地摸了下我的后背。

“你好！”一个高大的男人用纯正英式英语跟我打招呼，他肤色是恰到好处的黝黑色(这种颜色只可能是在室内人工打造出来的)，“跳舞吗？”

我忍不住转身看看背后，确定他是不是在向其他女生发出邀请。我还来不及顾虑身上的烟味和我已经被汗水濡湿的吊带衫，就已经被他揽住腰开始跳了起来。跳舞？我们正在跳舞！自从上次坐地铁上班，在车厢里被一个变态的家伙强行拥抱后，我还没有和谁挨得那么近过。“放轻松、去享受，放轻松、去享受”，我心里默念着，尽量保持冷静，但事实上我根本没必要这么做。我的大脑逐渐失去意识，身体不由自主地贴近眼前这个有着健康肤色的“王子”。他给我端来一杯香槟，我喝了一杯又一杯。不知什么时候，我已经趴在他的大腿上了。有人在聊着绯闻和八卦，我也迷迷糊糊地跟着其他人一起笑，这个迷人的陌生男子轻抚着我的头发，为我点烟……

我完全忘记自己不合时宜地穿着一身黑衣服，为此我刚刚还被那个小个子的臭女人奚落了一番(她在学校里时就一直折磨我)，也忘记了自己完全跟不上音乐的节奏。被酒精麻痹而反应迟钝的我，只记得那个英国男人的一个朋友走过来问他，怀里这个漂亮迷人的女孩是谁？直到他从后面抱着我并宣布：“她是我了不起的发现——非常迷人，不是吗？”我才意识到他们刚才一直谈论的女孩就是我。而我，这个“了不起的发现”，没心没肺地傻笑着，伸出双手捧住他的脸庞，端端正正在他嘴上亲了一口。谢天谢地，这是我能记住的最后一件事情。

8

一阵愤怒的男人声音将我从梦中惊醒。声音之尖锐，让我怀疑是否真的有人站在床边，把锥子刺进我脑袋里。那种有节奏的震动，让我几乎有点忍受不了。直到意识到那张床并不是我自己的，我瞬间清醒起来。昨天晚上那套不合时宜的黑色衣服不见了，身上穿的是Calvin Klein灰色紧身内裤和标着“SPORTS CLUB LA”(洛杉矶体育俱乐部)的白T恤。“不要恐慌。”我命令自己保持冷静，想努力听清楚那个男人在说什么。仔细想一想。你现在在什么地方？昨天晚上做了什么？鉴于自己之前从未在陌生的地方不省人事之后醒来，我真该恭喜自己有了一个良好的开端。让我想想。先是埃莉莎给我打电话，然后是在西普里亚尼餐厅就餐，随后是坐出租车到纽约游廊8号喝酒，大家坐在桌边，跳舞……和一个黝黑色皮肤的英国男人。该死。我能记起的就是和一个不知姓名的男人在酒吧跳舞，并且我现在在一张我根本不知道在哪里的床上——尽管这床很大、很舒服，床单也非常柔软。

“你要我告诉你多少次？你绝对不能把Pratesi床单放在热水里洗！”那个男人几乎是在吼了。我从床上跳起来，试图寻找逃跑的出口。但我瞄了一眼窗外发现，我现在至少是在20楼以上的房间里。

“是的，先生，对不起，先生。”一个西班牙口音的女人呜咽着。

“我相信你不是有意的，曼努埃拉。我是个讲道理的人，但是这件事不能再发生了。我恐怕要解雇你了。”

“但是，先生，如果我能……”

“很抱歉，曼努埃拉，我的决定已经无法改变了。我会付给你这周剩下几天的佣金，你可以走了。”我听到一阵低沉的抽泣声，随后是一片寂静，几分钟后，“砰”的一声关门声打破了这寂静。

胃里一阵翻滚，提醒我它难以忍受我的宿醉。我疯狂地寻找洗手间，四处搜寻我的衣服，虽然我根本没有时间做到两者兼顾。我思忖着是被他看到我半裸的样子好，还是我呕吐的丑态好。就在那时，他进来了。

“你醒了。”他说，几乎没有看我一眼，“你现在感觉好点没？你昨天晚上真是烂醉如泥了。”

他的样子彻底分散了我的注意力，我几乎忘记了自己本想呕吐的。他的肤色比我记忆中更黑，对比之下，他身上白色紧身T恤、飘逸的白色长裤和整齐洁白的牙齿显得特别突出，那牙齿是我见过的英国人中最好的。他就像《富商的处女新娘》（*The Tycoon's Virgin Bride*）中的恩里克，就差一件防尘衫了。

“呃，是的，我想我是醉了。这，我之前从没这样过。我恐怕连你的名字都不记得了。”

他似乎想起我不是一件床上饰品，而是一个活生生的人，他走过来在我旁边的枕头上坐下。

“我是菲利普，菲利普·韦斯顿。不用担心，我只是把你带到这里休息，因为我当时叫不到两辆出租车，并且我不想去东区。什么都没有发生，我不是什么强奸犯。实际上，我是一名律师。”他的发音是浓重的英国上流社会的腔调，透着难以掩饰的自信。

“哦，好吧，非常感谢你。我真是没想到我喝了那么多，但是和你跳完舞之后发生了什么我完全想不起来了。”

“嗯，发生了一些事情。紧张又糟糕的早晨，不是吗？我讨厌自己练完瑜伽后的平静被这些琐事破坏。”

“是啊！”他至少不像我这样在一个陌生人的床上醒来，还有比我现在的情况更糟糕的吗？但是我懒得辩论。

“我的女管家刚刚居然准备用滚烫的热水洗我的Pratesi床单。我是说，如果他们的一举一动都需要我审查，他们该有多不称职啊？你能想象如果不是我及时发现，我的床单将会面临怎样的灾难吗？”

同性恋。他绝对是一个同性恋。他可不是恩里克，而是恩里克神经兮兮的朋友埃米利奥。

“如果洗了会怎样？后果真的有那么严重吗？”我总是用热水洗床单，并使用快速烘干模式烘干，因为我觉得这能让床单重新柔软起来。但是话又说回来，我都是在梅西百货公司买床单，无须花时间和精力考虑该怎样清洗它。

“将会发生什么？你不是开玩笑吧？”他大步穿过房间，往脖子上喷了一点儿Helmut Lang古龙水，“她会烫坏织物原有的纹理，就是这个问题！一套双人床品价值2 800英镑，她会毁了这些床单的！”他把香水瓶放下，往金色的皮肤上拍须后水，但看起来更像是润肤乳之类的东西。我快速地换算单位，计算出那床单价值4 000美元。

“我，我想我可能很难理解，我，呃，我不知道床单也会这么贵。但如果我花那么多钱买床单，我也会很注意的。”

“是的，好吧，很抱歉让你听到这些。”他把T恤脱下来，健美发达的胸肌在我面前展露无遗。想到他这么英俊迷人居然是个同性恋，真是太遗憾了。他走进洗手间，关上门，打开淋浴开关，几分钟后，裹着一块毛巾出来了。他从橡木走入式衣柜里取出一件白衬衫和一套西服，把折叠整齐的衣服递给我，很绅士地离开房间让我换衣服。

“你打算回家吗？”菲利普的声音似乎从遥远的地方传来，“我得去上班了，要开晨会。”

工作。天啊，我竟全然忘记了我现在是有工作在身的人。还好，床边的时钟显示时间是刚过7点。这么早，他居然已经练完瑜伽回来了，而我们应该是凌晨3点后才从酒吧回到家的。我脑子里瞬间回放我唯一一次去上瑜伽课的画面。我在课堂上笨手笨脚地跟着老师做动作，课程进行了30分钟后她让我们保持半月形姿势30秒。用她的话确切地讲，这个姿势的功效相当于人8小时的睡眠。我有些不能赞同地哼了一声，老师立即问我有什么问题。我是有问题，即为什么之前就没有人向我们指出半月形姿势的神奇效果？这么多世纪以来，如果仅是弯腰30秒就能达到睡眠效果，为什么人类将三分之一的时间浪费在睡觉上？幸亏我控制住了自己将这些疑问和盘而出的冲动，我只是小声地告诉她这是一个“非常酷的理念”。当老师不注意的时候，我偷偷地溜出了教室。

菲利普家的走廊，比我整个公寓还要长，我必须循着声音去找到他在哪个房间。五颜六色的抽象画挂满了墙壁，单调的金属结构家具在深色实木地板（纯实木，而不是纽约镶木地板）的衬托下多了几分柔和。整个屋子看起来就像Ligne Roset（法国顶级现代家具品牌）的样板间，一切都像是从展厅直接搬到这个家伙的公寓里。找到他之前我经过了三个洗漱间、两个卧室、一个客厅和一个书房，书房里是内嵌式落地书架，有两台Mac G4电脑和一个酒架。他靠在花岗岩吧台上，把几个血橙放进一个高端的榨汁机里。我家里连一个开罐器都没有。

“你练瑜伽？我还没听过有男人练瑜伽的。”说到男人，我心里其实是想说“正常异性恋”的男人。

“当然了。瑜伽是非常棒的体力训练，并且能涤荡心灵，我非常喜欢这种感觉。虽然有些美国化了，但我觉得还是值得练的。你应该跟我一起尝试一下。”还没等我反应过来，他一把把我抱到吧台上，拨开我的膝盖凑过来吻我的脖子。

我本能地躲开从吧台上跳下来，反而一下跳进了他怀里。

“我以为，嗯，你不是……”

他那双碧绿的眼睛注视着我，等着我下面的话。

“是这样的，嗯，考虑到昨天和今天发生的一切，你知道，Pratesi床单和瑜伽课……”

他的眼神里还是充满等待。

“你不是同性恋吗？”终于说出来了，我屏住呼吸，希望他还没“出柜”，或者，更糟，已经“出柜”但是厌恶自己的性取向。

“同性恋？”

“是的，同性恋。”

“你不是开玩笑吧？”

“呃，我不知道，只是看起来——”

“同性恋？你居然认为我是同性恋？”

我似乎漫步在一场电视真人秀节目里，所有的人都知道某个秘密，只有我被蒙在鼓里。种种迹象，各种线索，但是没有真实的信息。我尝试迅速理清思路，但只是徒劳无功。

“好吧，当然，我根本不了解你。问题是，你穿得这么讲究，似乎对公寓里的每一样东西都很在乎，并且，呃，你用Helmut Lang的古龙水。我的朋友迈克尔连Helmut Lang是谁都不知道……”

他露出光洁整齐的牙齿，随手弄乱了我的头发，就像在摆弄一个蹒跚学步的小孩。“也许你遇到的都是些不该交往的人。我向你保证，我是绝对的异性恋。我只是懂得欣赏精致的事物。赶紧的，如果你动作快点，我还有时间送你回家。”说罢，他套上一件羊绒毛衣，抓起自己的钥匙。

在电梯上我们一句话都没说，但是亲爱的菲利普先生把我按到墙上一点点咬我的嘴唇，这让我感到有些恶心，却也有点令人窒息的美妙。

“嗯，你真美味。快过来，让我最后再尝一下。”但是还没等他再次把我的脸当作他的Chupa pop棒棒糖，电梯门突然打开了，两个穿着制服的保安看着我们走出来。

“走开，”菲利普说道，他走在我前面，举起手，手掌向前对着那两个咧嘴笑的人，“今天我不想听到它。”

那两个人窃笑着，默默地打开大厅门，显然他们已经习惯了菲利普护送陌生女人离开公寓。直到迈出大门，我才确切知道自己在什么地方：格林尼治村克里斯托弗酒店，一直向西，距离河边一个街区，著名的档案大楼（Archives building）。

“你住在哪里？”他从Vespa摩托车后取出一个银色头盔，摩托车就停在离大楼入口一米远的帆布雨篷下。

“默里山，有问题吗？”

他不是很友善地笑了。“我不知道，你说呢？如果是我，我肯定不会闹着要住在默里山。但是，随便你怎么想。”

“我的意思是，”我坚定地说，不去考虑他神经兮兮的情绪波动，“你是否顺路送我回家？我可以叫出租车的。”

“亲爱的，你想要怎样都可以。不要担心我，我的办公室在中城东区，刚好顺路的。”他边说边从裤子口袋里掏出钥匙，把Hermès包固定在车子后面——小轮摩托车。“我们出发吧，大家都等着我呢。”他抬腿跨上车子，屈尊似的看着我。“走吧？”

我瞬间说不出话来，直到他打起响指。“来吧，亲爱的，快点做决定吧。坐还是不坐？没那么难吧。你昨天晚上可没这么优柔寡断……”

像大多数女孩一样，我也幻想过有理由狠狠地扇某个白痴一个耳光，现在这个机会竟真的摆在我面前。但是我被吓到了，不仅是他的响指，更是他话中暗示我们昨晚真的发生了什么。我没有回答他，径直转过身沿着街走下去。

他叫了起来，听起来似乎有些担心：“你不要这么敏感啊，亲爱的。我只是随便开开玩笑。昨天晚上什么都没有发生。你没有，我也没有……”我听到他得意地笑着，但我只顾自己朝前走。

“好吧，随你便。我现在没时间陪你闹了，但是我会找到你的。说实话，没几个女人能抵抗住我的魅力。把你的号码给我的保安，我会给你打电话的。”说罢，他发动引擎，摩托车呼啸而过。虽然我感觉自己被侮辱、被抛弃了，但还是觉得在某种程度上我赢了……如果他说的是实话，当然了，我是不可能在烂醉如泥、神志不清的情况下跟他上床的。

这种胜利感持续了40分钟。其间我打了一辆出租车，冲到家里用毛巾擦洗了身子，在腋窝喷了大量的除臭剂，在头上撒了婴儿爽身粉，把全身都抹了润肤霜。我在房间里四处搜寻干净的衣服，想着自己连宠物狗都照顾不好，怎么可能做一个称职的妈妈。米林顿缩在咖啡桌下的角落里生闷气，惩罚我昨天晚上把它丢在家里。而且，它还在我的枕头上尿尿，但我没有时间去清理了。我挤过拥挤的上班人群，终于在九点过一分的时候到了办公室。我正准备赶紧吞下我唯一知道的解宿醉的食谱：大杯咖啡、培根、鸡蛋、奶油芝士卷，突然看到埃莉莎朝我打手势让我过去。她已经在阳光最好的窗边找了一个位置，脸上一副渴望与我交谈的神态。

我们的办公室是一个大矩形，四周被光滑柔软的皮沙发和公共座位环绕。里面没有单人办公桌，两张巨大的半月形桌子就是大家共同的办公区。两个桌子中间是通道，通往公用的传真机和打印机。我们每人一台笔记本电脑，下班后可以锁在柜子里也可以带回家，而办公位置则是以“先到先得”的原则分配。其中的两三个位置是我们竞相争抢的对象，因为坐在那里不用担心凯莉能从她的办公室看到自己的电脑屏幕。埃莉莎已经占到了最安全的位置。我把笔记本电脑放在桌子上，小心地把咖啡从纸杯里倒出来，确保不洒落一滴。埃莉莎几乎有些气喘了。

“哦，贝蒂，快点坐下来。快点告诉我，我迫不及待地想知道。”

“告诉你什么？昨天玩得很开心，谢谢你邀请我。”

“快闭嘴！”她叫了起来，这似乎是她一贯的交流方式。“怎么样……”她停顿了一下，深呼吸后吐出一个名字，“菲利普？”

“菲利普？你不是说菲利普吧？我看他不像一个法国人。”

“哦，天啊，你根本没抓住我说的重点，他非常棒，不是吗？”

“是的，我认为他是个性情古怪的人。”在某种程度上，我认为他确实是怪人，不过，这也是他最具魅力的地方，当然，我没有必要向埃莉莎承认这一点。

埃莉莎倒吸了一口气，一动不动地盯着我，低声说道：“你说什么？”

“我说，我认为——”

“我听到了。”她几乎是咆哮了，“我就是想不明白你为什么要这么说他。你跟他跳舞的时候看起来非常享受。他非常迷人，呃？谁能不通过练习达到完美？”

她虽然正在说跳舞的事情，但却有些神情恍惚起来。

“埃莉莎，你在说什么？”

“哦，贝蒂，别装了，我们现在谈论的可是菲利普·韦斯顿。”

“这跟我有关系吗？”

“哦，天啊，贝蒂，我真为你感到难堪。你是认真的吗？你真的不知道他是谁吗？”埃莉莎开始如数家珍似的向我一一道来，“毕业于伊顿公学和牛津大学，拿的是耶鲁大学法律学位，盛信律师事务所有史以来最年轻的合伙人。祖父是公爵，父亲拥有从伦敦到曼彻斯特的大部分土地，在爱丁堡也有一大块地，名下的信托基金比得上国债总量了。格温妮丝的前男友，众多维多利亚的秘密内衣模特的男性密友，被《名利场》誉为“夜生活的阿多尼斯”。这些你没听说过吗？”说到这里，她几乎喘不过气了。

“没有。”我边说边整理她所说的信息，感觉血液在耳朵里轰鸣，一个公爵？格温妮丝？

“太讽刺了。”她自言自语道，“这个地球上每个女人都把与菲利普上床列为自己的终生目标，你却轻而易举就实现了，并且根本不知道他是谁。真是太过分了。”

“和他上床？什么？”如果“上床”的意思是指“听到他炒自己女佣鱿鱼，因为她没能照顾好他4 000美元的床单”，那可以说，我们确实是共度了一个让人印象深刻的夜晚。

“贝蒂，抛开你那‘我是无辜的’论调吧。我们昨天都看到你们了。”

就在那时，我无论如何都无法理解这样一个事实，跟格温妮丝·帕特洛上过床的男人，居然不仅看过了我的裸体，还亲眼看到我的生理内裤、没刮毛的双腿和杂草丛生的比基尼线。

“什么都没发生。”我低声说道，脑子里想着尽快打点行装，更名换姓，然后逃到不丹去。

“好吧。”她色眯眯地笑了。

“真的什么都没有。尽管我在他家醒来，尽管我穿着他的衣服，但是显然什么都没有发生过。”

她又吃惊又失望。“怎么可能？他的魅力无人能抵。”

“埃莉莎，你跟他上过床了吗？”我戏弄地问道。

她像被人扇了一耳光。“没有！”

“对不起！我的意思不是……我只是跟你开玩笑，我不认为你——”

“简直就是往我伤口上撒盐。我一直都非常迷恋他，但他从未正眼看过我。我经常看到他，当然了，他完全知道我是谁，也许只是时间问题……”她的声音里透着浓浓的梦幻色彩。

我咳嗽了一声，埃莉莎从梦语中清醒过来。我几乎要为菲利普带我回家而不是带埃莉莎回家感到荣幸，但现实没有给我自我陶醉的机会。

“我是说，他会和身边任何有姿色的女孩上床，因此我一直弄不明白为什么就不是我。”她闷闷地说道。

“任何女孩？”我问道。固执地抱着一丝幻想，相信我是他唯一的女孩。

“是的，各种漂亮的女孩，这也是我无法理解他为什么对我没兴趣的地方，也许他只是不喜欢瘦的女孩。”

该死，说者无意听者有心，埃莉莎的话让我非常受伤。她开始滔滔不绝地抖出她所知道的一切。

“我们来看看，很多年前，他还不是现在这个样子的时候，斯凯跟她约会过；还有其中的一个‘名单女孩’——漂亮的那个——她上个月还登上了《Marie Claire》的封面；还有康泰纳仕集团的一些女孩。”她继续列举其他美女和社交名媛的名单，有些人的名字在我几年前无聊的时候翻阅八卦专栏和聚会专栏的时候见到过，但是我已经听不进去埃莉莎在说什么了。幸亏她只说了一打名单，凯莉就从办公室出来叫我进去她的动物图案的“地狱”——她的整个办公室充斥着斑马纹、豹纹和老虎纹，满是大号的皮毛枕头和斑点状的粗绒毯。

“坐下吧。贝蒂，都还好吧？”她愉快地问道。凯莉关上门示意我坐在一个椅子上，椅子上套着像真皮毛的东西。

“嗯，非常好。我在这里度过了最棒的一周。”

“我很高兴你这么认为。我想你也已经适应了。”她露出了一脸灿烂的笑容。

“是的。说真的，我很开心在这里工作，我保证会尽快熟悉工作内容，真正为公司做贡献而不是旁观。”我自认为回答得得体而合乎逻辑。

“嗯嗯，非常好。跟我说说昨天晚上的事！”她双手紧扣，身子往前倾斜到我这边。

“哦，是的，昨天晚上。我和埃莉莎、斯凯、利奥还有其他几个人一起吃晚饭，我们玩得很开心。你这里的工作团队真的非常棒。当然了，我以后不会跟他们一起出去那么晚了……”我假装很自然地笑着，因为我实在不习惯跟自己的上司谈论夜生活。前老板艾伦是不可能成为我夜生活后第二天的倾诉密友，但是凯莉似乎非常感兴趣。

“你的意思是，你不会跟他们出去直到第二天早上……”她咧开嘴笑了，话音也戛然而止。

呃，我觉得我们的话题已经踩到私事和公事的界线了，我不想跨越那界线。“晚餐非常棒！我非常喜欢这里的同事。”我不知道该说什么，脑子里就冒出这么两句空洞的话。

她再一次往前探出身子，把她的斜刘海往左边拨了拨，双肘撑在粗制的木桌上。“贝蒂，你不能指望跟菲利普上床了而全世界没人知道。看这个。”她推给我一张打印纸，我拿到后手不由自主地抖了起来。

我一眼就认出那是昨天晚上艾比和埃莉莎讨论过的刊物，《纽约独家新闻》。内容是从官网下载的，文章标题是：神秘女孩进入韦斯顿入住的酒店。文章详细讲述了菲利普在纽约游廊8号被一个“年轻尤物”所“勾引”的细节，据说这个“尤物”是凯莉公关公司新雇佣的员工。文章会继续关注事态发展，看这个女孩会不会有下一步的举动。文章署名是“艾莉·英塞德”。真是一个愚蠢透顶的名字。

尽管“年轻尤物”这个半是恭维的词纯粹是用来填充内容，还是让我感觉胃部一阵痉挛，我惊恐万分地看着凯莉。

“我也很着急，几乎搜了半个曼哈顿的人，希望找出这个艾莉·英塞德究竟是谁。真是太狡猾了。你能相信他们曝光消息的速度有多快吗？这得益于网络的迅速和广泛传播，尽管我仍然忍不住认为博客只不过是那些无法将自己的文章发表的人写的微不足道的日记。”

“凯莉，事实根本不是这样。我可以解释的。只是吃过晚饭后，我们——”

“贝蒂，我知道发生了什么，并且，我很开心！”

“你？”我相信这只是她的一种委婉地炒我鱿鱼的方式。

“当然了！看吧，这是一个非常理想的方案。菲利普·韦斯顿、纽约游廊8号、我们公司的名字。我想说的是下次你务必确保《第六页》也能随时掌握进展。这可是实实在在被点了名，这个专栏还很新，它的读者量还没有完全达到标准。”

我张开嘴想说什么，却一个字也吐不出来。凯莉似乎没有注意到我的惊愕。

“他非常棒，不是吗？这里只有你和我，你可以放心说，我一直都非常迷恋他。”

“你？喜欢菲利普？”

“哦，天啊，是个女孩都会吧？他简直是太帅了。不仅是因为他总被媒体着重标出名字，并且，他不穿衬衣的时候更有魅力。”

凯莉的脸上浮现出一层梦幻色彩，就像刚才埃莉莎的一样。“你和他约会过吗？”我问道，用尽全身力气祈祷她的回答是“没有”。

“上帝啊，我希望跟他约会过！我与他最近距离的亲密接触也不过是看他在慈善拍卖会上脱T恤，当时组织者拍卖的是与他的一次约会，当他把衣服从头上脱下时，我和其他300多个女人几乎要发疯了。非常有电影《女狼俱乐部》（*Coyote Ugly*）的感觉，如果你能想象当时的画面——美妙的享受与悲哀的自怜并存。”

那一瞬间，我放松了警惕，忘记了自己是在和上司讲话。“今天早上他从浴室出来的时候，我看到了他的胸肌，真的就如你所说的那么完美。”我忘我地加了一句，丝毫没有想到这句话会有怎样的暗示。

凯莉的头定住了，眼睛死死地盯住我，眼神里充满嫉妒。“我猜如果他给你打电话，你会跟他出去，对吧？”

这似乎根本不是个问题。“哦，我不知道他还会不会联系我。”我含糊地说，真正意识到不会有人相信我和他根本没有上床这个事实。

她目不转睛地注视着我，突然咧嘴笑了起来。“贝蒂，亲爱的，你也许是最后一个意识到这一点的人，你真的很独特、很漂亮。而菲利普·韦斯顿喜欢美女是广为人知的事实。他当然会给你打电话，你会满口答应，不是吗？然后很自然地，邀请他参加我们所有的活动，或者和他出去的时候尽量待到很晚。”

一股奇怪的喜悦之感，就像高中时的暗恋，涌上我的心头。

“嗯，好的，我会记住的。”莫名其妙地，我非常想拥抱凯莉。

“太棒了！我真为你高兴！随时保持联络。我们可以开始工作了吗？”

“是的，可以。”我深吸了一口气，这场奇怪的谈论终于结束了，我感到如释重负，“你打算告诉我名单了，是吗？”

“是的，名单，一个公司成败攸关的重要因素。没有这些可以提供给客户的名单，我们什么都不是。我花了这么多年的时间建立了这个行业最庞大的数据信息。把你的椅子拉过来看吧。”

我把那把皮毛凳子拉到她桌边，她双击桌面上一个图标。“就是这个，”她满意地说道，“我的宝贝，不管在哪里，这都能堪称史上最具综合性的时尚引领者名单。”

电脑上显示的就像是交友网站或公寓出租网站的搜索页面，你可以选择你想要的搜索项，在后面的方框里打钩，然后点击“搜索”键。有四个主要的城市可以浏览，分别是纽约、洛杉矶、迈阿密和汉普顿。另外有几十个美国其他城市和十几个国外城市名下的小名单。搜索的标准看起来很多样，在左上角的垂直搜索项那里，名单没有特别的顺序，只是被分为不同的大项：艺术、文学、电影制作、报纸、时尚、唱片公司、社交、年轻人联谊会、传媒精英、金融、杂志、建筑、零售及其他。

“只要键入你要找的人的类别，系统就会显示所有的信息。看这里。”她快速地在“文学”和“年轻人联谊会”后面打钩，指给我看上面的上千条信息，“我们可以知道每个人的所有信息，包括全名、家庭住址、工作地址、电话号码、传真号码、个人主页、电子邮箱、郊区住宅、海边别墅、国外住址、生日、配偶信息，甚至他们的孩子和女佣的信息。这里还有子目录——如果你需要缩小搜索范围和获得深度的信息，这里会告诉你某个人是同性恋还是异性恋，单身、已婚，还是隐婚。还有他们是否喜欢参加派对、是否喜爱旅行，或者是否在八卦论坛多次被提及。知道吗？当你全面了解一个人的时候，就能非常容易地判断出他适合出现在哪个派对上。”

我除了不住地点头，似乎找不到其他更好的回应方式。

“这里，以你的舅舅为例。”她键入我舅舅的名字，迅速出现了他所有相关的信息：中央公园西大道的住址和电话、办公室信息、报纸标题、专栏的名字、他写作的年头、全国读者量、他的生日，还有一小段关于他频繁旅行于基韦斯特和欧洲的文字说明。在“交叉引用”一栏下面，他被描述为“同性恋”、“文学”、“报纸”和“传媒界精英”。我没有发现“基督教联盟反动”这一分类，但是我没有说出来。

“我从来没有见过这么庞大的数据。”我的双眼根本无法从屏幕上移开。

“非常难以置信，不是吗？并且这还不是全部的，如果你仔细看，会发现一些媒体人和社会名流并不在这个数据库里。我们把他们单独列出来，因为这是两个非常重要的群体。”

“单独的分类？”

“是的，你看。”她关掉当前程序，双击另一个“新闻”图标，“这里有传媒精英，比如你舅舅、弗兰克·里奇、丹·拉瑟、芭芭拉·沃尔特斯、鲁伯特·默多克、莫特·朱克曼、汤姆·布罗考、阿瑟·苏兹伯格、托马斯·弗里德曼，等等，都是一群你希望他们出席活动的高姿态的人，但是你根本不能指望他们报道任何事情。他们是自身实力很强的名人，而那些真正在报纸、杂志、电视和广播工作的媒体人，才会做出我们许诺给客户的报道。所以要把你舅舅这样的群体单独分类。当然了，通常情况下会有交叉的现象，比如某个社会名流在杂志社工作，某个电影执行人员为当地报纸写评论，因此我们把每个人都交叉分类。”

我从她手里接过鼠标，浏览这些单独分类的内容，发现媒体数据被用人口统计学分析方法分出来，因此你能很便捷地找到音乐、设计、旅行、生活方式、时尚、娱乐、八卦、名人、运动或社交方面的特殊人物。

“简直是不可思议，这里有多少人？”

“三个数据库加起来，将近35 000人。还有一个名流名单你没看到，这个才是我们最重要的数据。”又一次双击后，一个世界上最富有、最著名和最漂亮的人的名单跃然屏幕之上。

“这个名单，包括每一位名人的公关代表、经纪人、经理人、助理和家庭信息，还有他们的生日、目前在做和即将运行的项目信息，以及他们的个人偏好，从航空公司到鲜花、水、咖啡、酒、酒店、设计师和音乐等等。我们几乎每小时都在更新数据。”

她点开查理兹·塞隆的文件夹，我看到她在南非、马里布和好莱坞都有房子；现任男友斯图尔特·汤森德；只乘美国航空公司的头等舱或是私人直升机；正在罗马拍电影；已经签约五个月后拍的另一部电影；还有她的四人工作团队，她的经纪人临时兼任她的公关人。

“怎么能及时更新这些信息？我是说，你们怎么获取这些信息的？”

凯莉仰起头笑了，显然是被我的震惊逗乐了。“埃莉莎跟你介绍过‘名单女孩’吧？”

我点点头。

“这虽不是世界上最有魅力的工作，但她们有很好的人脉，并且我们给她们很多额外的好处，让她们阅读男人们熟悉的出版物，不论是纸质的还是电子的，她们会从中获取任何有用的资料填充进数据库。我们有三个女孩，她们的社交非常广，经常出去参加各种活动，与各种各样的人打交道。就在今天早上，《纽约》(*New York*)杂志出了一期‘新生力量’的文章，里面讲到50个30周岁以下的行业精英。如果这些人在报道之前不在我们名单里的话，那现在每个人都已经被录入我们数据库了。”

“太不可思议了。凯莉，真是太神奇了。”

“当然了，为什么不做个邀请名单练习？Asprey[1]在美国开第二家店，我们正在为其策划一场开业庆典。活动将在第五大道的店里举行，目的是为了提高该品牌在美国人心中的知名度，因为美国人并不像英国人那样熟知它。参加活动的人数是500个：400个一般的参与者，剩下100个是名人和有针对性的媒体。当然了，通常这种活动有100~150人参加就可以了，但我们现在只是做个练习。”

我突然记起还没有处理好自己的宿醉，胃里又开始翻江倒海地抗议，分散了我的注意力。

“好的，我周一做好可以吗？”我装作欢快地问，立即站起身，免得自己吐出来。

“很好。”凯莉点头道，“顺便想一下礼品。哦，贝蒂？”

“嗯？”

“你是不是计划这周末去见菲利普？”

“菲利普？谁是菲利普？”我以为她还在跟我讨论名单的事，显然话题已经瞬间切换到我的私生活上了。

“贝蒂！”她咯咯地笑了。“你昨天晚上睡在哪个‘超级大帅哥’的床上来着？你会见他是吗？”

“哦，菲利普。事情不是这样的。凯莉，事情是——”

“哦，贝蒂，不要再辩解了。你不需要跟我解释什么。记住，那是你自己的生活。”她强调着，语气中显然没有反讽的味道，“我只是希望你考虑下周末跟他一起出去，在祭奠（Matsuri）、凯恩（Cain）或大帐篷（Marquee）吃晚饭？”

1 Asprey：爱丝普蕾，来自英国的尊贵品牌，以名贵珠宝首饰、钟表、皮具箱包、银器、瓷器、水晶、服装、配饰及香水闻名遐迩。——编者注

“呃，我不知道他会不会再联系我。但是如果他给我打电话了，我想我会答应的。”

“哦，他会找你的，贝蒂。我很高兴你接受了我的建议。坦白说，如果你不答应那简直是疯了！我马上要出去了，提前祝你周末愉快？”

“当然，会的。凯莉，也祝你周末开心。”我边说边一寸寸往门口挪，无法相信自己刚答应自己的老板跟一个我根本没上过床的男人继续上床。“周一见。”

她拿起电话，对我笑笑，做了个竖起大拇指的动作。我直奔我那个在埃莉莎旁边的位子。但是路上被大家不停地拦住，他们心照不宣地对我笑，或是叫道“干得好”、“拿下菲利普，了不起”。埃莉莎在我电脑上留言，说去吃午饭了（她的午餐食谱：1 000毫升斐济水、一小袋胡萝卜、半打万宝路香烟）。我拿起电话打给佩内洛普。

“嗨，你还好吧？”她问道。

“我很好，你呢？”我紧张不安地压低嗓音，声音听起来像有什么东西随时会爆炸似的。

“太好了。谢谢你昨天邀请我。那，嗯，非常有趣。”

“你讨厌那样的场合？”

“不！贝蒂，我可没这么说。我一点儿都不讨厌它。它只是，与我们通常参加的活动不一样。希望你不要介意我提前走了，但是我当时真的很累了。后来你们去酒吧玩得开心吗？”

“你是出于礼貌这么问还是没看到今天的新闻？”我在心里祈祷她没看过。

“啊，我是真的关心你。艾弗里今天早上第一时间告诉我了。我好不容易才忍住没给你打电话。我想知道详细的情况，从‘当我在纽约游廊8号见到他的时候，他上身穿黑色菱纹衬衫，下身是34英寸内接缝的黑色牛仔裤，他请我喝了香草斯托利加雪碧’。越详细越好，拜托。”

“佩，我现在不方便。”我直截了当地拒绝她，抬起头发现一半的同事假装在看自己的电脑屏幕，其实都在竖起耳朵听我说话。

“贝蒂，你不是开玩笑吧！你跟单身男人中最帅的一个上了床却不告诉我？艾弗里经常跟我提起整个曼哈顿的女人有多爱慕他。”

“我没有跟他上床！”我对着电话吼了起来。斯凯和利奥，还有其他几个助理，不约而同地抬起头，对我笑了起来。

“不管怎么样……”我听到有人在窃窃私语。

利奥翻了下眼睛，似乎在说：哦，亲爱的，我们可没那么蠢。

那一刻，我的虚荣心得到了满足。那么即使和某个男人见面并在当晚发生关系，让人觉得有些放荡又怎样？让每个人认为菲利普·韦斯顿“可能”屈尊与我发生关系，总好过他出于同情心和责任感把我带回家，只在我睡觉的那张床上小憩了一会儿。

“咳，”佩内洛普说道，“冷静，冷静，别生气啊。好吧，你没有跟他发生关系，我相信你。唯一的问题是，为什么不呢？我想你不需要我来提醒你现在还单身吧，你在矜持什么？他可是非常迷人！”

我终于笑了，整个早上我第一次想通了。严格地说，有什么大不了的？如果这个并不检点的行为不会导致我被炒鱿鱼（那似乎根本不可能发生），为什么不试着去享受？

“我根本不记得昨天晚上发生了什么。”我压低声音，用手捂住话筒，“但是我今天回家后会把我能回忆起的都告诉你。”

“今天不行，我和艾弗里今天要去他父母家吃饭，并且我不可能说服他不去。明天晚上怎么样？我们可以在黑门喝一杯。”

“我很乐意去，但是明天我要和读书俱乐部的人去吃饭、喝东西，我想可能是去小意大利区。”

她叹了口气说:“好吧，我们现在要为下下个周末的会面做个计划了，因为下两周我要在圣路易斯工作。你还在听吗?”

我不喜欢与我的读书俱乐部女孩们、威尔或者佩内洛普之外的人约会，但是工作已经开始渗透到我的周末时间。我检查了一下我迅速被填满的日程表。“是的，我已经答应凯莉和团队一起为《花花公子》派对寻找新场地了。虽然派对四个月之后才举办，但是每个人都开始忙碌起来了。你想去吗?”

佩内洛普犹豫了一下。我知道她不喜欢这个主意，但是她又不能直接拒绝，因为她刚说自己那时有空的。“呃，当然，这个主意听起来不错。这周我们弄清楚细节。当然了，如果你突然‘记起’昨天晚上的什么了，随时欢迎你告诉我。”

“贱人。”我回击道。

她在那头不停地笑。

“跟你未来的公婆相处愉快，听到没?认真倾听他们关于想要几个孙子孙女的想法，还有关于孩子的性别和眼睛颜色的问题。你现在有这个义务和责任……”

很高兴听到她又笑了起来。

“贝蒂娜·罗宾逊，我觉得你现在还不适合给我怎么见公婆的建议，想想你过去24小时的光辉事迹吧……再联系。”

“再见。”我挂掉电话，决定为了那样的夜晚和这样的早上再来一份培根、鸡蛋和奶油芝士卷。我还要完成一份500人的邀请名单和聚会礼品，但我决定先把这个放一放，因为我翻腾的胃已经等不了了。

9

三个星期之后——整整三个星期，我的时间被列名单、添置衣物、参加聚会和努力融入凯莉公关公司的文化占满。我站在“圣殿”（Sanctuary）外面等佩内洛普。门外的景象有些“触目惊心”。成群的女孩踩着高跟鞋摇摇晃晃，用精心护理的手时不时地捋平她们的日式发型，男孩们（因各种牛排晚餐而容光焕发）牵住女孩的手臂，免得她们跌倒。十一月的晚风异常寒冷，但是似乎没有人注意到天气已不是七月的光景。到处是光洁的皮肤、被晒黑的皮肤、除过毛的皮肤和红润的皮肤，在这里能看到在沙滩或是妇科诊所都少见的古铜色的深乳沟、闪闪发光的肚皮、若隐若现的大腿根部。音乐从雄伟的铁门中漏出，有人随乐曲摆动身子，更多的人则在叽叽喳喳谈论着“圣殿”会带来怎样的夜晚：第一杯马提尼进入血液后的刺激感觉、音乐带动臀部摆动的律动感、燃烧的香烟给鼻子带来的美妙刺激，还有皮肤与陌生人摩擦产生的快感。没有什么比在星期六的夜晚站在纽约最新、最时髦的地方外面，被各种美妙的人和物环绕，等待各种奇遇的感觉更让人兴奋和期待的了。当然，前提是你能进去。

令我惊讶的是，威尔对三个星期前有关我那场“非一夜情”的报道很不高兴。那天下班后，我给他打电话，以为他还没有读《纽约独家新闻》上面的文章，也不可能会去读。但发现我真是大错特错了。每个人似乎都开始读《纽约独家新闻》了，更糟糕的是，他们都是冲着艾莉·英塞德的专栏去的。

“贝蒂吗？你舅舅都等不及了，他一直在等你电话。你等一下，我马上叫他过来接。”西蒙用非常正式的语气对我说话，甚至都不问我最近怎样或是下次什么时候去吃晚餐，完全一反常态。

“贝蒂？真的是你吗？你这个名人亲自打电话给老舅了，嗯？”

“名人？你到底在说什么啊？”

“哦，我不知道，也许是那篇关于我的“神秘外甥女”的小文章吧。很显然，你的新男友非常时尚嘛，并且他的猎物经常荣登《独家新闻》首页而被人铭记。你没看吗？”

“我的男朋友？你是指菲利普·韦斯顿？”

“是的，亲爱的，你说对了。跟我当初劝你出去约会时想的不完全一样，但是我知道什么呢？我只不过是个糟老头，对年轻漂亮的外甥女的生活管不了那么多了。如果你觉得那个英国信托嬉皮士很迷人，好吧，我是不会说什么的……”

“威尔！我要提醒你，所有人都明白不能相信报纸上所说的东西，知道吗？事情根本不是那个样子。”

“好吧，亲爱的，但是显然你的反应有点慢了，现在每个人都在读艾莉·英塞德的专栏。她虽然是个阴险的小贱人，但是她似乎总能挖到独家新闻。你能跟我说你没跟他回家？或者凯莉新雇的女孩另有其人？因为如果事情正如报纸所说，我劝你要悬崖勒马，因为我不认为整个事件会对你的个人声誉有好处。”

“实际情况非常复杂”是我唯一能为自己辩解的。

“我知道。”他平静地答道，“好的，你看，这件事跟我毫不相干。重点是只要你自己喜欢。周日早午餐见。我们现在处在假期前的婚礼旺季，我猜在周日的聚会上会有人宣布婚期，穿上你最炫的鞋子来，亲爱的。”

我答应了，但是我感到有些不安。有些东西已经发生了变化，或者至少是正在转变，但我又说不出哪里不一样了。

“嗨，贝蒂，我在这里。”佩内洛普付车钱时在后排朝我挥手，大声喊着。

我也朝她挥手。“嗨，刚刚好。埃莉莎他们已经进去了，我不想让你一个人，所以就在这里等你一起。”

“哦，你看起来美极了。”她拍了下我的屁股，从头到脚把我审视了一番，“你从哪里找到这样的衣服？”

我笑了，很开心她注意到了。虽然我到凯莉公关公司也就短短的一个月，但也长到足够使我厌恶自己“丧服”一样的行头。我把自己单调的套装全都扔到箱底，从《Lucky》和《Glamour》上面撕下几张图片，直奔巴尼斯纽约精品店而去。站在收银台时，我在心里默默计算自己几年的积蓄就要一挥而尽了，然后豪迈而悲壮地递上自己的信用卡。当收银员把卡还给我时，我摸到它还是温热的。就在那个下午，我彻底跟沉闷的外表和健康的信用记录说拜拜了。

虽然身上的衣服不是出自大牌设计师，但我还是为这个全新的造型沾沾自喜：比我一个月的账单总额还要高的Paige牛仔裤；蕾丝花边的黄绿色丝绸内衣；粗花呢合体夹克衫，这件衣服几乎没有衣服可以跟它搭配，但是那个售货员声称它“非常迷人”；还有一个Chanel经典手包，是威尔在我21岁时生日送我的礼物，用他的话说“如果一个女孩成长为一个女人，却没有一件知名设计师的作品，简直就是犯罪，我希望这能成为你走向浅薄的消费主义和品牌崇拜的转折点”。

在瑞士联合银行工作了5年，每周奴隶一样地上80个小时的班，因为没时间花钱，我毫不费力地攒了一笔不小的积蓄。经过了8周失业的日子和在巴尼斯一下午的扫货，这笔积蓄急剧减少。但我的臀部从没像现在这样被牛仔布包裹得完美迷人。站在“圣殿”门外那群身材苗条、面容姣好的人群中，我有种同类的归属感，一切都值了。

“嗨，在这里。”我说着抱住她娇小的身子，“你喜欢吗？这是我之前‘从未达到却一直努力实现’的造型。你觉得怎么样？”

“我觉得你看起来超火辣。”她这样说，真是永远的好朋友，“某人今天晚上打算见见那个英国男神吗？”

“几乎不可能。我觉得菲利普·韦斯顿不会给那些立即跟他上床的女孩打电话。事实上，我认为他也不会和跟他上床的女孩联系。管他怎样。他是很帅，但是他极度自大而自私。”

“没人喜欢那样的人，当然了。”佩内洛普故作严肃地说道。

“当然不会。”我答道，“赶紧吧，大家都在里面等呢，外面太冷了，我们进去吧。”

“你看到这队伍了吗？今晚这里有什么活动？他们是有免费脱衣舞节目还是什么？”

“我只知道这家酒吧昨天开张，并且非常难进，只对VIP会员开放。凯莉让我们过来看一下情况，看它是不是真如宣传所说的那么好，如果它不负众望，我们会把它定为《花花公子》杂志的派对场地。”

一年前，凯莉公关公司受《花花公子》的委托，负责举办其在曼哈顿的50周年庆典活动。《花花公子》的这次周年庆盛大空前，似乎永无止境，于一月在芝加哥拉开序幕，一直持续到四月结束，届时将在洛杉矶一座豪宅举办结束宴会。其间举办庆典的城市有拉斯维加斯、迈阿密和纽约。对凯莉公关公司而言，这场庆典是有史以来最大的项目，也是任务最艰巨的项目，筹备庆典几乎占据了我们所有的工作时间。凯莉前一天把我们叫到一起，在倒计时牌上记下164天这个数字，并要求以后每天更新。“名单女孩”同时在A和B名单中搜寻名人，以期挑出最佳人选。同时，我们其余的人每天都有大半的时间接听来自城中各个行业的各种人打来的电话，他们要么是为自己要么是为客户索要邀请函。并且《花花公子》老板赫夫要求我们对所有的细节（包括场地、时间、参加人员等等）都要严格保密，我们简直忙得晕头转向了。

“我今天在‘城市搜索’上看到这家酒吧，上面引用了他们老板的话，就是希望客户是‘高端且富有创意的人群’，这个词我觉得是用来形容菜单而不是人的吧，但是我又知道什么呢？”佩内洛普叹气道。

我最近开始渐渐明白，“排外性”这个概念是曼哈顿生活的一个组织原则，之所以会这样，很大一部分原因当然要归于这个小岛上的过度膨胀的人口。纽约人本能地与他人竞争，从高峰期的出租车、地铁座位、Hermès铂金包到尼克斯队赛季门票，无一例外都要通过抢才能得到，要想通过住户委员会的审查都要好几年。在最受欢迎的餐厅里，冷冰冰的女服务员会傲慢地要求你提前半年预订。人们通常会说：“如果某个地方能够让你轻易就进去，那这个地方也许不值得进。”从Studio 54俱乐部的时代起，也许更早（如果它之前有类似的夜店），泡吧的人已经把进入夜店演变成了一项竞技体育。并且像今晚这样超时髦的夜店，都要过好几道关。通过前门仅仅只是开始——任何一个穿抹胸的纽约大学的大二学生都能进去。“吧台？”我听到有人谈论“圣殿”，“我宁愿去霍博肯的星期五餐厅。”埃莉莎早就明确告知让我们直奔VIP室，那里显然是能找到“实际行动”的地方，贾格尔和鲍伊曾在Studio 54俱乐部的私人包间开派对。今天，莱昂纳多·迪卡普里奥、科林·法瑞尔、林赛·罗韩在这里有私人包厢，可以免受外界打扰。其他人想方设法都难进去。

很久以前，我就已经习惯了自己非VIP的身份，也从没想过自己有机会成为VIP。现在除了夜总会，其他一些地方也单独开设了VIP房间，这让我有些义愤填膺。首先让我意识到VIP和非VIP区别待遇的是我的牙医——奎恩医生，他在诊所开了一间VIP候诊室。“这样医生的那些高规格的重要客户可以在那个舒服的房间候诊。”他的助手解释道，“你可以在我们普通候诊大厅等。”我坐在嘈杂的公共候诊室里，随手翻阅着一本两年前《Redbook》杂志，祈祷坐在我旁边的那个胖子不要再吧唧吧唧嚼口香糖了。我满含羡慕地朝那间标着“VIP”的房间望去，想象着里面舒适的享受，但我不得不接受现实，自己属于总是坐在外面朝里观望的那类人中的一个。仅仅几个月之后，我穿着自己超酷的新衣服站在“圣殿”门外，里面有一群超棒的朋友在等我。我感到自己要时来运转了。

透过眼角的余光，我看到一个非常像艾比的女孩亲吻了保安，随后进了休息室，但是从我的位置看不清楚究竟是不是她。“嗨，你永远都不可能猜到那天我碰到谁了。我居然忘记跟你说了，不可思议。那天吃完饭你离开后我在纽约游廊8号遇到艾比了。”

佩内洛普立即把头转向我，她甚至比我还厌恶艾比。大二的时候，艾比在一间空教室里让佩内洛普无比难堪，从那以后，佩内洛普就当艾比这个人不存在。当时艾比说佩内洛普的爸爸跟秘书上床了，当然这不会影响他对自己女儿的爱。佩内洛普非常震惊，不知道该说什么，脱口而出：“你怎么知道的？”艾比得意地笑了，说：“你不是开玩笑吧？谁不知道啊？”

“你碰到那个侏儒居然没告诉我？她又夸耀什么了？”

“还不是老样子。她说她现在在‘媒体世界的漩涡中心’，你应该很高兴知道这个。现在人家改名艾比盖尔，不再是艾比了，所以我要在这里多叫她几次‘艾比’。她隆了胸，整了脸，不过还是原来那副德行。”

“只要能出人头地，她会穿着高跟鞋踩过自己的母亲。”佩内洛普嘟囔道。

“绝对是。”我欣然应道，“今天你应该有幸一睹她的芳容，我好像看到她进去了。”

“太好了，真是太好了。我们今晚真够幸运的。”

我挽着佩内洛普的胳膊，大胆地朝队列前面走去，尽量让自己表现出些许的自信。一个高个子的黑人，头上戴着夸张的非洲假发，身上是粉色莱卡紧身衣，外面套一件长袖渔网T恤，浓密睫毛下的一双眼睛正盯着我们。

“你们在名单上吗？”对于一个如此内行的变装者而言，他的声音粗鲁得让人惊讶。

“是，当然在。”我随意地应道。对方沉默。“嗯，是的，我们在名单里。我们是和凯莉公关公司的人一起的。”

仍然没有回答。他拿着笔记板但是没有查阅，我想他根本没听我说话。

“我跟你们经理提前说过今天要来的。我们真的是到这里来查看地点，为了——”

“名字！”他叫道，对我的解释毫不感兴趣。但是，当我拼写自己的姓氏时，四个穿着20世纪70年代休闲服的家伙和一个穿着摩登的女孩径直走到了我们前面。

“罗梅罗，亲爱的，把那愚蠢的绳子移开让我们进去，我们可不想在外面受冻。”那个女孩命令道，轻轻地用手去摸保安的脸颊。

“当然了，索菲亚，现在就进来吧。”他柔声细语地恭维道，我意识到那个摩登女就是索菲亚·科波拉。她的随从跟着她走进去，对那个大个子点头示意，他脸上随即泛着骄傲和幸福的光。三分钟后，他才完全恢复冷静，又过了两分钟，他才意识到我们还一直站在那里。

“罗宾逊。”我说道，听起来已经非常愤怒了，“罗宾——”

“我知道。”他吼道，显然是怒不可遏了，“是的，算你们幸运，你在名单上。否则，你们今天晚上谁也别想进去。”

听到他这个让人兴奋的消息，我只能回答“嗯”。

他把手放到天鹅绒绳子上却不把它移开。他弯下身子对着佩内洛普，有点暴躁地说：“提醒你们一下，下次注意穿着。你们的穿着在这儿实在显得太随意了。”

佩内洛普笑了，完全没有意识到这个异装癖的朋友根本不是在开玩笑。

“喂，我直说了吧。”他继续说道，声音越来越高。躁动不安的人群立即安静下来，我瞬间感觉到50双眼睛在背后直勾勾地盯着我们。“你们需要更个性、更时髦的装束。”

我的脑袋高速运转，努力搜寻有力的回击，但是我忍住什么都没说。还没等我反应过来是怎么回事，一个身材高挑、胸部丰满的女孩走了过来，志愿在这个时尚现场给我们讲了一通时下的流行趋势。

“我们最近尤其推崇20世纪40年代的造型。”她温柔地笑着。

“啊？”佩内洛普和我一样满脑子疑问。

“好吧，这只是一种选择，当然了，这会让人印象深刻。黑白搭配加艳红的口红，你知道吗？也许是一些经典的Prada高跟鞋或者是一些更厚重的饰品。这会让你与众不同。”我听到有人赞赏地笑了。

就在那时，我注意到她看起来就像《我想要一张明星脸》（*I want a Famous Face*）节目里的某个人。

我说了什么？我做了什么？显然，我什么也没说，什么也没做。把仅存的一丝可怜的自尊抛到脑后，我们伸出左手让他们盖上印章，灰溜溜地走过终于移开的天鹅绒绳子。就在门即将在我们身后关上时，最后的“羞辱时刻”随之袭来——队伍中那个化了浓妆的“长颈鹿”对马戏团的“小丑”说：“如果他们多少了解一点儿自己的身份的话，就不会穿成这个样子来这里了。”

“刚才发生的一切不是在做梦吧？”佩内洛普问道，我看她跟我一样有些目瞪口呆。

“我觉得是。我们真是太可怜了。我甚至都不敢反驳。”

“可怜到无以复加。就像是在看智力竞赛节目《危险边缘》（*Jeopardy*）！——我知道所有的答案，就是晚了10秒钟。”

我正打算建议佩内洛普喝点没稀释的伏特加来抚慰受伤的心，但是埃莉莎已经找到了我们。

“这个地方太酷了。”她一边对佩内洛普挥手一边凑到我耳边说，“看一看吧，最右边，后面角落，是克瑞斯汀·戴维斯，在她前面，是苏珊娜·萨默斯，随便点一个都是名人。最左边，不是角落那里，大概十二点钟方向，斯汀和托蒂·斯特拉。中间的圆形皮沙发那里，是海蒂·克鲁姆和西尔，戴维听到他们说扎克·珀森正在赶来的路上。”

“哦”。佩内洛普故作兴奋地说道，“今晚这里有很多人。贝蒂，你说我们喝点什么呢？”

“我还没说完呢，”埃莉莎嘘道，拉着我的手臂继续搜寻整个屋子，“边门旁边，跟服务员调情的是伊桑·霍克。安德烈·巴拉斯——乌玛·瑟曼的新男友，和商业伙伴一起坐在右边第一排的长椅上，他的出现有些奇怪。快看！那个丑陋的小拉拉——魔兽博客主——潜伏在后面，她一天到晚在博客里面写自己一晚做了多少次口交。她正盯着猎物看呢，明天她肯定会把今晚的一切搬到博客上，似乎她一晚上都在参加聚会而不是在秘密窥探。哦，快看！就在她后面，是一个拉什和莫莉公司（Rush & Molly）的助理。这些人不停地转来转去，以防被人发现自己的身份，但是没人能逃出我们的眼睛，他们最新的照片和个人介绍我们随时掌握……嗯，看来菲利普今晚好像不在这里。真可惜啊。我打赌你在等他出现，不是吗？"

"菲利普？呃，没有，一点儿都没有。"我咕哝着说道，但却是如实回答。

"哦，真的吗？就是说他还没给你打电话？真让人难过。我知道是怎么回事，贝蒂，不要太介意——他这个人的口味就是很奇怪。"

过去的三周里，我都尽量逃避埃莉莎的追问，努力表现出对菲利普·韦斯顿毫不关心。我几乎要重申我一点儿都不奇怪他为什么不联系我，因为我根本没有按他说的留下电话号码，但我觉得这样说毫无意义。这是一个非常敏感的问题，最好的处理方式就是不闻不问。并且，我一点儿都不喜欢他没联系过我这个事实，不管我有没有留电话给他。

我和佩内洛普跟着埃莉莎走到一个环形的白羊皮沙发那里——一个非常愚蠢的地方，大家除了吃吃喝喝、勾勾搭搭之外什么都不做。我们跟利奥、斯凯、戴维以及被埃莉莎称作"掌控大权"的人一一打招呼。

"你好，我是贝蒂，这是我的朋友佩内洛普。"我说着朝埃莉莎介绍的那个模样有点像闪米特人、身手敏捷的家伙伸出手。

"哟，丹尼。"

"如果不是丹尼，我们今晚还进不来这里呢。"埃莉莎叹了一口气，桌子边的每个人都不约而同地点头，"他想出了'圣殿'的概念，并将整个项目组合在一起……对吗，丹尼？”

“没错。”

我实在弄不明白，这个不是从大颈（Great Neck）就是迪克斯山来的矮小犹太人，为什么总是要让人感觉他是在卡布里尼格林的操场和篮球场长大的。

“哦，就是你雇了那个迷人的看门人，是吗？”我问道，埃莉莎朝我做了一个警告的眼色。

丹尼显然没有觉察到有什么不对劲。“那个勤奋的怪胎，但是不管怎么说，他工作得还算不错，禁止那些不够格的人进来——这对我来说才是最重要的。”

嗯。佩内洛普赞同地点了点头，同时用胳膊肘推了一下我。我竭力绷住脸不让自己笑出来。与两分钟前比起来，丹尼明显话多了起来。

“那么，丹尼，是什么给了你关于‘圣殿’的灵感？”佩内洛普问道，用那双迷人的大眼睛注视着丹尼。

他灌了一大口时代啤酒，目不转睛地盯着佩内洛普，似乎在辨别她到底说的是什么语言。随后，他的眼睛困惑地挤了挤，一只手放在皱起的额头上，头左右摆了几下。“老兄，其他的地方都太让人紧张了。排队进纽约游廊8号简直就是噩梦，我也不能忍受‘Soho之家’的那些媒体。我们都需要一个地方，就像，你知道，怎么说来着？一个放松的地方。”

“一个‘圣殿’？”我帮他解释道。

“对极了。”他点点头，舒了一口气。显然，他头上抹了太多的啫喱膏。

不幸的是，还没等这段引人入胜的谈话进入它初见逻辑的结尾（就像丹尼终于记起他的俱乐部的名字），我一眼扫到了一个非常熟悉的棕黑皮肤的人。

“我的天啊，是他。”我对着周围这帮人高声说道，触电似的把头缩下去。

其他人都抬起了头。

“菲利普，菲利普·韦斯顿来了。他带着一个模特进来了。”我脱口而出，全然没有意识到自己的言语和表情有多么充满嫉妒和醋意。

“贝蒂，我听到的是嫉妒吗？”埃莉莎凑到我耳边，“我还以为你对韦斯顿的魅力不感兴趣呢。很高兴你毕竟还算是有血有肉的美国女孩。当然，你感兴趣，并不意味着他也……”

“伙计！菲利普！我在这儿。”丹尼叫道。还没等我意识到是怎么回事，我的嘴唇被菲利普吻了一下。

“嗨，亲爱的。我盼着今晚在这儿见到你呢。你跑得了一时，却躲不了我一世……”

“什么？”这是我唯一的反应。因为在那一刻，我觉得他的吻和挑逗的话都是针对其他人的，比如在她身后一米远的那个丽人。但看起来似乎什么事情都不会让她难过。

“你没有把号码给我的保安。这叫什么来着？欲擒故纵？好吧，我很喜欢玩游戏，所以我打算陪你玩下去，并亲自找到你。”

我看到埃莉莎瘫坐在菲利普后面的沙发，嘴巴难看地大大张着，脸上满是震惊的表情。

“玩下去？”我问道。

“女孩是不可能从我手中轻易溜走的，如果你懂我在说什么。嗨，老兄，给我来杯金汤力酒？”他对丹尼吩咐道，似乎他是我们的服务生。

“马上，哥们儿，马上就来。”丹尼说着立刻就转身离开了，速度快得就像毒品和女人在他面前等着似的。

丹尼转身离开时，菲利普又叫道：“还有，给索尼娅也拿点喝的。”菲利普转身对着那个女孩，而不是我，问道：“索尼娅，宝贝儿，我能帮你叫点什么？姜汁汽水？蔬菜汁？亲爱的，告诉我。”

她不解地注视着菲利普，而我几乎要发笑了，菲利普在追求我的同时居然带着另一个美女。他是在追求我，不是吧？

埃莉莎重新回到戴维的腿上，显然已经从菲利普突然到来的惊喜中恢复过来。我看到埃莉莎轻轻地从她海泡石绿色的Balenciaga包里取出一包白色粉末塞给斯凯。斯凯径直朝女洗手间奔去。随后，埃莉莎又把手伸进包的侧袋里，给桌边的每个人分发了小药片，大家随手把那神秘的药片倒进嘴里，用香槟、伏特加和被斯凯（我们的评酒师）称作“整个城市中最具国际范儿”的酒冲进胃里。

“哦，菲利普，我想我最好来一杯西红柿汁，可以吗？”索尼娅说道，极具诱惑地咬着自己的下嘴唇。

“嘿，大家，我们玩起来吧。我们还有很多乐子！”埃莉莎把《Hotel Costes》这张专辑放到震天响，这原本舒缓轻松的音乐声音几乎盖过波音747。

丹尼去给菲利普和索尼娅拿喝的，佩内洛普则锲而不舍地跟烂醉的埃莉莎聊天。我呆呆傻傻地站在那里，非常尴尬，却怎么也移不开步子。

“那么，菲利普，给我介绍一下你的，你的朋友吧。”眼前的这个家伙，我曾跟他共享一张床，如今他带着自己的女友来找我。我搞不清楚该用什么样的方式与他交流，但还是尽量表现得有礼有节。

“当然了，亲爱的。索尼娅，这是我跟你说的那个美人儿——几周前他拒绝了我，如果你相信的话。当时她醉得不省人事，这是她拒绝我唯一合理的解释。”索尼娅点点头，似乎并没有听懂什么。他迅速用法语与她交谈，我唯一能听懂的单词是“名字”，我立即意识到他跟她说他不知道我的名字。

“贝蒂。”我朝索尼娅伸出手，完全忽略菲利普。

“索——尼娅。”她笑着答道，露出没被烟垢污染的光洁牙齿。

“索尼娅的家人委托我照顾她，这周她要去经纪公司面试。”他用他让人羡慕嫉妒恨的英国口音解释道，“我们的父母在圣特罗佩是邻居，因此她就像是我的小妹妹，才15岁，难以置信吧？”公正地说，他没有表现出一丝色眯眯的样子，但我感觉好像他本应如此。

我发现自己又一次处在非常尴尬的境地，不知道该怎么说怎么做才合适。幸好佩内洛普打破了尴尬，她说准备回去了。

“我知道我们刚到这里，”她在我耳边低声说道，“但我真的不习惯这里。你一个人在这里可以吗？你的同事都在这里，应该没事的，对吗？”

“佩，别说傻话了！我是跟你一起来的啊。”我也非常渴望有离开的理由，却也有点希望留下来跟菲利普聊天。

丹尼领着一个鸡尾酒服务生回来了，给菲利普和索尼娅送上刚才点的饮料，非常细心的是，他们也给了我一小杯和一根红色条纹吸管。佩内洛普什么喝的也没拿。

“拿着，走之前喝一杯吧。”我说着，把杯子递给她。

“贝蒂，我要走了，可以吗？我真的觉得你应该留下——”

“艾弗里！”埃莉莎突然叫起来，从沙发上弹起来，瘦弱的身子扑进一个穿着粉色衬衣的高个子金发男人怀里。我和佩内洛普同时转过头，看到她的未婚夫热情地抱着我的同事，似乎两个人很多年前就认识了。“过来，你们都来认识一下我最喜欢的舞会男孩，艾弗里·温赖特。艾弗里，这是——”

很显然，埃莉莎注意到了我和佩内洛普脸上的表情，她话说一半就停了下来，我从未想过这样的情景。

“嗨，亲爱的，我不知道你今晚也在这里。”艾弗里说着，挣脱埃莉莎的臂弯，给佩内洛普一个笨拙的熊抱。

“我也不知道你在这里。”她平静地说道，避开艾弗里的目光，“你说今晚和朋友一起聚餐的。”

我真希望能一把抱起佩内洛普，把她带到黑门酒吧，在那里我们可以忘掉这让人厌恶的感觉——严格地说，艾弗里没做错什么，但是我知道佩内洛普已经生气了。但是除了把大家的注意力从这两个人身上转移，没有其他更好的办法了。

“我是和他们一起吃饭的，我们随后去了烈焰（Sparks）酒吧，他们后来准备回家，我就想跟里克和托马斯到这里来看一下。你看，他们两个就在那里。”他语速飞快地解释道，语气显得惊慌失措。

里克和托马斯确实就在他指的位置。他们到了不到半分钟，一群年轻的女孩就受邀加入了他们的VIP座位，在那里扭动腰肢跳起舞来。佩内洛普看起来要吐了，我能感觉到一阵阵恶心翻搅着她的胃。她肯定在想，如果不是她在这里，艾弗里应该正搂着其中一个女孩寻欢作乐吧。

“嗯，”她小声说道，看着里克和托马斯紧紧贴着一个女孩跳舞，“我看到了。”

“佩，过来，宝贝儿，不像你想的那样。那些女孩是他们工作时认识的，她们非常友好。”

“工作？”她的声音冰冷刺骨，双眼冷若冰霜。每个人都在等待一场战争爆发，我开始同时跟埃莉莎、菲利普、丹尼和索尼娅聊天，轻轻把佩内洛普往旁边推开，好腾些地方给我们。

“那么，索尼娅，你最近正在面试哪些模特公司？”我问道，心里猜想，也许菲利普说的是“学校”，因为她实在是太年轻了。

“哦，你知道，都是一些普通的公司。精英、福特和威廉密娜。菲利说我会成为很漂亮的模特。”

“肯定的，宝贝儿。从她还是个黄毛丫头，穿着纸尿裤在别墅里跑来跑去的时候，我就觉得她卓尔不群，现在虽然未成年，但是已经非常出色了。”他说着抛起了媚眼。

“没——成——勉，什么是没——成——勉？”她疑惑地看着我们，可爱地眨着眼睛。

“没什么，亲爱的，你为什么不优雅地坐在这里，让我和贝缇聊一会儿呢？”

“你知道，贝缇确实很可爱，但是我更喜欢贝蒂。”我尽可能礼貌地回应他的错误。

“你真是个粗鲁的可人儿，不是吗？”他把手放在我的屁股上，把我拉近他，但是没有低下头吻我。当听到艾弗里在背后辩解时，我很难把注意力集中在菲利普完美无瑕的脸上。

“亲爱的，我不知道她为什么叫我‘舞会男孩’。你知道我喜欢出去，天啊，我真希望你多跟我一起出去。埃莉莎只是一个知道哪里有好聚会的愚蠢的瘾君子罢了。”

那个笨蛋。他居然敢站在那里咬牙切齿地说埃莉莎是个瘾君子，他的下巴像触电似的不住颤抖。佩内洛普懂得很多我们不知道的事情，比如怎么包装礼物、什么时候写感谢回执、怎么摆放晚餐桌椅。但是一旦牵涉到艾弗里、毒品、艾弗里和毒品，她完全六神无主了。斯凯终于从洗手间出来了，她的下巴还在因兴奋而颤抖着。DJ把音乐调为流浪者合唱团的歌曲，显然激发了埃莉莎的跳舞热情，她拉起戴维和斯凯跳了起来。埃莉莎几乎不曾把目光从到处走动的菲利普身上移开过，但是他似乎根本没有注意到。她的高跟鞋的细跟在白色的羊皮沙发上凿出一个个小洞，这细微的撕裂声让我感觉舒服多了。

这种感觉很快被我身后的一个熟悉的声音击碎，胃里开始一阵难受。

“嗨，贝蒂，在这里见到你真是太有意思了！”艾比一把拽住我的胳膊，使我手里的香槟洒到了沙发上。

“嗨，艾比。”我尽量保持平静，环顾四周搜寻避免和她深入交流的借口。

“看来你和菲利普打得火热嘛，嗯？”她猥琐地眨了眨眼睛，我强忍着把她脸上的笑容撕下来的冲动。

“哦，什么风把你吹来了？”

她咯咯笑了，挪动一下那双穿着13厘米高跟鞋的脚。事实上，穿这种高跟鞋，也掩饰不了她身材矮小的缺憾。“玩乐还需要理由吗？哦，天啊，那是艾弗里·温赖特吗？好久不见，他已经长成一个大帅哥了，你觉得呢？”

“他已经订婚了。”我厉声说道，“跟佩内洛普，你记得佩内洛普吧？”

她竟假装没印象。“嗯，你没听说过有种说法叫……”

“不知道，是什么？”

“不到婚礼宣誓，什么都会有变。”她搓着手掌，像是在期待什么美味或者兴奋的事。

看到我惊愕的反应，她说道：“贝蒂，冷静点儿。我开玩笑呢！”一丝假装惊恐的神色从她脸上掠过。“你真的应该有点幽默感，你知道。话说起来——”

“艾比，很高兴在这里遇到你，但是我得去找我朋友了，今晚还有工作在身，你懂的？”我从她身后穿过，准备开溜。

“好的，亲爱的，有空我们一起吃个午饭吧？我很想知道所有关于菲利普的事情，还有你的新工作，等等。大家都还在谈论《纽约独家新闻》上的事。”她在我背后喊道。

我想知道佩内洛普现在怎样了，但是艾弗里把她带到一个角落里，他们看起来情绪没那么激动了。于是我走到我们的位子上，戴维给了我一杯酒。

随后，佩内洛普走了过来。“贝蒂，我想我们该离开了。”她听起来非常疲惫，似乎比起来留或者走，她更想自杀。

“你还好吗？说真的，为什么不让艾弗里留在这里，我和你一起出去吃点东西？我不介意提前离开，虽然有可能会错过一些事让我遗憾，比如和菲利普一起回家，一起度过一个疯狂的激情之夜，尽管我认为他是我遇到的最惹人厌的家伙。”

她叹了口气。“不，谢谢了，我觉得我们真的该回家了，我明天给你打电话。”

我怀疑他们要整晚难眠了。艾弗里是那种一沾可卡因就极度兴奋的人，估计要靠撂倒一匹马的剂量的镇静剂才能让他入睡。或者他会开始一一回忆从大学起的吸毒经历，也许会想吞下一只鸟，或者飞出窗外。可怜的佩内洛普。

“贝蒂，亲爱的，你准备离开了吗？”菲利普问道，他搂住我的肩膀，好像他是我相爱多年的男友，而不是那个我不想去想象和他上床的男人，“跟我回公寓吧，也许你今晚没有醉到不能……”

“呃，是的，你、我和索尼娅，为什么不来个通宵睡衣派对呢？那应该会很好玩吧！”我感觉自己说出的话比想象的还要下贱。

他的手顺着我的后背滑到我内衣上。“你这是什么主意啊？说真的，亲爱的，你要放轻松。好吧，我会把索尼娅安排到楼上的套间，这样我们就可以共度安静的二人时光了，你说呢？”

还没等我回答，菲利普已经用法语和索尼娅低声耳语了。她一直不停地点头，菲利普说完后她抬起迷人的双眸咯咯笑了。“好的，好的，当然是单独分开比较好。”她说着，仿佛祝福我们醉酒后来一场激烈的一夜情。

“你知道吗，菲利普？”我说道，完全不知道怎么跟他解释，我自己也不能确定自己的想法，“她就跟你待一个星期，你把她安排在酒店里太不合适了。我的意思是，她才15岁，你不看着她的话她几乎寸步难行，你知道的。”

他看起来陷入了沉思，似乎赞同我要他“照顾索尼娅”的想法。他点点头说：“亲爱的，你说得很对。我会把她带回家安顿好，然后我们去找个酒店。就这么定了，庆祝一下。”他对着旁边的人大声说道，那些人看都没看一眼就都一致点起了头。埃莉莎呆呆地注视了很久，对我意味深长地竖起大拇指。

我觉得与其现在跟他争论，不如到等出租车到他家后丢下他们两人，让司机掉头把我载到默里山。于是我跟埃莉莎挥手道别，跟着菲利普和索尼娅从前门离开，我感觉自己就像个跟在奥运选手身后的胖乎乎的、不协调的孩子。

“嗨，伙计，帮我们叫辆出租车。”菲利普对保安叫道，朝那个方向打了个响指。不可否认，菲利普的态度让人厌恶，但是想到保安之前对我和佩内洛普的混账行径，我觉得还是非常解气的。直到走近了，我才看清楚保安并不是那个营养不良、戴着假发的罗梅罗，而是纽约游廊8号帅气（而粗鲁）的保安萨米。他恶狠狠地看了一眼菲利普，很快发现了一旁避之不及的我。随后他从街上飞驰的出租车中悄无声息地招来了一辆。

索尼娅先坐了进去，菲利普跟着坐在她旁边，萨米扶着车门，我离他只有10厘米。我不知道为什么要跟着他们进去，但是我还是上了车。我的身体就像被什么无形的力量牵引着。

“谢谢！”我努力保持平静。这时菲利普说道：“伙计，我带了两个迷人的美女回家，如果你懂我的意思，你能动作麻利点吗？”索尼娅咯咯地笑了，把她娇小的头靠在菲利普肩上。萨米最后看了我一眼，面无表情，砰的一声关上了车门。车子启动之后，我看到俱乐部门外黑压压的一群“狗仔”，他们架起相机随时准备抓拍。此时我的心里五味杂陈，说不出的难受，一种想哭的冲动席卷全身。

10

“你每次吃那么多，为什么还能保持这么好的身材？”从和佩内洛普认识的第一天起，我已经无数次问过她这个问题。在等了一个小时后，我们终于在一家埃及饭店等到位置。虽然已经饿得能够吃掉菜单上所有的食物，但是我非常珍惜现在还算苗条的身材，可不愿意冒险再次吃成胖子。为此，我极力克制自己想去逛迪伦糖果屋的冲动，甚至在早餐时也不再吃培根、鸡蛋和奶酪等高蛋白高热量的食物，只是偶尔来一根瘦吉姆肉条“放纵”一下，渐渐地我已养成了控制饮食的习惯。现在，我和佩内洛普一起吃饭，看她一如既往地按我们之前的习惯点餐（通常是放三个鸡蛋的奶酪煎蛋卷夹培根、土豆煎饼，还要配一份巧克力片薄煎饼和像婴儿拳头那么大的奶油），会突然感觉非常奇怪。当然，她看我只点了一个蛋白煎蛋卷夹菠菜和西红柿以及两小片全麦面包，同样也觉得匪夷所思，但她很体贴地没有大发评论，仅仅嘟囔一句：“埃莉莎的影响可真大！”我只好笑笑装作没听到，然后赶紧转移话题。

“你跟艾弗里一切都还好吧？”我尽量用饱含同情的语气问道，很希望我能开解她而不是指责谁。我很无奈地看着他们离开“圣殿”，理解佩内洛普焦虑的心情，但是除了旁观之外什么也做不了。今天早上当她给我打电话时，我当即决定取消和威尔、西蒙共进早午餐的计划，然后跳进出租车，直奔市中心而去。

她故意不看我的眼睛，专心致志地将盘子里的薄饼切成小块，然后更小块。切成块、叉起来、放嘴里，再重复。我盯着看她重复了三遍这样的动作直到她开口，“一切都挺好的。”她闷闷地说道，“艾弗里向我解释了一切，所以我知道昨晚的事情只是一个大大的误会。”

“我知道。艾弗里出人意料地出现在那里，对你来说很难接受。”我急着说道，想要从她嘴里套出她的真实想法。

她勉强地笑了笑。“嗯，你知道艾弗里的，在晚上的任何时间出现在任何地方都很正常。我想，我们俩中有一个擅长社交也不错，否则整天困在屋子里大眼瞪小眼，还不把对方逼疯了？”

我不知道如何回答，只好点点头。

“你呢？我走的时候看你们好像玩得正开心，你和埃莉莎、菲利普在聊天。应该是一个美好的夜晚吧？”

我看着她，心里想着埃莉莎和菲利普眼里的我是多么傻啊，就像是“仅会员准入”的世界里的一个入侵者——那种感觉与我进入凯莉公关公司之后的感觉非常相似。我想起自己如何和他们一起坐上出租车，又如何在半路上一个人下车，而更让我诧异的是菲利普完全没有反对我下车的意思。又想起每晚下班回到家里时，我的公寓看起来是多么冷清，即使米林顿在床上依偎着我，还是不能让我感觉好一点儿。现在我看着佩内洛普，心里忍不住想，到底从什么时候开始，我们变得如此疏远了。

“还行吧。我一直希望和你多一些时间聚在一起……”我说不下去了，因为我意识到这听起来更像一种指责。

她抬起头逼视着我。“对不起，我也不希望和艾弗里闹僵。还有，我也想和你像以前那样经常见面，但你总是在和你的同事们一起‘踩点’时才想到见我，他们好像已经占据了你全部的生活。”

“佩，对不起。我真的没有那个意思。我的意思是随便哪一天我们都可以见面。你离开之后，我倒霉透了。菲利普带着一个女孩出来，我不想又在酒吧里引起一场轩然大波，所以就搭他们的顺风车回家。但不当心被人看见我坐在他们车后座，简直是晦气。哦，还有，艾比也看见了，真是太混乱了。早知道我就跟你一块儿离开了。”

“那你是不是和他一起去他家了？那个女孩睡在哪里？”

“没有。我上车完全是因为这总比看他大发脾气强。我让他们先把我放下来，但是谁知道还是被别人看见了。”

“你为什么不和他一起回家？还有，你说的‘别人’具体指谁？”我知道她想要每个人都坦诚相待，但是她甚至没见过真正会“演戏”的人。

“唉！”我撒谎道，“我不确定是否已经准备好进入菲利普的世界，他和我们公司的所有人、所有事联系在一起，这让一切变得更加古怪。”

“我真不知道。你之前没有跟我说过这些。”她轻声说道。

我听出她的话里含着责备的意思，她说得没错。不过我不想将这个话题变成一场孰是孰非的大讨论。“没有吗？昨晚确实有点疯狂。但相信我，你并没有错过很多事情。菲利普确实很棒，跟你看到的一样，但是他也是个被宠坏的、说话带着好听口音的派对男孩。不过真是要命，他确实太帅了！”我感叹道。

“亲爱的，你刚才那番话说得真好，但是当他和那个模特一起走进来时，你真该看看当时你脸上的表情，我以为你要晕死过去了。你喜欢他，是不是？承认吧！”

我不知道该怎么说，毫无疑问，他身上某些东西吸引着我，但同时又有一些东西让我感到抗拒。我不想大声宣称，像我这样的女孩被像菲利普那样的男人喜欢上是多么让人受宠若惊——尽管他算不上一个完美的男人。我不想把我跟他的关系和工作上的事情联系在一起，我很怀疑埃莉莎因为菲利普对我感兴趣而满怀妒忌，也怀疑凯莉有意让我和菲利普走得很近，因为这对她的生意非常有利。于是，我只是耸耸肩，在我的煎蛋卷上撒上盐，把咖啡杯举到唇边，这样我就暂时不用说话了。

佩内洛普知道我不想再深谈这个话题了，从我们成为朋友的9年间，这是第一次我们坐在一起却有意对彼此掩藏心事。她不愿意告诉我她怎么看待自己与艾弗里的感情，我也对她敷衍了和菲利普的关系，我们舒舒服服地面对面坐着，但是中间好像隔着一堵无形的墙。沉默了好一阵儿，她终于开口了：“我知道我不了解所有的情况，而且也相信你自己能很好地处理所有事情，但是请你，就算是为了我，一定要格外小心。我知道菲利普无可挑剔，可是看了那么多你的同事还有艾弗里的朋友，有些事情真的让我担心害怕。我举不出具体的例子，但是真的担心你，你知道吗？”

她把手放在我的手上，我知道在这一时刻我们又渐渐地恢复了之前那种亲密无间的关系。同时，也意味着我们从此只能远远地关心和牵挂对方了。

11

“好了，各位，安静一下。”凯莉蹬着每天都不重样的细高跟鞋，踉踉跄跄地走进会议室，“大家已经读了今天的《丑闻爆料》（*Dirt Alert*）了吗？”

“当然，”利奥在玻璃会议桌的另一头回答道，这张桌子看起来更像是属于W酒店而不是办公室，“看来公司最受欢迎的新员工又出镜了。”

一时间，我体内渐渐产生那种熟悉的胃部翻腾，今天早上我迟到了10分钟，所以还没有来得及浏览《丑闻爆料》，显然上面有关于我的新闻。公司有一个专职助理每天早上六点会为大家编制一份《丑闻爆料》，它参考了能搜集到的所有报刊专栏，从中选取与我们的顾客或行业相关的文章，然后在上午九点之前将其分发到所有员工的办公桌上。事实上，大家一般会在起床的那会儿就将各大网站信息浏览一遍，重点关注《Drudge》、《第六页》，丽兹 · 史密斯、拉什和莫莉、《今日美国》、

《综艺报》、《纽约独家新闻》，以及娱乐八卦类的博客、栏目和一些较有影响力的其他报刊的头版头条。如果有什么不好的事情发生的话，最好的办法是提前知道，否则你的手机会被各种电话打爆。所以，《丑闻爆料》比其他各种所谓“爆炸性新闻”更正式。它是我们每天最重要的信息来源，收录的信息包括某某来到此处，为何事而来，住在何处（以及在酒店登记的名字），与他们取得联系的最佳方式（通过送礼物或是恳求的方式来说服他们参加某个活动）。连续四个星期我已经习惯了在醒来后的5秒内登录各大网站并分析其内容——几个小时后再从经过专业剪辑的资料中得到补充，唯有这一次我没有认认真真浏览《丑闻爆料》的所有内容，而这是至关重要的一次。

“噢，我今天早上还没来得及看呢，还有，我想不出能有什么把柄落在他们手上。周六晚上我和大家一起在‘圣殿’看场地，直到回家的时候，我才和大家分开。”我急切地补充道，好像我有义务给大家一个交代似的。

“好吧，让我们看看这个，”凯莉说着，拿起一份从网上打印下来的评论文章，“凯莉公关公司的新员工看来和她热衷派对的同事们相当契合。据消息人士透露，周六晚上这位从事活动策划的女孩出现在‘圣殿’酒吧——应该是为《花花公子》的秘密派对举办地来‘踩点’，随后，她和菲利普·韦斯顿以及一位不知姓名的模特一起离开（为了工作还是为了乐子不得而知），他们最终去了哪里？我们的猜测是……”说到最后一句话时，凯莉降低了声调，然后抬头看着我。

我感到脸上发热。

“这到底说了些什么？到目前为止，我还没有听到任何与真实情况相符的话，写这篇文章的到底是谁？”

“当然是艾莉·英塞德。这里有一张你和菲利普，还有另外那位美女一起坐进出租车的照片，所以很容易推断作者想要表达的意图……”凯莉脸上一直荡漾着笑意，似乎从来没有像现在那么开心过。

在每周的公司例会上讨论这种事情不是太奇怪了吗？今天不是应该好好研究工作上的事情吗？

“凯莉，我为这件事对您还有公司造成的困扰表示歉意。但是说实话，我不理解为什么有人会在乎这个。我发誓，这件事情并不像你们想象的那样——”

“‘最新的宠儿，是凯莉公关公司的一位助理。’你没有意识到问题的严重性吗？下一次很可能就会爆出你的姓名。现在只是因为你刚刚入行，他们可能还没那么快知道你叫什么。”

我瞥到埃莉莎脸上露出一丝令人不安的笑。

“不光是这个，文章里面还把我们其他人说成是‘派对狂人’。”利奥不无骄傲地说道。

“还有，它还提到了《花花公子》的派对！”斯凯补充道。

“我不知道是谁向他们爆的料，”我喃喃道，“简直是一派胡言！”

“亲爱的贝蒂，我不在乎它的真假，只在乎它被报道出来了。自从你加入我们以来，在很短的时间内就为这个团队做了很多贡献。还有，丹尼一定会非常高兴媒体报道了这家酒吧。继续好好干！”然后，我们进行下一个“议题”——富有凯莉公关公司特色的“头脑风暴”会议。

“好吧，各位，开始讨论。下个月我们要举行《怪物史莱克3》的首映式。邀请函需要在两周内敲定并寄发。斯凯负责这项工作，有没有什么好主意？”

“我还是想不通我们为什么要答应为一部儿童电影策划首映式，”斯凯抱怨道，我注意到她经常在开会时牢骚满腹，“为什么制片方不能自己组织首映活动呢？”

“你这是在反问，对吗？我们策划首映式是因为它们比较简单而且报酬丰厚。你知道梦工厂有自己的公关团队，但是你也知道，他们整天忙于各种颁奖晚会和重要的动画宣传工作。此外，实际上所有最重要的媒体都在纽约市，而我们与这些媒体的良好关系是他们所不具备的。”

“我知道，我知道。”斯凯叹了一口气。我看见埃莉莎摇了摇头，然后稍微坐直了身体。“只是，儿童电影太无聊乏味了！”

“好吧，斯凯，如果你真的没兴趣操办这个活动，我肯定埃莉莎、利奥、贝蒂甚至布兰登都不会介意接手的。我想无须我向你一一列举最近有多少名人有了孩子……丽芙、柯特妮、格温妮丝、莎拉·杰西卡，随便说说就是一大串。我想你不会说他们的孩子也是令人讨厌的。”

“不是，当然不是。这事交给我吧——我已经做好准备了，近段时间我们策划过很多类似的活动。今年夏天我们策划的《哈利·波特》首映式的报告在谁那里？”

“我这里有。”利奥回答道，从文件夹中找出一份装订好的材料，“时间是八月的一个星期天下午，地点在克里斯蒂·布林克利位于汉普顿的庄园里。活动在上午十一点开始，为了让大家有足够的时间返回城里，电影放映时间定在十二点到下午一点半。为孩子们准备的娱乐活动、场所及设备包括装满冰袋和果汁包的浅水池、骑马、一个小型的动物园、一个棉花糖机、一个刨冰机以及几个扮演小丑的人。我们还在庄园内准备了一个隐蔽的酒水间，有迷人的鸡尾酒服务员源源不断地为成人提供各种酒水，包括含羞草酒、血腥玛丽、螺丝起子、香槟、玛格丽特、桑格利亚水果酒，还有少量的冰镇代基里酒和果汁朗姆酒。马特·劳厄尔、苏珊·萨兰登、凯蒂·柯丽克、艾琳·兰黛、凯特·哈德森、拉塞尔·西蒙斯、柯特妮·考克斯等都带着自己的孩子参加活动。另外，还有数百位不太出名的宾客到场，他们都很上相。活动照片会出现在《人物》、

《美国周刊》、《明星》、《周日风尚》、《Gothom》、《W》还有众多网站的社会新闻中，比如《纽约社会日记》（*New York Social Diary*）和帕特里克·迈克马伦的网站……这让华纳兄弟公司感到非常振奋。”

“很好，伙计们，我们现在有了模板，很清楚哪些是有效步骤。当然，我们去不了汉普顿，但我们应该用同样的模式。我觉得切尔西的清景庄园（Clearview）不错，他们的大厅可以非常宽松地开展多项活动。”凯莉说道，飞快地在本子上列好清单，“还有什么需要注意的？”

“嗯，关于食物方面的，要准备一些孩子们爱吃的零食。”埃莉莎说道，“猪肉香肠卷、小汉堡以及各种糖果。”

“还有自制的圣代冰激凌。”利奥很快地补充道。

“气球、魔术师，还有自制的纸杯蛋糕和泡泡机。”斯凯毫无兴致地说道。

“找人，打扮成史莱克的样子。”

“安排好化妆师，可以让孩子们在脸上涂上史莱克那样的绿颜色。”

“父母们可不喜欢自己的孩子脸上乱涂乱抹。可以安排点其他的玩意儿，比如说小型的蹦床。”

“你不是开玩笑吧？那样我们要超预算的。不过，说到这个，我们不妨用绿色灯光在墙上拼出“史莱克”字样?!”

大家都点头表示同意。我这才意识到自己应该做点贡献提出点建议来，但我从来没有参加过电影首映式，所以，除了大牌明星们走红地毯之外一无所知。

“我们把红地毯换成绿地毯怎么样？”我脱口而出，马上意识到这个建议简直愚蠢之极。我强打起精神笑，但出乎意外地，每个人的脸上都露出兴奋的表情。

“绝妙的主意啊，贝蒂！我们铺上绿地毯并在地毯尽头做一个巨大的绿色T台，每个人都可以在那里拍照。绿地毯将会成为焦点。我看这样安排的话，活动应该会进展顺利的。现在，我们继续讨论当前最要紧的事情：我们在哪里举行《花花公子》的派对？”

埃莉莎的脸上又重新恢复了血色，看起来更加沉着冷静。她穿着Dianev on Furstenbery包身裙，优雅地站立起来，用她的Mason Pearson梳子指着布告栏说道：“正如大家所看到的，我们只剩下几个月的时间了。经过多次调查和讨论，我们已经选定‘圣殿’作为派对的举办点。利奥，你能向大家介绍一下物资保障工作的进展情况吗？”

利奥看了一眼埃莉莎，似乎在询问：“什么时候我要听命于你了？”但他还是清了清嗓子，告诉大家他正在和几家供货商洽谈（他们会提供从家具到灯光等全部物品），最快在这周内就能敲定和哪家合作。“我相信我们最终会和布鲁彼塔克（Bureau Betak）公司签约，”他说道，“就像往常一样。”

会议又开了一个半小时（我们讨论了礼品包装、意向赞助商和邀请函等）才结束，然后就是午餐时间，我们被鼓励去那些“能看见别人或者能被别人看见”的地方吃饭。大家决定去Pasti餐厅，我好不容易找了借口“单独行动”，独自向东游荡了好几条街，来到一家隐蔽的比萨店，我确定在这里不会遇到办公室同事。找到位置坐好后，我立马拨通了威尔的办公室电话，惊喜地发现他正在办公桌前。

“咦，你怎么在办公室？”我问道，“今天可还没到截稿日期啊。”威尔每周只回办公室一两次，如果他的稿子赶得及的话还会更少。

“你好，亲爱的。我正在为本周的专栏努力一下。”他停了一下然后继续道，“以后，我可能每周都要为专栏文章‘努力一下’了。”

他的语气听起来既沮丧又无奈，这跟平时的威尔判若两人。

“你还好吗，威尔？发生什么事情了？”我急切地问道，暂时把自己的问题放到一边。

他深深地叹了一口气："没有什么有趣的话题，亲爱的。今年以来'公民意志'的读者群不断萎缩。还有几家报纸已经将它的版面取消了。新来的那位31岁的主编毫无幽默感——他总是告诉我现代读者更富'社会敏感性'，因此我应该大踏步向'政治正确'的方向努力。我让他滚开，但是他不会老老实实待着。再说，读者们既然可以读到年轻漂亮的派对策划者和有钱又有名的公子哥那些风流韵事，为什么还要去看我的专栏呢？"

我立刻感觉胸口遭受猛烈一击。"你已经读了那些文章？"

"是啊。但是我能指望从那种八卦小文章中得到真相吗？"他问道。

"当然不能！"我大声叫了起来，收银员转过身来，诧异地看着我。"上周末我因为工作的事情去了'圣殿'酒吧，在那里偶遇了菲利普。为了图个方便，我们一起坐出租车回家，同行的一个女孩是他家的朋友——从小一起长大的那种。整件事和一桩绯闻完全沾不上边。"

"但是，看起来这个叫艾莉·英塞德的人工作做得不错啊。不过万幸的是你的姓名没有见报。但是，亲爱的，这是早晚的事。"

"威尔，你知道她到底是谁吗？我的意思是，你肯定在哪里遇见过她，你不觉得吗？"

我听见他咯咯地笑起来，预感到大事不妙。"嗯，关于艾莉·英塞德到底是谁，我确实听到过很多个版本，但是没有哪个指向特别明确，有人坚称她是某位名人，以挖掘身边朋友的隐私为乐事。也有人认为她是一位无名小卒，但有许多很好的信息渠道。就种种迹象来看，她很有可能那个时尚杂志的前主编——哦，她叫什么来着？那个整日忙于撰写下流书评的家伙？我看这种垃圾都是出于她的手笔。"

"这真让我觉得恐怖。我原以为，不管那位作者是谁，她会很快将注意力转移到其他人身上，那些更加有趣的人，真正生活在绯闻中的名人。我显然还不够格啊。”我边说边咬了一口比萨，这可能是世界上最完美的味道。

“我理解你的心情，亲爱的，真的能够理解。但是你别忘了，菲利普够格啊。我最不喜欢话没说完就挂电话，但是再不加油，这周的专栏就完成不了。咱们回头再聊？要不星期四晚上一起吃饭？”

“好啊。”我不假思索地回答道，说完才想起星期四晚上要参加Gucci的新款香水发布会。我知道自己必须一会儿再打电话给威尔告诉他晚饭我去不了了，但是此刻不情愿说拒绝的话。“我一定来，再联系你。”

我很快吃完了那块小小的美味绝伦的比萨，然后又点了一份，风卷残云般一扫而空。我茫茫然地盯着某位顾客落在桌上的一张破旧的《邮报》，这时我的手机响了。来电显示屏上跳出“家里”两个字。

“嗨？”我不知道打电话的是爸爸还是妈妈——或者都在，因为他们喜欢一个说完再换另一个，最后我们仨就在不同的电话上聊天。

“贝蒂，是你吗？”妈妈简直是在扯着嗓子喊，“你能听见我说话吗？”她打电话的声音总是比平时高出好多分贝。她坚信打手机的时候需要更加大声，因此每次打给我的时候简直是在喊叫。

“我能听清，妈妈，非常清楚。你好吗？”

“我正赶着去开会，所以没法详谈。今天诊所的一个女孩跟我说她在某个网站上看到了你的照片，照片上还有一个很有名气的男人跟另外一个女孩……大概就是这么个意思。”

不会吧！我那个最近才申请了电子邮箱的妈妈，现在竟然能知道来自网上的八卦新闻？我立刻矢口否认：“妈妈，那根本就不算什么事情，就是我工作时拍的照片罢了。”

“贝蒂，干得好，向你表示祝贺！我已经迫不及待想看到它了。我让你爸上网打印一张，可他好像打不开那个网址。要不你给我们寄一张？”

“没问题，”我温柔地说道，“我会寄的，但是说实话，真是一张无关紧要的照片，只是工作上的事情而已。我现在得赶回办公室了，我们晚些再聊好吗？”

“好的。宝贝，再次祝贺你。居然没工作多久，就上了头条新闻。”

但愿只有她一个人知道，我边挂电话边琢磨。谢天谢地，老爸不可能知道如何登录《纽约独家新闻》为读者开通的免费账号。只要没有人真的把照片打印出来给他们，我就安全了——至少暂时安全。

12

“今天晚上的聚会开始之前，我要先敬贝蒂一杯。”考特妮说着把她手中的莫吉托鸡尾酒举过头顶。

我正在读凯莉发给我的短信，她希望（其实是“命令”）我在斯凯和利奥共同负责的《史密斯夫妇》首映式上“露个面”。电影将在晚上十一点结束，这意味着我要去羽绒被俱乐部（Duvet Club）参加庆功派对，十二点半能到家，凌晨一点可以上床睡觉——这会是我几周以来上床最早的一次。我正在心里暗自盘算着，突然听到考特妮提到我的名字，一下子回过神来。

“我？我有什么值得庆祝的？”我心烦意乱地问道。

所有人都盯着我，似乎难以理解我的迟钝。詹妮先发话了：“拜托，你以为我们活在真空里吗？难道出了读书俱乐部我们的生活就停止了吗？”

我看着她们，很快意识到今晚主题将往那个方向发展，但我仍然努力避免出现那种局面。

吉尔在碗里挤了一些柠檬，撒上白糖，然后舀了一大勺这种混合物倒进我的酒杯里。“贝蒂，我们都在读《纽约独家新闻》，你知道的——见鬼，现在每个人都在读它。你每天都会出现在专题报道里。你打算到底什么时候才向我们宣布，菲利普·韦斯顿一不当心成了你的男朋友？”说到他的名字时，她故意放慢语速，惹得大家哄堂大笑。

“喂，美女们，打住。他不是我的男朋友。”

“嗯，艾莉·英塞德可不这么想。”艾莉克丝尖声说道。今晚她的头发颜色是那种难看的绿色，让人想到呕吐物。想到甚至连东村的朋克一族也都读那可怕的专栏，我的心里一阵恐慌。

“是的，这是事实。”维卡若有所思地说道，“你确实跟他频繁地出双入对。那有什么好遮遮掩掩的？他那么富有野性、帅气而且优秀。”

关于她说的这一点，我想了一下。的确，他确实很迷人，小到15岁的少女，花到50岁的女人，没有人不爱慕他。既然如此，让大家认为我和他在约会又有什么不妥呢？除非我告诉他们，除了第一次偶然在他的公寓醒来，我再也没去过他那里。事实上，如果我解释说，我们碰面只是因为我要出席凯莉公关公司的每一个活动，他们根本不会相信。几周来，我几乎每隔一天就能“偶遇”菲利普，毕竟，我的工作就是在聚会中露面，而菲利普的最大乐趣就是参加每一场聚会。

尽管我们在这些聚会上只是简单地聊几句，但他似乎总是搂住我的肩膀（或者是把手放在我的臀部上，或者是贴着我的胸，或者是吻我的脖子），而这一幕总是恰好被摄影机抓拍到，我还有什么必要去解释呢？每一个看到这些照片的人都会认为我和他形影不离、如胶似漆，就像我每晚抱着米林顿入睡那样亲密。我不明白为什么大家会想听到这些。

我想我知道答案。因为他是人人垂涎的“钻石王老五”，而我又在和他“约会”。

“他很可爱，不是吗？”菲利普 · 韦斯顿也许是我见过最骄傲自大的男人，但是否认他对我的吸引力，简直是件荒谬的事。

“嗯，是的。我们不要忽视这么一个事实，他是你能想象到的存在于现实生活中的最完美的男主角。”考特妮叹了一口气，“我想我下一部小说的男主人公要以他为原型。”

“以菲利普为原型？”很难想象爱情小说中的男主人公会因为自己的床单而大发雷霆，但是我觉得小说的题材也应该与时俱进了。

“贝蒂，他高大、英俊，又强壮。天啊，他还是外国人呢。”她手里拿着一本《狂野的爱》（*Sweet Savage Love*），指着封面上那个穿着遮羞布的粗野男人。“并且他比多米尼克还要好看，而且要强调的是，多米尼克已经被刻画成美男子中的极品了。”

她一语中的。菲利普比我见过的任何男人都符合爱情小说中男主人公的形象——除了他的个性中一些小小的、让人不安的瑕疵。

读书会后面的讨论阶段我总是心不在焉，幻想着我能否在庆功晚会上见到菲利普，想象着又将会发生什么。

我提前从读书会开溜，并且在去羽绒被俱乐部之前换了套衣服。在那里，我一眼就看到的是韦斯顿。

“贝蒂，亲爱的，过来跟我几个英国来的朋友打声招呼。”他说着，在我的双唇上留下甜甜的吻。

我简直要晕了，但还是警觉地往身后看了一下。我告诉自己要非常小心那些拍照的人，但我没有发觉有什么异样，身后只是一群普通的人。

“嗨。”我打了声招呼，发现当他站在我面前时，他看起来更像虚构的多米尼克。而且考特妮说对了，比起多米尼克，菲利普更好看。“我能待会儿再来找你吗？我得先去找凯莉，确保一切都还顺利。”

“当然可以，亲爱的。等你回来的时候能帮我带一杯鸡尾酒吗？”然后他一蹦一跳地找朋友们玩，就像操场上玩耍的小男孩那么开心。

我找到了凯莉，问了下利奥和斯凯是否需要什么东西，跟正在与戴维调情的埃莉莎挥手打招呼，向两个潜在客户（一个是备受崇拜的设计师阿尔文·瓦利，另一个据凯莉说是“好莱坞最受欢迎的造型师”）做了自我介绍，然后给菲利普带了一杯金汤力鸡尾酒。整个过程不到一个小时，和菲利普之间所发生的事情不过如此，他一直忙着和“那帮兄弟”玩乐。从早上就开始隐隐作痛的头，疼得更厉害了，我知道我不能再熬夜了。没过多久，我就悄悄溜出去，并在晚上十二点十五分的时候赶到了家里（比预计的提前了15分钟），直接跳过睡前的各种洗漱在十二点半的时候陷入了沉沉的睡梦中。当闹钟在6个半小时后响了时，我依然感觉状态不佳。

冲出公寓之前，我抓起了《丑闻爆料》，在地铁上一边吃早餐（一大杯咖啡、一份奶油肉桂葡萄干面包圈）一边读了起来。不出所料，《纽约独家新闻》的报道成为第一个剪报，又一次，一张巨大的照片——菲利普前一天晚上吻我的特写出现在最醒目的位置。照片中的菲利普只露着后脑勺，我的脸则被照相机定焦：双眼微闭注视着菲利普，表情梦幻迷离。或者是充满爱意，或者是醉眼蒙眬，就看读者自己怎么解读了。我早应该有所预料的，但当时我根本就没有留意到哪里有照相机。这张占满整个篇幅的照片使我不由自主地往后退缩。那天的报道十分具有纪念意义。不出所料，我从“菲利普的女伴”、“新女友”、“派对女郎”、“迅速成长的公关专家”正式变成了有名有姓的人，就在照片下方，我的名字醒目地用大写的粗体字展示给纽约的每一个人，以防他们不知道我的行踪，并且文章的标题是：显然，她在此逗留……贝蒂娜·罗宾逊知道如何玩转派对。我心中百感交集，为别人看到我的那副德行而感到尴尬，为媒体的曲解事实感到愤怒，也为自己从此将远离个人隐私感到隐隐的悲伤。

从地铁站到办公室是三个街区的距离，而我感到似乎比平时要远10公里，更糟糕的是，我无意间听到路人谈论菲利普的新女友叫什么名字。

当我走进办公室把电脑放在桌子上，所有的人都围了过来。

“我猜你们都已经看到了，是吗？”我的发问没有针对任何人，说完颓然地倒在沙发上。

“的确没有什么是我们不知道的。”凯莉说，听起来有些沮丧，“这里说菲利普·韦斯顿与贝蒂娜·罗宾逊经常出双入对，唯一的可能就是他们是一对儿。”

“一对儿？”我满脑子都是问号。当时看到照片和标题，我就已经慌了，完全忘记读下面的文字。

“哦，是的，文章还提到某个不愿透露姓名的人说你们两个从纽约游廊8号和圣殿这些热门夜店离开后，几乎每天都共度良宵。”

“我们根本没有约会。”我申辩道。

“照片都摆在这里了，贝蒂，看起来你们就是在约会，谢天谢地。”凯莉把她20英寸的电脑屏幕转过来，让大家一张张欣赏菲利普和我的合照。

我的私生活和职业生活不仅纠缠在了一起，而且形成了彼此依存的关系。任何一个傻瓜都看得出，我和菲利普之间的关系使我快速地被这个团队接纳，而这让我非常头疼。

“但是，‘约会’是个很严肃的词。”我笨拙地辩解，为什么就没有人明白呢？

“好吧，不管你做了什么，贝蒂，继续做下去就对了。你知道吗？因为你和菲利普约会，我们已经被黑莓手机指定为独家代理人了。”

独家代理？我暗自思忖。

“惊喜吧，贝蒂！我们今天早上刚接到他们集团公关公司的电话。他们想让我们把最新款的黑莓手机推广给纽约年轻的群体。之所以选定我们，是因为我们有通向这一群体的途径。黑莓手机现在市场占有率已经很高了，华尔街、好莱坞的人几乎人手一部，但是他们还没有成功地打入年轻人的市场，我们要做的就是尽力改变这一现状。我很高兴地宣布，我打算让你负责这个项目。告诉我，你可以做到。”

“让我、我负责？”我紧张得结巴起来。

“他们的客户代表说非常希望由你策划、由菲利普主持这次活动。我也认为这会非常完美！”她简直是要唱起来了，完全没有意识到菲利普连我的全名叫什么都不知道。

“你需要什么斯凯都会帮你的。”我快速瞄了一眼斯凯，发现她对这个指派一点儿都不感兴趣。“并且我们大家都会支持你。派对计划在十二月二十二日举办，感恩节前的那个周二，因此你最好立即行动起来。”

我在心里计算了下，发现我只有三周不到的时间可以准备。

“哦，贝蒂，不要有压力。”埃莉莎不屑地转了下眼珠，“没什么难的，选好场地，拉一些赞助商，确定邀请人员，列好名单，邀请好相关媒体。任何菲利普主持的活动都会被报道的，所以不会有太大的工作量的。”

当漫长的会议结束后，我带着电脑冲出办公室，惊慌失措地直奔星巴克，希望在那里思考清楚黑莓手机的活动到底要做哪些准备工作。我绞尽脑汁，甚至想如果菲利普能主持活动，就算让我跟他上床作为交换我都会考虑……随即，我又为自己有这种想法感到悲哀。几乎每个人都以为我们已经确立了关系，但实际情况是我们两个都在竭力逃避这种局面。这一点很容易做到，因为他似乎只喜欢被照相机拍到。他说了一大堆调情的话，却没有一点儿实际行动，并且每次我甩掉他独自离开后，他的反应似乎是解脱。没有时间去深究这些了，也许他有一个秘密女友，他只是故意让公众认为我和他在约会，以转移别人的注意力，这让我很受伤，我宁愿他渴望和我发生关系，但是，我们现在都在心照不宣地维持这种关系。

我刚给艾米·萨科的办公室留言，询问我们是否能预订纽约游廊8号作为黑莓的活动场地，就接到佩内洛普的电话。

“嘿，怎么了？大中午打电话有什么事吗？艾伦怎么样？你最近见他了吗？”

“你知道自从你离开后，我的职场生活有多大的改善吗？”佩内洛普问道，“可不是故意气你，你不在这里，他至少不会一天到晚说‘闲聊’这个词了。你的真命天子怎样了？”

“哦，你是指我男朋友吗？根本没那回事。”我答道。

“快告诉我嘛。”佩内洛普说，努力表现出热情。我知道她根本受不了关于菲利普的话题，但是她很贴心地没有直接说出来。

“让我想想，事情有些神奇。我们在那些超棒的聚会上偶遇，在他跟别的女孩调情之前，会花几分钟的时间跟我聊天。通常他会让我帮他拿他最喜欢的金汤力鸡尾酒，好让别人记下；我让他吻我，好让照相机拍下。然后我们就各回各家，各找各妈去了。也就是说，没有做爱。自从我上次从他家醉酒醒来，我们就没有晚上待在一起过。”

“也许他在伦敦、洛杉矶和纽约跟那些模特、演员和社交名媛鬼混，都已经筋疲力尽了，你知道的。”

“我有没有告诉过你，你是个多好的朋友，佩？说真的，你总能和我想到一块儿去。”

她笑了。“不用我指出你有些妄自菲薄了吧。好了，现在来聊聊我，我有事情要告诉你。”

“你不小心怀上了，但是打掉的话又会让你很内疚，因为你已经订婚了，并且也到可以为自己的行为负责的年纪，是不是这样？”我急切地问道，将电话贴得更紧了，似乎她能看到我一样。

她叹了一口气，我知道她肯定正在转自己的眼珠。

“你怀孕了，但孩子不是艾弗里的？”

我说了之后，她除了发出一声生气的声音，什么也没说，我打算再试探一次。

“你怀孕了，但是——”

“贝蒂。”我听到她的声音很急，我知道她和我一样，不能再忍受这种玩笑了。

“对不起，到底怎么了？”

“我要离开了。”

“你要怎样了？”

“我要离开了，结束了。我说完了。”

“我的天啊，不。”

“是的。”她说。

“你确定？”

“是的。”

“你是认真的？就是这样？结束了？你还好吗？”

想到她要解除婚约，我就开心得忍不住手舞足蹈。虽然这样做很不礼貌，但兴奋之情还是难以压制。尤其是，我觉得她很有可能亲眼看到艾弗里和别的女孩在一起，只有这样才会让她相信艾弗里对她不忠。即便如此，她听起来心情还好。也许她意识到不嫁给艾弗里是最好的选择。

“说真的？我没想到会这样。但是我很开心，我很早之前就想这么做了，嗯，下一步会是怎样让我充满期待。”

我啜了一口咖啡，细细品味她刚说的话。“你肯定已经遇到真命天子了，不然你不会这么激动吧？他是谁？我根本没想到你和艾弗里之间出现了问题，你怎么没告诉过我呢？”我被呛了一下，“那戒指怎么办？你知道，按规矩如果是你提出解除婚约，你要把它们还回去的。哦，天啊，他真的背叛了你，是不是？”我假装对这个想法感到震惊，就像这种事情根本不会发生一样。“那个浑蛋——”

“贝蒂，别说了！我不是要离开艾弗里，我是辞了我的工作！”她低声嘘道，以防小隔间的同事听到。

简直就是180度大转弯，让人大失所望。

“你要离开瑞士联合银行？你确定？发生什么事了？”

“唉，我觉得我别无选择了。艾弗里被加州大学洛杉矶分校的法律学院录取了，因此我们打算搬到那里去。他到一月才开学，但是我们打算早点过去好熟悉一下。”

“加州大学洛杉矶分校？”

“嗯。”

“这么说你不是离开艾弗里，而是离开我？”我低声哀号。一个我最好的朋友背叛未婚夫的生动故事，瞬间变成了我最好的朋友要搬到遥远的西海岸去的悲剧。

“我没有要离开你。”她说着，叹了一口气，“我是要离开这个工作和这个城市，去加利福尼亚。或许只是暂时在那里待三年就回来了。并且我们可以互相看望的啊。二月的时候，你一定会很愿意到那边去的，到时候这边的气候让你很多天都出不了门，因为温度还不到10度。”

“东海岸就没有法学院了吗？艾弗里真的要自私到把你也拖到那里去吗？离开这儿？去那里？”

“哦，贝蒂，不要说了，为我开心吧。加州大学洛杉矶分校是个很棒的学校，并且我可以换个环境。毕业5年了我都一直生活在这里，18岁之前也一直待在这里。我会回来的，这一点毫无疑问。但是现在我想我最好能做一些不一样的事情。”

我这才反应过来，作为朋友，我应该对她做出的决定表示支持，不管这样会让人感觉有多么无力，我还是要尽到朋友的情谊。

“亲爱的，对不起，这一切都太突然了。你甚至都没提过他申请西海岸学校的事。如果这是你真心想做的，我为你高兴。并且我答应你，我会尽量不去想你的离开会带给我怎样的悲伤，好吗？”

“贝蒂，事情很突然，他是最后一刻才决定申请加州大学洛杉矶分校的，此前我也从没想过他会去那里。不过说真的，我并不担心你，你现在有了新的工作和同事，我觉得没有我你一样可以过得挺好……”她的声音越来越低，努力表现出很随意的样子，但是我们彼此都清楚这是她最想说的。

“嗯，那应该给你们两个办一场盛大的道别晚宴。”我极力让自己表现得兴奋起来，还没有完全意识到，眼前的事实自己根本无力改变。

“你肯定能想到，我们的母亲已经在筹备这个了。我们不久就要出发去那边了，因此她们安排周六在四季酒店给我们办一场饯行晚宴。你会来的，是不是？不是什么很愉快的事，但是你必须要来。”她清了清嗓子，“当然，我们欢迎菲利普也来。”

“佩，我当然会去的。我才不要他跟着添乱呢。”

我的电话显示有个917的号码来电，而我根本不认识这个号码。我决定接听，说不定它跟黑莓手机的活动有关。

“对不起，佩，我得接个电话了，我可以稍后给你回过去吗？”

“没问题，没事的。”

“好的，我等下跟你聊。恭喜你们！只要你开心，我也很快乐。虽然很舍不得，但还是为你高兴。”

我们挂断电话，在来电转为语音提示的前一秒接听了电话。“贝蒂在吗？”一个低沉的男声问道。

“我就是。”

“贝蒂，我是艾米·萨科办公室的萨米。你打算预订我们的俱乐部？”

萨米？这不是纽约游廊8号保安的名字吗？难道她那里还有另外一个叫萨米的员工？我还没听说过有保安兼任办公室工作的。

“是的，嗨，你好？”我尽量表现得很专业，尽管他可能根本不知道我的名字，也不记得我就是那个脾气暴躁的没带伞的女孩。

“很好。我们收到你的留言了，艾米让我给你回个电话，因为她一下午都忙得不可开交。”他后面说了什么我没听清，因为外面传来刺耳的警笛声。

“不好意思，我没听清楚。这边警报声太响了，或许有8辆消防车呼啸而过吧，我从来没听见过这么响的警报声。”我大声喊道，努力盖过那声音。

“我也听到了，不只是你那边电话传过来的。你现在在哪儿？”

“我在第8大道和百老汇大道附近的星巴克，为什么这么问？”

“巧了，我正要经过那个地方。我刚下课就收到艾米的短信，让我给你回个电话。你等一下，我马上就来。”他说着挂断了电话。我盯着手机愣了一下，随即从包里翻出口红和睫毛膏冲进卫生间。当然，那里人满为患。我看见他已经走到了店门口，于是赶紧走到我在角落里的那张桌子旁，在他看到我之前迅速落座。

当时我根本来不及再整理下自己，因为我必须集中精力让自己看起来忙碌而自然，当然这几乎不可能。我清楚地知道，如果我喝咖啡，肯定会被呛到。如果我假装讲电话，手机肯定会从手里掉下去。因此，我就直愣愣地坐着，眼神空洞地盯着面前的记事本，心想，在我灼热的目光注视下，它说不定会迅速升温并燃烧起来。我的身体起了一连串的反应——双手发抖、心跳加速、口干舌燥，这确凿无疑地揭示出一个事实：我喜欢萨米，抑或是爱慕他。这一点，如果打比方的话，完全就像《大亨的温柔触摸》（*The Magnate's Tender Touch*）中露辛达在单独见马尔塞洛之前的反应。就像爱情小说中被爱神之箭射中的女主人公一样，我第一次有了如此甜蜜的不安和期待。

我低着头，感觉到一袭黑衣的模糊身形，他已经站在我面前了。他身上散发出迷人的味道，就像新出炉的面包或者是糖霜饼干之类的香味。他站了大概半分钟，注视着盯着记事本的我。终于，我鼓足勇气抬起头，他清了清嗓子，正要开口说话。

“嗨。”我打了声招呼。

“嗨。”他回应道。他下意识地搓着黑裤子上沾了面粉的地方，但当他发现我正看他时，就赶紧停了下来。

“你……要坐下来吗？”我结结巴巴地说道，心里恨自己为什么不能口齿伶俐一点。

“当然，我，嗯，我只是觉得我们当面谈会更好些，我，呃，刚好经过这条街，你知道的。”看来他也好不到哪去，我心里释然了一些。

“是的，当然了，这样会更好。你刚才说你刚下课，你在学调酒吗？我一直都想去学呢！”我有些扯远了，但嘴巴不听使唤，“那看起来非常有用，不管你是否在酒吧工作。我不知道。学会调制很棒的酒，这很酷，你觉得呢？”

他第一次笑了，露出大大的、灿烂迷人的笑容。我想如果这笑容停止了，我会跟着死去的。“不，不是调酒，是学习制作甜点。”他说。

一个保安对甜点感兴趣并没有多大意义，但是我想他有业余爱好还是不错的。毕竟，只是凭借外形在夜店门口做着一份阻止客人闯入的工作，想想都觉得无聊。

“哦，真的吗？真有趣。你闲暇时间经常烹饪吗？”我只是礼貌性地询问一下，但是不幸的是，我的声音听起却大得离谱。我继续追问：“我是说，你对烹饪有特别的‘热情’吗？”

“热情？”他又笑了，“我不知道这算不算‘热情’，但是，我确实喜欢烹饪，并且，为了工作，我必须这样。”

我的天啊，我不相信他会因为我用了这个奇怪的词‘热情’，而约我出去。

“你必须这样？”我的声音听起来非常自大，“不好意思，我不是那个意思。你在哪里做厨师？”

“实际上，我正在学习成为一名厨师。”他说着，把视线移开，避免跟我的目光接触。

这是一个更新颖、更有意思的话题。“一名厨师？真的吗？在哪里？”

“嗯，暂时还没有正式工作。我刚从美国烹饪学院毕业，我在晚上学一些课程，像甜点制作之类的。”他说着笑了起来。

“你是怎么喜欢上这个的？”

“我也不算是非常喜欢，但是知道一些总归有好处。小时候我除了做过煎蛋卷晚餐外，几乎没有任何烹饪经验。高中时的一年夏天，我和一个朋友住在伊萨卡，在康奈尔大学的斯塔特勒酒店（The Statler Hotel）做服务生。一天，酒店的总经理看到我拿着咖啡壶从一米远的地方给客人添咖啡，他很是欣赏。于是他说服我进修康奈尔大学的酒店管理专业。他帮我拿到了一些奖学金，我自己也边学习边打工——我做过餐馆勤杂工、服务生、夜班经理、酒吧调酒师等等，你能想得到的工作我都做过。我毕业之后，总经理帮我介绍了法国一家米其林星级餐厅，我在那里做了一年的学徒。这都是他帮我的。”

他说的这些让我感到震惊，甚至没有意识到自己的嘴巴很不雅地大张着。但是萨米继续说下去，非常绅士地装作没看见。

“你是不是很好奇为什么我会在纽约游廊8号做保安，对吗？”他又笑了。

“不，一点儿也没有。什么都适合你。嗯，我是说，那只是服务业的不同面罢了，是吗？”

“我现在还在学习和积累经验阶段，我几乎在城里的每家餐厅都工作过。”又是一个迷人的笑容。“但是等我开了自己的餐厅，这一切就都值得了。希望这一天很快到来，不要拖得太久。”

我看起来应该是满脸困惑，因为他还在笑。“当然了，首要的也是最重要的问题就是资金。靠做保安和调酒师的收入足够过上体面的生活，并且我有很多这样的工作机会。在夜间工作让我减少外出和花钱的机会，所以我会继续做下去。大家都说在这个城市开一家餐厅，比什么都难。他们告诉我，懂得这里的社会关系非常重要，从谁跟谁上床了到谁是最有分量的人物或谁是混混场面而已。这些我一点儿都不感兴趣，我跟这些人也没什么交集，因此除了在他们常出没的环境中观察，没有其他更好的方式了。”

他用一只手遮住嘴巴，瞄了我一眼。“听着，我不该这么说的。没有要冒犯你和你朋友的意思，只是——”

爱，吞噬一切、淹没一切的爱。我要做的就是控制自己不要冲上去抱住他的头，在他双唇上印上大大的吻……他看起来那么惊慌失措。

“说真的，不要再说了。”我说道。我伸出手想抓住他的手，给他一些安慰。但是在最后一秒，我还是失去了勇气，于是我的手指尴尬地悬在桌子上。在《大亨的温柔触摸》中，露辛达相当勇敢地做到了，但是我，没有成功。“我觉得你做的事情非常棒，我想象不到你每天晚上必须面对的那些事情。都是很荒谬的事情，是吗？”

我的话说到他的心窝里了。“天啊，确实难以置信。所有的人——他们有大把的金钱、大把的时间，除了每晚请求我让他们进去那些夜店，似乎什么都不想做。”他说道，直视着我的眼睛。

“那也很有趣，不是吗？我是说，人们竭尽全力讨好你。”在他的注视下，我六神无主，思绪都难以理清楚了。

“哦，算了吧，贝蒂，我们都知道根本不是那样。他们扭捏作态地巴结我，只是因为我对他们还有用，而不是因为他们了解我，或者是把我看作平等的人那样喜欢我。我只有一小会儿的时间被尊重、被喜爱，也就是他们从站在门口到走进夜店的那几分钟。离开那截天鹅绒绳子，在其他地方遇到我的话，他们根本不会记得我的名字。”

苦闷的神情又爬到他的脸上，我注意到当他皱眉的时候，额头上布满皱纹，但这些都让他看起来更可爱迷人。他叹了一口气，我又涌上想要拥抱他的奇怪冲动。“我真多嘴，忘掉我刚才说的话吧。我真的没把这份工作看得有多重要，因此我很难对它夸大其词。这不过是达到目的的一种方式罢了，我可以忍受任何东西，只要能离自己开餐厅的梦想更近一步。”

我多么渴望他能继续说下去，说任何人、任何事都无所谓，因为这样我就可以继续看他那张完美的脸，注视他嘴唇的移动和手势的变换。但是，他停了下来。当我想要张开嘴告诉他，我完全理解他所说的一切，并且从没有从那个角度考虑问题时，他很礼貌地打断我。“我就是觉得你很有亲和力。”他说着又甜甜地笑了，那笑容让我窒息，我必须提醒自己保持呼吸。“如果你能对今天我说的话保密，不向你办公室的人说起，我会很感激。没有别人的干扰，我做起事情会更容易一些。嗯，你懂的。”

我当然懂。不让别人知道你从哪里来，将要去向何方，不让他们随时决定将你列入“值得认识”或“无足轻重”的名单。不让别人颠倒是非或为了自己的利益操控局面，因为这样会让他们自己心里舒服一些。威尔经常开玩笑地讲：“如果你不能拥有，那就毁灭它”。但是大部分人不会这样。是的，我知道了，完全明白。

“当然，我非常清楚。我，嗯，我认为你现在做的事情非常酷。”我说道。

又是一个大大的灿烂笑容。啊，我试着再说点什么，任何话题都可以，只要能让他再展笑颜。但是我们最终还是想起来我们在这里是要谈工作的。

他似乎从那种脆弱中完全恢复过来了，说道：“我打算叫杯咖啡，然后我们慢慢讨论活动的细节问题，你想喝点什么？”

我摇摇头，指了指面前的咖啡。

“要不要来一大杯无糖香草味脱脂拿铁？”

我笑了，再次摇摇头。

“不是吧？你以为我在开玩笑吗？我还真是每次来这里都只点这个。”

“你不是吧？”

“真的，我发誓。二十多年来，一杯普通的咖啡就会让我很满足，有时候我会喝淡淡的甜咖啡，晚上我一般是点低咖啡因的咖啡。有一次我的一个朋友提及拿铁有多好，后来学校的一个女孩说加了香草的拿铁更棒。于是，我就开始这么喝，现在已经是爱不释手了。我倒希望，哪怕是一次也好，他们会拒绝卖给我这种东西，比如说‘控制下你自己吧，萨米。像个男人一样喝一杯普通的咖啡吧’。但他们从来不会这么做，唉，我也不会。”他说着起身去点咖啡。

我看到服务员对他露出一个大大的笑容，仿佛在说“把我也带走吧”。从他转身离开，我想我应该没有眨一下眼睛，目光一直随着他移动。当他回到我旁边的位置时，我听到自己粗重的呼吸声。

“好吧，今天的自我坦白已经够多了。我们可以开始谈活动的事情了吗？”他挠了挠后脑勺，我忍不住想，我仿佛曾经无数次看到过这个动作。

“当然，从哪里开始呢？”我啜一口咖啡，把注意力集中在怎样才能表现得冷静而专业上面。

“这个活动有多少人参加？”

“我不是很确定，因为还没有最后汇总名单。”其实，根本还没准备名单，不过他没有必要知道这一点。“我估计大概有200人。”

“凯莉公关公司是准备自己派人还是用我们的人？”

又是一个我还没有考虑到的问题。但我竭力回想之前的聚会，笨拙地拼出一些合理的答案。“嗯，我会找到赞助商，我想我们会提供酒水，用你们的服务生，还会用你们的，呃，你们的……”

“安保人员？”他替我说道，应该是感觉到我想用“保安”这个词。

“是的，不过我还要再确认下。”

“听起来还好。因为当晚只有Lot 61有空，不过艾米应该会愿意考虑重新排班的。谁是主持人？”

“呃，一个叫菲利普·韦斯顿的人，他，呃，他是——”

“我知道他是谁，你的男朋友，是吧？最近我经常看到你们在一起。嗯，我相信艾米知道后一定会非常激动。所以我一点儿也不担心，那晚店里一定能腾出地方的。”

“不，不，他根本不是我男朋友。”我语速飞快地辩解道，“事实不是那样的。实际上，他只是一个古怪的家伙——”

“这跟我没有关系。对我来说，他就像一个浑蛋，但是我怎么知道呢，对吧？”他话里是有醋意吗？还是我希望有？

“是的，我觉得这一点儿都不关你的事，不是吗？”被我这么严肃谨慎地追问，他的身体不由自主地往后退。

那一瞬间我们四目相对，然后他移开了目光。

他又喝了一口咖啡，开始收拾东西准备离开。“好的，那么，这很有趣。我会回去跟艾米协商一下，再跟你联系场地的事情。一切应该都会很顺利。像我说的，没有人会拒绝参加由英国贵族先生主持的聚会。如果他希望到时候肤色足够黑的话，现在我就可以开始晒皮肤！”

“谢谢你的关心，我会转告他的。在此期间，你继续享受制作甜点，我会自己搞定活动的细节，或者是直接跟艾米联系。虽然我很享受被你这样攻击，但本姑娘没时间陪你。”我表现得非常坚定，从位置上站起身直接朝门口奔去，完全弄不明白为什么事情会在瞬间就变得如此糟糕。

“贝蒂！”在我正要夺门而出的时候，他在背后叫住了我。他对自己的行为感到抱歉了。他应该是累了一整天了，并且最近压力比较大又没有睡好，他并不是有意把我当出气筒的。又或者是，他疯狂地嫉妒我跟菲利普约会，所以忍不住要发火乱说话。又或者是，两者都有。我的脑子里飞快地闪过这些想法，不管怎样，只要他请求我原谅，不停地道歉，我一定会原谅他的。

我转过身，希望他能冲过来请求我的原谅，但是，我看到的是他手里抓着什么东西朝我挥手。我的手机，它在我还没走到门口的时候响了起来。

他朝屏幕扫了一眼，我看到他的脸绷住了。他勉强挤出一点儿笑容说：“真是说曹操曹操到啊，是那个大人物打来的。我能帮你回他吗？不要担心，我保证会告诉他我们正在从戛纳返回的喷气式飞机上，而不是坐在下城区的星巴克里。”

“把手机给我。”我激动地叫道。一边在心里懊悔自己把菲利普的号码存到手机里，一边从萨米的手中夺过手机。那一刻，我感受到了与他皮肤摩擦时柔软而舒服的触感。我把手机调成静音，塞到了包里。

“可别因为我而不接电话啊。”

“才不会呢。”我大声道。在冲出去之前，我最后看了他一眼，只看到他望着我摇了摇头。完全不是《大亨的温柔触摸》里面的情节。我感到很后悔，但是很快让自己振作起来，我这样自我安慰：每一段新的关系——即使是在小说中，刚开始的时候都有一些障碍要跨越。这次我不会放弃。至少不会轻易放弃。

13

星巴克的偶遇转眼过去很多天了，那段时间我的注意力一直在萨米和佩内洛普之间（她马上就要远行）转换。再加上为两个半星期后的活动做准备，所有这一切，让我烦得只想窝在家里跟米林顿相伴，观看TNT电视台不间断播放的电影《当哈利遇到莎莉》（*When Harry Met Sally*）。当我回到家的时候，我一句话都不想说，但还得穿过整个大厅走到电梯那里，在那里很有可能遇到谢默斯先生。当我快速按下电梯按钮，为成功躲过他的纠缠而暗自窃喜时，他不知从哪里冒了出来。

“今天过得好吗？”他问道，脸上满是笑意。

“嗯，我觉得还不错，你呢？”

“‘不错’听上去和‘很好’有很大差距哦，贝蒂！”他拖着音调说道。奇怪，难道我脸上写着“请跟我聊天”吗？

“我知道它们之间存在差别，但是我认为用‘很好’来形容的话是夸大其词，而‘不错’则更为准确。”我解释道，心想我宁愿爬上13楼，也不要为了等电梯而忍受这种无聊的谈话。

“好吧，我倒是感觉非常棒，一切都朝着更好的方向发展。”他边说边向我抛来一个，没错，是一个“媚眼”。

“哦，真的吗？”我说道，眼巴巴地瞪着电梯门，急切地期盼它快点打开，“那敢情不错！”

“是的，从这里离开后，我保证你今天接下来的时间顺风顺水。”他用不容置疑的口吻说道，而且还是那种故作神秘的“我知道你所不知道的事情”的调调，让我忍不住看了他一眼！

“你有什么事情瞒着我吗？是不是谁在我这里？”我问，想到可能有人一直监视着我的公寓等我回来，心里既害怕又期待。

“呵呵，天机不可泄露，我说的已经太多了。你想要的都会梦想成真哦！”他唱歌似的说道，“这可不关我的事，我该回到我的工作岗位上去了！”他弹了弹他的帽子，转身迈着小步走开了。我在想，是不是有可能不失礼地问问他，可不可以不要再找我闲聊了。

当我走出电梯，转过一个弯，来到我“幸运”的门牌号“1313”时，立刻明白了谢默斯神秘兮兮的原因了。静静地斜倚在门口的，分明是我有生以来见到过的最漂亮的花束。我的第一反应是有人送错地方了，但当我走近时，发现我的大名用加粗黑体清晰地写在里面夹着的信封上。确定了这不是花店送错的，我脑子里立刻冒出的第二个想法是：这花一定是萨米送的。他肯定是懊悔之前对我的种种“不敬”，希望通过送花的方式来为自己的行为表达歉意。肯定是这么回事儿！我就知道他不是个“坏小子”！这花是多么娇艳美丽，通过这种方式表达歉意才是真正“绅士的”做法。我也感到很抱歉，对着鲜花，我心里默念道：不知道为什么我会变得暴躁和令人讨厌，自从上次见面以后，对你的思念没有停止过哪怕一秒钟。是的，让我们将之前那些愚蠢的对话抛诸脑后，我只想要和你共进晚餐。你可知道，我已经在憧憬你成为我未来孩子的父亲？所以让我们赶紧走进彼此的世界吧。我们的孩子会知道，我们绵延一生的爱情从斗嘴和鲜花开始！这是多么浪漫，仿若做梦一般。是的，我亲爱的，我原谅你并向你致以千万次的歉意，这一切只会让我们的爱情更加坚不可摧。

我把鲜花一把抱起，迅速开门进屋。沉浸在这突如其来的巨大惊喜中，我甚至完全没有注意到米林顿已将整个身子扑上来，紧紧地抱着我的腿。鲜艳的玫瑰花是爱情小说中最为突出的象征之物，因此，对作为爱情小说拥趸的我来说，收到这样一束美得不可思议的鲜花，具有更加非凡的意义，在我内心引起的波动也可想而知。它由三种不同颜色的玫瑰组成，由深及浅分别为深紫色、桃红色和纯白色，每种颜色各12支。它们插在一只浅浅的圆碗里，碗里盛满某种闪亮的玻璃弹珠。但是花束上却没有任何装饰物，比如常见的绸带、蝴蝶结和绿色植物等。毫无疑问，它简单、优雅而且非常昂贵。即使是卡片也不寻常，是由一种厚重、精致的牛皮纸做成的，我甚至不能将它从有紫色衬里的信封里轻松抽出。在卡片抽离信封的一刹那，落款映入我的眼帘，当确认上面的内容后，我差点没晕倒在地。

小甜心，我向你保证我会主持黑莓手机新品发布活动的！我们一定会将其打造成本年度最豪华时髦的派对。你真的才华横溢。奉上最炽热的吻。

菲利普

什么！我从头到尾将这寥寥数行字看了又看，确定自己没有头昏眼花地看错一个字。在让自己平静下来之后，又仔仔细细地读了一遍，因为我实在无法接受送花的人是菲利普这个事实。他怎么知道我住在这儿？他究竟从哪里得知黑莓的这个活动（我还从未向他提及）？但最让我烦闷是，神秘送花人为什么不是萨米？为什么不是他来向我宣示永恒之爱呢？我将卡片随手一扔，将花束丢在厨房的洗手台上，心烦意乱地在屋子里四处踱步，然后颓然倒在客厅沙发上。几秒钟之后，手机和座机同时响了起来，我瞄了一眼，心情更加低沉了：手机是埃莉莎打来的，座机是威尔舅舅打来的。萨米还是没有出现。

我先接听了手机，没等埃莉莎开口就连呼对不起，请她稍等片刻。然后摁下无绳电话的接听键，向威尔问候了一声。

“亲爱的，一切都好吗？你迟到了，我和西蒙都担心你独自承受无良媒体的‘公然侮辱’而伤心。不过，我们一致认为你在《纽约独家新闻》上的照片拍得不错。今晚让我们来个不醉不归！你准备出门了吗？”

见鬼！我完全忘了这回事了。尽管从我大学毕业以来，“星期四晚餐”就成为我们的保留节目之一，但因为凯莉公关公司丰富的“夜生活”，我已经连续几个星期没有赴约了。今晚，显然又差点放了威尔和西蒙的鸽子。

“威尔，很抱歉我迟到了，但是两分钟前我刚从办公室出来，然后一路跑回家给米林顿找点东西吃，你打电话来的时候我正准备出门呢！”

“亲爱的贝蒂，如果这是你能编出的最好借口，我欣然接受，但是今晚我可不准备放过你，你很快就能赶到，是吗？”

“那是当然，就几分钟……”

我没说再见就迅速挂断电话，然后立刻拿起手机。

“嘿，对不起让你久等，我舅舅刚才打电话过来——”

“贝蒂，你绝对猜不到！我要告诉你全世界最棒的消息。你能好好坐着听我说吗？天啊，我真是太兴奋了。”

我不知道自己能否冷静地面对又一个“订婚通知”，于是起身换了个坐姿，轻轻靠在沙发靠垫上，耐心等待着埃莉莎的“重磅消息”——我知道埃莉莎不是那种沉得住气的人。

“听着，你绝对想不到我刚才跟谁说话了。”她停了一下，暗示我该表现出应有的好奇了，但是我现在可没有兴致配合她。

“不是别人，而是最让我们痴迷、最英俊潇洒的钻石王老五——菲利普·韦斯顿先生。他打电话来邀请大家去参加一个派对，我就是那个接他电话的幸运儿——噢，贝蒂，别生气，我就是无法保持矜持。我问他是否会参加你的黑莓手机活动，他说他非常乐意。”这时，她已经近乎在尖叫了。

“真的吗？”我问道，尽量装作惊喜不已，“那可太好了。我怎么会生你的气呢？我本来就得问他能否来参加我的活动，这下你可帮我解决了这个麻烦。他听起来对这感兴趣吗，还是仅仅勉强答应？”我可不是真的在乎这个，只是一时想不出其他的话。

“嗯，虽然在严格意义上来说，我没有和他对话，但我肯定他很有兴趣。”

“你说的‘严格意义上’究竟指什么？你刚才不是说他打电话过来——”

“啊，是吗，我这样说了吗？哎哟！”她咯咯地笑了起来，“其实我想说的是，他的助理打电话过来，我跟她商定了所有事情。她向我保证菲利普会很乐意参加你的活动。贝蒂，这本质上就是一回事，所以我一点儿也不担心。一切都很棒吧？”

“好吧，我想你说得对，我刚刚收到了他送来的一束花，附着的卡片上清清楚楚地写着他愿意主持那个活动，所以一切难题似乎都迎刃而解了。”

“哦——上帝啊！菲利普·韦斯顿给你送花？贝蒂，他一定是爱上你了。他可是一个迷死人不偿命的男人啊！”电话那边传来她长长的感慨声。

“嗯，埃莉莎，我必须赶紧出门了。真心感谢你帮我询问他。”

“你要去哪里啊？今晚和他有甜蜜幽会？”

“才不是呢，我要马上赶往我舅舅家吃晚饭，吃完立刻回来睡觉。自从到新公司上班后，我还没有在凌晨两点前上过床呢，我只是准备——”

“好吧，我知道了！你肯定觉得很棒吧？还有哪份工作允许你整晚在派对流连？我们真是一群幸运儿。”又是一番感慨，然后是一阵短暂的沉默，显然我俩都在对这一事实进行思考。

“我们确实挺幸运的。再次感谢你，埃莉莎。祝你今晚玩得开心，好吗？”

“每晚都开心。”她咯咯笑道，“还有，贝蒂，你是个能干的女孩，虽然你是通过你舅舅的关系才得到这份工作的，但到目前为止，你都做得非常出色。”

呵呵，这才是埃莉莎的厉害之处，把含有讽刺意味的恭维话说得那么真诚和肯定。不过现在没有时间和她继续聊下去了。“你真的这样认为吗？谢谢你，埃莉莎，你的肯定对我太重要了。”

“千真万确，你正式和菲利普交往了，还有，你那么快就独自策划大型活动。我到公司上班那会儿，可是花了将近一年时间才做到这些的。”

“你指哪件事？”

“两件都是。”她回答道。

我们一起笑出声来，然后互道再见，在她坚持邀我参加另一个派对前挂了电话。有那么短暂的一瞬间，她似乎成为我真正的朋友了。

我迅速料理了一下米林顿，然后以更快的速度换上牛仔裤和运动夹克，最后用苦涩的眼神望了一眼那束鲜花，就火急火燎地出门打车了。当我步入威尔公寓的时候，听见西蒙和威尔正在争论着什么，于是在他超现实风格的门厅里停住脚步，在门厅的花岗岩长凳上坐了一会儿。长凳的上方挂着一幅色彩明艳的安迪·沃霍尔[1]的作品。这幅作品是有艺术历史的，但是我对艺术史一窍不通。

“我只是不明白，你为什么非要邀请他来我们家。”书房里传出西蒙的声音。

“这有什么难以理解的。他是我的朋友，并且恰好来到纽约，如果不见上一面会很失礼的。”威尔泰然自若地回答道。

“威尔，他讨厌同性恋者。他就是靠着这个挣钱的，他以此为职业。而我们刚好就是他痛恨的同性恋。这还不够清楚明白吗？”

“噢，亲爱的，那我跟你说得详细些。在面对公众的时候，我们总是不得已去说一些违背自己真实想法的话以引起小小的争议——这对我们和职业生涯是有好处的。我们所说的并不一定是我们所想的。嗯，就拿上周我的专栏文章来说，我为了迎合读者的胃口，宣称饶舌音乐是一种独立的艺术形式，并旁征博引地去证实这一观点。事实上，西蒙，没有人真的会认为我对此深信不疑。这和拉什的情况一模一样。他那套‘痛恨犹太人、同性恋和黑人’的做派只是噱头而已，完全不是他真实想法的反映。”

“威尔，你可真是天真，简直是幼稚。我没法和你继续这个话题了。”然后我听到门被用力关上的声音，一声长长的叹息，还有冰块倒进玻璃杯的声音。现在可以进去了。

1 安迪·沃霍尔：20世纪艺术界最有名的人物之一，是波普艺术的倡导者和领袖。——编者注

“贝蒂，我亲爱的外甥女。我没听到你进门的声音。你是不是正好听到了我和西蒙刚才的争吵？”

我在他刮得干干净净的脸颊上亲了一下，然后坐在我常坐的那张嫩绿色的椅子上。“我确实听到了，你不是真的想邀请拉什·林博[1]来做客吧？”我问道，带着一点儿怀疑，但也没有那么惊讶。

“确实如此。近几年我去过他家六七次，他是个非常不错的家伙。当然，在他家的那几晚我没注意到他已经嗑药成瘾，但是这在某种程度上让他更加讨人喜欢。”他深呼吸一口气，“好了，现在跟我聊聊你的美丽新生活吧！”

威尔对一切都显得淡定从容，这总是让我充满好奇。在我还是孩子的时候，妈妈就告诉我威尔舅舅是同性恋，西蒙则是他的“男朋友”。只要两人能在一起幸福地生活，性别、种族、宗教信仰之类的差异完全都不是问题（但是毫无疑问，这个定律不适用于我，我绝不可能嫁给一个非犹太裔的男人。我的父母对所有人都能做到宽容、自由和思想开明——除了他们的亲生女儿）。有一次威尔和西蒙造访波基普西，当时我们一起坐着吃晚饭，每个人都在辛苦吞咽着豆芽菜等素食（感觉永远消灭不完），这时，我用10岁大的女孩特有那种细细甜甜的声音问道：“威尔舅舅，同性恋者是什么样子的？”

他抬起头瞅了瞅我的父母，瞥了一眼西蒙，然后坚定地看着我的眼睛。“哦，亲爱的，非让我来说的话，对，那个很棒。我之前也和女孩子交往过，但是很快意识到她们，怎么说呢，就是不适合我，你能明白我的意思吗？”我当然不明白，但是很高兴看到父母当时摆出的臭脸。

“你和西蒙睡在同一张床上吗，就像爸爸和妈妈那样？”我继续发问，

---

1 拉什·林博：Rush Limbaugh，美国保守派电台主持人、记者、作家、自由主义运动者。——编者注

一派天真无邪的口气。

“是的，亲爱的。跟你的爸爸妈妈几乎完全一样，只有一点点不同而已。”他呷了一口专门为他准备的苏格兰威士忌，对着西蒙笑了笑，“我们就像普通的夫妻一样，吵嘴、打架然后和好如初。而且我一点儿也不害怕警告他，在阵亡将士纪念日之前必须脱下他的白色亚麻长裤。真的没有什么区别。”

“好了，这真是一个让人长见识的谈话，不是吗？”爸爸清了清喉咙，“贝蒂，最重要的是要记住：无论别人与你有多大的不同，你都要一视同仁地对待他们。”

无聊！我对爸爸想要讨论的那种“爱的教育”没有兴趣，所以我问了威尔最后一个问题：“威尔舅舅，你是什么时候发现自己是同性恋的？”

他又抿了一口威士忌，然后说道：“嗯，应该是在我服兵役的时候。有一天我有点醒悟过来，并意识到我跟我的指挥官睡了一段时间。”他波澜不惊地回答道，然后确信地点了点头。“是的，现在回想起来，就是在那时候，我开始接受自己是同性恋这个事实。”

尽管我不是很清楚“睡了”、“指挥官”之类词的确切含义，但是父亲猛喝了一口酒，母亲向威尔投去慌乱的目光，这让我得到极大满足。数年之后，当我再次问起威尔究竟何时发现自己只喜欢男人的，他哈哈大笑地说道：“呵呵，我记不清那次算不算第一次，亲爱的，但我确定那是唯一一个适合在饭桌上讲的故事。”

此刻，他安安静静地坐着，喝着马提尼，等着听我的“美丽新生活”，但是在我想出可与之分享的事情之前，他又说道：“你接到父母让你回去参加收获节[1]活动的电话了吗？”

1 收获节：Harvest Festival，由基督教教会所举行的庆祝丰收的节日。——编者注

“嗯，接到了。”我叹气道。每年收获节来临之际，父母都会和他们所有的朋友在后院举行感恩庆祝活动。这通常是在星期四举行，而且从不提供火鸡肉。母亲几天前给我打了电话，在详细听取我新工作的“汇报”后——这在他们看来只比在大银行给人倒咖啡之类的工作好那么一丝丝而已。不过，他们还是提醒我，我负责的活动即将到来，他们很期待我的表现。对母亲的收获节邀请，威尔和西蒙向来是先满口应允，然后在最后时刻找个借口“毁约”的。

“我建议星期三就出发，你下班后我开车去接你，然后一路开到你父母家！”威尔说道。我尽力表现出对他所说的没有怀疑的样子。“一切都好吗？顺便说一句，从我读到的所有新闻来看，你似乎已经，呃，非常投入这份工作了。”他没有笑，但是眼睛发亮。我重重拍了一下他的肩膀。

“是吧，你口中的新闻，无非是指《纽约独家新闻》上的各种小道消息。”我叹道，“他们为什么要缠着我不放呢？”

“他们盯着所有人，亲爱的。专栏作家——无论是网上的还是别的什么媒体的，唯一的使命就是报道那些读者们最想知道的东西，将它们转变成康泰纳仕出版集团的自助餐厅之类地方的谈资。总之，你没必要觉得大惊小怪。对了，你有没有看最新一期的《纽约独家新闻》？”

“难道这不是最新一期？”一种熟悉的恐惧感渐渐产生。

“噢，亲爱的，我恐怕得说这确实不是。一小时前，我的助理刚刚将最新一期传真给我了。”

“是不是又在胡说八道了？”我问道，并不想真的得到回答。

“反正不是恭维——对我和你都不是！”

我为之一震：“天啊，他们关注菲利普，我可以理解，但是为什么要揪住我不放，而且我什么都做不了。现在竟然又将你牵扯进来？”

“我有办法应付，亲爱的，没什么可担心的。但是你的担心也没有错，你现在对此确实也无能为力，我只能郑重地提醒你，不要在公众场所做出特别愚蠢的举动，特别是有那位绅士在场的时候千万不要，嗯，我能告诉你的，想必也都是你心里有数的。”

我点头。“从没想过我的生活也会引起公众的兴趣。我的意思是，我不能生活在真空中，我必须去工作，外出参加活动也是工作的需要。然后不知怎么回事，我的一举一动已经成为别人茶余饭后的谈资了。”

“不是你的——是他的。”威尔纠正道，下意识地抚摩着无名指上的铂金戒指，西蒙管它叫“婚戒”，而威尔则称它为“西蒙的安全毯”。

“你说得对，我好像就是没法避开，他总是无处不在。这一切真是太诡异了。”

“有这么离谱？”我们一起笑了。这时西蒙穿一身象牙色亚麻外套，气鼓鼓地出门了，威尔鼻子里哼了一声。

“呃……事实上我并不喜欢菲利普这个人，但是——”

“亲爱的，不是只有喜欢某人才能与之约会！如果喜欢是上床的前提和必要条件的话，我想所有人都麻烦大了！”

“对，这是另一件让我疑惑的事情。事实上我没有和他上过床，或者说，他没有和我上过床。”

威尔扬起了一边的眉毛。“必须承认，这也让我大惑不解。”

“嗯，一开始是因为我不愿意，至少我是这样想的。我觉得他是个性情古怪的家伙，即使现在我也这样认为。他身上有些东西吸引着我，这不是出于心理补偿和自欺欺人的想法，他确实和我认识的所有男人都不太一样，他有一种对一切漠不关心的神气。”

威尔似乎想说点什么，但是刚刚张嘴又把话咽了回去。他沉默了一分钟，像是在重新组织自己的说辞，最后他说道：“我想，嗯，必须得说，你说的情况并没有让我真正意外。”

“威尔！难道我真的那么没有吸引力吗？”

“亲爱的，我现在既没有时间也没有兴致说太多赞美你的话，你肯定明白我不是那个意思。既然他是那种总把性挂在嘴边的人，那就没什么可惊讶的了。越是视性为生活不可或缺的人，越会强烈否认自己对性的热爱，所以表现得比普通人还冷淡。换句话说，对大部分人而言，当他们对生活的某些领域特别热衷时，他们更加倾向于在别人面前将其隐藏起来。我这样说，是因为觉得你目前的情况可能是最理想的。”

“真的吗？怎么会这样？”

“根据你之前提及的所有情况来分析，跟照片上这位英伦明星扯上关系，似乎对你的老板和同事都非常重要，对不对？”

“完全正确。现在你的外甥女成了万众瞩目的荡妇，而这，都是你的错！”

他当作没听到我的话。“不过，这种问题也不难破解，不是吗？当你——或者你公司觉得合适的时候，你可以继续跟他待在一起，但是你不需要真正地掺和到那些乌七八糟的事情里面。亲爱的，你可以花最小的代价得到最大的收获。”

这样看待这个事情就比较有趣了。我想再跟他说说萨米的事情，或者向他征询点意见。但是考虑到我这份炽热的爱恋八字还没一撇，现在跟他说这事显得有点可笑。我正想着再深入地和威尔谈谈菲利普时，手机响了。

“菲利普，”我叫出声来，像往常一样，拿不定主意是否要接听，“他好像有心灵感应一般，总是在重要的时刻打电话过来。”

“接吧，亲爱的。我正要去找西蒙聊聊，安抚一下他焦躁不安的心情。那家伙容易精神紧张，我觉得这在很大程度上归咎于你最近的遭遇。”说完，他起身走开了。

“你好？”我说道，装出一副“不知来者何人”的语气。

“菲利普·韦斯顿先生找您，请稍候！”一个冷冷的声音答道。过了一会儿，菲利普接过电话了。“贝蒂！你在哪儿呢？我的司机说你不在家，我想象不出你还能去哪儿。”

我手边有一堆事情要处理，至少不是像他说的，我除了他就没有自己的生活。

“对不起，请问您是哪位？”我郑重其事地问道。

“行了，别给我来这套，贝蒂，我是菲利普。我派了车去你家接你，但是你不在家。游廊今晚超火爆的，我想见你，赶紧过来！”他不容置疑地说道。

“谢谢你的热情邀请，但我今晚有别的安排，菲利普，我实在没法过去。”我语气坚定地说道。

我听见他那边传来艾米纳姆的音乐，然后是另一个男人低沉的声音。

“嘿，有个家伙想让我代他向你问声好，还是个该死的保安。上帝啊，你肯定经常光顾这里，至少比我原本想的要多得多。这位朋友，你叫什么名字？”

如果这个时候有的选择，我想我宁愿立刻去死，也不要通过菲利普和萨米打招呼。但是在我刚想转换话题或让菲利普走到安静点的地方讲电话时，听见菲利普对萨米说道：“你在偷听我们的对话吗？滚一边去！”

我开始感到害怕。

“菲利普，真心谢谢你送我那么漂亮的鲜花。”我脱口而出，极力想转移他的注意力，“那是我在这世界上见过的最美的花。还有，听说你愿意来主持黑莓手机的活动，我真是太荣幸了！”

“什么？”又是一阵咕哝，“这个保安名叫萨米，他说和你一起搞一个活动什么的。贝蒂，他究竟在说什么啊？”

“是的，我正想和你说这事——黑莓手机的活动。”对着手机，我简直是在尖叫了，想要盖过电话那边的噪音，“就是你答应主持的那个活动……鲜花……还有留言……想起来了吧？”

“鲜花？”他听着像是真的被搞糊涂了。

“就是你今天早些时候送给我的花啊。记起来了吗？”

“哦，你说得对，亲爱的，我猜想肯定是玛尔塔叫人送的。她非常注重细节，总是在合适的时间帮我寄送合适的礼品，是我最得力的姑娘。”

这下轮到我困惑了：“玛尔塔？”

“她是我的助手，帮我打点一切，让我始终保持最佳状态。她干得不错，不是吗？”我仿佛能通过手机看到他不无得意的坏笑。

“那她有没有告诉你，她已经代表你同意主持那个活动？”我尽量让我的声音听起来平静从容。

“一个字都没说过，亲爱的。但是没关系，如果她希望我参加，那我也欣然接受。只要告诉我时间地点就可以了。什么？”他突然问道，像是分神了。

“怎么了？”我反问道。

“稍等一下，这个保安想跟你说话，他说是工作上的事情。”

绝对不行！我几乎都忘了萨米正站在边上听着我们所有的对话，他听到了送花的事情，当然还有菲利普用迷人的噪音以恩人自居的态度和我说话。“等一下，菲利普，别——”

“你好，贝蒂？”是萨米的声音，我一时不知该说什么，“你还在吗？”

“我在。”我温顺地说道。那些爱情小说中生动刻画的躁动不安的情绪立即攫住了我，而且力量巨大，无法反抗。

“嘿，听着，我只想告诉你——”

我想都没想就打断了他的话，然后自顾自地说道："对不起，菲利普刚才说了那么混账的话，你别跟他一般见识，他就是那种人。"

一阵短暂的沉默后，他真诚、宽容地笑了。"好吧，这可是你说的，不是我，尽管我并不赞同你的说法。"然后，我又听到刚才那种压着嗓门的话音，接着是萨米大声说道："朋友，我在这里等你，一会儿把手机还你。"

"又怎么了？"我问道。

"噢，你的男朋——呃，你的朋友，看到里面有个熟人，然后要进去跟人家打声招呼，他把手机留在我这里。希望他不要太担心我会突然拿着手机坐出租车逃跑。听着，我真的很想为今天下午的事情向你道歉。我不知道自己着了什么魔，但是我没有资格如此冒犯你。我们甚至还不知道对方姓甚名谁，我简直太失礼了。"

终于等来了，我想要的那个实心实意的道歉。当然，如果他能出现在我的公寓门口，穿着他那可爱的、合身的CK平角内裤，为我哼唱一支小夜曲的话，那才是最最真诚的道歉。那一刻，我甚至幻想钻进手机，循着他声音的指引，来到他的面前，扑进他的怀抱。但是我努力克制住自己，强迫自己保持平静。

"你没有。说对不起的人应该是我，我不该对你大呼小叫，是我的错，所以千万不要再有一点点自责了。"

"太好了，所以那不会影响我们工作关系，是吗？艾米今天告诉我，让我担当你的派对的首席联络员，所以，我不希望今天下午的事情影响我们的私人关系，以及工作上的合作。"

"噢，对对，"当然不会影响我们的合作关系，"是的，是的，完全没有问题！"

我试图掩饰自己的失望情绪，但肯定做得不好，因为他结结巴巴地补充道："是的，嗯，工作上的，当然，还有，我们的友情，你知道的。"我甚至能感受到他脸红了。我只想用我的双手轻柔地抚摩他的脸庞，然后整个人投进他怀抱。

"是的，我们的友情。"过去的每一秒都让情况变得更加难堪。我暗下决心，不论他的声音听起来多么宛如天籁，都应该挂断电话了。继续聊下去，效果只会适得其反。

"噢，贝蒂，我差点忘记跟你说！我跟艾米说你们那晚的活动想要放在游廊，她说没有问题。活动已经在记录本上做好登记，不管怎样都不会出岔子的。只是，她提出了一个要求，她想增加几个她喜欢的宾客，不过最终还是由你决定邀请人员的名单。她可从来没那么好说话过。很完美，是吗？"

"哇哦！"我装作颇为兴奋的样子，"那可真是太好了，非常感谢！"

电话那头传来几个女孩银铃般的笑声，其中一个还叫了好几次萨米的名字，显然是想引起他的注意。

"好了，客人找我有事。我最好赶紧回到岗位上。很高兴和你聊天，贝蒂，还有谢谢你能原谅我今天的鲁莽。明天我能给你打电话吗？嗯，讨论一下活动的其他细节。"

"当然可以，那太好了。"我很快地说道，急着想挂电话，因为威尔刚刚推门进来，面色凝重地打开一张打印纸，铺在膝盖上看了起来。"回头我再给你打电话，再见！"

"是你的那个男朋友？"威尔问道，起身给自己倒了一杯酒，然后又坐下。

"不是，"我叹息道，走到桌边拿了一杯马提尼，"这个确实不是。"

"好了，别在我们的小聚会上抱怨了，你倒是应该看看这个。"他清了清喉咙，然后拿起那张纸来，"是艾莉·英塞德。她写了一篇文章，详细描述了她的洛杉矶之行以及在好莱坞明星圈的所见所闻。里面附着一小段文字，说她在设计师中大受欢迎，所以在那里她获邀盛装出席各种活动。接下来的一段话和我们有关，虽然只是寥寥几句，但却‘辛辣’无比。‘考虑到菲利普·韦斯顿的朋友就是我们的朋友，而我们却对他的新女朋友——贝蒂娜·罗宾逊知之甚少。我们只知道她毕业于埃默里大学，此前是瑞士联合银行的员工，现在是凯莉公关公司的新员工。但是你们知不知道，她还是大名鼎鼎的专栏作家威尔·戴维斯的亲外甥女。这位曾在曼哈顿媒体界只手遮天、红极一时的威尔，说实话，如今显得有点跟不上时代了。他对自己亲外甥女在公众面前的表现会做何评价？我们大胆猜测，至少不会为之庆幸吧！’这全是她写的。”威尔缓缓说道，平静地将其扔到一边。

我突然有点反胃，好像从“在高中食堂里裸奔”的噩梦中惊醒过来。“哦，我的上帝啊，我真是太对不起你了。威尔，我最不愿意看到的就是将你也拖下水。还有，她关于你专栏的说辞简直一派胡言。”我说道。

“哦，亲爱的贝蒂，别说这种话。我们都知道她说得没错。你没法规定别人写什么，所以别再为这种事情自寻苦恼。来吧，我们要开饭了！”威尔说的每个字都正确，但是他脸上紧张的表情一定有其他含义。而我，坐在那里，心中泛起一股悲伤和怀旧之情交织在一起的奇怪情绪，这种情绪在我进入“美丽新生活”之前从未有过。

14

“再跟我说一下，你妈妈既然对你离开的事那么耿耿于怀，为什么还要给你张罗道别晚宴？”我问佩内洛普。

一整天，我都在为黑莓手机的活动忙活，不停地核对名单、给赞助商打电话。离活动只有四天的时间了，目前看起来一切都准备就绪。终于忙完之后，我去了佩内洛普那里，希望能和她随便聊点什么，只要跟宣传无关的就好。我瘫坐在艾弗里和佩内洛普的卧室地板上。虽说是两人共同的卧室，但显然艾弗里还没有接受把他们的东西归在一起的想法：只见一个特大号的水床摆在黑色的平台上面，一只黑色的兄弟会男孩风格皮沙发占据了剩余的空间。房间中唯一可以称为装饰品的是一只巨型的有点褪色的熔岩灯。公寓里最大的亮点就是起居室墙上挂着的55英寸等离子彩电。据佩内洛普说，艾弗里根本不会洗碗，连袜子都不会洗，但是他每周末都要用特殊的防磨损清洁溶液仔细地把屏幕清理一遍。上一次我在这里，就听到艾弗里对佩内洛普发号施令："告诉女佣，不要用清洁剂碰我的电视，那会毁了它的屏幕。我向上帝发誓，如果看到她拿着那个来苏尔（Lysot）瓶子靠近它，我保证让她重新去找工作。"佩内洛普宽容地笑笑，似乎在说"男孩就是男孩"。她一边把艾弗里的衣服打包装进Louis Vuitton的箱子里（那是订婚时他的父母为他们的巴黎旅行特意买的），一边对当天的晚宴抱怨个不停。我不明白，为什么艾弗里就不能自己整理行李。

"你问我吗？我妈会说一些愚蠢的论调，比如'撑门面'之类的。老实说，我觉得她今晚根本没有别的安排，只是不能忍受待在家里罢了。"

"这么想倒是一种积极的态度。"我面前的空袋子提醒我，我刚在12分钟的时间内消灭了一个16盎司的辣堡。我的嘴巴一会儿发麻一会儿火辣，但这也阻止不了我大快朵颐。

"到时候局面会变得很糟糕，你知道的。我现在只能希望一切都还能忍受。这是什么玩意儿？"她嘟囔着，翻出一件湖蓝色的T恤，上面印着黄色的字：拍我自己的裸体镜头。"呃，你觉得他穿过这衣服吗？"

"有可能。扔了吧。"

她把那件衣服扔进了垃圾桶。"我今晚叫你过来，你真的不会不高兴？"

"佩。我不高兴的是你要离开了，而不是你邀请我参加今晚的道别晚宴。你的父母把晚宴定在四季酒店的烧烤屋（The Grill Room），我根本不会抱怨的。我要什么时候到那里？"

"什么时候都可以，晚宴八点半左右开始，你可以早几分钟过来，或许，我们可以在洗手间打会儿水仗？"她调皮地笑了。"我在想要不要带瓶酒去？真恶心，这又是什么玩意儿。"这次她举起一条褪色的旧平角裤，上面印着指向裆部的荧光粉的箭头。

“酒肯定是要带的。没有你，我怎么办啊？”我可怜地哼哼道。我还没能接受佩内洛普——这个过去十年来我最好的也是唯一的闺密，将要搬到别的州去的事实。

“你会很好的。”她说道，听起来比我还肯定，“你还有迈克尔和阿惠，还有一大帮的同事，并且你现在还有男朋友了。”

她提到迈克尔让人听起来很奇怪，因为我们好像很久没再见到过他。

“拜托，迈克尔有阿惠；那帮同事，是一群通过神秘渠道赚很多钱，然后几乎全花在酒精上的人；至于男朋友，我还没觉得他算我什么人。”

“我最爱的小女孩在哪里？”随着前门被打开的声音，听到艾弗里在外面叫道，“我一整天都盼着回家把你那可爱的屁股放到床上。”

“艾弗里，闭嘴！”她有些尴尬地喊道，“贝蒂在这里！”

但是已经来不及了，艾弗里已经出现在了房门口：光着上身、牛仔裤的纽扣和拉链敞开着，露出里面黄绿色泡泡纱的平角裤。

“哦，嗨，贝蒂。”他朝我这边点点头，看起来一点儿也没因我看到他半裸的样子而慌乱。

“嗨，艾弗里。”我说着把视线定格在我的运动鞋上，心里忍不住想除了艾弗里平坦的小腹外，佩内洛普还看上他哪一点了。“我马上就要走了，还得回家为今晚的大餐准备下。说到这个，去四季酒店吃饭要穿什么衣服？”

“你平时跟你父母出去吃饭怎么穿的，晚上就怎么穿。”佩内洛普说着的时候，多动的艾弗里已经拿他的袜子做投篮动作了。

“你也许要重新考虑这个建议了，当然，除非你想让我穿着睡衣裤和印着‘给和平一个机会’的T恤出现在你们面前。到时候见！”

“好极了。”艾弗里说道，做了一个半是和平半是痞子的手势，“稍后见，贝。”

我和佩内洛普拥抱后就离开了，尽量不去想我一出门他们将上演怎样的一幕。如果我能快点赶回去，我还有时间把米林顿带出去溜达一会儿，甚至是在赴宴前洗个澡。我打了出租车回家，追着米林顿满屋子跑了好几圈，花了几分钟的时间才抓住它，因为它竭力要躲开我。每次我打算带它出去，它都能凭直觉发现我的意图。跟我见过的其他狗狗不同，它非常讨厌出门。外面的灰尘、花粉和豚草，会让它在接下来的几个小时几乎丧失行动能力。但我认为，时不时地带它出去是非常重要的，尽管只是转一圈就回来。我对它新陈代谢的能力感到非常惊讶。我们走到麦迪逊广场公园，设法躲开那个经常推着购物车追赶米林顿的疯狂的家伙，突然听到有人喊我的名字。

“贝蒂，嗨，贝蒂，这里！”

我转过身，看到萨米坐在长凳上喝着咖啡，他呼出的热气在寒冷的空气中清晰可见。坐在他旁边的，是一个绝对让人印象深刻的美女。看来无处可躲了，他显然看到我了，并且在我朝他看的时候他也望着我，没有任何可能假装什么都没有发生过。再者，米林顿决定在它短暂的生命中开始一段社交，它挣脱我朝他们奔去，把它脖子上的可伸缩皮带拉到极限，一跃跳到了他腿上。

“嗨，小狗，你好吗？贝蒂，这个可爱的小家伙叫什么名字？”

“真可爱。”那个深肤色的女人说道，目光冷冷地看着米林顿，“当然了，我更喜欢查理士王小猎犬，不过约克夏犬也很招人喜欢。”

“你好，我是贝蒂。”我朝那个女人伸出手，并努力对萨米露出亲切热情的笑容，但我觉得也许那看起来更像是一副苦相。

“哦，挺正式的，是吗？”她微微笑着，让我的手在空中悬着很不舒服地等了三秒以上，她才伸出自己的手说道，“叫我伊莎贝拉。”

近看起来，伊莎贝拉仍然不失风韵，但她的年龄应该比我一开始推测的还要大。她身材高挑，形体纤瘦，只有真正的节食挨饿才能达到那种效果。但她身上缺乏年轻人的朝气，年轻人会仰着鲜嫩的脸庞说：“我不会因曼哈顿遍地的约会场景而感到受挫，我依然坚信有一天我会遇到我的真命天子。”很显然，伊莎贝拉很多年前就不再做这样的梦了，尽管我觉得她2码的Joseph裤子、超棒的巧克力棕色Chloé包，以及她胸前那对傲人的双乳能给她带来些安慰。

“呃，怎么到这儿来了？”萨米清了清嗓子，那尴尬的氛围表明他们之间既不是朋友，也不是姐弟，更不是同事。更重要的是，他根本不想做任何解释。

“遛狗，呼吸点新鲜空气，你知道的，就像平常一样。”说完后，我就意识到我的话语里充满了抵制。不知道为什么，我礼貌交谈的技能退化了。

“哦，我们也是。”他听起来很羞怯，很窘迫。

当意识到我们两人之间无话可说时，我一把从他腿上抱过米林顿——它看起来非常享受坐在那里被他抚摸——我怎么会知道！我慌忙道了声再见，扭身朝我家的方向走去。我听到伊莎贝拉在后面笑，问萨米他的这位朋友是谁。我极力克制才忍住没有回头看，默想她下次应该让医生给她调整肉毒杆菌的注射量，那样她就不会做出惊慌不安的表情了。

这是明摆的事实，站在淋浴喷头下面冲热水澡时我想，萨米有女朋友了。或者说，称她为他的“老女友”会更合适些，因为她看起来已经年逾40了。显然，那天他在星巴克嘲笑菲利普根本不是出于嫉妒。我越是回头想每一个细节，越觉得一切都太荒谬了。我匆匆套上那件旧的、早被我压在箱底的海军蓝银行套装，用最快的速度吹干头发，并草草涂上遮瑕霜。

当我到达四季酒店的时候，我几乎已经说服自己不在乎了。毕竟，如果萨米真的想跟那些比我穿得好、比我有钱、胸部大我三倍的人约会，那也是他的权利。我正要开始一一列举萨米身上的缺点（他身上没有一个让人一目了然的缺点，但很显然那肯定存在），我的手机突然响了。是埃莉莎打来的。应该像往常一样，问我上次见到菲利普时的所有细节，比如什么时候、什么地点、为什么以及与谁一起。因此我按掉电话朝餐厅领班走去。几秒钟后，我的电话再次响起，尽管我的手机已经调成了震动状态。她给我发了条短信：911，速回电。

"贝蒂，嗨，你找到他们了吗？"迈克尔问道，朝我走过来，看起来憔悴又痛苦。佩内洛普说他现在正在负责另一个大的并购协议，已经四天四夜连轴转了。

"没有，我们是最先到的吗？"我亲吻了他的脸颊，心里想我们已经多久没见了。一周又一周，长得我根本记不清楚了。"阿惠在哪里？"

"她在医院。佩说过给我们在后面安排了一张私密的桌子，我们先过去吧。"

"太好了。"我挽住他伸过来的胳膊，有种回到家的奇怪感觉，"你知道的，我们很久没有这么聚过了。吃完饭你有什么打算？为什么不说服佩内洛普跟我们一起去黑门酒吧喝一杯？"

他笑着点了点头，看起来像耗尽了浑身力气才笑出来。"当然了，我们好不容易聚在一起了，这么好的机会千载难逢啊！我们当然要去好好喝一杯。"

那张桌子看起来可以坐18~20个人，就在我跟佩内洛普的爸爸打招呼的时候，我的手机又开始震动了。

"非常抱歉，我失陪下。"我跟佩内洛普的爸爸说着就朝门口走去。还是埃莉莎。天啊，到底有什么重要的事情非要对我穷追不舍啊？我等着声音停下来，正要关机，不小心按到接听键，我听到她的声音从我手掌里传出来。

“贝蒂，是你吗？贝蒂，情况紧急。”

“嗨，听着，现在这个时间对我来说真的不合适。我正在我朋友的——”

“你要现在立马赶到这里。凯莉要崩溃了，因为——”

“埃莉莎，你还没让我说完呢。现在是星期六晚上的八点半，我在四季酒店，正要跟我的朋友和她的家人吃饭，并且我确定你能搞定凯莉的事情。”我为自己强硬的态度和有底线的原则暗自庆幸，这个是我妈妈从我6岁的时候就努力教会我的。

听到我这么说，她的呼吸粗重起来，我听到那边有酒杯碰撞的声音。“但是，亲爱的，今天晚上对凯莉至关重要，她现在正在文托（Vento）酒店请黑莓公司的人吃饭，她需要我们到苏荷馆（Soho House）去见他们，最迟九点半。”

“根本不可能，你知道如果我能赶过去的话我肯定去了。在接下来的至少两个小时里我都必须待在这里。”我说道，听到自己的语气有些动摇，“我是说，九点半有点太早了，并且我不明白，如果她希望我们去见他们，为什么一定要在周六晚上？或者，为什么不早点通知我们？”

“好啦，我听到了，但是我们没有其他的选择。你是这个项目的负责人，贝蒂！他们提前到了，凯莉觉得请他们吃个饭、见下面会让他们开心点，但是他们更想见你……还有菲利普。就今天晚上。因为聚会很快就开始了，他们显然很紧张。”

“菲利普？你不是在说真的吧。”

“你现在和他在约会，贝蒂。并且他确实已经答应要主持活动了。”她说道，听起来就像一个老板腔调十足的大姐大。通过眼角的余光，我看到佩内洛普正朝我走过来，于是我的态度粗鲁起来。

“埃莉莎，我真的——”

“贝蒂，亲爱的，我不想在这里装腔作势，但是你的工作迫在眉睫。我会尽最大努力帮你，但是你必须到这里。我会在半小时内叫车到四季酒店接你，到时候你直接坐车过来。”

电话挂断了，佩内洛普伸出胳膊搂住我的肩膀。

“我爱死你的计划了！”她说道，牵着我的手朝桌子那边走去。无意间听到温赖特先生正对一个端庄温和的女士大声聊着一个他审查的诉讼案件，我纳闷佩内洛普怎么不帮她祖母从未来公公的高谈阔论里解脱出来。

“计划？”

“是的，迈克尔跟我说了今晚去黑门酒吧的计划。这个提议太棒了！我都不记得我们上次一起去是多久前的事了，并且，”她四周环顾了一下，“这个结束之后我真的要喝个痛快。你不知道艾弗里的妈妈今天做了什么。她把我和我妈叫到一边，很自豪地送了我一本《宴会就绪：创意娱乐生活完全指南》（*Fête Accompli!: The Ultimate Guide to Creative Entertaining*）和Barefoot Contessa的全系列食谱。唉，但是已经好多了，她不仅把晚宴主题的内容加粗，还写了便条，上面都是艾弗里最喜欢的菜名，好让我学着做。她还特地让我知道，一般情况下，他不喜欢用棒子吃菜，她是这么说的。”

“棒子？”

“就是筷子，她说那会‘让他困惑’。”

“太奇怪了。她还真有一套。”

“是啊。我妈妈就站在那里，一直点头。她也确实试着安慰艾弗里的妈妈，告诉她我们在那边能轻易找到家政人员，那里有大批的墨西哥移民。‘廉价劳动力的乐土’，我想这是她的原话。”

“让我们牢记决不让我们的父母共处一室，好吗？”我说道，“他们不可能和谐共处。你还记得上次他们在一起制造了怎样的一场灾难吗？”

大学四年期间，我们总是巧妙地不让我们的父母待在一起。但在毕业期间，不让他们见面是不可能的，他们对彼此都非常好奇。经过与我们双方母亲的多次要求，我和佩内洛普总算定下了一个周六共进晚餐。从选餐厅开始，矛盾就出现了：我父母打算尝试一家许多食谱书推荐的全有机食材酒吧，然而佩内洛普的父母坚持去他们经常光顾的那家茹丝葵牛排馆（Ruth's Chris Steak House）。我们最后折中选了一家高端的亚洲连锁餐厅，就是这家餐厅搞得大家都很不开心，整个聚会的氛围异常不快。那家餐厅没有我妈妈喜欢的茶，没有佩内洛普的爸爸中意的红酒。我们尽量展开话题，谈政治、事业和我们毕业后的计划，虽然大家也没有什么共同的观点和看法。我的爸爸最后干脆一直跟艾弗里聊，并拿他开玩笑；我跟我妈妈聊天，佩内洛普也只跟自己妈妈说话，他的爸爸和哥哥偶尔说一两句话，两个人默默地消灭了三瓶红酒。结束的时候那种尴尬一点儿也不比刚见面时少，大家狐疑地看着彼此，根本弄不明白他们的女儿为什么能做朋友。我和佩内洛普把他们分别送到各自的酒店，随即就去泡吧了，我们两个人都喝得醉醺醺的，发誓再也不让那天晚上的聚会重演。

“过来，跟我爸爸聊会儿天吧，好吗？他已经几十年不怎么接触办公室之外的社交了，看起来好像手足无措。”她兴致非常高，我不知道该怎么跟她说，我只能待到敬酒环节，因为我必须要去参加一个聚会，和那个大家都认为我正在约会的非常棒的坏男人一起。

“佩，我很抱歉这么做，我知道这是世界上最恶劣、最自私的事情了，但是我刚刚接到了一个工作电话，毫无疑问，没有别的选择，我只能过去，因为那关系到我正在负责的项目。他们的负责人赶到这里了，我的老板现在正陪着。尽管我已经告诉她，我现在正在一个非常非常重要的聚会上，她还是坚持我必须要见见他们。如果我不能在一个小时内赶到，她会拿工作威胁我。我不停地争辩，但她丝毫不为所动。因此我打算先去那边，然后迅速赶回来，当然我会去黑门酒吧，希望你们不要介意等一下我。”终于说完了，我深吸了一口气，无视佩内洛普面如死灰的表情，“对不起！”我大声哀号，引得几个服务生朝我们望过来。我试着忘记自己的胃隐隐作痛的感觉，迈克尔在几步外惊讶地看着我们，佩内洛普的妈妈因我们制造了这个小小的骚动，而责备地盯着我们。

“你要什么时候离开？”佩内洛普平静地问道，看不出她的表情有什么含义。

“半小时内，他们叫了车过来接我。”

她下意识地转动右耳朵上小小的钻石耳环，注视着我说道：“做你应该做的事，贝蒂，我理解。”

“真的吗？”我问道，不是很相信她说的话，但是从她的声音中听不到一点儿生气的意思。

“当然了，我知道你是希望留在这里的，肯定的。你走我会很失望，但是我相信除非那边的事情非常重要，否则你不会走的。”

“我非常抱歉，佩，我答应你我会弥补的。”

“不要担心，走吧，坐在艾弗里那个可爱的单身朋友旁边，至少享受一下剩下的时间。”她说的都对，但这些话从她紧绷的嘴巴里出来，就让人感觉很勉强。

艾弗里那个显然一点儿都不可爱的单身朋友，立即让我开始回忆他在密歇根狂野而疯狂的兄弟会时光，而我则迅速以我自己的方式喝下了两三杯酒。有一个女孩，是佩内洛普银行的朋友，我还在银行的时候不认识她，不过她现在似乎一直与佩内洛普在一起，她做了非常风趣幽默的即兴祝酒词。看到佩内洛普环抱着那女孩，我的心中涌起强烈的失落。

我安慰自己，没有人会盯着我看，没有人会认为我是一个糟糕的朋友。半小时的时间转眼就过去了，我想最好还是悄悄走开，没有必要向每个人解释，免得制造出什么大的动静。我试着用眼神给佩内洛普一个暗示，但是她似乎在有意回避，我只好怏怏地离开了。

在走廊上，我给一个衣着考究的男士一美元，向他讨一支香烟。他拒绝收钱，直接给了我一支，并同情地摇了摇头。我出门望了一下，外面根本没有车子。正在我准备进里面再待几分钟的时候，一辆熟悉的橙绿色Vespa摩托车停在了路边。

“嗨，亲爱的，上来吧。”菲利普说道，掀开头盔的挡风罩，一把从我手里抢过香烟，粗鲁地吻了我，而那时我的嘴正因震惊而大张着。他下车从座位下面取出一个头盔。

“你在这里做什么？”我问道，狠狠地吸了一口他还过来的香烟。

“我看起来像在做什么？似乎我们都被迫去参加那个活动。我们快点，好吗？套装很漂亮。”他上下打量了我一番，偷偷笑了起来。

他的手机响了，铃声是《像个处女》(*Like a Virgin*)，这次轮到我偷笑了。我听到他跟对方说我们大概10分钟后到。

“其实我是在等埃莉莎叫的车子。”我说道。

“恐怕不会来了，亲爱的。埃莉莎叫我过来的。我们要去我的好朋友凯莱布那里，埃莉莎会带黑莓的人找我们的。”

那似乎很难说得通，不过她确实像是按照埃莉莎的指示行事的。“我们为什么要去你朋友的公寓？”我问道。

“他在家里有个生日聚会，其实是化装舞会。我们走吧。”直到那时我才注意到，他全身上下都是20世纪70年代迪斯科风，棕色涤纶喇叭裤、紧身白领衬衫，还有一块缠在头上的印花大手帕。

“菲利普，你刚说我们要去见凯莉和黑莓公司的人。我们现在不能去什么化装舞会，我不明白。”

“上来吧，亲爱的，不要紧张兮兮了。我能处理好的。”他发动Vespa摩托车，敲了敲后面的座位。在我的套装裤允许的范围内，我尽可能姿势优雅地跨上车子，抱住了他的腰，触到他坚硬结实的腹肌。

我至今都不明我为什么要回头看，我不记得有什么异常的事情发生——除了我被一个疯狂的都市型男用Vespa摩托车劫持这件事。可是我确实在车子飞驰之前回头望了一眼，我看到佩内洛普站在马路边上，一只手里拿着我的围巾，它无力地垂着，她的嘴巴大张着，双眼盯着我的背影。就在菲利普加大油门前进的瞬间，我和佩内洛普四目相对，而我已经离她越来越远，没有时间向她解释这一切了。

15

“亲爱的，你就不能放轻松点吗？我跟你说了，一切尽在掌握之中。”菲利普将他的Vespa摩托车停在东村一幢漂亮的公寓大楼前，那里有铺着地毯的人行道。菲利普在迎面走来、向他点头致意的保安手里塞上一些钞票。我突然意识到，自从那次我醉酒后在他家醒来，这还是我们第一次单独在一起。

“放松？你让我放轻松？”我尖叫道，“不好意思，先生，请问您能帮我叫一辆出租车吗？”我对着保安大声询问，他立刻看了一眼菲利普，征询他的意见。

“贝蒂，你冷静一点儿好吗？你不需要出租车。派对就在这里举行，我们进去吧，来个一醉方休，好吗？”

一醉方休？我没听错吧？眼前这个男人，已经让全曼哈顿下至16岁上至50岁的女性芳心大乱了，他竟然会想跟我来个“一醉方休”？但是，我可没时间思考这突如其来的变故，因为我只剩下不到10分钟时间赶到苏荷馆了。

他继续说道："埃莉莎打电话给我，我告诉她我不太可能去她那里，我答应参加凯莱布的派对。于是她问我能否带黑莓公司的人来这儿，因为那些人觉得见识一下'正宗市中心派对'或诸如此类的很酷。他们可能随时会到这儿，所以我要带你来这里，懂了吗？"

我满脸狐疑地看着他，想知道他们是如何向我隐瞒这些的。是埃莉莎故意误导我吗？我心里默默思忖了一会儿，然后否定了这种可能性：没有凯莉的允许，埃莉莎不可能做影响黑莓手机派对正常进行的事情。退一步说，她为什么要那么做呢？假设一下，她可能一时痴迷菲利普，因此后来对我不那么友好，但我把它当成是由于工作过于繁忙引起的情绪波动：她除了做好《花花公子》相关活动的大量工作之外，还有一大堆私事要处理。我现在只想打电话向佩内洛普解释：没有和她一起吃晚饭，不是因为我急着要去和男朋友约会。菲利普已经走到了保安那里，站在那里耐心地等我，当我们一起步入电梯之后，不出所料地，他开始对我上下其手。

"贝蒂，我已经迫不及待要将你带回家共度良宵了。"他边吻着我的头发边在我耳边说道，双手在我的身上每个地方游走，然后突然滑进我的衬衫内，"即便穿得那么傻，你看起来还是如此迷人。"

我拽出他那不安分的手，然后叹了一口气。"好好坐电梯，行吗？"

"宝贝，你的内衣为什么这么难解开？哦，我知道了，你肯定希望我更加用力一些。我一定会很快适应的……"话没说完，他就粗鲁地用下半身紧紧贴住我，舌头在我嘴里乱冲乱撞。格温妮丝真的"享受"过这种待遇吗？如果他真的和那么多女人上过床，难道就没有一个人坦诚地告诉他，他完全不知道如何"对待"一个女孩子吗？我突然意识到，菲利普大张旗鼓地追求我，但却从来没想过和我结婚，这让我觉得恶心。他习惯了花天酒地和不负责任，今晚也不例外。值得庆幸的是，在电梯里我不可能被他扒光衣服然后霸王硬上弓，因为电梯门随时会打开，它们直通凯莱布先生的顶楼套房。我用手背迅速而隐蔽地擦了擦脸上和脖子上的口水，做好充分的心理准备。

“菲利普，宝贝，快点过来！”一个留着长发的瘦高个男人在沙发那边招呼道，他弯着身子坐在一块巨大的镜子前，手里拿着一沓卷好的钞票。一个看起来近乎一丝不挂的女孩跨坐在他膝头。她看他的眼神已经不只是爱慕，简直就是崇拜。那个男人轻咳了一声，将那沓钱交给女孩，然后重新戴上他的面具。

“卡莉，卡——尔曼，这位是贝蒂。贝蒂，这位是凯莱布，大部分最棒的派对都出自他的手笔，直到今天还是这样，尽管这位绅士已经不再是二十几岁了。”

“嗨，凯莱布，很高兴认识你。”我对着“面具”说道，“谢谢你邀请我。”

他们仨互相看了看彼此，再一齐看着我，然后大笑起来。“贝蒂，来和我们一起吃点东西，然后上楼去玩玩。大家都在屋顶上呢。”

“非常乐意。”我说道，但一直没法将眼睛从那女孩身上挪开。确切地说，她不算是一丝不挂，毕竟还有一小片紫红色的丝绸垂到她的髋骨处，勉强把盆骨遮住，只是把整个后背完全暴露在空气中。我第一眼看她的时候以为她穿着丁字裤，但是实际上只是一条被太阳晒出的黑白印记而已。还有她的胸部，应该是很久没有被衣物束缚了，只是宽松地缠着一个看起来形状像文胸的东西，既没有钩子，也没有肩带和罩杯。她舒服地蜷缩在沙发上，带着满足的微笑，呷着香槟，声称她想要在楼下多待一会儿，然后再上楼找大家。

“宝贝，那就随你便了。”凯莱布说道，招呼我们跟上他。我们又走回电梯旁，在那里他掏出一把特别的钥匙，用它启动直达阳台的电梯按钮。当电梯门打开的那一瞬间，我有一种迷失的感觉，我不知道自己到底在期待什么，但眼前的这一切显然不是我想要的。或许我以为即将举行的派对和迈克尔组织的万圣节派对一样，一大帮银行同事和大学同学聚在他在四楼的公寓里，厨房餐桌上放着各种廉价酒和饮料，盘子里盛放着玉米糖、椒盐卷饼还有萨尔萨辣酱。一个男扮女装的家伙高呼比萨正在送来的路上，马上会分派到纵情狂欢的穿各式服装大家手中。还有人围坐在一起回忆着大学生活，或者是讨论谁又获得了升迁，又或者是布什总统在伊拉克问题上表现得是多么糟糕。

眼前的场景则完全不同。屋顶神似洛杉矶的天空酒吧（Sky bar），所有的东西都是那么光滑、别致，呈现一种完美的流线型。这里摆放着低矮的休闲躺椅、加热灯，呈几何图形的枝状大烛台发出的柔和光线覆盖了一切。几株模样骇人的植物从磨砂玻璃质地的吧台后面向外探出来，一张为DJ准备的桌子安放在另一个角落里——那个位置非常隐蔽，这样就一点儿也不会遮挡脚底下这个城市不可思议的美景。但是现在似乎没有人对哈得孙河感兴趣，原因显而易见：屋顶上随处可见的香肩玉腿显然比一条河要有吸引力得多，也更加旖旎多彩。

这是个真正的派对，一个真正的化装派对，是在凯莱布毫无遮拦的天台上举行的假面派对。从严格意义上来讲，这是一个名副其实的化装舞会，但事实上它更像《头发》那部电影的现实版——只是多了La Perla的性感内衣，少了俗气的20世纪60年代高发髻。我突然想脱掉鞋子和外套，只穿着内衣裤四处漫步——如果不是想要努力保持自己低调的一贯作风，我想我肯定会那么做的。即使只穿内衣裤，我还是这里穿得最多的女人，但至少不会像现在这样无所适从地呆立着。

凯莱布消失了一小会儿，再次出现时，给我拿了一杯香槟，给菲利普拿了一大杯琥珀色的酒，我一口气喝完了，然后大大方方地注视着凯莱布带来介绍我们认识的女孩。在他介绍的过程中，两人不断地亲吻，甚至张开嘴巴热情缠绵地舌吻起来，陶醉得使我恨不得也立刻加入他们。

“呃，”他喃喃道，在从那女孩嘴里收回舌头之后，又逗弄着轻咬她的脖子，“伙计们，这位是……今天派对上最耀眼的女孩。她是不是很火辣？说实话，你们之前见过这种级别的美女吗？”

“简直美艳绝伦！”我们异口同声地答道，好像她并不在旁边似的，“你说得完全正确。”女孩好像全然不在意凯莱布似乎忘记了——或者是根本就不知道她的名字。这也没什么好奇怪的，我思忖着，很多人聚在一起看似亲亲热热，但事实上根本不知道彼此的名字，音乐总是震耳欲聋，人们总是筋疲力尽，但最主要的原因还在于没人在乎名字。“只要是《第六页》上出现过的名字，我都能记住。”埃莉莎在讨论这个话题时曾这样声称。这个女孩不在意凯莱布说不出她的名字，可能她根本就没听懂我们谈论的任何一个字。她只是咯咯地笑着，偶尔整理一下自己的装扮，然后专心致志地爱抚凯莱布——只要凯莱布一暗示，她就会立刻贴上去。这时，另外一个男扮女装的家伙（他浑身上下无一处不像女人，胸部裸露，假睫毛闪亮，还裹着黑白相间的阿拉法特样的头巾），跑过来向大家宣布，接我们去纽约游廊8号参加凯莱布“正式”派对的车子几分钟后就到。

“今天的派对肯定会比我去年的糟糕透顶的生日派对强多了。”菲利普说道。

“为什么糟糕透顶？”我问道，不是真的好奇，只是想表现得投入一点儿，这样我的凝视才不会显得太过明显。

“酒吧门口的保安把所有人都放了进去，然后，不到一个小时，酒吧里已经人满为患了。真够扫兴的！”

“确实如此，”那个女版“阿拉法特”表示同意，“那次什么都很不顺，今晚应该会好一点儿。有那个大个子，叫什么来着，萨米，镇守在门口，他不是天才，但也绝对不是一个笨蛋！”

萨米！我简直想把他的名字当歌词一样唱出来，再拥抱一下这个说出他名字的家伙。一想到很快能见到他，我几乎忍不住手舞足蹈。但是，首先得把眼前的场面应付过去。

“那么，请问您是什么角色？”那个戴头巾的家伙问我。

“她装扮的是一个有点神经质的……女商人。”菲利普好心地代我作答。我环顾四周，不由自主地想问，为什么在化装舞会上，男人要打扮成女人的样子，而女人则要打扮成荡妇的样子。不论派对是酷炫还是平庸，也不论派对上的酒水是昂贵或者低廉，这个规则始终通行，无一例外。我的面前充斥着衣着暴露的“性感小野猫”、护士、公主、歌手、法国小女仆、啦啦队长、天主教女学生、女妖、天使还有舞者，但这些女孩的装束全然不是按照角色设计的，无非是些质地精良的面料和闪闪发光的饰物的组合，用来装点上帝赋予的完美身体。

一个浅黑肤色的女人惬意地斜倚在床上，她穿着一条洋红色吉卜赛风格的裤子，裤腿从低腰腰带处向外撑开，在她的脚踝处收紧，透明的布料让镶满钻石的丁字裤（尽管它深深地勒进她结实的臀部里）一览无余。她上身穿了一件镶钻的乳罩，衬托出深邃完美的乳沟，仿佛在说“看着我”，而不是“我是《花花公子》封面女郎帕米拉·安德森的傲人胸部”。她的朋友躺在她的身边，看上去最多16岁的样子，她玩着女伴的头发，穿着一件银色的渔网裤，将她修长的双腿“分割”成一块块，“渔网”上面是一件红色的男式皮短裤，腰身低垂至臀部，裤腿则短至大腿根部，因此她绝对需要多除一些毛。唯一称得上“化装用服装”的是一条从她苹果般大小的乳房的乳头上悬挂下来的流苏，以及一个硕大的垂至腰部的头饰，上面装饰着五颜六色的羽毛和动物皮毛。在过去的27年间，我从未对另一个女人产生过“性冲动”，而现在，我会毫不犹豫地选择其中任何一个女人“共度良宵”。

“天啊，她们看起来像是性感内衣模特。”我忍不住自顾自惊叹道。

“她们确实是内衣模特，”菲利普回应道，用一种垂涎欲滴的眼神盯着她们看，“你不认识拉克尔和玛丽拉·占扎吗？她们是今年‘维多利亚的秘密’最红的女孩，迄今为止最年轻的巴西模特。”

我极为震惊地发现，她们并不像我之前想的那样化过妆。我们在玻璃密封的屋顶——只有天花板是向天空敞开的——菲利普和吉米·法隆[1]、德瑞克·基特[2]热情地打招呼，并且亲热地亲吻对方面颊（按惯例不亲嘴唇），然后走向一大群时尚杂志的编辑、喜剧片女主角和好莱坞新秀。我掏出手机查看有没有埃莉莎或凯莉的来电，抬头发现菲利普正在给那个戴着银色流苏乳罩的女孩按摩背部。现在我认出她曾是全棉比基尼内裤的模特，我最近在VS目录中订购了一件，但当我穿上并在镜子前上下打量时，心里着实狠狠地将她骂了一番：简直就是误导顾客嘛！门外的一堵墙上安装着一套平滑的等离子音响设备，高分贝地播放着《Hotel Costes》这张唱片，宾客们轮番跳舞、抽烟、嗑药和大嚼寿司，频频互相调情。我不时看看埃莉莎有没有从门外进来，担心她们不知道我们在阳台上，最后还是忍不住给她发了短信，告诉她该怎么坐电梯到这里。其间有一个裹着一条腰布、穿着高跟鞋的漂亮侍者递给我一杯酒。我始终“坚守”在门旁，确保能观察到每一个进出的人。在大家尽情欢乐的时候，凯莱布宣布来接我

1 吉米·法隆：Jimmy Fallon，美国最有人气的电视节目主持人之一。——编者注

2 德瑞克·基特：Derek Jeter，美国职棒大联盟的选手。——编者注

们去酒吧的车队正在楼下等待，然后派对就开进了电梯，一直开进24辆林肯加长轿车中。林肯车在街上一字排开，从头看不到尾。

“菲利普，我们不能离开这里，”当他想要拉着我进入电梯时，我对他轻声耳语道，“我们还要等黑莓公司的那伙人。”

“别瞎操心了，亲爱的，埃莉莎打电话告诉我，你们老板已经通知她今晚那个活动取消了。”

我没听错吧，这怎么可能？

“什么？你肯定是开玩笑的吧？”我无法相信，为了这个活动，为了这帮不需要招待的顾客，我竟然取消了今晚和佩内洛普的聚餐。

菲利普耸耸肩。“她是这样告诉我的。来吧，亲爱的，你可以上车后再打电话确认一下。”

我只好上车，夹在菲利普和凯莱布之间，尽量不碰触到任何女孩们任何一个裸露的部分，她们的玉体横陈在我们四周。

我拨通了埃莉莎的电话，当那头传来语音留言的声音时，我简直要沮丧地尖叫起来。第三个电话我打给了凯莉，她听到我的声音时，显得非常意外。

“贝蒂？好久没听到你声音了。不管怎样，今晚的活动取消了。我们在苏荷馆享用了一顿别致的晚餐，然后在泳池边喝酒，但我想他们可能不太习惯纽约的派对氛围。他们已经回酒店了，所以今晚你自由了。你放心，他们表示对这周的安排非常满意！”她在一片嘈杂的音乐声中大声说道，尽管如此，她肯定仍然无法听清自己在讲什么，倒是我能清晰地听到她说的每一个字。

“哦，好吧，呃，那挺不错。只要你确定——”

“菲利普和你在一起吗？”她问道。

一听到电话里提到自己的名字，菲利普立即把手插进我的两膝间，然后顺势向上游走。

“嗯，他就在我旁边，你想跟他说话吗？”

“不，不，你转达一下就行，希望你们都到游廊来。今晚那里将是盛况空前——大家都会赶赴那里为凯莱布庆祝生日。”

“啊？”

“数不清的摄影师，数不清的机遇……”

尽管凯莉赤裸裸的“拉皮条”行径非常讨厌，但我喜欢这份工作——还有凯莉——至少在那个时期是这样的。我很清楚我不会重回银行面对互惠基金之类的东西了。我期盼将黑莓公司的派对打造成年度盛宴，即使在派对上被偷拍到和菲利普亲热的照片也在所不辞，随后就能溜出去跟佩内洛普和迈克尔在黑门酒吧会面了。不管怎么，现在事情已经向我之前预想的方向发展了，不是吗？尽管还在为被迫放弃佩内洛普的晚宴而愤愤难平，但我还是告诉自己一切都还没那么糟糕……

“那是当然，我听你的。”我假装兴奋地说道，同时将菲利普不安分的手拽出它刚刚停留的地方——我的大腿内侧，然后像个祖母一样轻轻拍打它，“谢谢你，凯莉。我们周一见！”

车队停了下来，沿着第27大街排成一条长龙。游廊门口已经排起长队，我估摸着约有100人。当我们身着奇装异服，一齐从车里出来时，所有人都注视着我们，目瞪口呆。萨米果然站在门口，我本来想要引起他的注意，但是我们中间一个戴着金发头套、穿着细高跟的男人先对着他大呼小叫起来，所以他走到他那边去了。同时，由于我们明目张胆地直接插队到最前面，另一个保安立即走到我们面前。

“你们一共多少人？”他彬彬有礼地问菲利普，似乎完全不认识我们当中任何一个人。

“伙计，我不知道，40？ 60？谁他妈管这种事情？”

“抱歉，朋友——今晚不行，”他说道，然后转身准备离开，“今晚是私人派对。”

“伙计，我想你肯定没搞清楚状况……”菲利普跟上前，拍了拍那个保安的肩膀。他转身看着菲利普，脸上的表情似乎马上会动手揍他。但是很快他注意到菲利普手里挥舞着的那张黑色的信用卡——独一无二的“黑卡”。于是进一步的协商开始了。

“我现在只能给你们提供3张桌子。每张桌子6个人，再额外多加10个人，这已经是尽我最大努力了。”他说道，“如果是别的晚上，一点儿问题都没有，但是今晚我确实无能为力。”

这个家伙显然是新来的，完全不知道自己在跟谁说话，而菲利普显然准备给他“上一课”。他的声音严峻而有节制，凌厉的眼神逼视着那保安，距离他的脸不到7厘米，“听着，伙计，我根本不在乎你有什么困难。凯莱布是我最铁的哥们，今晚是他的派对。别跟我说只有3张桌子这种屁话，我要6张桌子，每张桌子先开两瓶酒。还有，我们这里所有人都要进去，就现在！”

这时，我注意到萨米已经处理好那边的事情，于是我决定神不知鬼不觉地从前面的人群中溜出去：我最不希望的事情就是被他看到我和菲利普在一起。在我周围，男人们在打电话给所有他们认为能帮得上忙的朋友，好让保安松开那道天鹅绒拦绳。女孩们则走到那位保安面前，发动“媚眼”攻势，甚至抚摩着他的胳膊，轻声央求着放她们进去。萨米在走向菲利普时捕捉到了我的眼神（当时我想凑近一点儿听听事情的进展）。我很渴望听到萨米义正词严地叫他们滚蛋，带着他们的钱爱哪儿哪儿去，但是他只是飞快地又看了我一眼，然后对那位保安说道：“安东尼，让他们进去。”

安东尼就是那个跟菲利普交涉的保安，刚才已经表现出极大的通融和忍耐了，听到萨米的话后显得非常沮丧，他试图跟萨米辩解："伙计，他们应该足足有80人吧。我不在乎他们带了多少钱，我可是要冒很大风险的，如果……"

"我说了让他们进去。去清空所有他们需要的桌子，给他们所有想要的东西，现在就去。"撂下这句话后，萨米最后瞥了我一眼，然后走进酒吧内，将剩下的事情留给安东尼来处理。

"看到了吗，伙计？"菲利普情不自禁地扬扬得意道，他坚信正是凭借他的声名，大家才得以入内，"照刚才那位棒小伙的话做，拿上这张卡，去搞定我们需要的桌子，你肯定能做到，是吧？"

安东尼接过那张"黑卡"，他的双手因为愤怒而不停颤抖，然后打开门让已经到达的大约40人进去。当我们鱼贯而入时，门口排着队的人群安静下来，每个人都伸长脖子，仔细搜寻我们中间那些明星人物。

"那是约翰尼·德普！"我听见一个女孩低声惊叹道。

"我的天啊，那是菲利普·韦斯顿吗？"另一个女孩问道。

"他曾经和格温妮丝是一对儿，是吗？"有个男人说道。

菲利普已经骄傲得飘飘然了，他领着我走到刚刚被酒吧领班清理出来的一张桌子旁。被"驱逐"出去的客人就在离我们几步远的地方，他们站在那里，手里端着酒杯，当我们大摇大摆地落座之后，他们因感到羞愧而脸颊涨红。

菲利普一把将我抱到他膝上，伸手抚摸我的腿部，时不时地揉捏几下——让我又痒又疼很不舒服。酒水很快端了上来，菲利普用价值400美元一瓶的灰雁伏特加为我调制了一杯鸡尾酒，然后跟每个走过我们桌前的人打招呼，偶尔把脸埋进我的脖颈间。

其间有一次，他将下巴支在我的肩膀上，盯着一位坐在我身旁的模特，她的双腿以一种撩人的姿势交叉着，胳膊肘撑在膝盖上，将小脸捧在双手间，乳房微微向边上倾斜着。

“注意看她，”他轻声道，声音有点沙哑，眼睛一动也不动地注视着那个看起来最年轻的女孩，“注意看她是怎么模仿她的模特前辈的，她在认真观察她们如何扭动屁股，还有她们的眼神、她们嘴唇嚅动的样子，她一丝不苟地照着做，因为她知道这样做才显得性感。她正在逐渐长成属于自己的完美身体，但还没有清楚地意识到自己拥有的是什么。她就像一只刚孵化出来的小鸡一样如饥似渴地学习着，这一切是不是很值得期待？”

嗯，确实令人期待，百分之百地扣人心弦，我这样想着。但我马上推开他，告诉他我等一会儿再过来。我刚一起身，菲利普立刻就凑到那个女孩身边，在我走向酒吧门口的时候，听见他赤裸裸向她道尽阿谀奉承之话。

在挨着门口的沙发上，埃莉莎正在和一个帅气的男人缠绵。她的脑袋和肩膀靠在男人的胸口，她光着的双脚（上面还有被凉鞋鞋带勒出的红印）搁在戴维的腿上。她看上去似乎不太关心，甚至是根本没把黑莓公司的活动放在心上。我不敢确定她是否还有知觉，甚至是否还活着，直到我走到她身旁，看到她凹陷进去的腹部随着呼吸微微地上下起伏。

“亲爱的贝蒂，你在这儿啊！”埃莉莎大声对我说道，尽力想盖过高分贝的音乐声，尽管当天她可能没有摄取足够的卡路里，以至于无法维持站立的姿势。我决定换个时间再跟她讨论被黑莓公司放鸽子的倒霉事。

“嘿！”我淡淡地回应道，表现出一副缺乏热情的样子。

“到这里来，和曼哈顿最有天赋的皮肤护理师认识一下。马尔科，这位是贝蒂。贝蒂，这位是马尔科。”

“是美学家。”他立刻纠正道。

我本来是想径直去找萨米，跟他说声谢谢。但是现在不得不在埃莉莎这里耗费几分钟。于是我坐下来，马上为自己倒上一杯鸡尾酒。“嗨，马尔科，很高兴认识你，你是怎么跟埃莉莎认识的呢？”

“我怎么认识埃莉莎的？这还用问吗，我可以负责任地告诉你，这完美无瑕的、容光焕发的肌肤完全是出自我的手笔！”他用他精心护理的手托起埃莉莎的面孔，将它推到我的面前，仿佛埃莉莎的脸是一件物品似的，“你看，看到这张脸有多么平顺了吗？看到这张脸没有任何瑕疵和污点了吗？这是一件完美的作品！”他赞叹道，带着一点儿西班牙口音和满满的自我陶醉。

“嗯，她看起来确实不错，有机会我一定向你求助。”我这样说道，只是因为想不出其他的话。

“嗯，”他仔细端详了一番我的脸，然后说道，“这个，我就不敢保证了。”

我把他的回答当作是可以起身离开的暗示，但是埃莉莎一下子坐直身子。“亲爱的，戴维和我要去跟几个朋友打个招呼，你自己先好好玩。”

这时，我抬头看见戴维身体前倾，这样桌子就能挡住他的手了。他灵巧地打开埃莉莎黄白相间的Dior手袋，在钥匙环上取下一个钥匙，将一个小袋子里的些许白色粉末倒在钥匙最长的那个凹槽里，然后迅速地将其举到鼻子那里。他用手将钥匙盖得严严实实，如果不仔细看，你会以为他只是因为鼻子痒而揉鼻子，可能是有一点点鼻子过敏在流鼻涕。然后他又很快地重复一遍刚才的动作，将钥匙偷偷递给埃莉莎，埃莉莎也很快地做了一遍“吸鼻子”的动作。他们动作如此之快，我根本来不及看清。又过了几秒钟，钥匙被穿回钥匙环，再放回她的手袋里。最后，两人从座位上跳了起来，准备在酒吧里走动走动。

“他们至少应该跟我们分享一下的，你说呢？”马尔科向我说道。

“嗯，我想是的，”我回答。不知道该不该告诉他，我从来没试过这玩意儿，尽管有时对它充满好奇，但终究敌不过害怕。

马尔科意味深长地叹了口气，然后举起杯子咕咚咕咚喝了一大口。

“不开心？”我问，又一次面临“继续留在这里”还是“借机抽身逃开”的两难选择。

“可以这样说吧。埃莉莎又把我的计划搞砸了。她明明知道我有多么痛恨她在我面前昏迷过去。”又是一声叹息。

“她刚才昏迷了？那她还好吗？”

在一声长长的、疲倦的叹气之后，他大大的眼睛转了转。“看看她——你觉得她还好吗？嘿，我知道她们就是想通过节食保持身材——有时我自己也这么干——但是你必须为自己的行为负责！你应该知道自己什么时候会昏迷过去！那时你会眼冒金星、头晕眼花，这是你的身体在向你发出警告了，应该赶紧吃一点儿随身携带的能量棒。你必须非常留意这些警告，从我的椅子上挪开，否则会将我的生活搞得一团糟的。”

我不知道该怎么回应他，所以只能静静坐着，认真聆听。

“这些女孩以为依靠吸食毒品就可以一星期不吃东西，出问题了就在我面前一躺，让我来照料她们。好吧，之前那确实有效，但是现在我有其他事情要做了。在我看来，这和海洛因成瘾者一样：我不管你有没有吸食那玩意儿，只要求别在我家里吸太多了，因为这会给我带来麻烦，你懂吗？”

我点点头。世界上有马尔科这样敏感的家伙真是幸运，我想。

“不过，有些人就没我那么幸运了。”他兴致高涨地继续说道，“我有一个做化妆师的朋友，他总是随身带着一个化妆箱，还有一箱能量棒和果汁，因为总有些女孩在他面前不省人事。我还好，那些女孩们至少是坐在椅子上接受我的照料。而他却总是要在大型活动开始前去找她们，那是她们饿得最厉害的时候，因为她们想把自己塞进漂亮的衣服里面去。

这真是太辛苦了，她们总让我们去收拾残局。”

“是的，我听说过这些。真的很高兴认识你，但是现在我必须跑去跟一个朋友打声招呼。等会儿你还在这里吗？”我问道，心里想着再不赶紧走开，可能永远无法脱身了。

“当然，你请自便，很高兴认识你。待会儿再聊！”他朝我点点头，然后起身为自己再调一杯酒。

我想找到萨米，为刚才的事情跟他道谢，也许还可以解释一下我不是在和菲利普约会，不是他的女朋友，甚至不是自愿来到这里的。但是当我终于从入口处的人群中（人数好像在最后一小时内呈几何式增长了）挤出来时，发现根本没有萨米的踪迹了。

“嗨，请问你看见萨米了吗？”我向安东尼问道，尽量让自己的语气听起来自然。

在刚才的“交锋”之后，他好像已经恢复了平静，低头看着手里的写字板，朝我摇了摇头。

“没有，他提前下班去见一个女孩了。把我一个人撂在这儿应付本年度最大的派对之一。他一般不会这么做，所以这个女孩肯定很重要。为什么找他？你遇到什么麻烦了吗？我会尽量帮你解决的，不过你要稍等几分钟，让我把这些人安排好。”

“不是，没什么麻烦。就是来跟他打个招呼而已。”

“那么，好吧，他明天会回来的。”

我向一个穿着翠绿色礼服的家伙讨了一支烟，然后打算回到派对中去。但是显然没必要，因为“派对”主动找到了我。

“贝蒂，我就知道肯定能在这儿遇到你！”艾比尖叫道，硕大的胸部几乎要遮盖住她的整张脸，“你应该回去看住你的白马王子，是不是？”

“嗨，艾比。很想跟你聊一会儿，但是我必须离开了。”

“事实上，我现在叫艾比盖尔。进来跟我一起抽支烟好吗？看在老同学的分儿上！”

我很想立刻告诉她，我跟她没什么“老同学”情谊可言。但是我已经被自己臆想出来的萨米和伊莎贝拉缠绵在一块的景象扰得心烦意乱，没心情再与她多做纠缠。

“当然，”我无精打采地说道，“你想聊什么？”

“跟我说说，你跟菲利普一切都好吧？你们俩竟然成了一对儿，真是太让人意外了！”她边说边不怀好意地跟我越凑越近。

“意外？其实并不是真的。”我极力想编出些托词，好赶紧结束这不愉快的谈话。

“贝蒂！这当然是真的。我想问你一个很私人的问题，希望你不要介意，因为我做梦都想知道。菲利普床上功夫如何？因为，我想你肯定有所了解的，外面有谣言说——”

“艾比，我不想无礼，但是我真的要离开了。我现在没法跟你聊这个话题。”

她看上去并没有显得不高兴。“当然可以啊，我知道新工作让你很辛苦。不管怎样，我们肯定很快就会有机会好好聚一聚的，是吗？哦，还有，我真心喜欢你这一身打扮——也只有你能将这么普通的衣服穿出如此好的效果。”

我边说边慢慢向后退去，仿佛她是一条见人就咬的疯狗。我跌跌撞撞地回到埃莉莎桌子旁，试图让自己平静下来。然后，径直走向吧台，一口气喝完一杯马提尼——是威尔舅舅最钟爱的那种调制手法。事实上，一个人静静坐着喝酒不算糟糕，但是当一群美艳而衣着暴露的女孩侵入我的私人空间时，那种想要马上离开这里的冲动再也无法抑制了。管不了凯莉想要我“被拍到和菲利普在一起”的如意算盘了——我一刻也不能忍受菲利普对南美嫩模的无尽遐想，或者是马尔科鼓吹的最有效的“节食”技术。所以我给菲利普和埃莉莎发了一条简短的信息：我突然觉得不舒服，先走一步。然后一头钻进出租车的后座。看了看手表，凌晨一点半。佩内洛普他们还在黑门酒吧吗？当我拨出第五个电话时，我得到了答案——迈克尔终于接了电话。

“对不起。”我说。

“我刚刚到家，”他说道，“你错过了一个美好的夜晚。与佩和艾弗里在一起时的黑门酒吧，跟与佩和贝蒂在一起时的黑门酒吧大不一样！”

出租车一发动，我就开始给佩内洛普打电话，直到过了凌晨三点临睡前一刻我还在打。只是每一次拨打都以转入语音留言而告终。

16

7个小时之后，我又继续给佩内洛普打电话，急切地希望向她解释事情不像她看到的那样。但是她的电话一直无人接听。中午过一点的时候，艾弗里终于接听了电话，他听起来宿醉未醒。

“嗨，贝蒂，怎么了？”

“嗨，艾弗里，佩内洛普在吗？请让她听电话。”对于前一天发生的事情，我一个字也不想跟艾弗里说。

电话那头传来一阵窸窸窣窣的声音，然后是一阵可疑的嘀嘀咕咕，接着艾弗里回答道：“实际上，她今天去父母家吃午饭了。我能帮你带个口信吗？”

“艾弗里，请让她听电话，我知道她就在旁边，也知道她生我的气了，我想向她解释清楚，事情真不是你们看到的那样。”我在苦苦哀求了。

他压低声音，悄悄地跟我说话，以防佩内洛普听到。“嗨，贝蒂？不要担心。我昨天晚上本来也该去凯莱布的聚会的。相信我——如果昨晚我能逃出那痛苦的晚宴，我也会和你一起去的。佩有点反应过度了。”

当然了，艾弗里肯定知道那个聚会。我感到一阵绝望。

“事情不是那样的，艾弗里。我宁愿不在——”我突然意识到我在对一个非常不合适的人辩解自己复杂的行为，“你能让她接电话吗？”

又是一阵窸窸窣窣的声音，一声沉闷的叫声之后，佩内洛普说了“嗨”，似乎根本不知道电话这边的人是我。

“嗨，佩，是我，你好吗？”

“哦，贝蒂，嗨，我很好，你好吗？”

像极了我与年迈而注重礼貌的曾祖母之间无数次的对话。毫无疑问，佩内洛普正如我所担心的那样，还在跟我赌气。

“佩，我知道你现在不想跟我说话，非常抱歉艾弗里骗你接了电话，但是我是真的想道歉。昨晚的事情并不像你想的那样。”

她没出声。

“我接到了一个工作电话，说黑莓公司那边的人提前到了，我必须去见他们。我是他们这周活动的负责人，因此除了过去见他们，我别无选择。”

“是的，你说过的。”她的声音冷得让人发颤。

“是的，事情的确是这样的。我原先想着立即赶过去，用一个小时处理完事情，然后在上餐后甜点前赶回来。可我在外面等埃莉莎派来的车时，菲利普出现了。显然埃莉莎没有叫车，而是让他来接我，因为黑莓的人也想见见他。说真的，佩，我完全不知道这些安排。”

一阵沉默之后，佩内洛普说话了，声音非常平静。“艾弗里说大家都看到你出现在下城区某个人的生日派对上，对我来说，那可不像是工作。”

那句“大家都看到你”的评论真是让我无地自容。但是我急于继续解释事情的真相。“我知道，佩，我知道。菲利普告诉我，埃莉莎说我们是去那里见凯莉的。”

“哦，会谈进行得还顺利吧？”她听起来似乎消了点气，但是我后续的解释却依然于事无补。

“不，我根本没见到他们。跟凯莉吃过饭之后，他们感到很累就直接回酒店了。那个时候已经是凌晨一点了啊！我根本来不及去找你。非常抱歉，佩，我离开你的道别晚宴，是因为我以为自己别无选择，结果却发现逼我离开的原因根本不存在。”这个解释听起来很蹩脚，但最起码我实话实说。

“你为什么不去黑门酒吧？”她问道，不过声音已经柔和了不少。“我知道你不会因为别的聚会而离开的。”她继续说道，“艾弗里一直坚称你编造了这个跟工作有关的理由，因为那个聚会非常非常棒，但我不相信你会这么做。只是当我看到你跟菲利普一起离开时，我很难再相信你的那套说辞。”

我真想用电话线勒死艾弗里，但我还是继续专注于化解佩内洛普对我的误会，她已经有点相信我了。“你知道我从来都不会那么做的，佩。昨天晚上除了和你在一起，我哪里也不想去。昨晚那个聚会真是糟糕透顶，我没有安慰你的意思，它真是绝对的、毫无疑问的一点儿意思都没有。”

“好吧，我肯定这周能在网上看到关于它的报道。”她轻描淡写地说，并笑了起来。但是我还是能感觉到她还是有些不快。“说到这个，你看了今天的新闻了吗？”

我的心跳突然加快。“今天早上？今天是周日啊，你在说什么？”

“哦，也没有那么糟糕啦。不用担心。”她急忙说道。我知道她试图安慰我，但是她的话却适得其反。“艾弗里几分钟前给我看了，只是一些关于你穿着套装去化装舞会的无聊评论。”

太荒谬了！相对而言，服饰本来是无关痛痒的。但出于某种原因，比起那些关于我夜间活动的谎言和歪曲事实的言论，他们对我着装的评论更让我气愤：如果我穿什么都要先考虑公众的评论，那我还有什么个人隐私可言！

“很好，真的很好。”我只能挤出这么一句话，“好吧，事实明摆着，我真的穿着套装去了化装舞会，但这也恰恰说明我根本没有离开你的晚宴的打算。”

“我知道，贝蒂，让我们忘掉这个，不要再提了吧。好吗？”

正准备挂电话时，我突然想起还没有邀请佩内洛普去黑莓的聚会。

“嗨，佩，周二的时候来参加活动怎么样？如果你愿意的话带上艾弗里，或者自己一个人来也行，那会很有意思的。”

“真的吗？”她问道，听起来很开心，“好的，那应该很不错。我们终于可以坐下来好好聊聊。我们很久没这样了，不是吗？”

“我也很想这样，佩。我最想做的就是溜到某个角落，和你一起“吐槽”我们看到的每一个人。但是我现在得跟你说，那天我一秒钟也别想停下来。我要保证整个活动顺利结束，肯定要脚不着地地团团转，处理各种各样的状况。你能来我很开心，但是那绝不会是朋友小聚的最佳机会。”

“哦，好的，当然，我知道。”她说。

“感恩节过后聚怎么样？”我问道，“我们可以单独吃晚餐，只有我们两个，就在你走之前。”

“嗯，当然可以。到时候再看吧。”她又变得冷淡起来，听起来急着想挂电话。

“好吧，对于昨天晚上的事，我真的很抱歉。我期待下周……”

“嗯，祝你今天愉快，贝蒂。再见。”

“拜拜，佩，再联系。”

17

如果你是正值27岁的妙龄女青年，半夜三更听到手机响，你也许会想是哪个喝醉酒的帅哥想要约你出去，而不太可能想到会是一个与工作有关的电话，而且将不可逆转地改变你的生活。在黑莓活动的前一天晚上，我就碰到了这种事情。当手机在凌晨三点半响起来，我就知道我必须马上处理。

“是贝蒂吗？”我一接通电话，就听到一个老妇人的声音。

“你好，哪位？我是贝蒂。”我答道，虽然还是迷迷糊糊，但已经站起来并随手抓起了一支笔。

“贝蒂，我是卡特女士。”对方答道。

“不好意思，你能再说一下你的名字吗？谢谢！”

“卡特女士，”沉默了一会儿，“Jay-Z的母亲。”

啊！“嗨，卡特女士。”我想到我对客人名单分类的方式，卡特女士是唯一一个做了交叉分类的属于“名人母亲”一类的人。

“我们非常荣幸邀请到令郎和他的朋友参加明天的活动，每个人都很期待他的演出！”我在心里暗暗钦佩自己，能把虚假的真诚演得如此动人。

“是的，亲爱的，这也是我打电话给你的原因。现在是不是太晚了？我想像你这样大活动的策划者应该在半夜还忙着，果然没猜错。是吗？亲爱的。”

“哦，不，不，一点儿也不晚。当然了，我在纽约，现在是凌晨三点多，但是没关系。你可以随时给我打电话。有什么能为您效劳的吗？”千万不要有问题，千万不要有问题，我在心里默默祈祷。不知道我们还需要做什么，为了这个男人、他的妈妈、明星女友和9个密友，我们已经付了15万美元的出场费、预订了甘斯沃尔特酒店（Hotel Gansevoort）顶楼套房、订了商务舱机票。当我问他的母亲为什么要订酒店时——Jay-Z在纽约有个超豪华的公寓——她笑笑说道：“你订就是了。”

“好吧，亲爱的，我儿子刚来电话说他认为没有必要乘早上的飞机。他希望能给我们改成晚一点的飞机。”

“晚一点？”

“是的，你知道，那种比先前晚一点的航班——”

“我懂您的意思了。”我的语气尖锐起来，“活动七点开始，按照现在的安排，你们的飞机会在两点着陆。如果我们订晚一点的航班，你们就有可能没法及时赶到了。”

“是的，我知道你都能搞定的，亲爱的。我现在真的要去休息了，从洛杉矶到纽约，我的腿会吃不消的。事情搞定之后记得把航班信息发给我。再见。”她挂断了电话，我还没来得及说一个字。

再见？再哪门子的见？我一把把手机扔到墙上，伴着虚弱的碎裂声，我的手机电池盖掉了下来，整个屏幕黑了，而我仍难以解气。米林顿把头埋在我的枕头下，怕被我的怒火殃及。现在养成依赖镇静剂或是止痛片的习惯是否还不算太晚，我想。幸好，航空公司是24小时营业的。在我还没制造出更大的破坏之前，我开始用座机给美国航空公司打电话。

航空公司的话务员听起来跟我一样又累又烦躁。我做好了迎接一场不愉快的交流的准备。

“嗨，我有件事要麻烦您。我给12个人预订了早上八点从洛杉矶国际机场到肯尼迪国际机场的航班，我现在希望能把他们改签到晚一点儿的航班。”

“名字！”她叫道，听起来不只是我想象的冷漠，甚至是充满敌意。我想她会不会因为不想处理这个问题而“突然”挂掉电话。如果这样，我也完全能理解。

“嗯，预订人的名字是格洛丽亚·卡特，都是商务舱。”

一阵死寂的沉默后，她说道：“格洛丽亚·卡特？是那个格洛丽亚·卡特？Jay-Z的妈妈？”

为什么地球上人人都知道的东西，对我来说却完全是陌生的？但是我嗅到了一丝转机，并决定抓住这个机会。“正是他。他要飞到纽约参加一场演出，他的朋友和妈妈同他一起过来。当然了，如果你在纽约并能解决这个问题的话，非常欢迎你来现场听他唱歌。”

她大声出了一口气，说道：“不可能吧！真的吗？我其实是在坦帕的客服中心，但是我的哥哥住在皇后区，我知道他肯定想去。”

“好的，我们先看看能不能解决改签航班的事。我不想让他们到得太晚——或许迟到一个多小时，最多两个小时。那趟航班平时准点吗？”

“亲爱的。洛杉矶到肯尼迪的航班从来就没准时过。”我心里一紧。“但是通常也没那么迟。我看一下，这里还有一班上午十点从洛杉矶出发，下午四点到纽约的航班。这个时间可以吗？”

“可以，可以，这个刚刚好。那有12个座位吗？”我满怀希望地问，心想这个女话务员简直就是我的救星。

她笑了，应该说是咯咯地笑，情况不妙。“当然，12个位子是有的，但不全都是商务舱。我能帮你订下的就是4个商务舱，6个头等舱，2个经济舱。当然了，你要付头等舱的差价。总共是，让我算一下……一共是17 000美元，可以吗？”

现在轮到我笑了，不是因为有什么有趣的事情，当然了，这个唯一可选择的方案让人哭笑不得。“我还有别的选择吗？”我无奈地问。

“你别无他选。”她的语气听起来似乎很享受我的痛苦，“并且你必须马上做决定，因为就刚才又有个商务舱的位子被订走了。”

“订下！”我尖叫起来，“立马订下！”

我告诉她我的信用卡号，安慰自己：这样总比告诉卡特夫人没有合适的航班以致他们取消行程好得多。然后重新回到床上补觉。

两个小时之后，闹钟嘶吼着把我从梦乡强拽出来。我感觉浑身难受，像在水泥地上蜷缩了一夜。幸亏我提前把活动相关的东西放在了一个包里，我现在要做的就是站在淋浴喷头下让自己清醒起来。

我一边盘算着这个点是否还有时间打出租车，一边追着一辆出租车跑了半个街区，司机一停下我就一头扎了进去。尽管不是在覆盖免费网络的地铁上，我还是用最新款的黑莓手机浏览了各大网站。手机是黑莓公司送的礼物，意在让我“熟悉他们的产品”。我在上面浏览了《怪物史莱克3》的首映式、灰雁重新上市，当然还有《纽约独家新闻》上关于菲利普、我还有我的套装裤的报道。

果不其然地，出租车在离我家不到三个街区的地方陷入了大拥堵，然后我决定——不顾司机的建议，不惜代价继续待在有空调的车子里，不管车费飙到多高，也不顾它往前挪100米需要多长时间。我必须完成黑莓活动的清单确认工作。我一手拿着辣堡，一手拿着早晨的第一支烟（在征得司机同意的前提下），查看了自己的手机，确认在过去的四个小时里没有漏看卡特夫人的短信。让我松一口气的是，她没有再给我打电话。但是佩内洛普也没有联系我，这让我非常不安。我试着解释事情不像她看到的那样，菲利普只是碰巧出席那个聚会。想要强调我根本没有为离开晚宴撒谎，但是这些在我自己听起来都苍白无力，佩内洛普更是难以相信。最糟糕的是，她和艾弗里已经改签航班，今晚就要走了。我不明白他们为什么这么着急走。尤其是艾弗里还有一个多月才开学，但我想这多少与艾弗里迫不及待地投入到西海岸全新的聚会生活有关。并且，佩内洛普会想方设法避免跟自己的父母或是艾弗里的父母一起过感恩节。她母亲已经让佣人整理好他们大包小包的行李，通过轮船提前托运过去了。佩内洛普和艾弗里只需要带着随身物品从肯尼迪机场出发就行。迈克尔打算去机场送行，但是我根本没有这样的机会。

手机里唯一一条短信是凯莉发来的。提醒我填写好检查表，放在她的办公桌上，这样我们早上就可以一起最后核对一遍。我打开已经皱巴巴的列表，用牙齿拔掉笔帽，利用所剩不多的时间，在出租车里将名单认真梳理了一遍。在她到办公室前，我还有足够的时间完善它。现在最重要的事情就是确定Jay-Z一行人已经知道了航班更改的信息，并顺顺利利地搭上飞机。

我快速浏览了一下《丑闻爆料》，发现它居然破天荒地登了好消息。《第六页》用一种独有的、让人激动的、非常非常酷的方式描述了我的活动：

据悉，今晚在纽约游廊8号举办的黑莓新款手机发布活动上，Jay-Z将作为神秘嘉宾出场。尽管凯莉公关公司的贝蒂娜·罗宾逊对此消息不予证实，但观察者们坚信，其男友菲利普·韦斯顿与这位说唱歌手的交情，将确保Jay-Z作为神秘嘉宾这一消息的真实性。另据花边新闻报道，在本周六的一场生日聚会上，韦斯顿先生和朋友与巴西模特搂抱亲热，其中最年轻的模特大概只有14岁。

我的喜悦无以言表，比看到他们把预订黑莓新款手机的网址放在上面还要开心：一切都按照我的设想在进行。并且我知道，如果凯莉看到这个，肯定会极度兴奋。我有些沾沾自喜，为报道中提到黑莓活动而开心。我回想起埃莉莎给我上过的那些微型课：

“记住，独家新闻和媒体证实之间有个非常明显的区别。”她说着，把八卦专栏的打印稿铺在办公桌上。

我盯着那些稿件。“什么？你是指什么？”

“好吧，看这里。”她指着其中几行句子，是一个造型师最先注意到朱莉娅·罗伯茨的戏服需要放宽，于是她猜测朱莉娅应该是怀孕了。《第六页》第一时间找到那个造型师了解情况。“你觉得这个算什么，独家新闻还是媒体证实？”

“你在问我吗？”

“贝蒂，你需要知道这些。否则你怎么为我们那些付费的客户获得新闻报道？”

“我不知道……是独家新闻吧。”我随便说了一个答案。

“对了。为什么呢？”

“埃莉莎，我知道这个很重要，但是我不知道怎么区分。如果你直接告诉我而不是考我，我相信会给我们省下不少时间……”

她夸张地转动眼珠，说道：“如果你仔细看，你会发现‘独家新闻’

和‘媒体证实’的不同。那些生动的、有揭露性甚至有些耸人听闻的是‘独家新闻’，介绍某个名人出现在某个聚会或公共场所，或者是关于他们行踪的，是‘媒体证实’。没有独家新闻，你别指望专栏作家给你提供所有的媒体证实。信息就是金钱，你掌握的信息越多，你得到的收益就越多。”

“你是说一些公关人员为了让自己客户的名字出现在专栏中，会用朱莉娅·罗伯茨这样的消息做交换？”听起来有些卑鄙，但是它确实合乎情理。

“没错。那个公关人员亲手把那个造型师送到《第六页》，并要求他们报道自己的客户。”

好吧，那似乎并不难。或许《第六页》感兴趣的是这个城市的钻石王老五们与巴西未成年少女厮混，特别是那些女孩还是连看限制级电影都需父母陪同的小姑娘。事实上，他们确实已经感兴趣了。在整理为媒体提供的内情报告（即关于聚会相关信息的传真，作为媒体的写作素材）时，我发现某专栏作家已经表现出了在文章中提及黑莓活动的热情。嗯，那样做并不难。有点不道德和虚伪？肯定的。但在操作上没有任何难度。

九点钟，凯莉准时降临办公室。我已经完成了检查表，并再三确认过航班信息更改的传真已经发到Jay-Z和他母亲那里，同时也给他的公关人员、经纪人、总经理和其他几个负责人各发了一份。九点十分，我抱着一堆日程安排表、联络信息表、电话号码表等走进她的办公室，在窗台下那个斑马纹的双人小沙发上坐了下来。

“今晚的活动都搞定了吗，贝蒂？”她问道，一边快速浏览着收件箱，一边打开一瓶健怡可乐，“告诉我万事俱备了。”

“一切都准备就绪。”我自信满满地回答道，并把刊登着那条新闻的报纸递到她面前，“还有更好的消息，看这个。”

她如饥似渴地浏览着那页纸，脸上的笑容随着她读的每一个字而越来越灿烂。“哦，我的天啊。”她喃喃道，勉强吞下一口可乐，“哦，我的天啊，我的天啊，我的天啊。这是你干的吗？”

我当时要控制住自己在那斑马纹粗绒地毯上跳快步舞的冲动。“是的。”我的语气平静而自信，尽管我的心脏已经激动得快要跳出来了。

“你如何做到的？他们从来不会在活动开始之前做报道的。”

“这么说吧，我很认真地倾听了埃莉莎关于独家新闻和媒体证实概念的课程，那非常实用。我想黑莓的人会非常高兴，不是吗？”

“真是太棒了，贝蒂。简直是不可思议！”她开始读第三遍，并拿起了电话，“马上把这个传真给黑莓的克罗纳先生，告诉他我稍后会给他电话。”她挂断电话，看着我说道：“很好，我们有了一个完美的开端，给我讲一下最新的进展。”

“当然。内情报告已经在10天前送到了各日报和周报那里。”我递给她一份复印件，并在她翻阅的时候继续说道：“《纽约客》、《哥谭》（*Gotham*）、《观察者》（*Observer*）、《E!》、《娱乐周刊》（*Entertaiment Weekly*）、《纽约邮报》、《综艺报》的记者和编辑确定会参加活动，还有几个时尚栏目也会来人。为了表示友好，我还请了几家月刊的人参加，虽然他们根本不可能做相关报道。”

“《每日新闻》（*Daily News*）呢？”她问道。《每日新闻》是撤销威尔专栏的报纸之一，如果跟这些报纸联系，我会觉得自己是叛徒。

“至今没有收到回复。不过如果他们没人来的话，那太不可思议了。因此我已经吩咐过所有的保安，给那些持有合法媒体名片的人放行。”

她点点头。“说到这个，由我们控制入口，是吗？我不想让灰雁的人随便带什么人进去。”

这个问题还真有点棘手。灰雁公司为赞助整个活动，提供了价值上千美元的免费酒水，作为交换，我们将他们的公司标志印在邀请函和参加活动的媒体报道中。尽管他们声称，理解我们不允许未经审核并列入名单的客人参加活动，但是赞助商总会叫来一帮朋友或是合伙人，因为他们认为这也是他们自己的聚会。在这一点上，赞助商们可谓“臭名昭著”。我和萨米讨论过这个问题——其实非常没有必要，因为他处理过上百次这类情况，非常清楚怎么做，他保证不会有任何问题。

“每个人都会尽力阻止这种情况。萨米是纽约游廊8号最好也是资历最老的保安，今天晚上门口的事情由他负责。我已经跟他讲过了。”脑子里同时闪过把他女朋友嘴唇上的胶原蛋白抽干的念头，但那只是另外一回事了。

不像埃莉莎，凯莉立即把名字和人对上了号。“非常好。作为一名保安而言，我总觉得他挺聪明的。有哪些贵宾确认出席？”

“嗯，当然有Jay-Z的团队，他要求我们邀请他唱片公司的所有成员，但是大部分人都没有回复，因此我觉得可能只有几个人会到场。不过，科洛·塞维尼、贝齐·约翰逊、德鲁·巴里摩尔、卡森·达利、安迪·罗迪克、玛丽-凯特和阿什利，以及乔恩·斯图尔特确定要来的，还有几个社交名流，或许会有更多人。当你请一个知名艺人在一个小场地做个人演出……像格温妮丝、耐利这样的大牌明星，如果他们刚好在纽约，会不请自来的。这个已经跟保安讲过了。”

“谁最终审查的名单？”

“我跟菲利普和埃莉莎一起审查的，黑莓公司的克罗纳先生最后核准，他似乎对参加人员名单非常非常满意。”

凯莉喝完了一瓶健怡可乐，打开桌子下面的冰箱又拿出一瓶。“还有呢？给我简要讲一下装饰品、礼品袋、采访和管理安排的情况。”

我能感觉到我们的谈话即将结束，我非常兴奋，不仅仅是因为我的咖啡瘾上来了，想再来一杯咖啡和一份鸡蛋奶酪，更因为我知道我已经搞定了这个活动，并且凯莉对我的工作相当满意。自从接手这个任务，我几乎无时无刻不在工作，尽管我知道我们做的有些事情很荒谬，但是我喜欢这样。我几乎忘记努力工作并出色完成任务是什么感觉了，但是那感觉真的非常好。

“萨曼萨·荣森是DJ，她知道怎么让现场持续火爆。游廊负责布置现场，他们会按我们的要求做出简约、别致、朴素的风格。今天下午我会去现场看一下，我只希望有一小簇摆放得当的烛台和灰暗灯光下的棕榈树。我们请来的模特应该会是今晚最吸引人的部分了。”

听到“模特”这个词，凯莉的精神更加振奋。“有多少？都是谁？”她像教官似的问道。

“嗯，像往常一样，我邀请了所有的超级名模，然后我们与那家新公司联系——叫什么来着？“漂亮侍者”（Beautiful Bartenders）。他们聘请过气演员和模特在酒吧里供应酒水。两周前我看到他们为CK的活动服务，就向他们预订了一帮男孩，我让他们今晚留着清一色的长发，从头到脚白色装扮。他们非常迷人，很有风度。”刚才的话都是我说的吗？我不禁想。

“至于其他的事情，实习生正在分装礼品袋。里面有小瓶装灰雁酒、MAC的口红和眼影、最新一季的《美国周刊》、巴尼斯百货公司七折礼品卡和一副Kate Spade的太阳镜。”

“我都不知道Kate Spade还做太阳镜。”凯莉说道。这个时候，她已经快喝完第二瓶可乐了。

“我也不知道，我想这正是他们把眼镜放在礼品袋中的原因。”当她继续大口喝可乐时，我知道最好赶紧结束谈话。“就这些了。我已经跟克罗纳先生联系过了，他很清楚在接受媒体采访时什么该重点强调，什么该避免提及。整个晚上我都会在现场督查。总之，我希望一切进展顺利。哦，还有，我已经跟菲利普谈过，我想他明白作为活动主持人，不可以整瓶地干掉伏特加，不能对小姑娘抛媚眼，也不能肆无忌惮地嗑药。我不能保证他会规规矩矩，但我向你保证我已向他再三强调过。”

“好的，我们都会度过一个愉快的夜晚，不是吗？我相信菲利普也想找点乐子，我们没有必要对此过于不安。只要别让媒体知道就行，明白吗？”

“当然。”我严肃地点点头。心想这些专栏作者和摄影师就是冲着他来的，怎么可能避开他们。我还是决定晚点再处理这个问题。“凯莉？我对于《纽约独家新闻》上的东西非常抱歉，我觉得有人故意盯着我，因为大家以为我在跟菲利普·韦斯顿约会。也许是我想多了，但是我总觉得这个叫艾莉的女孩监视着我的一举一动。”

她很奇怪地看着我，脸上浮现出近乎同情的表情。我想那些言论是不是也让她非常困扰。每次我对专栏上的东西表示歉意时，她都显得宽宏大量，并发誓说任何与菲利普·韦斯顿有关联的事情都是好的，因为那会提升公司的知名度。但是她也许已经厌倦了这种事。我们都厌倦了。

“贝蒂，我有件事情要告诉你。”凯莉慢悠悠地说道，从桌子底下的冰箱里又取出一瓶健怡可乐。

从她的语气我能猜出那不会是什么好消息。终于还是来了，我在心里暗忖。因为我搞砸了什么，我要被解雇了。她必须要这么做，这让她看起来很痛苦——毕竟，她对威尔还是很尊敬和忠诚的，但是我显然让她别无选择。我一败涂地，解雇我是她的责任和义务——她创立了这家公司，我却让它蒙羞。我该怎么跟威尔或是我的父母解释呢？我开始计算重新做一份简历申请新的工作要花多长时间。这时我听到凯莉喝了一大口可乐，清了清嗓子。

“贝蒂，答应我，接下来不管我跟你说了什么，都绝不能让外人知道。”

我松了一口气，这显然不像是要解雇人的前奏。

“当然没问题。”我急切的语速让发音有些结结巴巴，“既然你不希望我告诉别人，我肯定会严守秘密的。”

“前段时间，我跟Ralph Lauren公司的一位女士一起吃饭，我很想跟他们签约，他们将会是我们最大的客户”。

她边说我边点头。

“事情很重要，所以你千万不要声张。如果消息泄露出去——如果你告诉了别人，她会知道是我说的，我们永远都拿不到这一单了。”

“我明白。”我严肃地应道。

“是关于《纽约独家新闻》的……”

“你是说艾莉·英塞德？”

凯莉看着我说：“是的，你知道，那只是个笔名。她想方设法掩饰自己的真实身份，这样她就能自由活动，并在别人不设防的情况下套出话来。我不知道这个名字对你是否有意义，那个专栏实际上是一个叫艾比盖尔·艾布拉姆斯的女孩写的。”

不知道是为什么，我在凯莉说出艾比的名字的前一秒，就本能地猜到会是她。我从来都没想过那个专栏作家会是我认识的什么人——或者是我见过的什么人——但是莫名其妙地，那一秒我确定她会说艾比的名字。我毫无心理准备，除了盯着凯莉，我不知道该说什么做什么，我把手压在双腿下，呼吸困难，简直要窒息了，就像五年级的体育课上，我被一个红色的塑料足球击中胃后受伤的感觉。我怎么一点儿都没想到？我居然一点儿都不知道？我努力平复呼吸，搞清楚凯莉说的话。所有这些令人作呕的东西——所有夸大其词、捕风捉影、添油加醋的鬼话，都是出自艾比之手，那个自称处在媒体漩涡中的女人。她到底为什么这么恨我？我一直不停地问自己。为什么？为什么？为什么？当然我们都不喜欢彼此，那是非常明显的。但她到底为什么那么热衷于破坏我的生活？我到底做错了什么？

很显然，凯莉将我的震惊理解为被一个素不相识的人中伤，因为她说道："是啊，我也没听过这个名字。某个无名小卒吧，我猜应该是在这方面非常精明的人，没有人会怀疑一个不认识的人。Ralph Lauren公司的那个女员工嫁给了艾比盖尔的哥哥，她要我发誓保守秘密。我感觉她就是想找人说说，也许她在测验我的口风紧不紧。这个不重要，你不要跟别人透露半个字。但是万一碰到那个女孩，你要注意让她得到一些合适的照片或信息。"

我原以为，凯莉告诉我专栏作者的真实身份，是让我想方设法避开她，但这显然不是她的本意。

她继续说道："现在你可以给她所有信息，但要随意、自然，让一切看起来是独家新闻，这样我们能让客户得到更多更好的报道。"

"听起来不错。"我声音嘶哑地说道。我恨不得立即离开她的办公室，把艾比写的每一个字重新再读一遍。她是怎么知道我的行踪的？我想她在纽约游廊8号遇到我的那一晚，一定是激动地发现自己一脚跨进了金库，我就是在那天认识菲利普的。一切都昭然若揭：她最近无处不在，总能从什么地方突然冒出来，带着尖酸刻薄的语言和冷冷的眼神。

"好了，差不多了。现在别太担心这些，把精力集中在今晚的工作上。今晚会非常棒，你说呢？"

我低声说了几声"肯定会很棒"，随即离开了她的办公室。我已经开始设想与艾比当面对质的场景了，有上百万种可能，每一个似乎都很有意思。直到我回到自己位子上，盯着笔记本电脑的屏幕，我才意识到自己根本无能为力，因为我不能让任何人知道这件事，尤其是艾比。

我努力集中精力做事。完成《第六页》的剪报并把它放在公共办公桌上后，又上网查看Jay-Z一行人预订的航班是否已经准时从纽约起飞，这将提高它准时返回纽约的概率。看起来一切还算顺利。我派了两个实习生叫车去纽瓦克接机。其实这样也没什么必要，因为甘斯沃尔特酒店已经派了两辆加长版豪华车去了，但是我需要有人在现场确认他们下飞机、坐上车，中间不被什么事情干扰。我给萨米打了个电话——保持冷静，我的心——确认现场布置一切顺利。该做的事情已经完成了，我竭力不去想艾比歹毒的用心。转眼，下午已经过去大半，我接下来要做的事情就是，好吧，没有事情做了。

18

Jay-Z的航班不仅准时到达，甚至还提前了几分钟。他为人彬彬有礼、周到细心。几乎每一个答应来的客人都准时出席，更加不可思议的是，那些没收到请帖但站在门口要求入场的，正是我们期盼到场的人。克罗纳先生和他的同事整晚都坐在他们的桌子旁，我们在显眼的位置放了一张“预订”的小牌子，于是经过那里向他们打招呼的美女络绎不绝。

最让人惊喜的是菲利普。起初，我非常担心他会在烂醉的情况下做一些出格的事，让我和公司颜面扫地。事实上，他表现得非常守规矩，甚至没有把鼻子埋在美女的胸前——至少在摄影师面前没有（如果被拍到就麻烦了）。我曾无数次地提醒他，作为主持人要礼貌友好地对待每一个人，然而我的担心都是多余的。从走进门口的那一刻，他就表现得很出色，热情地跟每个人握手、打招呼，贴心地为银行家和模特们点香槟，以克林顿式的魅力与那些名人亲热交谈。他游走在人群中，亲切地对每个人微笑、游刃有余地与他们交流，在我看来似乎所有的男人和女人都爱上了他。为什么八卦媒体喜欢追踪他？为什么女人会被他多看一眼而眩晕？答案不言自明。他良好的交谈、调侃和倾听能力似乎与生俱来，只要他一出现，周围的声音和事物似乎都失去光彩，只有他绚烂夺目。人们因他的触碰、他的仪态而兴奋，我发现自己也不由自主地跟着大家被他感染，不可否认，我也为他着迷。

而唯一不顺利的是，萨曼萨·荣森从伦敦出发的航班临时取消了，这意味着我们当晚将没有DJ。就在那个紧急的时刻，我接到了杰克·吉伦哈尔公关人员的电话，询问能否把他加到VIP名单里。因为不久前刚读过他做DJ的文章，于是我让杰克和其他几个名人带上他们的iPod，在Jay-Z 20分钟的表演结束后，每人做一小时的DJ。这个主意非常成功，这些名人带着存满自己最喜欢的音乐的iPod当起了临时DJ，没过多久，现场的每个人都知道了杰瑞·塞恩菲尔德最爱的舞曲是什么。整个活动进展顺利：没有人为了礼品袋面红耳赤地争论，入口处没有发生大打出手的闹剧，也没有因信息传达不畅造成的麻烦。每一个年轻、时尚、酷炫的人都来参加聚会，庆祝黑莓的新产品发布，这象征着黑莓本身就是年轻、时尚、都市范儿和酷文化的代名词。因此，不管你是谁、身在何处，只要你读到关于这场超棒的活动的报道，你都应该拥有一个黑莓产品，那样你也会成为年轻、时尚、都市范儿人群中的一员。

总之，活动大获成功。凯莉很开心，客户很激动（甚至有些震惊和沉醉——显然克罗纳先生对整个晚上的热情气氛和推杯换盏的氛围不太适应），摄影师不停地拍照，我们的实习生和调度员不停地把一个个名人送到他们镜头前。还有我的感情生活，也在这个夜晚有了变化。

为了喘口气，我借口出去抽烟溜到门口。找到萨米时，他正在读一本皱巴巴的简装书，理查德·罗素的《帝国的崩塌》（*Empire Falls*）。

“玩得开心吧？”他问道，帮我把烟点着。我用手挡住打火机免得被风吹灭，与他的皮肤接触的那一刹那，我感到心跳加速。那是性冲动吗？是爱吗？还是早发性肺癌？在那时，这些都不重要。

“非常开心，是的。”我笑道，突然感觉一切都很好，“如果你几个月前告诉我，我会在纽约游廊8号举办一场由Jay-Z参加的活动，我肯定以为你在说疯话。我讨厌银行业，我几乎忘记了‘想’把事情做好是什么感觉了。”

他笑了。“你确实把这个活动办得很好，大家都在讨论你呢。”

“讨论我？他们讨论的话可不一定中听哦。”

他转过身在名单上确认几个女孩的名字并放她们进去。“不，不，都是赞美的话。就是你把整个活动办得很好，你懂得怎么安排和调度之类的。我都记不起上一次像这么顺利的活动是多久以前的事了。”

“真的吗？”我知道整个谈话多少有些荒唐——我们两个人竟然在讨论活动策划的事情——但是这听起来还不错。

“当然了。问题是，你喜欢这些吗？”

“嗯，‘喜欢’是个很严肃的词，你不觉得吗？”他笑了，我必须把手插进上衣口袋里，免得自己抑制不住冲动捧住他的脸。“毫无疑问，这离‘和平工作团’的标准还差很远，但是还可以了。”

他的脸几乎瞬间阴沉下来，只说了句“好的”。

“那么，感恩节你有什么打算？”我脱口而出，当意识到那听起来就像是正式邀约时，我立即转换了话题，“跟你的女朋友去什么地方玩吗？”我强装神态自若地补充道，让他明白我其实知道他不是单身。

他又很不舒服地看了我一眼，脸上的肌肉似乎都跟着抽动，要传达的意思一清二楚：我越界了。

“我，呃，没有别的意思——”

“不，不要担心。”他打断我，把身子靠在门上，似乎有点晕，“事情是，好吧，有些复杂。说来话长。不管怎样，我这周其实是打算回家的。我老爸最近不太好，并且我已经两个月没回去了。”

“你家在哪里？”

他满脸疑问地看着我，似乎想从我脸上读出点什么，然后平静地说：“波基普西。”

如果不是他曾经说过他在老挝出生和长大，我不可能会这么震惊。他是在耍我吗？开玩笑？难道他知道我是从波基普西来的并打算周末回家，所以才觉得这样逗我玩吗？我迅速打量了一下他的脸——他笑容灿烂，静静地看着我——看不出什么端倪。

“波基普西，纽约州的那个波基普西？”我脱口而出。

“那个唯一的波基普西。”

“太巧了，我也是从那里来的——”

“是的，我知道。我只是不确定你是否知道我也来自那里。我记得你。”他柔声说道，目光朝第27大街那边望去。我循着他的目光，那里什么也没有。

毫不费力地，一切都回忆起来了。有太多线索表明我们是旧相识，怪不得我对他总有似曾相识的感觉。有一次我们站在那里，他开玩笑说刚进去的一个女孩需要学习嬉皮士风的课程，因为她飘逸的长袍错得离谱。那天在星巴克看到他用手指挠后脑勺，我就感觉曾经见过那个动作。佩内洛普订婚派对的那个晚上，他在门口把我拦下，我就觉察到他盯着我似乎等我说点什么。现在一切都明了了。塞缪尔·史蒂文斯，这个高中时期的传奇学长。他被人传作是同性恋，因为他高大帅气却从不参加体育运动，而是经常在一些知名的餐厅里打工；他被大家看作自负、傲慢的人，当时我们还太小，根本不懂他其实是一个非常害羞而又内心孤独的人，他只是跟一群孩子待在一起很不习惯罢了。他在工艺课上坐在我的斜对面，总是专心致志地学习制作木托盘或是糖果机，在课上从来不打情骂俏、不走神、不睡觉，也不跟同桌交头接耳。他让所有女孩都又爱又恨，因为他对女生总是不理不睬，他似乎提前经历了高中时代的蒙昧，跨过了对社会阶层的认知，对周围人的存在漠不关心。我粗略计算了一下，我们已经12年没见过面了。我们一起上工艺课的时候，我上高一，他上高三，等他毕业之后就杳无音讯了。

“默茨老师的工艺课，1991年，是吗？”

他点点头。

“哦，天啊，怎么之前没听你说过啊？”我问道，又抽出一支香烟，我递给他一支，他接过后先给我点烟，然后点了自己的。

“我不知道，我也许应该早点告诉你的。我觉得你可能记不起我了。起初什么都没说的时候我觉得有点怪怪的，后来就过了这么久。但是我记得在课上，大家都忙着打磨刻凿的时候，你总是不停地写东西——似乎是信吧——一行接一行、一页接一页的，我总是想怎么会有人有这么多话要写的。那个幸运的男孩是谁？”

我几乎忘记写信的事了，我已经很多年没再写过了。我现在很少再被父母问及每天都为这个世界做了什么贡献。当我会造句的时候他们教会我怎么写信，我立即就爱上了写信。于是我给国会议员、参议员、总裁、说客、环保组织写信，有时也写给总统。每天吃晚饭的时候，我们都会讨论社会上的种种不公，第二天我就会写在信上，让别人知道我对死刑制度、滥伐森林的行为、过度进口石油的现象、青少年避孕措施以及移民法的愤怒。信中往往充斥着自以为是的无知言论，但是我的父母对我大加赞扬，让我根本停不下来。我一直保持着这个习惯，并持续到高中毕业。直到大一的时候，我喜欢的一个男孩看了我写的信，当即笑我太天真了，竟然想要拯救世界。从那以后我就不再写了。并不全因为他说的话，当时我父母的生活方式对我也渐渐失去了吸引力。我很快接受了大学里“世界一派和平景象”这一主流思想。有时我会怀疑我是不是转变得太彻底了，应该会有一个更适合的中间位置吧。但是银行业——坦率地说——晚会策划都没有让我达到从前那样忘我的境地。

我突然意识到我回忆过去的时候，萨米还在紧张地盯着我呢，于是我说道：“男孩？哦，不是写给男朋友之类的人的。男生肯定不会对我披头散发、穿着帆布鞋的样子感兴趣吧。他们只是，你知道，那些信是给……我不知道，也没什么特别的。”

“其实，我觉得你那时很可爱。”

我瞬间脸红心跳。

不知怎么回事，我感觉他这么说比向我表白更让我开心，但是我没有时间去细细回味这份快乐，因为我的手机收到一条紧急短信：亲爱的，你在哪儿？我需要一杯水晶香槟。

菲利普为什么不让周围几十个模特或服务生做这个，偏偏一定要叫我。不过我也该回去看一下了。

“听着，我得进去了，要确保大家都喝尽兴了，又不能让他们喝太多免得做出什么蠢事。但是我在想，明天是否需要我带你回家？”

“回家？去波基普西？你也打算回去吗？”

“我不可能错过一年一度的收获节。”

“收获节？”他停顿了一下，抬起天鹅绒绳子让一对情侣进去。这两个人走得非常不协调，却也可以互相摸索着前进。

“别提了，那是我父母每年感恩节都会做的，并且我必须到场，我肯定舅舅明天会借故缺席的——他总是在最后一刻有非常紧急的事情要处理——但他会把车子借给我开。我很高兴捎你一程。”我祈求他能爽快地答应并且不会带上他那个老女人。

“嗯，当然可以了，我是说，如果你不怕麻烦的话，这样太好了。我还打算周四早上坐长途汽车回去呢。”

“我是打算明天下班后回去，因此如果你愿意把周四改成周三的话，我很愿意和你同路。我一直想开车游览皮克斯基尔。”我暗自庆幸自己终于可以镇定地跟他交流了。

“好的，我很乐意。”他说道，看起来很开心。当然，是我也会很激动，如果能把四个小时痛苦的长途汽车之旅缩减为两个小时的小汽车之行。我告诉自己一定是能与我同行才让他这么开心，而不仅仅是因为可以避开空气混浊、闷热无聊的长途汽车。

“太好了。六点左右在我舅舅的公寓等我怎么样？他家在中央公园西，第68大街的西北角，没问题吧？”

还没等他表达自己对旅程的期待，我就被跑来的菲利普一把拽住胳膊拉了进去。但是我并不是很介意，因为我满心都是对第二天行程的期待。我在现场愉快地穿梭，接受大家的恭维，听到的都是客人对活动的赞美。凌晨两点钟，活动接近了尾声，我对还在和利奥喝酒的菲利普说我头疼，就借机回家了。到家后，我舒服地缩在床上，嚼着肉条，看着新上映的喜剧片。那是我记忆中最美好的一个夜晚。

19

当我在威尔家的会客厅等待萨米的时候，几乎无法抑制自己的兴奋之情。那天的时间过得真慢，尽管事实上是颇为美好的一天。早上凯莉为整个办公室的人买了早餐，庆祝前一天晚上的巨大成功。然后，她把我叫进她“丛林巢穴”般的办公室，告诉我她对我昨晚的表现很满意，并决定正式任命我为《花花公子》派对的“第二总指挥”——直接向她报告情况。这个决定正式公布的时候，埃莉莎脸色都变了：她比我早一年半来到公司，显然非常期待负责这个公司最大的活动。但是，在多次宣称很高兴“给别人一个机会”去体验一下注定是“一堆杂活”的工作之后，她的脸上又挤出轻松的笑容，甚至建议喝一杯庆功酒。有关昨晚活动的报道铺天盖地，连没有参加活动的报纸、网站都参与到报道的大军中来，极尽渲染地描写“成群结队的影视明星和社会名流”如何兴致盎然地来到活动现场，亲身体验黑莓手机这个“最火爆的城市生活配套设施”。一个装满黑莓手机的箱子直接从克罗纳先生的办公室寄送到公司，便笺上写满的恭维话让我脸红不已。好消息层出不穷，几乎让我有点不安了。我差点没留意到《纽约独家新闻》刊登的寥寥几行字：有人声称目睹当菲利普和某非洲裔电视剧明星亲热时，我在一旁的角落里暗自垂泪。还有，埃莉莎向我“坦白”她“偶然”地乘坐了一回菲利普Vespa摩托车，因为她喝得烂醉如泥，而且和戴维吵了架，但是她说：“真没有什么大不了的事情——绝对没什么，我可以用我和你的生命起誓。”而现在这一切对我都不重要，它们既不能让等待的时间变得短暂一些，也不能快些让我和萨米坐进同一辆车。当他背着背包，穿着一条磨破的牛仔裤和紧身运动衫，推开舅舅家客厅大门的时候，我真希望能一直看着他，然后跟他一起逃离这个城市。

“嘿。”他瞅见我正坐在沙发上假装埋头看报，立即向我走来，“我真不知道该怎么谢谢你！”

“别开玩笑了，”我说，踮起脚尖亲吻了他的脸颊，“是你在帮我的忙哦。稍等一下，我叫舅舅把车钥匙带下来。”

威尔已经同意周末将他的雷克萨斯小汽车借给我，作为唯一的交换条件，我要帮他把精心编造的借口捎回家，向我父母耐心解释为什么他又非常遗憾地不能回去。尽管我只是顺路带萨米去他父母那里，他还是坚持也要让萨米充分知晓他不回去的理由。

“亲爱的，你俩能保证已经彻彻底底地明白我交代的事情了吗？”当我们仨站在地下车库前，威尔在递给我车钥匙时紧张兮兮地问道。

“威尔，放宽心。我发誓不会出卖你的，我会独自忍受痛苦，就像以往那样！”

“别开玩笑了，我们再来练习一遍。当你妈问我去哪儿了，你怎么回答？”

“我就说，你和西蒙可不想将整个周末耗费在一间使用太阳能的房子里，因为没有足够的热水。纯天然、未经染色的床单因为从来不用化学洗涤用品而看起来总是不大干净，睡上去让人浑身发痒。所以你们决定去基韦斯特岛，在别人给你提供的免费海景套房里过收获节。哦，对了，还有一个原因就是，晚餐的谈话主题是永恒的生态政治学，这一点让你觉得尤其郁闷。我说得对不对？”我甜甜地笑着。

他无助地看着萨米，咳嗽了几声。

“不用担心，先生，贝蒂已经将您的吩咐烂熟于心了。”萨米向他保证道，然后坐进副驾驶座，“西蒙在最后时刻被叫去顶替一个无法上场的音乐家，您觉得不应该留下他一个人过节，同时你也很想回去看望所有人。因此你打电话告诉西蒙你决定自己回去，但是你发现截稿日期迫在眉睫，那个该死的编辑下周就会打电话来催稿……在路上我会帮贝蒂记住这些的。”

威尔将钥匙放在我张开的手掌里。“谢谢你，萨米。贝蒂，我希望你密切关注赋权课程——女人可以做任何事情，你知道的。不要觉得有点上年纪的我讨厌，我只是在游泳池边躺着，喝喝代基里酒、看看书罢了。”

我恨死他了，但是他看上去正为自己编造的借口和小计谋自鸣得意，我还能说什么呢？只好上前拥抱了他一下，然后转身向车走去。“跟以前一样，你又欠我一个人情。”我将米林顿塞进Sherpa行李袋，放在车后座上，然后给它灌下一颗安定，这样当我们开车的时候，它就不会紧张地一直叫个不停了。

“亲爱的，你知道的。我会给你挑一件花枝招展的T恤，或者是一两支椰子壳做的蜡烛，怎么样？小心开车，要么就让萨米开。反正不论出什么事都别给我打电话——至少接下来这三天别打。祝你们玩得开心！”

车子启动了，我在车后镜里看见他朝我们做飞吻的动作。

“他挺可爱的，”当我们小心翼翼地穿过闹市区，开到西侧高速公路时，萨米对我说道，“就像是一个假装生病不去上学的孩子一样。”

我将一张《怪兽民谣》（*monster ballads*，是我凌晨三点睡不着觉时在网上购买的）CD插入播放器，直接跳到大人物合唱团（Mr Big）《和你在一起》（*to be with you*）这首歌，然后回答：“他为人很好，不是吗？如果没有他的话，我真的不知道该怎么做。是他让我过上现在这样的正常生活的。”

“你的父母呢，他们是什么样的人？”

“他们简直是20世纪60年代的老古董，”我说道，“对待任何事情都非常严肃认真。我第一次刮腿毛的时候，我妈妈哭了，那时我13岁，因为她害怕我按照男性意志主导的审美文化来塑造自己。”

他笑出声来，渐渐变得放松，伸展双腿，将手枕在后脑勺上。“你不会告诉我，她一直都不准你那样做吧？”

“这倒没有，至少现在不这样要求了……不过直到上大学时，我才再一次刮腿毛。他们还曾经坚持宣称我要对整个生态系统被破坏这一事实负责，而这仅仅是因为我买了一个蛇皮做的钥匙扣。哦，还有，在我上小学四年级的时候，父母禁止我参加那年最大的睡衣派对，因为他们注意到举办派对的女孩家长拒绝回收利用家里的废旧报纸。因此，他们觉得让我去那种‘邪恶’的环境中度过12个小时是决不能接受的。”

“你在开玩笑吧？”

“才不是呢。不过，这并不是说他们不是好人，事实上他们都是大大的好人。他们真的是非常坚定的人，有时候我希望自己也能成为那样的人。”

“我对高中时代的你不是很了解，不过跟你在纽约的表现相比较的话，我觉得那时的你更像一个‘坚定的人’。”

我一下子完全不知道该说些什么来回应。

“不，我不是那个意思，”他急忙补充道，“你知道，你给人的印象总是东奔西跑地忙着各种事情。我记得你在学校的报纸上发表过一篇关于女性选择权的评论文章。有一次我无意中听到几位老师在自习室讨论那篇文章——他们完全不相信那是出自一位新生的手笔，后来我找到那篇文章，拜读之后也觉得难以置信。”

一想到萨米曾经读过，并且还清晰地记得我写的文章，我感到一阵幸福的颤抖，仿佛我们突然有了某种密切的联结。

“是的，有些事情真的很难坚持，特别是那些别人强加给你的，而不是从你自己思想里产生出来的东西。”

“说得太对了，”我瞥见他深表赞同地点着头，“他们听起来很有趣。”

“哦，你不了解情况。值得幸运的是，尽管他们是嬉皮士，也是犹太人嬉皮士，但我们并不喜欢穷困潦倒的生活。就像我父亲经常强调的：出身贫寒的人并不一定比生活优裕的人更诚实可信——这是很重要的命题，物质的匮乏或丰富不是塑造个人品性的决定因素。”

他放下咖啡杯，扭过头看着我，我能感觉到他的目光停留在我脸上，他在专心致志地听我说话。

“是的，很正确。我出生在新墨西哥州的一个村庄，直到我在CNN上看到美国大选的选举人分布示意图时，我才确信自己的出生地确实隶属美利坚合众国的一个州。我妈妈喜欢一遍遍讲述她如何在‘婚床’上，当着村里所有孩子的面将我生下来——他们被带来‘观摩’生命降临的神奇。没有医生、没有药物，也没有消过毒的床单——陪在身边的只有当植物学家的丈夫和絮絮叨叨的接生婆，接生婆一直教她按照瑜伽的呼吸方式。村里的唱诗班老师和24个不到12岁的女孩子见证了我出生的全过程。经过那种场面的洗礼之后，我想她们很多人可能30岁以后仍然保持着处子之身。”

我不知道是什么驱使我一直不停地说话。我已经很多年没有跟别人说我小时候的事情了——上一次可能是在我进入埃默里大学的第一周。那时我刚结识佩内洛普，我们在网球场边上的小树林里吸烟时提起过一次。佩内洛普告诉我，他父亲对他办公室同事的熟悉程度甚至超过了家人。她在5岁之前一直以为黑人保姆是她亲妈。我安慰她没有什么比亲生父母是正常人更值得庆幸的了。那晚我们笑了整整一个小时，四仰八叉地躺在草地上，飘飘欲仙，快乐无边。尽管我的男朋友们大多见过我父母，但是我没有对其中任何一个说起过这些事情。而萨米让我产生了向他倾诉一切的欲望。

“这简直太不可思议了。你们在那里生活了多久？你还记得清吗？”

“他们在那儿住到我两岁左右，后来因为他们被瓦萨学院聘用，就搬到波基普西去了。我的名字就是那个时候取的。一开始他们想叫我‘索莱达’，以纪念关押在加利福尼亚监狱的伯克利示威者，但是当地的巫师还是别的什么人建议用‘贝蒂娜’，这个名字来自伯克利自由言论运动指导委员会唯一的女性成员——贝蒂娜·阿普特克。从12岁起，我就只承认‘贝蒂’这个名字，因为那时《迎风展翅》(*Wind Beneath My Wings*)这首歌到处传唱，而演唱者贝蒂·米德勒实在太酷了。当我意识到，应该照着这位名列单曲榜前40的红头发女歌手把自己的名字改成贝蒂时，为时已晚。但是，后来所有人都叫我贝蒂了，当然，我的父母是例外。”

“哇哦，你的父母真是有趣的人。有机会我真想认识一下他们。”

我又不知该如何回答了——直截了当地告诉他，我的父母将会是他的岳父岳母，这肯定会吓到他——所以我只好询问起他父母的事情。当我试图回忆高中时期的萨米时，却没有一丁点儿印象了。于是我想不如了解一下他的家庭情况。“说说你吧，你家里有什么新奇的事？你的父母是那种‘正常’的家长吗？”

“嗯，说他们‘正常’听上去有点怪怪的。我母亲在我6岁的时候就去世了。乳腺癌。”

我赶紧表示抱歉，还想再客套地表示安慰时，他立即打断我。

“听起来确实不幸，但那时我还很年幼，几乎没什么印象了。在长大成人的过程中，没有母亲的陪伴是一件奇怪的事情，但对我姐姐而言，情况要困难和严峻得多。所幸我还有一个伟大的父亲。”

“他现在还好吗？你之前说起过，他的情况似乎不是很好。”

“他挺好的，我想就是太孤独了。他和一个女人交往了好几年，但是我不清楚到底发生了什么事情，几个月前她离开我父亲去了南卡罗莱纳州，而他也没跟我细说。我想，回来看看他会比较安心。”

“那你姐姐呢？她过得怎么样？”

“她今年33岁，已经是5个孩子的妈妈了。5个孩子啊——4个男孩1个女孩——你能相信吗？高中一毕业就生了第一个孩子。她住在菲什基尔，因此可以随时去照看我的父亲。但是她的丈夫不是什么好男人，再加上她现在正在学校学习护理，忙得不可开交，所以……”

“你们姐弟俩关系亲密吗？”他所说的一切都让我有一种陌生的感觉，有一个我所未知的世界存在于他的生活中。当我看着他每晚在纽约游廊跟各式名人熟络地打着招呼时，完全想象不到他的内心深藏着这么多伤心事。

他似乎短暂地沉浸到自己的思绪中去了，突然想起什么似的，从背包里取出一罐可乐，拉开拉环，先递给我喝了一口，然后接过来自己喝了一口。

“亲密？我不知道我们到底算不算亲密。我想她对我远离故乡去上大学这件事情有所怨言。那时她已经生下一个孩子，肚子里还怀着一个。

她经常对我说我是父亲活下去的理由、我们俩至少有一个要让父亲感到骄傲之类的话。但说实话，她确实是个好女人。天啊，我总是说这样沉重的话题。对不起！”

我正想说点什么，告诉他我完全不介意这些，事实上我非常乐意听他说关于自己的任何事情。这时，响起了白蛇合唱团（Whitesnake）一首歌的前奏音乐，萨米又笑了起来，“你很喜欢这种音乐吗？哈哈，你竟然听这种烂歌？”

之后的聊天就变得轻松容易起来——我们饶有兴致地讨论起电影和音乐，或者是我俩整日与之打交道的愚蠢可笑的人。他小心翼翼地避免提到菲利普，而我也尽量避开伊莎贝拉。除此之外，我们像一对多年以来的老朋友般无所不谈。当我意识到离家所在的小镇已经只剩半小时车程时，我赶忙打电话给爸妈，告诉他们我顺路带一个朋友回家，可能要在家里稍作停留。

“贝蒂娜，别开玩笑了。你当然得带他过来吃晚饭！”妈妈像往常一样对着电话大声说道。

“妈妈，我想他肯定急着回到自己家。他回来是为了看望他的家人的，又不是来看我的家人。”

“那还是要邀请他啊。我们从来没有机会见你任何一位朋友，而且这会让你老爸非常高兴的。当然，如果他能来参加明天的节日派对的话，那就再好不过了。一切都已经准备就绪了。”

我答应她会向萨米转达她的诚挚邀请，然后挂了电话。

“情况如何？”萨米问道。

“噢，我妈妈想邀请你去我家吃晚饭，但我告诉她你可能急着回家看望你的父亲。除此之外，他们用来作为晚餐的食物可能会比较‘凶险’哦！”

他沉默了一会儿，然后说道："实话说，如果你不介意的话，我很乐意去你家里吃晚饭。我爸以为我明天才回家。还有，或许我可以帮忙一起做晚饭呢，比如，我有办法让豆腐更加鲜美可口。"他用一种试探性的口吻说道，尽量听起来显得淡定从容，但我还是感觉到他的话里蕴藏着更丰富的内容（或许是祈祷、希望和一厢情愿）。

"哦，呃，好的。"我说道，尽量让语气听起来淡定从容，但结果适得其反，语气生硬得更像是在抵触这一想法，"我的意思是，如果你想去的话，那就太好了！"

"你是认真的吗？"

"绝对是的。晚饭之后，我开车送你回家。我向你保证，除非是确有必要，不会耽搁你一点儿时间。晚餐的时候他们肯定会想方设法让你转变成一个素食主义者，但那不会太过分的。"有点尴尬的对话结束了，我欣喜若狂，当然，还有一点点小紧张。

"好的，听起来不错。在听了你讲的故事之后，我现在觉得非得见他们一面不可了。"

当我们到家的时候，妈妈正坐在门廊那架裹着厚厚羊毛垫的秋千上等我们。车子缓缓驶进院子里的私家车道，它将父母居住了25年的那块2.4公顷的土地一分为二。那辆混合动力的丰田普锐斯汽车停在那里，上面盖着油布，父母99%的时间都是骑车出行，它只在情况紧急时才被使用（我很好奇如果他们知道好莱坞一线明星也都开这款汽车，会做何感想）。她戴着用蜡染工艺制作的连指手套，手里端着一本书。一看见我们，她立即丢下书，还没等我把车停稳，就起身跑过来迎接我们。

"贝蒂娜！"她叫道，一把拉开了驾驶座的车门，兴奋地将双手一起伸了进来，她抓住我的胳膊，用一个大大的拥抱将我"抱"出了车子。我忍不住想：除了我的亲妈和我的爱犬，没有谁看见我会那么高兴了。

我们站在那儿嘘寒问暖好一阵，几乎让我忘了一开始我是多么害怕这次回家了。

“嗨，妈妈，你看起来气色不错。”我们都有一头又长又厚、很难打理的头发，只是她的头发已经变成美丽的灰褐色，光亮飘逸地披散在肩头。她从还是学生的时候起，就已经长发及腰。她身材高挑、随和优雅，给人的第一感觉就是：她骨子里绝不是外表所展现的那般柔弱的女子。和往常一样，她不施脂粉，只戴了一条缀着太阳形状绿松石吊坠的细条银项链。“这是我的朋友，萨米。萨米，这是我的妈妈。”

“你好，罗宾逊夫人，”他暂停了一下，“哇哦，这样称呼您听起来怪怪的，不是吗？不过我想您可能已经习惯这样的称呼了。”

“是啊，‘基督比你知道的更加爱我’，不管怎样，叫我安妮就好了。”

“安妮，你真是太好心了，邀请我来你家做客。希望我不会打扰大家。”

“胡说，萨米。你们俩一起来今晚才完美。快进屋吧，站在外面要冻坏了。”

我们将一个劲儿打着喷嚏的米林顿从袋子里放出来，然后跟着妈妈穿过朴素的松木制门廊，一直走到几年前他们搭建的小型温室那里。他们建造温室的初衷是“在天公不作美的时候依然可以面对大自然冥思”，这是整幢乡间建筑唯一的一抹“现代化”特色，是我的最爱。它带有一点儿“禅”的意境，与其他充满乡土气息的建筑格格不入，就像是最新的施拉格酒店（Schrager hotel）里的某些建筑一样。它的四周长着尖角的青草和枝叶繁茂的红枫以及你能想到的在这种环境中生长的植物，比如灌木、花卉以及长势良好的矮树丛。里面还有个小池塘，比高尔夫球场的沙坑大一点点，一些睡莲叶子漂浮在水面上，岸边放着几只柚木做的长椅。温室向开阔的、树木繁密的后院敞开。在一盏高悬的中国纸灯笼下，我爸坐在一张低矮的木桌旁专心地看着报纸，他穿着牛仔裤和Naot

便鞋，袜子是带着绒毛的厚袜子（以色列也可以生产很好的鞋子，没必要去买德国的Birkenstocks鞋，他总是这样说）。他的头发有一些灰白了，但一看见我，立即轻快地跳了起来，给我一个结结实实的熊抱。

“贝蒂娜，贝蒂娜，你终于回到自己的小窝来了。”他欢呼了起来，抱着我手舞足蹈。我赶紧跳到一边，有点难为情，然后在他脸上飞快地亲了一下。

“嗨，老爸，我想让你见见我的朋友，萨米。萨米，这是我爸爸。”

我暗暗祈祷，爸爸会表现得正常些。你永远都不知道他会说什么、做什么，特别是不知道他又会怎么打趣我。毕业那年，他们第一次来到我所在的城市，我叫佩内洛普一起出来吃饭。在毕业典礼那天她已经见过我的父母，之前还见过一次——她可能也就仅仅记得他们而已吧，但爸爸可把一切都记得清清楚楚的。当我又将他们重新互相介绍了一遍后，爸爸殷勤地吻了吻佩内洛普的手，然后说：“佩内洛普，亲爱的，我当然记得。我们一起出去吃过晚饭，你还带着一位小帅哥。他叫什么来着？亚当？安德鲁？我记得他非常聪明而且健谈。”他满脸认真地说道，看不出一点儿讽刺的意味。

这也是父亲和我专属的开玩笑的方式之一。艾弗里晚饭时喝得烂醉，甚至不能回答自己的“主修什么专业”或“家乡在哪里”这样简单的问题。尽管爸爸有数年未见艾弗里和佩内洛普了，他还是会时不时打电话给我，假装成艾弗里的生意伙伴，故意压低嗓子询问我想不想购买一磅“真正的好东西”。我们觉得这太疯狂了，但他就是忍不住时不时来个“突然袭击”。佩内洛普因为早已习惯了她自己父母的没头绪和怪脾气，所以全然没把这当回事，只是和善地微笑着。爸爸对萨米一无所知，所以我想我们应该是安全的。

“很高兴认识你，萨米。过来坐，陪陪我这个老家伙。你老家也在这附近是吗？”

我们一起坐了下来。爸爸倒了一杯瑜伽牌（Yogi）埃及甘草茶（这是妈妈泡的），萨米小心翼翼地将自己庞大身躯坐在一张大大的用珠子串缀而成的坐垫上，我扑通一声坐在了他和妈妈之间的位置上。妈妈则像印度人那样盘起双腿，优雅地坐了下来，这让她看上去一下子年轻了20岁。

“那么，你们周末打算怎么安排？”我兴奋地问道。

“嗯，客人要到明天傍晚才会到来，所以在那之前你们可以自由活动。你俩为什么不去大学里面逛逛呢？我打包票，那里肯定有一些精彩活动。”妈妈说道。

“明天学校的芭蕾舞剧团有感恩节日场演出，如果你们感兴趣的话，我可以去要两张票。”爸爸补充道。他在瓦萨学院教植物学很多年了，是深受师生爱戴的教授之一，在学校里可谓神通广大。妈妈在学院医务室的心理健康门诊上班，她有一半的时间用于接听热线电话（比如性侵犯、自杀和抑郁症），并主张让学校采取更加系统的举措（比如针灸、草药和瑜伽）应对学生问题。他们是瓦萨学院颇受欢迎的教师夫妻，就像20世纪60年代他们在伯克利的好几年时一样。

“我可能会去看看，但是你们肯定忘了萨米回来是看望家人的。”我说道，同时给他们一个警告的眼神，好让他们适可而止。我舀了一些未经加工的红糖倒入盘中，将它递给萨米。

“说到这儿，这次威尔没有和你们一起回来的理由又是什么？”妈妈若无其事地问道。

萨米在我开口之前急着“抢答”，全然没有意识到他们早已识破威尔的谎言，时不时地谈论威尔精心编造的谎言，甚至已经变成我们最爱的消遣活动。舅舅和妈妈其实亲密无间，尽管她是一个令人讨厌的、拒绝加入任何政治派别的自由主义者，而他则是一个同样令人讨厌的保守的共和党人。不管怎样，他们每周都会互通电话，见面时甚至会深情相拥，尽管他们都喜欢在我面前嘲笑对方。

“还不是因为西蒙工作上的事情！”他对着我说道，“交响乐团在最后时刻给西蒙打电话，非让他去顶替一个生病的音乐家，他们不给他推辞的机会。所以，他真的没法拒绝。”我还来不及插嘴，萨米就一口气说完了。我不得不说，他确实够“忠心耿耿”的。

妈妈先是笑着看了看我，然后又看了看爸爸。“真的是那样吗？我好像记得他提起过，他要和他的娱乐律师在他们的新泽西的办公室参加一个紧急会议哦。”

萨米脸红了，立即意识到他有可能把事情的来龙去脉搞混了。该我出马了。

“萨米，他们知道西蒙没有去顶替谁，也知道你在帮威尔他们打掩护。别担心，没人把你当叛徒！”

“你是个好孩子，萨米，但我太了解我那亲爱的弟弟了，他编出来的那些个精彩故事可蒙不了我。他们去哪里玩了？迈阿密？还是巴哈马？”

“基韦斯特。”我回答道。

“你赢了。”爸爸无可奈何地说道，“你妈跟我打赌，说威尔肯定会在最后关头打退堂鼓，并且拿西蒙做挡箭牌。坦白地说，他终于不再拿‘截稿日’出来说事儿了，这一点还是让我挺欣慰的。”他的话让我们忍不住捧腹大笑。

“好了，我该去准备晚餐了。”妈妈起身宣布道，“今天我去了农贸市场，把所有当季的土特产都买了回来。”

“可以让我给您搭把手吗？”萨米问道，“刚才向您撒了谎，这是我唯一能向您表示歉意的方式了。我有好一阵儿没进家里的厨房了，而且我真的很喜欢烹饪。”

爸妈一齐好奇地看着他。

“萨米是一个厨师，”我解释道，“他曾在美国烹饪学院进修，希望有朝一日能开一家自己的餐厅。”

“真的吗？有意思。你现在在纽约的饭店做厨师吗？”爸爸问道。

萨米害羞地微笑着，然后说道：“实际上，几个月前我在格莱美西餐馆（Gramercy Tavern）开始做周日的早午餐。那里生意非常火爆，这将是一个非常好的学习机会。”

我又惊了一下：这家伙到底藏了多少秘密？

“好吧，既然如此，跟我来吧。绿皮西葫芦有没有什么有趣的做法呢？”当萨米准备从坐垫上起身时，妈妈伸出手拉了他一把。

几分钟之后，萨米在炉灶边忙碌着，妈妈则安静地坐在桌旁观摩，眼神里满是惊叹和无法掩饰的喜悦之情。

“你在做什么呢？”当他将一盆面条里的水沥干，然后加上几滴橄榄油时，我忍不住问道。他在妈妈为他准备的围裙（上面写着：接受就有和平）上擦了擦手，然后开始详细地讲解他的计划。

“我原本想做一点儿意大利面沙拉配煨胡萝卜、黄瓜和松仁，再用西葫芦做点开胃小菜。你妈妈说想要家常一点儿的菜肴作为主菜，所以我想用佛卡夏香草面包做咖喱鹰嘴豆三明治，搭配一边填充着米饭和莴苣的红辣椒。大家觉得烤苹果配新鲜奶油和这种冰冻果子露来作为甜点怎么样？罗宾逊夫人，我不得不说，您挑选的食材真是太棒了！”

“哎呀，老妈，你原先打算做什么来着？”我问，幸福地看着他俩脸上的表情。

“砂锅菜，”她回答，一秒钟都没有将眼睛从萨米身上挪开，“就是将所有的食材一起放进锅里，然后煮上几分钟，差不多就那样。”

“哦，那其实也不错，”萨米马上说道，“如果你们喜欢，我很乐意那样做。”

“不要！”爸爸和我异口同声地叫起来。“就按你自己的想法做，萨米，这才是我们想要的待遇。”爸爸边说边拍了拍萨米的后背，然后用手指抓起咖喱鹰嘴豆尝了尝。

晚饭不可思议的丰盛，尽管没有肉类和各种有机食物，还是好到无法让我说出一个“不”字。当我们消灭了意大利面沙拉后，几个小时前关于萨米与家人共进晚餐时可能尴尬的担忧已经烟消云散。萨米在大家不断的赞美声中神采奕奕，变得兴致高涨、侃侃而谈，我从来没见过他如此轻松自在的样子。饭后，我负责收拾餐桌和洗碗，他们则带萨米又回到温室那边，给他翻看我光着屁股在浴缸里玩耍的婴儿照，还有其他的除了亲生父母一般没人会感兴趣的东西。最后，当他们终于宣布准备睡觉时，已经是深更半夜了。

“你俩最好再坐一会儿或者到处走走，但我和你爸必须去睡觉了。”妈妈说道，她吸完最后一根丁香卷烟，这是他们在节日大餐之后惯常的享受之一，“明天是个大日子哦！”她将手伸向爸爸，爸爸微笑着握住。“萨米，很高兴认识你，我们非常喜欢贝蒂娜的朋友来家里做客。”

萨米赶紧起身致意。“能来看望两位我也深感荣幸，谢谢你们的热情款待。希望明天的派对一切顺利。它听着就非常棒！”

“是的，这是我们的传统节日，希望到时你能来参加，晚安！”爸爸高兴地说道，然后跟在妈妈后面进屋了，临走之前又在萨米耳边小声而真挚地向萨米表达了谢意，感谢萨米让他享受了一顿丰盛美味的晚餐。

“他们真好，”当爸妈的房门关上之后，萨米轻轻地说道，“听了你对他们的描述，我还以为他们真的是那种性情古怪的人，但他们看起来再正常不过了。”

“好吧，这要看你怎么定义‘正常’这个词了。我想，你是不是准备走了？”

“呃，是的，如果你已经准备好的话。”他听起来有点犹豫。

“嗯，我猜想你可能急着回家，但如果你想出去走走的话，我非常乐意奉陪。”我说，紧张得几乎无法呼吸。

他似乎在认真思考我的话，一分钟后他说道：“你觉得去‘星光’坐坐怎么样？”

这就是正式邀请了，他真是完美的男人！

我长舒一口气：“好提议。星光是世界上最棒的小餐馆了。不知道你是不是和我一样喜爱那个地方？”

“可能比你更爱。高中时我经常独自去那儿。你可以想象那有多尴尬，一个人坐着，点一杯咖啡，看看书或是杂志。当先前那位脸上长瘊子的女服务员离开时，我简直伤心欲绝。”

“星光”是我们高中社交活动的核心所在。我少女时代最美好的时光都在那里度过，和一帮志趣相投的朋友尽情欢乐。我们都算不上特别漂亮和时尚，也远远谈不上受大家欢迎，但依然坚信自己比那些笨蛋和呆子强多了（主要指那些沉迷于恐怖的、反社会的数学和计算机学科的学生），他们很不情愿地屈居于我们之下。即使在学校里，社会上的那套等级制度依然有效：帅哥靓女统治着吸烟区，不擅交际的同学刚躲在后面的两张餐桌上终日玩着电脑游戏，我和朋友们（各种嬉皮士、另类的朋克一族以及那些还没有形成大联盟的爱学习的人等）则占据着6张桌子以及中间的整个柜台空间。男生们会坐在桌子上抽着烟高谈阔论，“温文尔雅”地发表着“真知灼见”——当被枪指着脑袋必须在口交和做爱两者之间做出选择时，他们会选择哪一个。而我们这些忠诚的女友们（所谓男女朋友，最多也就是亲吻而已），一边呷着咖啡，一边认真讨论学校里哪个女生最时髦，胸最好看或者是男朋友最帅。“星光”简直就是波基普西版的中央公园咖啡馆，只是稍显局促，并且用的是日光灯和棕色的塑料餐桌。更加难以置信的是，这里每一个服务员要么脸上长着瘊子，要么少了一根手指。我怀念童年时期的卧室和暑假时玩耍过的地方，所以，就像一只家鸽一样，每次我回到这个小镇，都要去“星光”那里转转。一想到萨米曾孤独地坐在那里，一种淡淡的忧伤和乡愁涌上我的心头。

我们选择了一张最牢固的桌子，假装认真研究塑料质地的菜单——十几年过去了，它依然没有什么变化。尽管晚饭已经吃得很撑，我还是在肉桂烤面包和炸薯条之间纠结了。不过我马上想到，只要出了纽约地界，碳水化合物类的食物统统可以接受，于是两种食物都要了。萨米点了一杯普通咖啡，当他要求撇去咖啡上面的那层牛奶而代之以奶酪时，我最喜欢的服务生之一——那个长发及腰的女孩不满地哼了一声，然后两人在小隔间里怒目而视。

我们喝着咖啡，吃着东西，开始闲聊起来。

“你从来没跟我说过你在格莱美西餐馆做早午餐的事情。我很想去看看呢！”

“是啊，不过你也从未提起过你曾代表你们班做毕业致辞，还有，你也没说过你曾因跨文化社区服务拿过马丁·路德·金奖。”

我笑了起来。“看来，他们什么都告诉你了。幸亏你比我早3年毕业，所以不知道这些事情。其实，连我自己都记不大清楚了。”

服务员为萨米重新倒了一杯咖啡，结果溅出来好多。

“你的父母为你感到骄傲，贝蒂。那是多么好的事情。”

“他们曾经为我感到骄傲，但现在已经变了。我想我新发掘的技能——吸引明星大腕去纽约游廊8号参加派对、在八卦专栏上频频现身，绝对不是他们理想中我的模样。”

他苦涩地笑了一下。“每个人都得向现实妥协，做出改变。这并不意味着现在的你和当初的你有什么本质的不同。”

他说这话时的神情让我愿意相信。“我们出去走走吧？”我提议道，准备结账，这里的规矩是：不论多少人点餐，也不论点了什么东西，一律按每人3美元收费。“我想我得为明天的节日活动保留点精力，而且，很希望你也能来参加……”

他掏出一张20美元的钞票放在桌子上，他说：“我囊中羞涩的学生时代在这儿一坐就是好几个小时，小费又给的少，这算是补偿吧。”然后把手护在我的背上，一起走出门外。我们在“星光”的大厅里逗留了好一阵，他从抓物游戏机里为我赢了一只毛绒小猪——游戏机就在旋转的馅饼柜旁。我把毛绒小猪搂在怀里，他说这可是他花的最值的两美元了。从“星光”去他家有16公里车程，一路上我们都缄默不语。我这才发现在波基普西生活了那么多年，竟然还从未到过这里。刚刚过去的9个小时（快得就像5分钟一样），我们像老友一样聊天和说笑，现在却突然陷入深深的沉默。我把车子停在短短的、没有铺设柏油的停车道上，眼前是一幢简朴的殖民时期风格的小屋。

“今晚很开心，从白天到晚上，一整天都很开心，谢谢你让我搭顺风车，还有美好的晚餐时光——为这一切，我非常感谢。”他看上去并没有急着冲进家门，这让我产生了遐想：他想吻我。我渴望体验到爱情小说里两个相爱的人初吻时的那种触电般的感觉。

“别开玩笑了，说谢谢的人应该是我。如果没有你，今晚可不会有那样丰盛的晚餐了。”我急忙说道，将双手狠狠地压在两腿之下——我怕它们会因为过于激动而抖个不停。

然后，他下了车，拉开后座的车门，取出自己的行李。他向我挥手，说明天会给我打电话。我的心渐渐沉了下去，失望的感觉像被巴掌拍在脸上那般刺痛。我飞快地掉转车头，想着一定要在我哭出声前离开这里。究竟是什么让你觉得他对你有意思？我质问自己，脑海里放映着今晚发生的所有事情。他要回家，而你顺道载了他，这只是朋友间应该做的事情罢了，其他什么都没有。除此之外，都是自己一厢情愿的幻想罢了，不要执迷不悟了！我这样想着，开上了石子铺就的车道。这时，我看见一个身影快速向我走来。

我看见他冲我说话，但车窗关着我听不清。我把车窗摇下来并刹了车。

“你有什么东西落在车上了吗？”我努力克制着自己的声音，不让它颤抖。

“是的。”

“等一下，好了，后车窗开了，你瞧瞧——”

话未说完。他的手已经从驾驶室的车窗里伸进来，推上档位，拉上手刹，松开我的安全带，猛地拉开车门，一把将我从车里拽出来。

“怎么了，我不明白——”

他用双手捧住我的脸，让我别说话——这是每个女孩都渴望却很少有男孩做得好的事。就像是杂志《乐而不雅》（*Lustfully Yours*）的封面一样——我坚持认为这是最浪漫、最让人心潮澎湃的拥吻方式。他的双手冰凉而有力，肯定能强烈地感觉到我脸庞的火烫。他靠近我，低下头，无比温柔地亲吻我，让我无法自持，只能静静地站在那儿任凭这一切发生。这种感觉是如此强烈而刺激，甚至让我忘了应该回吻他。

“我发誓下次不会再忘记这个了。”他用一种低沉而富有磁性的声音在我耳边喃喃道，我发誓这种美妙的声音只有在最浪漫的电影里才能听到。他殷勤地为我拉开车门，充满爱意地看着我重新坐好。还好我不需要用我那颤抖的双腿支撑身体了！我慌乱地在驾驶座上坐定，微笑地看着他为我关好车门，然后目送他慢慢地向夜色中的小屋走去……

20

当我挂完最后一只煮玉米形纸灯笼，妈妈还是忍不住向我询问了萨米的事。

“贝蒂娜，亲爱的，萨米看起来是个很不错的男孩，昨晚有他的陪伴，我和你爸爸都很高兴。”

“是的，他的确不错。”这次我打算好好帮她准备派对，并享受此过程中的每一秒。

“他会参加我们的派对吗？”她把一盘鹰嘴豆泥放在装着混合腌橄榄的托盘旁边，后退几步欣赏了一番自己的作品，然后才把注意力转向我。

“我想应该不会。我知道他很想来，但是我们回来都只是过个周末，我想他应该要陪陪他爸爸，他说过他们可能一起出去吃牛排之类的。”

“嗯，这样啊？”她紧张地问道，努力控制自己想要发表关于“吃肉是多么疯狂”的言论。其实，萨米只是说他们要出去享用感恩节晚餐，但是轻而易举地就能让老妈抓狂还是很有趣的。“也许晚饭后他能顺道过来品尝一下最好的本地菜品。”

“是的。好吧，我会告诉他这个诱人的邀请。”当萨米打电话告诉我他不能来参加派对的时候，我感到有些生气，更让我气愤的是，他提到不跟我一起回城了。他礼貌地感谢我前一天带他回来，然后解释说他要在周六晚上开始上班，因此要乘汽车回去。我也想提前一天回去，但我知道我的父母肯定会不高兴的，所以我跟他道了声晚安就挂断了电话。

“嗨，贝蒂娜，过来帮一下我，好吗？”爸爸正在把木棍和柴火架在一起。每年收获节的晚会就是篝火庆典，大家围着篝火跳舞、喝酒、唱“丰收小夜曲”。

我一下子跳起来，身上穿着高中时的灯芯绒裤子、拉链毛衣、厚羊毛套头衫，这让我感觉非常舒适。薄薄的小背心和紧绷、提臀、束腿的牛仔裤是我现在的穿衣准则，从这种衣服中解脱的感觉非常轻松和奇妙。我的双脚套着柔软的安哥拉羊毛袜，舒舒服服地“躺”在一双Minnetonka便鞋里。鞋是橡胶软底，鞋面上镶着珠子、缀着流苏。这种鞋子在高中时代被视作毫无时尚可言，但我依然我行我素地穿着。现在再穿起来感觉有些亵渎，因为现在这种鞋子在《幸运》(*Lucky*)杂志上随处可见。但是它们实在是舒服得让人难以拒绝。我深吸了一口十一月底的新鲜空气，嗅到一种类似幸福的味道。

“嗨，爸爸，我能做些什么？”

“如果可以的话，请把绿房子旁边的那堆木柴拖到这里来。”他一边咕哝着，一边把一根粗圆木扛在肩上。

他扔给我一双大号的工作手套——看起来有些年头，上面因长期带着泥土而发黑——摆手示意那堆木头的位置。我套上手套，把柴火一根根地搬到指定地点。

妈妈说她要冲个澡，给我们准备好了瑜伽牌的埃及甘草茶放在厨房里。于是我和爸爸进去喝茶。

“告诉我，贝蒂娜，你和昨天那个棒小伙是什么关系？”他装作随意地问道。

“棒小伙？”我故意反问，与其说是拖延时间，不如说是使谈话更有趣一些。我知道他们都巴不得我说我正在跟萨米恋爱——天知道，没人比我更期待那是真的。但是我不可能把整个情况解释清楚。

“当然了，你知道你妈妈和我做梦都希望你遇到一个佩内洛普男友那样的人，他叫什么来着？”

“艾弗里。”

“是的，艾弗里。我的意思是，如果好草能源源不断地供应，当然是件值得高兴的事。但是除了像艾弗里这样的理想人选，这个萨米也非常不错。”他被自己的玩笑话逗笑了。

“嗯，但是，没什么激动人心的消息，我只是顺路把他带回来，你知道吗？”我不想多说什么——我这个年龄似乎不适合什么事情都向父母报告，尤其是现在，我对他还仅仅处在“喜欢”的阶段。

他喝了一口茶，眼睛掠过“退伍军人为和平”的马克杯沿打量我——我的父母都不是退伍军人，不知道这杯子是哪里来的。“好吧，那么，你的新工作怎么样？”

在过去的24小时中，我极力不去想工作的事，但突然意识到我必须要检查一下是否有新的短信。幸运的是，父母家里没有手机信号，我不用为别人打来的电话而烦心。

“非常好。”我飞快地说，“比我想象的要好，大多数同事我都很喜欢，派对也都很有趣，虽然我知道那会让人迅速变老。我每天都会遇到很多新鲜面孔。总之，目前看来，这份工作是个不错的选择。”

他点了一下头，我看得出来他似乎有话要说。

“什么？”我问道。

“不，没什么。听起来非常有趣。”

“哪里有趣？只是个活动公关的工作，这不是我说的有意思的地方。”

“当然了，那正是我想说的。别误入歧途，贝蒂娜，但是我们——你妈妈和我——对你选择这条路有些惊讶。”

“好吧，这不是瑞士联合银行！记得那时，当妈妈得知陶氏化学公司是银行的客户时，几乎心脏病发作。她接连三周每天给我写信，指责我支持砍伐森林、导致儿童肺病——尽管我一直都不太明白怎么回事——甚至伊拉克战争。你不记得了吗？她如此恐慌，最后我不得不退出那个项目。现在我有了新工作，你怎么会感到不安呢？”

“贝蒂娜，我们不是不安，我们只是觉得你已经准备好做一些，一些……有意义的事情。比如写作，你在写作这方面一直很有天赋。谈一下那边的计划生育组织的情况吧？进展怎样了？”

“我考虑过很多工作，爸爸。但是这个工作来了，我非常喜欢它，它有这么糟吗？”我知道我听起来有些抵触，我非常不喜欢这样的谈话。

他笑着把手放在我的手上。“当然没那么糟了，我们知道你肯定能找到适合自己的路。”

“找到我自己的路？那是怎样地无限崇高的事业啊？可我现在做的也没有什么错吧——”

“贝蒂娜？罗伯特？你们在哪里？食品店的女孩刚才打电话说她们已经在路上了。篝火搭好了吗？”妈妈的声音在木屋里回响，我和爸爸对视了一眼，准备起身离开。

“来了，亲爱的。”爸爸叫道。

我把我们的马克杯放到水槽里，飞快地跑上楼梯想去换条宽松长裤，刚好与我的父亲擦肩而过。我梳了梳头发，在嘴唇上（那可是20小时前被萨米吻过的地方啊）涂了点凡士林，听到院子里说话的声音。

短短一个钟头的时间，房间里就挤满了各种我不认识的人。除了几个相识多年的邻居和大学里的人，其他都是一帮陌生人。他们到处闲逛着，喝着热苹果汁，品尝着巴巴加诺什。

“嗨，妈妈，这些都是什么人？”我问道，她在厨房调柠檬水，我悄悄走到她身边。太阳刚刚下山——或者说是，天色暗了下来，因为那天几乎不怎么能看到太阳——有点像是克莱兹默的乐队开始演奏，一个穿着和我爸爸一样凉鞋的人欢呼雀跃，他跳起来的样子让人很容易联想到疝气破裂。完全不是你所知道的传统的感恩节晚宴。

“嗯，让我想想。今年有很多新朋友。你爸爸这个学期只教一个年级，所以我们有更多的时间社交。坐在桌子旁边的那群人是我们合作商店的——你知道我们几个月前换了一家店，之前那家越来越法西斯了！哦，另外可爱的两对，是我们在欧几里得街的周六绿色市场上认识的。让我想想，有些人是我们上个月在为废除死刑进行为期一周的静坐守夜祷告时认识的，还有一些来自我们建设可持续生态村协会……”

她边说边往制冰盘里注水，熟练地把它们放进冰箱。我靠在料理台上，反思着从什么时候开始我跟父母的生活渐行渐远。

“过来，我想介绍你认识艾琳，她跟我一起在急救热线工作，已经是本年度的救助者了。她知道你的，我非常希望你们两个见见面。”

我们没花多少时间就找到了艾琳，在我们把水罐放在托盘上准备拿出去时，她来到了厨房。

“哦，天啊，这一定就是贝蒂娜！”她喘着气，朝我冲过来，胳膊上的赘肉摆动着。她胖得可爱，浑圆的身子和灿烂的笑容赋予她值得信赖的外表。还没等我反应过来，她已经像婴儿似的抓住了我。

“哦！很高兴终于见到你了，你妈妈跟我讲过很多你的事，我还读过你在高中的时候写的那些超棒的信呢！”我狠狠地瞪了一眼妈妈，她只是耸耸肩。

“是吗？那就像不久前发生的事。当然了，我也听到很多你的事情。”我撒谎道。我只是半分钟前刚听说这个女人的名字，但是妈妈似乎很开心。

“啊，是这样吗？好的，过来坐在艾琳阿姨旁边，跟我说说你怎么会这么出名呢！”

“艾琳阿姨”看起来有点男孩子气，考虑到她也就比我大10岁左右，我还是配合地坐在厨房桌子旁。“出名？我可没有。我只是和一群有名的人一起工作——我从事公关工作，但是我不会用那样的方式描述自己。”我慢慢说道，感觉艾琳应该是把我和别人的女儿弄混了。

“我是说‘女朋友’的事，虽然住在波基普西，但我看的小报比谁都多！现在你就不要再隐瞒了，跟那个亲爱的菲利普·韦斯顿约会是什么感觉啊？”她猛吸一口气，假装要晕倒了，“说吧，不要漏掉一个细节。他是这个世界上最棒的男人！”

我很不自然地笑了，脑子里盘算着怎么逃脱。当我看到妈妈的脸色时，我开始心烦意乱。

“对不起？”她问道，“谁是菲利普？”

艾琳不可思议地看着她说道：“安妮，不要告诉我你完全不知道你的宝贝女儿正在和世上最抢手的男人约会。你不会吧？”她尖叫道。“我之所以没有直接问你，是因为我知道今晚会见到贝蒂娜，我想听当事人亲口陈述所有的细节！”

我从来没见妈妈这么吃惊过。我很快知道，我的父母，谢天谢地，还没读过艾比最近写的那些鬼话。

“我，嗯，我没想到你已经有男朋友了。”她结结巴巴地说，像是感觉自己遭受了双重背叛——不仅仅是她的女儿隐瞒了重要信息，而且这种母女间的情感背离还被自己的同事亲眼看见。我想抱住我妈妈，把她带到一边向她解释清楚，但是艾琳继续对我狂轰滥炸地发起提问。

“他跟你说过为什么跟格温妮丝分手吗？这是我一直非常好奇的地方。哦，英国女王是不是接见过他？我想应该是，他的家族怎么成为王室成员的呢，但是我更想知道的是他们跟我们有什么不一样？”

“王室？”我的妈妈小声说道，抓住料理台支撑自己的身体。她看起来有千言万语，但只问了一句：“那昨天晚上那个男孩呢？”

“他在这里？”艾琳立即问道，“菲利普·韦斯顿在这里吗？在波基普西吗？昨天晚上吗？哦，我的天啊……”

“不，菲利普·韦斯顿不在这里。我的一个朋友搭我的车回来，他顺便来看了下我的爸爸妈妈。我并没有跟菲利普约会。我们只是一起出去过几次，他对和我一起工作的人都很友善。”

“哦——哦！”艾琳喘息道。那显然是不错的解释，我的妈妈现在看起来没那么惊恐了。

“你和谁出去过几次？是韦斯顿吗？英国大名鼎鼎的韦斯顿家族的那个吗？”

原来连我的妈妈都听说过他，我感觉到一丝丝的自豪。“正是他。”我说道，很高兴整个局面终于缓和一些了。

“贝蒂娜，你知道韦斯顿家族是臭名昭著的反犹太主义者吧？你不记得我对瑞士银行那些跟大屠杀有牵连的客户的反应了？如果这些还没那么糟糕，据说他们在几次商业项目中与南美的血汗工厂合作。而你居然跟这个家族的人约会？”

艾琳立即意识到整个谈话氛围急转直下，悄悄地溜了出去。

“我没有和他约会。”我辩解道。这样说有些荒谬，因为我刚刚承认和他一起出去过。

她凝视着我，就像好几个月没过我一样。她摇摇头，慢慢地说：“我从来没想过这样。贝蒂娜，我真的没有。”

“想过什么？”

“我从来没想过我的女儿会跟这种人有来往，我们希望你能做你自己——聪明、有事业心而功成名就——但我们同时也给你灌输了社会和公民意识。你都把这些丢哪去了，贝蒂娜？告诉我，你忘到哪里去了？”

就在我要回答她时，一个我从没见过的男人冲进厨房，说要在外面给我妈妈拍本地报纸要用的照片。5年来，我的父母把一年一度的聚会演变成了当地受虐妇女庇护所的慈善募捐会，并把活动做成了波基普西的惯例，因此当地和学校的报纸都会报道。摄影师在温室和篝火旁指导我的父母摆造型时，我在一旁看着他们。整个晚上，我都在花精力尽可能地多认识一些他们的朋友和同事。他们谁都没有再提我的工作或是菲利普，但是那种奇怪的感觉一直游荡在我们之间。突然之间，我迫不及待地想回到纽约。

21

感恩节之后的一周我过得惨不忍睹。父母对我的关注压得我喘不过气，菲利普不停地给我打电话。虽然我一直告诉自己没什么好担心的，但我依然没有收到萨米的任何消息。连续几天，我不断回味他的那个吻，重温他如何把我从车里拉出来，幻想他什么时候再跟我联系，但这种自我陶醉也渐渐失去了吸引力。更糟糕的是，尽管我5天都没在城里，艾比还是不停地编造着她的专栏。我完全摸不着头脑，但我确定艾比没有在我父母的收获节派对上出现过，这也是我看到自己的大名出现在《纽约独家新闻》时苦恼不已的原因。标题是“天堂里的烦恼？罗宾逊回家乡疗伤”。艾比指出我的“突然离开”非常值得关注，因为我和菲利普几乎是“形影不离”的，我“逃到北部父母家中”无疑表明我和菲利普之间出现了情感危机。甚至还有一行特别说明，强调我“周末离开聚会圈”也许是去“戒毒”，或者是“舔舐被抛弃的伤口”。文章结尾，她一如既往地鼓励读者继续关注韦斯顿和罗宾逊传奇故事的更多详情。

我把那一页撕下来，团成一团，使出浑身力气把它扔到房间的角落。情感危机？戒毒？被抛弃？比起我和菲利普在约会这样的暗示，我跟他已经分手的猜测更让人心烦。还有戒毒？被描述成疯狂的派对女孩简直是糟透了，但是更尴尬的是我根本无能为力。事情越来越不可理喻。我用了整整三天的时间，让凯莉（还有埃莉莎，她尤其关心这件事）相信我没有和菲利普闹矛盾，也没有在波基普西寻找诊所，更没有要“抛弃”菲利普的念头。

十二月的大部分时间，我都不停地参加各种活动，和菲利普一起被媒体拍照，然后招致艾比发表令人作呕的言论（她当然乐此不疲），一切都渐渐回归了扭曲的“正常”生活轨迹。凯莉给我们安排了假期轮班表，由我负责在平安夜为犹太专家举办鸡尾酒会，这样在圣诞节的时候就可以休假，我期待着和佩内洛普在洛杉矶共度圣诞节。在知道自己的工作安排后，我立即答应了她让我去洛杉矶的提议，并订好了机票。还有两周就是圣诞节了，我们的周一员工会议比平时更疯狂。我正幻想着在洛杉矶的冬天，我和佩穿着短裤和拖鞋，在海边喝着血腥玛丽的场景，突然被凯莉的声音打断思绪。

“太令人激动了，我们发展了一个新客户。”凯莉笑容灿烂地说道，“我们现在是伊斯坦布尔夜总会业主协会（the Association of Istanbul Nightclub Owners）的官方代表了。”

“伊斯坦布尔有夜生活吗？”利奥一边问，一边审视自己完美无瑕的手指甲。

“我还不知道叙利亚允许俱乐部存在。”埃莉莎叫道，似乎很震惊，“我是说，穆斯林根本不喝酒，不是吗？”

“伊斯坦布尔在土耳其，埃莉莎。”利奥纠正道，看起来很开心，“况且就算是伊斯兰国家，也是非常非常西方化的，就是，完全的政教分离，不管是基督教还是伊斯兰教，我想应该都差不多。”

凯莉咧嘴笑了。“对的，利奥，完全正确。如你们所知，我们打算拓展国际客户，我想这会是一个完美的开端。这家协会由伊斯坦布尔近30家俱乐部组成，他们期望有人能帮助他们活跃那里的都市夜生活。于是他们选择了我们。”

“我不知道有人会去土耳其参加聚会。”埃莉莎嗤之以鼻，“我是说，它又不是伊维萨岛（Ibiza），不是吗？”

“嗯，这正是他们寻求我们帮助的原因。”凯莉说道，“我认为伊斯坦布尔是个国际化大都市，真的非常时尚，它在吸引那些热爱海滩、俱乐部和平价商品的欧洲人方面没有任何问题。但“9 · 11”事件给美国的旅游业带来了冲击，现在他们想吸引美国人——尤其是年轻的美国人——向他们展示伊斯坦布尔的夜生活跟欧洲国家别无二致，但价格更实惠，更具异国情调。我们的工作就是实现这个目标。”

“那么，我们究竟该怎么做呢？”利奥问道，同时研究起自己Gucci皮带上的搭扣，看起来非常不耐烦。

“那么，首先，你们必须了解那里的情况，因此你们将要在伊斯坦布尔过新年。斯凯留下来跟我一起处理这边的事情，其他人十二月二十八日出发。”

“什么？”我几乎叫了起来，“我们将去土耳其？两周后？”我又是惊恐又是激动，惊恐的是不知道怎么跟佩内洛普解释我去不了洛杉矶，激动的是将要去一个神奇的国家了。

“凯莉，我赞成贝蒂的想法。我不确定这会是个好主意。我，有点儿，不习惯去那种饱受战火摧残的国家。”埃莉莎说道。

“我没说不想去。”我懦弱地低语道。

“战火摧残？你傻吗？”斯凯问道。

“我不介意战争摧残，我只是觉得去一个第三世界国家没有什么吸引力。那里食物很危险，饮水不安全，并且得不到像样的客房服务。过新年？真的要这样吗？”利奥看着凯莉问道。

“看吧，这是问题的一方面。”凯莉说道，保持着一以贯之的冷静，如果是我处在她的位置，绝对做不到她那般冷静，“土耳其是个西方民主国家，他们都准备加入欧盟了。城里有四季酒店、丽兹酒店和凯宾斯基酒店，看在上帝的份儿上，那里还有Versace精品店。你们在那里只需要尽可能多地调查俱乐部、酒吧和餐厅。穿上你们像样的衣服，畅饮他们给的香槟，去购物吧，去花钱吧，放开了去参加派对吧，一起敲响新年的钟声。当然了，还要记得让你们的客人开心。”

“客人？你是说俱乐部的业主？我才不会陪那些土耳其俱乐部业主玩乐，才不要给他们当婊子呢，凯莉！就算为了你我也不干。”埃莉莎把双臂交叉抱在胸前，以示自己“道德刚毅”。

凯莉哈哈大笑。“非常有意思。”她停顿了一下，强调道，“但是不要担心，年轻的埃莉莎，我说的客户是指从曼哈顿精心挑选的时尚引领者。”

埃利萨立即转过头，表现出极大的兴趣。“谁？谁要来？你说的是什么意思？将有非常棒的人跟我们一起去吗？”她问道。

戴维和利奥也都振作起来，我们坐在那里，身子微微往前倾，等待凯莉和盘托出。“我们现在还没有得到每个人的确切回复，不过目前为止，马琳·伯杰龙、伊曼纽尔·德·席尔瓦、莫妮卡·坦普尔顿、奥利弗·蒙特肖恩、亚历山德拉·乌里贝·桑多瓦尔和卡米拉·冯·阿尔伯格已经确定要去。值得庆幸的是，我们在新年前夕没有什么工作安排——大家都在找乐子。你们将乘私人飞机到那里并入住四季酒店。我们的客户会安排好一切：车子、酒水、晚宴等，任何你们需要的东西——还有摄影师——玩得开心！”

“私人飞机？”我喃喃自语。

“摄影师？请别告诉我你要把一飞机的狗仔队运过去吧。”埃莉莎抱怨道。

“跟往常一样，不会超过三个人。他们都是自由工作者，跟任何一家媒体都没有关联。另外还有三四个记者，我们要做一些精彩的报道。”

我思索着这个消息。再过不到两周的时间，我将前往土耳其的伊斯坦布尔，在那里享受免费的酒水，尽情跳舞，懒洋洋地躺在全球顶级酒店的游泳池旁。而我此行唯一的任务就是照顾好一群精心挑选的社会名流，确保他们喝酒、嗑药到“恰到好处”，这样他们既能在照片中表现出恰当的欢愉，又能对着记者说一些简单易懂的话。当我们回到纽约，那些照片会充斥每周的报纸和杂志，所有的文字都将描述某个人（即他们）在伊斯坦布尔参加的聚会如何如何。没有人会知道其实是有人付费给我们去那里办聚会，还带着精心挑选的摄影师和记者去做全程记录。这样做非常精明，形象地展现了我们这个行业的座右铭——搬上舞台，再印到纸上。

就在那时，佩内洛普的脸在我脑海里闪现，我几乎要窒息了：我怎么能再次爽约呢？

“贝蒂，我冒昧地让对方给你和菲利普订了蜜月套房。为我最喜欢的一对情侣，这是我最起码应该做的！”凯莉宣布道，自豪之情溢于言表。

“菲利普也要去？”我叫了起来。自从萨米吻了我之后，我与菲利普之间虚假的情人关系显得更加怪异。

“是的，他当然会去！这个主意主要是他提出来的！我在黑莓的活动上跟他提到我们新客户的情况，于是他给了我这样的建议，并说如果能帮上忙的话他很乐意带一帮朋友同去。他甚至还主动向我们提供他父亲的私人飞机，不过我们的客户已经安排好了。贝蒂，你一定很开心吧！”

我张开嘴想说点什么，但是凯莉已经起身走到会议室门口了。“好了，孩子们，接下来的两周有很多工作要做。埃莉莎，你负责跟我们的客户以及客人联系，要再三确认旅行的所有细节，确保每个人都清楚什么时间要到什么地点，以及他们需要什么。利奥，你负责联系摄影师、记者和他们的编辑，做一份简短的新闻通讯稿和内情报告，把你能搜集到的有关我们客人的照片也发给他们。戴维，你着手把要接待的客人资料整理到文件夹里。当然了，他们的资料都在我们数据库里，所以尽快把他们的个人简介以及社交经历、喜好和忌讳等信息找出来，跟进四季酒店那边，保证每个客人的房间里都有自己喜爱的酒水和零食。他们中应该不存在谁欠谁的“风流债”吧，不过还是要确认一下。除了卡米拉曾经上过奥利弗，而奥利弗据说现在跟莫妮卡好上了之外，我认为这个团队没什么乱七八糟的事了，这会让我们的工作更轻松一些。”

每个人都在飞快地做着笔记，那些“名单女孩”，她们被允许坐在后面旁听会议，全都惊讶地盯着我们。

“凯莉，那我要做什么？”我在她准备转身离开的时候叫住了她。

“你？为什么这么问？贝蒂，你唯一需要关心的就是菲利普。他是关键人物，所以你要保证让他开心。不管他想要什么，统统给他。如果菲利普开心了，他的朋友也会高兴，那么我们整个项目就会轻而易举地完成。”她对我们眨了眨眼，确保大家都听明白了她的意思，然后回到了自己的办公室。

利奥、斯凯和埃莉莎兴奋地交谈起来，他们打算到Pastis餐厅边吃午饭边继续聊，我借故没有跟他们去。我脑子里一直萦绕着一个挥之不去的噩梦：菲利普站在奢华的蜜月套房的阳台上，身上只穿一条丝绸平角裤，不停地伸展腰肢做着各种瑜伽动作，与此同时，一个摄影师在我们的床上对着他不停地按快门，而佩内洛普在远处冷冷地看着。

22

我终于在周二晚上联系上了佩内洛普。她似乎离我很远很远，不只是地理距离和时差使我产生了这种感觉。她发誓早已原谅了我从她道别晚宴上离开那件事，但我总觉得她并没有真正忘掉那些不快。我还没有跟她说萨米的吻或是我在父母的收获节上的情形，甚至也没讲过《纽约独家新闻》的幕后黑手就是艾比。如果是三个月前，那是很不可思议的。而现在，我似乎把我们之间的关系变得越来越糟，可能都有些不可调和了。

在过去的三个小时中，我不停地拨打佩内洛普的电话，一次比一次紧张不安。在这个过程中，我不停地想着萨米，不知道他在不在家，是否打算跟他的女朋友分手，然后选择跟我在一起。每次在游廊见到我，他看起来总是那么开心，我知道他会做出正确的决定——毫无疑问就是，结束和伊莎贝拉的关系，和我开启一段长久而幸福甜蜜的爱情之旅。

最后，我的手指听从大脑指挥，再次拨了佩内洛普号码，在我第一千次挂断之前，她终于接了电话。

“嗨，你好吗？”我满腔热情地问道，还没想好下面该说什么，先尽量拖延一点时间。

“贝蒂！嗨。还好吗？”她听起来也很激动。

“还行，像往常一样，你知道的。”我打算直奔主题，长痛不如短痛。“我有件事情要告诉你，佩——”

还没等我说出来，她就插话了。“贝蒂，在你说话之前，我有件糟糕透顶的事情要跟你说。”她深吸一口气，接着说道，“我不能跟你一起过新年了。”

什么？怎么回事？难道她已经知道我的土耳其之行了？她是不是非常生气，所以抢先一步宣布爽约？

听到我沉默不语，她一定以为我生气了，于是急促地问道：“你还在听吗？贝蒂，我很抱歉，我真的非常非常抱歉。我的父母刚刚打电话说他们在Las Ventanas租了套别墅，打算在那里过圣诞和新年。我跟他们说我已经有新年安排了，但他们说他们还邀请了艾弗里的父母和哥哥，因此我们必须都要去，所以就像往常一样，我没有别的选择。”

这真是难以置信。

“真的吗？你要去墨西哥？”我这么问，只是为了确认一下她不是在开玩笑，但在佩内洛普听来，我一定是非常非常生气。

“哦，贝蒂，我真的是非常非常非常抱歉。当然了，我会补偿你的机票钱。下次再请你过来。请你原谅我，如果得不到你的谅解的话，这个新年我肯定会过得像一场噩梦……”她听起来要抓狂了，我真想去抱住她。

“佩，不要担心——”

“真的吗？你不会不高兴？”

“那么我们坦诚以待吧，现在我实话告诉你，给你打电话是因为我没法去你那里过新年了，凯莉想把我们都派到土耳其。”

“土耳其？”她听起来很困惑，“为什么去土耳其？”

“为了工作，如果你能相信的话。我们有一个客户——一家俱乐部业主联合会——他们想让我们去活跃伊斯坦布尔的夜生活，于是我们要去那里办派对然后在国内宣传。他们认为新年是个很好的时机。”

她笑了起来。“这么说来你打电话就为了取消跟我的约定，却让我痛苦地先说出必须爽约这个事实？你这个小贱人！”

“喂，搞清楚，刚刚是你直截了当地不让我去你那里的。实在搞不懂你怎么理直气壮地骂我贱人啊。”我们都笑了起来，我感觉心中的石头瞬间落地了。

“说真的，那听起来太酷了。”她说道，“你在那边有时间去观光游玩吗？我听别人说游览圣索菲亚大教堂是超乎寻常的体验，还有蓝色清真寺，还有大巴扎集市，还有博斯普鲁斯的观光船。天啊，贝蒂，简直是妙不可言……”

我不想告诉她，我在日程安排上看到的白天活动是热石按摩，唯一的坐船安排只是一次醉醺醺的海上游览，因此我只是低声附和她，并想赶紧转换话题。“我知道，应该会很棒的，你最近怎么样了？”

“哦，不怎么样。”她说道，“就这样那样的，你知道吗？”

“佩内洛普！你刚穿越美国搬到另一个州不久，如果我没记错的话。那边怎么样？一切都还顺利吧？快跟我说说！”我点了一支香烟，把米林顿抱到腿上，准备听她描述洛杉矶迷人的阳光美景。但是，她的语气显然没有那么兴奋。

“嗯，迄今为止都还好。”她谨慎地说道。

“你听起来可怜兮兮的，怎么了？”

“我不知道。”她叹了口气，“加利福尼亚是很好，很美，真的很美。如果忽略麦草冰沙这类垃圾的话，这真是一个宜居的地方。我们在圣塔莫尼卡（Santa Monica）租了一套大公寓，离海滩只有两个街区，并且能远离我的父母也非常棒。我不知道，只是……”

“只是什么？”

“我本以为艾弗里到了这边之后会有所收敛，但是他很快就跟那些大学毕业后到这边的同学贺拉斯·曼混在了一起。我几乎都见不到他人，因为他要到一月中旬才开学，在这段时间里他整夜都不回来，每天晚上如此。”

我没有说出我的想法：这不过是他的一贯作风。“哦，亲爱的，我相信他只是在适应新的环境，等他开始上课了一切就会好起来的。”

“我猜是的。你是对的，我相信。只是，嗯，他……”

“佩内洛普！你想说什么？”

“我说了之后，你会不会认为我是世上最卑劣的人？”

“让我提醒下你，我的朋友，你现在正在和一个完全出于职业原因才与一个男人约会的女人讲话。我认为就我现在的处境来说，根本没有资格评论别人。”

她叹了口气。“嗯，前两天晚上我趁他不在的时候查看了他的雅虎邮箱，我发现一些令我不安的邮件。”

“你们两人有对方邮箱的用户密码？”我震惊了。

“当然没有，但是他的密码一点儿都不难猜，我输入他的大麻烟枪的牌子，就进去了。”

“他的大麻烟枪？你发现了什么？”我当然不认为她偷偷进入他的邮箱是什么卑劣行为。我曾经好几个月都在偷看卡梅伦输密码，但是他输得实在太快，我根本记不住。

“我知道我可能有些反应过度了，但是里面有一些写给他之前纽约同事的信，内容很暧昧。”

“解释一下暧昧。”

“他不停地说她是他见过的酒量最好的人。”

“哇哦，他堪比现实版唐璜了，这家伙可以写一本如何勾引女人的书了。”

“是吧？我知道有些荒谬，但是他们好像真的是在调情，他用‘XOXO’做信件签名。”

“哦，天啊。他是同性恋吗？显然不可能，是吧？异性恋的人怎么会做这种事？”

“嗯，他当然没有跟我做过这个。我真是被吓到了。他今天凌晨三点才回家，我装作不经意地问他，是否还在跟之前的同事联系，他说了句‘没有’就倒头睡去了。我是不是反应过激了？今天早上他又很温柔地说带我去逛街，一整天都陪着我……”

我不知道该说什么，离他们的婚礼还有八个月的时间，佩内洛普也许——只是也许——能及时意识到艾弗里就是一个超级蠢货，根本不值得托付终身。只要有可能，我肯定不会放过煽风点火的机会，但还是要靠她自己得出上述结论。

“嗯。”我慢慢地说，谨慎地挑选合适的词语，“每一段感情都会有高潮有低谷，不是吗？所以人们会先订婚，就是这样。如果你发现他不是那个可以白头到老的人，嗯，你可以不结婚，并且——”

“贝蒂，我想说的不是这个。”她尖刻地说。呜呼。“我爱艾弗里，我当然会嫁给他，我只是跟我最好的朋友讲一件荒谬的、不确定的、可疑的事情。这肯定是我自己的问题，不是艾弗里的。我只是需要确定他对我的感情，就这些。”

“当然，当然，佩。我完全理解。我没有想暗示什么，并且我一直都站在你这边，听着，我很抱歉说了那些话。”

“不管怎么说，我现在很情绪化，有些想家。谢谢你听我说这么多，我很抱歉用这些事情打扰你。你怎么样了？菲利普呢？他好吗？”

事情怎么会变得如此失控？我最好的朋友不仅向我问菲利普，竟然还根本不知道萨米的存在！如果在之前，我们白天一起工作，晚上一起去黑门酒吧，我吻了萨米这样的人，肯定在半分钟之内就告诉她，而现在……想想都觉得不可思议。我们似乎很久都没有对彼此敞开心扉了。

“这很复杂。每个人都认为我们在约会——可能他也这么觉得，但是我们真的没有。”我说道，心里清楚这通话毫无意义，但是我没有心思去解释了。

“嗯，也许我不该说，但我真的觉得他不适合你，贝蒂。”

如果她知道我妈妈怎么说韦斯顿家族的，她会怎么想。

我叹了口气。“我知道，佩，我现在不堪重负，你知道吗？”

“不太明白，”她说道，“你还没解释清楚呢。”

“这个工作已经侵入了我全部生活。我的老板总是分不清楚什么是工作内的什么是工作外的，因此我的生活和工作重叠在一起。明白点了吗？”

“不明白。你的老板怎么干涉你的私人生活了？”

“不只是这些。威尔帮我找了这份工作，并希望我能好好干。他是帮了我大忙。并且我认为我确实很用心，不管那是什么意思。但是，菲利普这件事插了进来。”我知道我说得越来越荒谬，简直是用非洲土语解释给她或者我自己听，但是我没有精力说明白。

“好吧。”她欲言又止，“我不知道你在说什么，但是我一直都在，知道吗？只是一个电话的距离。”

“我知道，亲爱的，谢谢你。”

“再一次，非常抱歉新年的事，不过我很开心你能去做一些更棒的事情。到时候我会在各家报纸上读到……”

“你提醒了我！我还没告诉你……我怎么能把这事忘了？你知道《纽约独家新闻》上写的那些关于我的恶心的东西吧？”

“是的，现在很难不去看它。”

“嗯，你知道是谁写的吗？”

“当然了，那个愚蠢的笔名，是吗？艾莉什么的？”

“是的，你知道是谁吗？”

“不知道啊，我应该知道吗？”

“那个，我亲爱的佩，是艾比。就是她最近一直追踪我，用那个假名写的。”

我听到她倒吸了一口气。“是艾比干的？你确定吗？你打算怎么做？你得让她闭嘴。”

我扑哧一声笑了出来。“你告诉我怎么让她闭嘴！凯莉几周前告诉我的，不过她让我保密！这件事让我很苦恼，但是我们一直都很忙，我老是忘记跟你说。是不是很疯狂？我从没想到她会那么恨我。”

“是很诡异。我知道她不是你的头号粉丝——也不是我的，但是她这样也太卑鄙了。”

“我最想做的就是跟她当面对质，可是我不能，太让人恼火了。”我瞄了一眼电表箱上的钟表，立即从沙发上跳了起来，“天啊，佩，现在已经八点了，我讨厌这个时候挂电话——我今晚要主持假日读书俱乐部，我要准备一下了。”

“我不知道为什么，但是我很高兴你还在读那些书。你真浪漫，贝蒂。”

我想到了萨米，几乎要跟她说了，但我还是在最后一秒忍住了。

“是啊，你知道我的，总是充满希望。”我轻快地答道。

挂掉电话之后我感觉好受一些。我本该在网上了解一下我们要带去土耳其的那些人的资料，但是不到万不得已我不会取消读书俱乐部的活动。我花了整整一个小时的时间为女孩们整理公寓，不过当门铃响起的时候，我知道一切都值了。

“我打算庆祝一下我们今晚的拉丁主题。”所有人就座之后我宣布道。我们最近在读《被拉丁情人收买》(*Bought by Her Latin Lover*)，书的封面是一个打着黑领带的男士抱着一个穿着晚礼服的优雅女士，背景看起来像是游艇的甲板。“我们这里有一罐桑格利亚汽酒，还有玛格丽特酒。”

她们鼓掌欢呼，一个个倒满酒杯。

“除此之外，我还有鸡肉玉米饼、小墨西哥卷、薯片和墨西哥蘸酱汁。甜点是木兰纸杯蛋糕。”

“粉色的纸杯蛋糕跟我们的拉丁主题有什么关系啊？”考特妮问道，同时从托盘上拿了一只。

“我得承认，那是随便选的——我想不出什么西班牙甜点，我更喜欢木兰蛋糕。”我说道。就在那时，米林顿在角落里轻吠了几声。“宝贝，过来，过来，乖女孩。”我叫道。它很听话地跑过来，让每个人都看到了我特意给它准备的墨西哥宽檐帽。

“你不是吧？”吉尔笑道，她一把抱起米林顿，欣赏起它的帽子来。

“哦，是的。我在市中心的婴儿服装店买的。看，它有一根固定的带子，戴上很牢的。很不错吧？”

詹妮又吃了一块玉米卷，心不在焉地抓了抓米林顿。“贝蒂，想想你从一个心存犹豫的早期会员……嗯，我不得不说，真让人印象深刻。”

我笑了。“我想我的工作已经渗透到我的生活里了，嗯？我现在在梦里都能安排好一场活动。”

开始读书会之前我们先吃喝一阵，喝酒喝到微醺的状态，这样我们就能坦率地讨论自己有多爱当晚的主题。当维卡从包里取出那本翻破的书，我们已经都有些醉了。

“我要给你们读从网上找的简介了。”她边说边打开一页打印纸，“准备好了吗？”

我们点点头。

“好的，我开始了。‘西班牙百万富翁塞萨尔·蒙塔雷兹（Cesar Montarez）见到罗莎琳德的第一眼就想拥有她，那种强烈的吸引力是他从未体验过的。不过塞萨尔看不起那些拜金的女人——甘愿做情妇和花瓶妻子的女人。罗莎琳德下定决心不会做他的妻子或情妇，直到塞萨尔发现她有秘密债务，这样他就可以买下她当情妇……罗莎琳德别无选择只能从命。’哇哦，听起来非常劲爆，有什么想法？”

“他在海边的餐厅遇到她的那一幕真是浪漫至极，他一眼就知道她就是他要找的那个人。为什么现实生活中的男人不能像他那样？”考特妮问道。

我确信萨米就是那样的人，我的思绪开始游荡。

我们对各自喜欢的角色、剧情设计和性爱场景做了一番讨论，最后不可避免地回到我们自己的生活——工作上的事还有一些家庭抱怨，但谈得最多的还是男人。

当门铃响起来的时候，时间已接近午夜。

“哪位？”我按住对讲器的按钮问道。

“贝蒂，这里有一个叫菲利普·韦斯顿的人要找你，我能放他上去吗？”

“菲利普？他在这里？现在？”我没有意识到自己的声音有点大了。

谢默斯回答道："是的，贝蒂。"

"我有客人。"我惊慌失措地说道，"跟菲利普说让他回家之后再给我打电话吧。"

"贝蒂，亲爱的，快给我开门。我的伙伴在这里——你叫什么名字？谢默斯？好伙计！我们正在共饮啤酒，谈论你是个非常好的女孩！现在像个好姑娘一样，给我开门让我上去吧。"

我低头看了一眼自己破洞牛仔裤和破旧的T恤，搞不明白他半夜三更来我这里想干什么。很明显我应该跟一个正常的男人在一起，但是菲利普从来没有在喝醉的时候给我打电话——更不用说在喝醉的时候找我了——我感觉自己要吐出来了。

"见鬼。"我叹气道，"上来吧。"

"哦，我的天啊，菲利普·韦斯顿在这里吗？现在吗？"詹妮问道，听起来要喘不过气了，"但是我们看起来好不像样啊，你看起来太不像样了。"

她说得对，但是根本来不及去准备什么了。

"贝蒂，不要以为你可以轻易脱身，我们要离开了。但是你最好准备好下次聚会时给我们解释清楚。"维卡警告道。

考特妮附和着点头。"你一直否认《纽约独家新闻》专栏上的内容，但是此刻菲利普·韦斯顿为什么半夜三更跑到你的公寓？我们需要你详细解释！"

门外响起了敲门声，走廊上一声闷响。我打开门，菲利普蹒跚着挪进来。

"贝蒂，我喝了一点儿酒。"他含混不清地说道，扶着墙瘫了下去。

"是的，我看出来了。进来吧。"我半拖半拽地把他拉进来，女孩们自动站到两边让出一条通道。

“菲利普 · 韦斯顿。”詹妮惊叫道。

“正是在下。”他笑着扫视房间一圈，随即倒在沙发上，“娃娃脸，这些美女是从哪来的？”

考特妮足足盯着他看了有10秒钟，然后转过来，直截了当地对我说：“贝蒂，我们打算撤了。美女们，我们走吧，把时间留给贝蒂和菲利普，留给他们俩。我相信她在下次聚会时会把一切都告诉我们的。说到这个，下次是什么主题？”

艾莉克丝举起一本《驯服黑暗之王》（*The Taming of the Dark Lord*），我们只能看到标题，说道：“我推荐这个。”

“好的。”我说道，“我们会提前读的。谢谢你们来我这里，姑娘们。”

“哦，不，应该是谢谢你。”我跟每个人拥抱道别的时候，詹妮这样说。

“我迫不及待地想听到你说这个。”吉尔小声对我说。

把她们都送走之后，我才把注意力转移到那个躺在沙发上醉醺醺的英国男人身上。“咖啡还是茶？”

“金汤力再好不过了，亲爱的。我喜欢睡前喝一点儿。”

我把茶壶烧起来，坐在他对面的椅子上，我根本不能靠近，因为他身上的恶臭味实在太难闻了，只有整晚都喝酒的男人才会有这样的味道。臭味从他的鼻孔里喷出来，半径1.5米范围内的东西都被熏到。不过他依然看起来很可爱，晒得黝黑的皮肤掩盖了本该铁青的脸色，鸡冠头的发型也凌乱得恰到好处。

“你今晚去哪里了？”我问道。

“哦，我无所不在。亲爱的，到处都去了。那个该死的记者一直跟着我，用她那该死的相机拍我。我让他们离我远点儿，不过我觉得他们应该跟着我到了这里。”他含混不清地说道，伸出手去抱米林顿，它狂吠着跑开了，“过来啊，小狗。过来跟菲利普打声招呼。你的狗到底发什么神经，亲爱的？”

“哦，它只是比较怕那种身材高大、烂醉如泥、光脚穿Gucci拖鞋的英国人罢了。说真的，并不是针对你的。”

不知道什么原因，他认为那非常非常好笑，笑得都快从沙发上滚下去了。“好吧，如果它不是针对我，那么，你为什么不过来问候一下我呢？”

茶壶叫了起来，我走到炉子边倒了两杯茶。瞄到米林顿蜷缩在黑漆漆的洗手间地板上，浑身颤抖不已。

“亲爱的，你真的不用这么麻烦的。”他叫道，听起来清醒了一些。

“是茶，菲利普，只是水烧开了而已。”

“不，亲爱的，我是说你不用麻烦选衣服。说实话，不管你穿什么我都会跟你上床的。”他又是一阵大笑，我忍不住想怎么会有人聪明到如此地步。

我把一只马克杯放在他面前，他趁机捏了一下我的屁股。

“菲利普。”我叹气道。

他一把抱住我的臀部，力气大得出奇，把我拉到他腿上。

“大家都以为你是我女朋友，亲爱的。”他又开始口齿不清了。

“是啊，很诡异，不是吗？尤其是我们根本从来没有，呃，亲热过。”

“你不会跟别人说的，是吗？”他飞快地问，自从进房间之后，我第一次看到他如此警觉。

“说什么？”

“靠近一点儿，亲爱的，亲我。”

“菲利普，我就在这里的。”我说着，用嘴巴急促地出气。

他把手伸到我的T恤里，开始轻抚我的背。那感觉非常舒服，以至于我刹那间忘记了他是喝醉的菲利普，而不是萨米。想都没想，我就迎上去抱住他的脖子，把我的嘴唇印到他的嘴上。我那一刻没有意识到他张开自己的嘴，其实是抗拒，而不是回应我的吻。

“咳，亲爱的，穿好你的短裤。”他往后退去，震惊地看着我，似乎我已经脱光了衣服爬到他身上了。

“怎么回事？什么？”我问道。这次我不会让他溜走——我必须彻底地弄明白那不是我的想象或者愚蠢的借口。我要确认，不管什么原因，他是不是宁愿死也不要碰我。

“我当然喜欢你，亲爱的。我们为什么不先喝一会儿小酒，再聊会儿天呢？”

我从他身上跳起来，从冰箱里取出一瓶时代啤酒。酒是我一年前买的，因为我在《Glamour》上读到一篇文章说你应该在冰箱里存一些啤酒，以防某天一个男人突然出现在你的公寓，我默默地为他们编辑团队喝彩。然而，等我拿着酒返回的时候，菲利普似乎已经要不省人事了。

“菲利普，快看，我给你拿了啤酒。”

“哎呀。”他呻吟道，眼神飘忽着，这表明他其实是在装睡。

“打起精神，起来吧。你可能是醉了，但是你还没睡着。我给你叫辆出租车好吧？”

“嗯，我就是想睡一会儿，亲爱的。哎呀。”他把穿着拖鞋的脚摆放在了沙发上（喝醉酒的人有这样敏捷的动作让人吃惊），抓住一个抱枕抱在了胸前。

当我给鼾声如雷的菲利普扔去一个毯子时，已经是凌晨两点钟了。我把缩在浴缸和洗脸池间的米林顿抱出来，抱着它和衣躺在被子里，顾不了房间的灯还亮着就睡着了。

23

那一天终于到了：我们计划在当晚出发去土耳其。我到办公室整理东西做最后的准备，发现有一份威尔的传真。第一页上写着“呸”，下面是《纽约独家新闻》的一份剪报。文章标题是：曼哈顿最受欢迎的派对男士是同性恋还是生活混乱？作者署名：艾莉·英塞德，毫无疑问。知道她的真实身份后，我更难以接受那些文字。正文以不确定的措辞展开：

> 菲利普·韦斯顿，韦斯顿家族的财产继承人，英国富二代的一员，上周在罗克西——臭名昭著的切尔西夜总会的举止让人震惊。韦斯顿，这个被媒体普遍认为与《Vogue》的编辑、巴西模特和好莱坞新星有染的人，据可靠消息，被人看到在夜总会的VIP房间与一个身份不明的男人搂搂抱抱。当韦斯顿意识到被人发现后，就匆匆忙忙骑着Vespa摩托车赶到他的女友

贝蒂娜·罗宾逊家中，该女子是凯莉公关公司的员工（参见边栏）。韦斯顿的公关代表拒绝就此发表言论。

参见边栏，参见边栏，参见边栏。我在心里把这4个字默念了十几遍，才开始浏览右侧的内容。不出所料，有一张我的照片，那是我在纽约游廊8号第一次碰到菲利普的时候被他们拍到的。我当时靠在菲利普身上，忘形地仰起头畅饮香槟，似乎没有意识到旁边的照相机和菲利普放在我屁股上的手。如果我需要证明那晚我喝得有多醉，除了第二天醒来不知道之前发生过什么，这张照片也是证据。这边的标题是：贝蒂娜·罗宾逊何许人也？作者署名：艾莉·英塞德。在一个方框里，列举着我的生平，包括我的出生时间、地点（谢天谢地，上面写的是新墨西哥州）、学校、学位、在瑞士银行的职位以及与威尔的关系。威尔被描述成“富有争议的专栏作家，他一味迎合那些50岁以上的白人富翁们”。简直是噩梦，但目前为止她的话也不失偏颇。读到后面的时候，我简直要吐出来了。艾比引用某人的话，说我在埃默里大学期间与多个男生上过床。同时有学术诚信问题，不过没人能确定其真实性；还有人说知道我在没有公关经验的前提下，如何通过要手段进了凯莉公关公司。当被艾比问及详细情况时，这些“证人”只是说“大家都知道她从来不写论文，经常巴结男助教，如果非要我说的话，几乎所有的男助教都是她的猎物”。还有最后一句暗示我遇到菲利普之后，就对他展开了猛烈的追求攻势，借机提高自己的知名度以获得事业上的突飞猛进。

我的第一反应当然是把艾比打倒在地然后用尽各种方法让她痛苦地死去，但是我的大脑一片空白，因为我呼吸困难，我深呼吸了好一会儿才让自己恢复过来。真有点佩服艾比的自知之明了：如果她把那些龌龊事套到自己身上而不是我身上，我会为她的诚实鼓掌的。这种设想在凯莉到达的那一刻消失得无影无踪。她手里拿着一份报纸，简直是笑开了花，我本能地逃到自己座位上。

“贝蒂，你已经看到了是吗？你读过了，不是吗？”她火急火燎地问道，像一个后卫球员似的优雅而热情地朝我扑过来。

我反应迟钝，她以为我没看过，就把报纸直接扔到我桌子上。“你至少读了《丑闻爆料》了吧？”她尖声喊着，“我还在家的时候，女孩们就给我打电话告诉我了。”

“凯莉，我，呃，这个让我恶心——”

“你这个风骚的小丫头！我还一直以为你是个辛勤的小蜜蜂，在银行拼死拼活工作，过着简单平淡的生活，现在我才知道你是个秘密的派对女孩？贝蒂，说实话，我不得不告诉你太让我震惊了。我们一直把你看作，嗯，一个保守的人——我无意冒犯啊。我没想到你还真有两下子。天知道你这几年怎么隐藏的。你知道自己上了边栏吗？给你，读一下这个。”

“我已经读过了。”我麻木地说道，凯莉显然对这个报道的反应不是惊骇，而是高兴，几次下来，我对她的这种态度已不再感到吃惊，“你知道你些都不是真的，是吗？你看，那个写专栏的女孩其实是我同学并且她——”

“贝蒂，你是边栏人物了。跟着我说，边栏，在《纽约独家新闻》上！这里有一张你的大照片，你看起来就像个摇滚明星。你是个明星了，贝蒂。恭喜你！我们该为这个庆祝一下！”

她蹦蹦跳跳离开了，应该是计划一场早晨的香槟庆祝会，而我则呆呆地坐在那里，想着飞到伊斯坦布尔永远都不要回来了。几分钟内，我的手机就开始响个不停，各种各样讨厌的电话。我的爸爸说他们现在在放寒假，但是他的一个学生已经给他电邮了那篇文章；然后就是我妈妈，说她是无意中听到急救热线的志愿者说的，她问我到底打算什么时候承认自己跟一个憎恶犹太人的奴隶主约会？我是否想跟别人谈一下这件有关‘滥交或自我价值’的事？一个女人发短信说愿意提供公关服务，并说如果她负责就不会发生这样的事情；两个小报的专栏记者问我是否愿意接受电话采访，谈论一下我对布拉德·皮特和詹妮弗·安妮斯顿分手的看法、我最喜欢的纽约派对场所是哪家，以及我对菲利普性取向的想法；阿惠代表迈克尔给我打电话，告诉我如果我想倾诉，他们一直都在；埃莉莎在来办公室的出租车上打来祝贺电话，恭喜我成为边栏人物；菲利普的助理玛尔塔也打了电话。接到西蒙的电话时，我正在赶往机场的车上，他像往常一样讨人喜欢，断言任何一个值得尊重的人都不会读《纽约独家新闻》，并劝我不要担心因为他确信不会有人看的。

我决定忽视每一个人，不过很快我就想起来我正要出国，不可避免地要给父母打电话道个别。我决定打给爸爸，因为估计他可能接不到，那样我就能直接给他们两个留言了，祝他们新年快乐，回国后我会立即跟他们联系。但是我没那么好运。

“看看谁来电话了。安妮，快过来，我们的名人女儿打电话来了。贝蒂娜，你妈妈想跟你说两句。”

我听到那边传来吱吱啦啦的脚步声，他们不小心按到号码键的嘟嘟声，然后是妈妈响亮清晰的声音。

“贝蒂娜？他们为什么要这么写你？都是真的吗？告诉我是怎么回事，别人问我的时候我根本不知道怎么回答。我当然认为上面没有一个字是可靠的，但是自从我听说韦斯顿这个人……”

“妈妈，我现在没时间解释这个，我正在去机场的路上。当然都是谎话——不然你认为是什么？”

她深深地叹了一口气，我不知道是她是松了口气还是更加沮丧。“贝蒂娜，亲爱的，你应该能理解作为一个妈妈的焦虑，尤其是她发现自己的女儿竟然过着一种奇怪而神秘的生活。”

“可能会奇怪，妈妈，但绝不是神秘的，我保证。我回来之后会给你们解释的，但是我现在得抓紧时间了，不然我赶不上飞机了。替我跟爸爸道个别。我周日回来会给你们电话的，好吗？我爱你们。”

妈妈沉默了一会儿，也许是在考虑要不要继续谈论这个话题，接着又是一声叹息。“好吧，我们再聊吧。照顾好自己，亲爱的，注意安全。让你的私生活远离媒体，好吗？”

总之，我经历了一个糟糕透顶的早晨，不过谢天谢地，我可以暂时把边栏的事情从脑子里挤出去，因为有新的问题要处理：Louis Vuitton，数不清的Louis Vuitton，装满了几个推车。各种Louis Vuitton的旅行箱、拉杆箱、服装袋、随身包、便携式钱包，简直比米兰的旗舰店或是第五大道精品店里的数量还多。很显然，每个人都一致认为Louis Vuitton是行李箱的最佳选择。三个穿着紫色制服的搬运工正拼命将行李从百万航空物流集散站搬到湾流（Gulfstream）飞机上，但是他们的进度非常慢。我和埃莉莎、戴维、利奥几个小时前就乘豪华汽车到泰特波卢（Teterboro），确保一切都准备就绪，迎接从华尔街的直升机起降点出发的菲利普和他朋友。

我要承担各种刺激而有挑战性的任务，我要监督着这些Louis Vuitton包的运输、保证飞机上依云保湿喷雾的供应，等等，因此我没有时间为自己被描述称一个爱撒谎、骗人的妓女而忧心忡忡，我可以想象那消息已传经到了我每一个朋友、每一个同事和家人的耳朵里。时间已经接近我们原定的出发时间五点，但是还有最后两个人——一个社交名媛和她的“客人”——没登机，他们打电话说被堵在了林肯隧道。这时第一个危机出现了。

行李箱实在太多了，搬运工没法把它们全塞进飞机。“今天的行李已经超载了。”其中一个搬运工说，“你可以看一下，在第五代湾流飞机上，每个人只能带6个小行李箱或是4个大行李箱，但是这些行李超载了。”

“超了多少？”

“嗯。”他皱着呃头说道，“你们每个人平均带4个大行李，有个人的行李超过了7个，其中一个箱子太大了，我们要从机库里借调车才能把它运上去。”

“你们建议我们怎么做？”我问道。

“好吧，女士，最好的方案就是去掉一些箱子。”

我非常了解那是一个最糟糕的方案，不过我还是要试着配合一下他们的工作，看下会不会有人愿意放弃一些物品。我爬上飞机，从副驾驶员那里借来对讲机，对着扩音器向他们解释我们的状况。不出所料，下面是一片嘲笑和唏嘘声。

“你是不是在开玩笑啊。”奥利弗歇斯底里地笑道，“这是一架私人飞机，看在上帝的份儿上，让他们自己去解决。”奥利弗习惯于做这样的指令：他是一家对冲基金的创始人，他的成功使他获封《Gotham》2004年曼哈顿“最具魅力单身汉”的称号。

“如果你认为我会不带上我的鞋子，那你就大错特错了。”卡米拉是一家化妆品企业的继承人，她喝了一口水晶香槟叫道，“4天的时间，我要换12套衣服，每套有要2双鞋子搭配。我绝对不可能留下任何东西。”

“我的每一个行李箱都必须放在飞机上。”亚历山德拉说道，“如果我记得要带几个空箱子装那边买的东西，他们要做的就是想办法给我送到那里。”她的妈妈是个远近闻名的购物狂人，颇有伊梅尔达·马科斯的做派，每年花费上百万在衣服、鞋子和包上，这让她的妈妈声名狼藉。显然，有其母必有其女。

“不要再担心了，亲爱的。过来这里喝一杯吧。让他们去处理——我们付钱就是让他们做这个的。”说话的是菲利普，他躺在一张奶油色的皮沙发上，身上的格子阿玛尼衬衣低低地开着一颗纽扣。埃莉莎看起来对这个也毫不关心，她坐在戴维的腿上，正兴致勃勃地把她的iPod连接在机舱音响上。

好极了。如果人人都不关心，那我也没必要费心了。况且，只要他们不丢下我那个Samsonite包就好，反正也不是我的问题。我从乘务员手中接过一杯香槟，她姣好的外形在蓝色制服的烘托下更加出众。其中一个飞行员在给我们讲解飞机上的注意事项，他像电影明星那么帅，有着轮廓分明的迷人下巴。除了我之外，其他人看起来都像是从美好的生活出发，前往一段惬意的旅途。

“我们将飞行10小时，在经过太平洋时会有一些小颠簸。”飞行员用不知是欧洲哪里的口音说道，脸上露出让人窒息的迷人笑容。再美貌的人都无法对我们的生命负责，我想。那些稍微丑陋点的、没那么酷的人通常喝酒少、睡眠多。

“嗨，赫尔穆特，你为什么不把这宝贝开到米克诺斯岛，说历时一天呢？”菲利普对飞行员叫道。

欢呼声四起。

“米克诺斯岛？”卡米拉问道，“那听起来比贝鲁特更有吸引力，至少那有点城市化气息，有一家Nobu餐厅。”

赫尔穆特又笑了。“只要你们吩咐一声，孩子们，你们想去哪里我就可以把你们带到哪里。”

就在那时，一个女人的声音从登机口传来，音量盖过了机舱内的声音。“我们是要去米克诺斯吗？”我们只听到她在问某人，却看不到她在哪里。“我以为我们是去伊斯坦布尔。上帝，经纪人总是搞不清楚状况，我准备去买土耳其地毯呢。”她哀号道。

我马上意识到她肯定就是伊莎贝拉，我们最后还没登机的社交名媛，她没有工作应该没必要有经纪人吧，她居然还知道伊斯坦布尔在土耳其。上来一对情侣，在机舱里四处环顾。一对情侣，当然是一男一女。我立即意识到，这对情侣中的男人不是别人，正是萨米，我的萨米。

“伊莎贝拉，亲爱的，我们当然是去伊斯坦布尔，正像他们之前跟你说的。男孩们只是在开玩笑——你知道他们听到希腊岛屿的名字有多激动！把你的东西放在这边来喝一杯吧。”埃莉莎安慰道，我立即认出她就是公园碰到的那个人。“跟我们介绍一下你这位超帅的朋友吧。”

萨米有些呆住了，他看起来非常僵硬和不舒服，我想他也许要崩溃了。他还没看到我，还没看清整个团队的人，不过他还是低声说着什么。“我是萨米，纽约游廊8号的。”他说道，声音异常尖锐。

埃莉莎眼神空洞地注视着他，伊莎贝拉则用力想把一个大号的Louis Vuitton包拖到舱内。她拍了拍他的肩膀，对着那个包点了点头，他毫不费力地把那个包提起来，放到了座位下面。

“游廊？我们在那里见过吗？”埃莉莎满脸疑惑地问道。我脑子里瞬间回放起好几次我陪她去游廊的情景，她在门口跟萨米调情、抱他并感谢他，让人看起来他们是最好的朋友一样。不过此时此刻我能断定她不是在表演，她确实是真的想不起他是谁。

“我在那儿工作。”萨米平静地说道，眼睛直视她的脸。

每个人的注意力都转移到了这尴尬的对话上，他们应该都一头雾水，为什么这个帅哥看起来那么熟悉，却不能叫出他的名字。

“在纽约游廊8号？”埃莉莎更加疑惑不解，“哦，我知道了！你的意思是说你大部分时间都在那里，那里就像你的办公室一样！是的，我完全明白你的意思了。游廊对我们也同样如此，不是吗，贝蒂？”她咯咯地笑了，啜了一口香槟，为拨开迷雾而感到放松。

听到我的名字时，萨米非常震惊，但他还是注视着埃莉莎的脸，就像无法把目光从那里移开一样。足足过了10秒钟，他才缓缓地抬起头看着我，他对我笑着，笑容悲伤而不惊讶。

“嗨。”他说道，听起来就像是耳语。伊莎贝拉坐在了埃莉莎旁边，大家又开始交谈起来，显得相互间关系非常亲密。

“嗨。”我努力让自己保持镇静，而我的脑子里则疯狂地构思着如何推进我们的关系。凯莉给我们最后名单的时候提到，伊莎贝拉·范德玛只在我们允许带助手的前提下才会来，毫无疑问，凯莉同意了。那是否意味着伊莎贝拉根本不是萨米的女朋友？我得弄清楚。

“这边还有一个位子。”我说道，朝我左边的位子挥了挥手，“如果你要坐的话。”

他瞄了一眼正在跟埃莉莎聊得火热的伊莎贝拉，然后小心地越过大家的腿和随身物品走过来。他跟“花枝招展”的利奥和穿着精致的菲利普形成鲜明的对比，更具阳刚之气，同时也更脆弱。当他在我旁边的皮扶手椅上坐下时，我感觉这个豪华机舱里的空气像被抽干了一样。

“贝蒂。”他开口道，声音轻得我要靠近才能听到，“我不知道你也要去，我很抱歉。我真的不知道这是你们公司的活动。”

“什么？她只是告诉你们要去伊斯坦布尔待几天？”我问道，眼泪都忍不住要打转了。

“是的，如果你可以相信，这就是事实。她上周跟我提过想让我跟她去媒体招待会，但是她直到昨天才跟我讲究竟去哪里。我也没有问什么，只是打包了我的行李。”

“她说去哪里你就去哪里的吗？你的工作怎么办？课程还去上吗？我不明白怎么她说一句话你就可以扔下一切不管。这里没人有工作，对他们来说，纯粹因为喜欢就飞去伊斯坦布尔，一点儿也不奇怪。那是不是说你不干了？”

他刚开始看起来还有点局促不安，现在脸上的表情很坚定。“不，工作那边理解我的，有时候这些事情说来就来了。”

“哦，好吧，可以理解。”我不耐烦地说道，“你已经讲得很清楚了。”

“贝蒂，很抱歉，这个说来话长，她是个很复杂的人。”

看到他的可怜相，我的心立即软了下来。“听着，萨米，很抱歉，这不关我的事。我只是很奇怪，就这样。”我意识到，不管怎样他根本不欠我任何解释。自从那个吻之后，我只在外面见过他一次。那次他被一帮土包银行家纠缠得烦恼不已。他当时几乎都不看我，淡淡地笑一下，就抬起绳子让我进去了。

“我们忘掉这个好吗？今天为了把她带到这里来，我简直像经历了一场炼狱。”他说罢闭上了眼睛。

我想到了恐怖的《丑闻爆料》，但我不想跟他比谁更可怜。

工作人员解决了行李的问题，空乘给我们讲了一些令人恐惧的注意事项，然后我们飞到了没有月亮的空中。几分钟后，埃莉莎在面前的咖啡桌上堆起来一个药片山，然后开始像苏富比拍卖会一样拍卖起来。

“兴奋剂、镇静剂，大家需要什么呢？我们是开个派对呢还是睡觉？”她冲着有些无聊的大家喊道，“这个不能报道，好吧？”她对其中一个记者说道，那个记者无精打采地点点头。

“睡觉。”伊莎贝拉发起了牢骚，“我这周简直是活在地狱里，我累死了。”

“当然是睡觉。”利奥附和道，踢掉脚上的Prada鞋，把他搽了粉的脚暴露在空气中。

戴维点点头，甚至连菲利普也同意睡觉是最明智的，因为接下来的四天中，他们唯一的任务就是参加派对。

“你们这些家伙好没劲！”埃莉莎小孩子一样地说道，摇摇头表示对他们很失望，“不过如果你们每个人都想这样……我能怎么办呢？”

“你有什么？”阿根廷亿万富翁伊曼纽尔，并不是很感兴趣地问了一句，他双手捧着一只碗口粗的马提尼酒杯，头几乎都没从上面抬起来。

“你来点。告诉我你要什么。不管怎样，我们要在着陆前消灭掉这些东西。我看过《午夜快车》(*Midnight Express*)，实在不想再看了。”她说。

“是的，不要跟土耳其人和药物鬼混。”菲利普表示同意，“我们到了之后门房会照顾好我们的，不过我不建议你自己带东西。”

“我要两片安定。”利奥说。

“我要阿普唑仑片。”

“你有安必恩吗？如果我吃两片再喝杯酒，会感觉好极了。”

“对乙酰氨基酚？你那里有吗？”

埃莉莎在机舱里穿梭，按照“订单顺序”给大家分发药片，尽量满足每个人的品牌和剂量需求，大家耐心地等她分发。只有我和萨米没有要，似乎没人注意到。我点了一支烟，想让自己看起来不那么另类，不过没人注意我。萨米借口说自己头疼，问菲利普能否去卧室里躺下来。

“不是我的飞机，伙计，请自便。只是一会儿我叫你出来的时候不要介意。”菲利普殷勤地说，同时望着我的方向对我频送秋波。

我没有回应，只是把我的脚凳抬高，专心看等离子大屏里正在放映的《低俗小说》(*Pulf Fiction*)。当我渐渐进入影片剧情，成功地把萨米从我脑子遗忘半分钟时，埃莉莎一蹦一跳地过来了。

“好吧，我，还是，有点不明白。”她说道，撕开一盒万宝路香烟的锡箔纸，“那个帅哥是谁？”

“哪个？萨米？”

“伊莎贝拉的那个，他说在游廊工作是什么意思？”

“他是那里的保安，埃莉莎，你见过他不下上千次了。”

“保安？一个保安在我们团队里干吗？”她相当不屑。也就一瞬间，她的表情由不可思议变成了豁然开朗。“哦，我知道了，他是一个‘市中心男孩’（Downtown Boys）。是的，这就说得通了。”

“我认为他不住在市中心。”我说道，努力想我是否知道他住在哪里。

她轻蔑地盯着我。“贝蒂，你知道‘市中心男孩’。他们是专门的公司雇佣来的超帅的男孩作为私人派对或聚会的酒保、保安或者服务生。你之前就在黑莓的活动上用过那些漂亮的男孩，不是吗？‘市中心’是专有名词。并且他们满足客户的任何需求，这是个公开的秘密了。”

我盯着她问：“你在说什么？”

“正因为这样，如果伊莎贝拉让萨米陪她参加活动、准备聚会、与她出双入对，我一点儿也不会觉得奇怪。她的丈夫对她的社交活动一点儿也不感兴趣。”

“她结婚了？”这是一天中我听到最好的消息了。

“你不是说真的吧？”埃莉莎被我吓到了，“你以为她像曼哈顿大多数的社交人物那样魅力四射吗？她的丈夫是奥地利子爵——当然那种头衔在奥地利很多——自从20世纪80年代早期开始，他就一直稳居福布斯排行榜前100名，估计会一直都是。你觉得那个保安是她的男朋友？”

我的沉默说明了一切。

“哦，我的天啊，你真的这么认为。你真是太可爱了，贝蒂！你天真地以为伊莎贝拉这样的人会跟保安约会？”她笑得几乎要背过去了，“简直是破天荒了！她也许会跟他上床，但绝不会跟他约会！”

我真想用烟头去烫她，但是我刚刚听到的消息太让我兴奋，所以没那么恨埃莉莎。没过几分钟，她就感到无聊跑去缠着戴维了，不过他却一动不动地盯着伊莎贝拉的胸。她又试着去跟菲利普调情，但他正跟利奥聊得火热，话题是用修脚刀和磨砂石去除脚上死皮的优缺点。摄影师和记者们在大餐桌上玩扑克、喝威士忌。其他人都差不多意识不清，进入梦乡了。还没看到特拉沃尔塔把针刺进乌玛·瑟曼胸口的那一幕，我也睡着了。

24

直到第二天下午两点，我才重获清净。我们飞行了一整夜，在星期四上午十一点才着陆。飞机一降落，我们立刻从湾流的植绒真皮座椅里爬出来，再把屁股挪到豪华车队的植绒真皮座椅上。车队是夜总会业主协会出于礼节派来的。阿维格多先生显然事先做了功课，对我们这个小团队所有人的身材相貌了如指掌。从传统的审美眼光来看，他无可挑剔。他领着两名漂亮得不可思议的女孩（他声称是他的助理，但有需要时可能会扮演女友的角色）在红地毯上等我们，一看见我们，脸上立刻绽放出温暖的微笑。他穿着瘦身款的黑西装（只有欧洲的男士才能很好地驾驭这种款式的西装），纯绿色的衬衫、领带与黝黑的皮肤、乌黑的头发、湛蓝的眼睛相映成趣。显而易见，他穿着非常讲究而得体，Ferragamo皮鞋、Patek Philippe手表一应俱全，胳膊上还挽着一只涂了黄油般发亮的男式手提包，一般男人挽这样的包也许会显得有点阴柔，但不知为什么，却更让他平添了几分男子气概。我猜他的年龄应该在30到35岁之间，但如果谁告诉我，他的实际年龄比我预测的要大10岁或小10岁，我也不会觉得特别惊讶。最让人印象深刻的是，当我们从机舱里鱼贯而出时，他准确无误地叫出了每个人的名字。

我、埃莉莎、利奥、戴维和阿维格多先生坐进同一辆车，其他人则纷纷钻进了后面的一众豪车里，车队径直朝市区方向驶去。一路上，他坚持要我们称呼他为“卡马尔”，并向我们简单介绍了周末的全部安排。我们唯一的任务，用一句话概括就是：让尊贵的来宾们尽情享受一段美妙的时光。其他事情他会负责周全的。我们打算让他知道，如果他们想要拥有任何东西（我所说的“任何东西”主要是指俊男靓女、皮革商品、稀有的美酒佳肴等一切与休闲娱乐相关的元素），他必须找到能搞定这“任何东西”最合适的人选。

他提供给我们的考察线路看上去更像是饭店和酒吧的主题游览，而不是有关工作的日程安排。白天几乎无事可干，大家可以睡美容觉，做SPA，上街购物或者晒晒日光浴。晚上则安排得满满当当。连续三个晚上，每晚从八点开始，先是去高档餐厅吃一顿丰盛的晚餐，在两间豪华的包间里消遣一会儿，然后再去当地顶级的酒吧彻夜狂欢，就像年轻的土耳其人和来此旅游的欧洲人一样。新年前夕的那个夜晚和平常稍有不同，我们被要求举办一场香槟酒会，它将于新年钟声敲响时在国家电视台上进行直播。摄影师们会记录下那晚每一个精彩时刻，卡马尔希望它能在土耳其产生可与美国媲美的宣传效果。不管怎么样，有谁不想去菲利普·韦斯顿曾经去过的酒吧开派对呢？

入住酒店时一切顺利，只有少数人对酒店房间有些怨言。比如：房间离酒店工作人员堆放清理工具的地方太近，没有足够多的毛巾用来擦干头发，不太情愿在房间里看到清真寺！但是当我们在酒店的天台重新集合并享用精美的早午餐和香槟酒时，一切不快都烟消云散了，尤其令人兴奋的是，可以边享用美食边欣赏无比壮观的托普卡珀皇宫一个小时之后，我设法偷偷从酒店溜了出来，走过好几个街区，一直走到大巴扎。我想在那儿好好闲逛一番，细细体验这个城市的风土人情。我走进奴鲁奥斯玛尼耶清真寺（Nuruosmaniye）的大门，听见不断有人冲我喊道："小姐，您需要什么？我这里都有。"

我漫无目的地走着，穿过一幢幢巨大的、洞穴般的建筑物，不断被挤进或挤出人潮汹涌的货摊，目光所及，到处都是亮光闪闪的金银珠宝，到处都是色彩鲜艳的地毯织物，到处都是气味浓郁的香料和造型奇巧的烟斗。数不清的商人小贩，呷着酒抽着烟，一片热闹非凡的景象。我看中了一条蓝色的披肩，正当我和那个小个子摊贩（看上去绝对超出90岁了）唾沫横飞地讨价还价时，感到肩膀上被人轻拍了一下。

"你知道自己在为40美分而艰苦奋战，是吗？"萨米咧着嘴笑着，得意得就像刚刚发现一个大秘密。

"我知道！"我气呼呼地说，其实心里想的是：谁会知道这些啊！

"那你为什么还那么卖力地讨价还价？"

"呃，你显然还不熟悉这里的风俗。做生意的希望看到顾客讨价还价。如果你不那么做，他们会觉得你很失礼。"

"真的吗？你好，先生，这条披肩您要价多少？"他用最温柔的声音向那位驼背的摊贩问道。

"6美元，先生。这是品质最好的款式，来自南方，是一个星期前我外孙女亲手织的，你看，它有多美！"老人微笑着，露出一排掉光了牙齿的牙床，这让他看起来更加和蔼可亲。

"好的，我们买下了。"萨米大声说道，从钱包里掏出一些土耳其里拉，绅士地将钱放在老人单薄瘦削的手上，"谢谢您，先生。"

“说谢谢的人应该是我。美丽的披肩配美丽的姑娘。祝你们玩得开心！”他高兴地说道，拍了拍萨米的背，然后回去继续抽他的水烟。

“是的，没错！”萨米又冲我咧嘴笑道，“他看上去确实对我的‘失礼’表示‘愤怒’。”他将披肩缠在我的脖子上，用手轻轻拢住我的头发并将它们从披肩中抽出来，让它们蓬松地覆盖在这柔软丝滑的物品上。

“你没必要那么做的。”我说，心里却在想：很高兴你为我这样做。

“我知道，我只是想要为破坏你的‘冒险之旅’而道歉。我真的没想到你会在这里出现，贝蒂，对不起！”

“对不起什么？”我轻松地说道，“别开玩笑了，你又没做错什么？”

“和我一起去喝杯咖啡吧！我已经在这个国家转悠了好几个小时，但还没有品尝过土耳其风味的咖啡呢。它们应该不会是那种很多泡沫或烫得离谱，也不会是那种不经搅拌或调配而成的吧？这让我很好奇。你觉得呢？”

“当然可以，我的书上说土耳其最好的咖啡馆离这儿非常近。”

“你的书？”

“《孤独星球》(*Lonely Planet*)啊，出去旅行怎么可能不随身携带一本《孤独星球》呢？”

“可真有你的，”他说道，帮我整理了一下披肩，“我们住四季酒店，有私人司机专职接送，还有无限额的消费资金，可你还抱着你的《孤独星球》不放？真是不可思议！”

“为什么，真有那么难以理解吗？或许，我就是想去别的地方逛逛，而不是那些SPA、海滨、高档餐厅或者是只接待会员的酒吧呢。”

他摇摇头，拉开他的背包，伸手在里面摸索着。“我说的不可思议指的是这个，”他掏出一本和我一模一样的书来，“来吧，让我找到那家店。”

店里的桌椅非常精致小巧，我们点了两杯现场手磨的咖啡，还有小碟的小甜饼。

“我能问你点事情吗？”我尝了一口这小杯子里浓醇的液体。

“当然，你尽管问。”

“你和伊莎贝拉是什么关系？”我问道，尽量显得轻松自如。

他的脸色一下凝重起来，什么也没说，只是盯着桌面，双唇紧闭。

“当我没问，这不关我的事。”我立刻说道，很不希望破坏当下美好的时刻。

“这个说来话长。”他终于开口了。

“你之前也这么说。”我瞥见一只小猫从地上一跃而起，跳上一堆厚地毯的顶部。有个店里的小女孩在那里为它准备了一盘牛奶。“那么，”我沉默了一会儿，然后说道，“这是你自己的事。现在，让我们好好享用咖啡，好吗？”

“她给我一笔钱，让我陪伴她。”他缓缓地说道，把杯子举到唇边，与我的目光相会。

好吧，我完全不知道该如何面对这个事实。考虑到埃莉莎之前说过的那些话，这个打击算不上是晴天霹雳。但是他陈述这个事实的方式，那么冷静和不带感情，完全就是“萨米式”的风格——好吧，听起来很有距离感。

“我不确定自己是否真的了解，你是不是在为那些专门雇用帅小伙的机构工作啊？比如，他们会找一些漂亮的男孩子去做酒吧侍者……”

他大笑起来。“不是，我从来不做那种事。不过，你认为我能被他们看中，这倒是让我非常受用。”

“那我就真的不懂了。”

“很多时候，人们在游廊认识我之后，会邀请我做他们的私人伴游之类的。去年夏天我在游廊上班的时候，伊莎贝拉经常光顾，我想她可能有点喜欢上我了。她请我陪她去参加晚宴，或者在她组织的慈善募捐活动中接待宾客，付给我的报酬是几千美元一个晚上。那时她刚被认命为纽约植物园年度慈善基金联合主席，决定寻找一个人做她的全职助理。因为我还能为她做其他事情，所以，她理所当然地选择了我。”

“其他事情？她付钱让你跟她上床吗？”还没来得及细想，我就脱口而出了。

“不是，”他厉声说道，目光坚定地看了我一眼，“对不起，也难怪你会往那方面想，我对这个有点敏感。简单地回答就是一个不字，我没有和她上过床。但事实上，我不知道这种情况还能维持多久。最开始的时候，我当然不认为跟她上床是工作的一部分，但现在事情似乎正不可避免地向那个结果发展。”

“那她的丈夫呢？”我问。

“她丈夫怎么了？”

“他难道不介意妻子雇一个年轻帅气的男人，在家里进进出出，帮她打理善款募捐事宜，甚至是陪她去伊斯坦布尔过一个浪漫的周末？你确定他不会气得发抖吗？”即使是间接地提到他“年轻帅气”，还是让我有点激动。

“为什么他会气得发抖？伊莎贝拉非常小心谨慎，绝不做让他难堪的事情，而且对他的事业还能提供很大的帮助。相反，我猜伊莎贝拉雇我让他松一口气，因为他不再需要去参加那些烦人的社交活动，违心地赞美她在晚会上多么光彩夺目，或者是喋喋不休地讨论设计师斯特拉·麦卡特尼和亚历山大·麦昆，谁设计的服饰更适合她。事实上，他才是那个给我开工资的人。他是一个举止优雅的男人。”

对他所说的一切我全然不知该如何回应，所以只是安静地坐着，试图想出一些不那么“冒犯”的话题。

“那只是一份工作，碰巧报酬优厚而已。如果我真的想开一家属于自己的饭店，我就不能拒绝一份六位数的薪水，而且我要做的只是每个星期花几小时陪一位漂亮的夫人出门罢了。”

“六位数？你没开玩笑吧？”

“绝对没有开玩笑。否则，你认为我为什么要做这个？这份工作确实不怎么光彩，但是它的回报才是我最关心的。而且，我的梦想有可能会比预期的更快实现。”他拿起一块小甜饼放进嘴里。

“什么意思？”

“嗯，其实还不确定。上个星期，有几个美国烹饪学院的家伙找到我，想拉我合伙开饭店。”

“真的吗？”我不由得靠近他，“快跟我说说。”

“好吧，我猜你肯定会说，这不就是连锁店的一个分店嘛，又不是一个真正全新的饭店。确实，这是休斯敦饭店的老板介绍的，在西海岸已经开了好几家，据说生意很不错。店里现在用的是最基本的美式菜单——还没有机会尝试真正的创新，因为饭店的经营理念和菜单没有商量的余地。但这将是真正属于我的店，起码是我和他们共有的店。”他激动地说道，就像某个刚被告知中了大奖的家伙那样激动。

“哦，听上去不错，”我说，努力让声音显得兴奋，“你为此感到兴奋吗？”

他似乎对这个问题思考了几秒钟，然后叹了口气说：“我不知道‘兴奋’这个词是不是最准确，但起码这是一个好机会。它并不像我一直设想的那样，但至少向那个理想的方向迈出了第一步。在我目前这个阶段来说，开一家完全由自己当家做主的饭店的想法是疯狂的，而且也是不现实的。所以，关于你刚才的问题，对拥有三分之一上东区休斯敦饭店所有权有没有感到特别兴奋？答案是没有。但是，如果这能让我不必继续在游廊上班，并且能够成为一块很好的跳板的话，答案是这确实让我兴奋，我相信这一切都是值得的。”

“你说得很清楚了，”我说，“这听上去是一个非常不错的机会。”

“目前来说确实如此。”他起身又点了两杯咖啡，将其中一杯放在我面前，然后说道，“好了，现在轮到你了。”

“轮到我什么？”我问，尽管我清楚地知道接下来我需要向他坦白什么。

“你和韦斯顿先生之间的事情。”

“这个说来话长。”

他又笑了，夸张地转动着眼珠。“嗯哼，这很有趣。说嘛，我刚才已经把自己的那点糗事全盘托出了。你究竟是怎样跟他开始约会的？”

“你是什么意思啊？”

“没什么，只是因为你俩看上去真的很不一样。”

“怎么不一样了？”我很清楚他在说什么，但是看着他忸怩不安样子，让我觉得很好玩。

“哦，说吧，贝蒂，别再卖关子了。我知道从波基普西的乡下来到纽约这个大都市是什么样的感觉。我不明白的是，你怎么会真的喜欢上他，也许你会跟他们一起出去玩、出去疯，但是你绝不会真正融入他们。这是一件值得庆幸的事。”

他的话让我深思，我沉默了一会儿，然后说道：“我并没有真的和他约会。”

“曼哈顿所有的八卦专栏都刊登着你俩到处亲热的消息，见鬼！我总是在游廊里看到你和他在一起的场景，也许你不承认这是约会，但恐怕韦斯顿先生没有完全搞清楚状况。”

“说实话，我不知道该如何向你解释这一切，因为连我自己都没完全弄明白这件事情。似乎是我和菲利普彼此心照不宣地假装我们在约会，尽管事实上我们并没有那种关系。”

萨米猛然抬起头。“你说什么？不可能吧？”

“没有什么不可能的。如果说我没有怀疑过他为什么看上去对我兴趣不大，那我就是在撒谎，但我俩真的没有往那个方向发展。”

萨米很快喝完了第二杯咖啡，似乎在认真思考我说的话。“那么，你的意思是你从未和他发生过关系？”

我注视着他，很高兴看到他在乎这个。

“连亲热都没有过。此前为了配合那些小道消息和八卦新闻，有几次我还试图勾引他来着，但他总是有这样那样的借口——比如喝太多酒了，比如还有其他女孩在场。你肯定为我感到害臊，但如果是你，你会怎么做？和他在一起直接关系到我所负责的工作。凯莉因为他给公司带来的曝光率而兴奋不已，我需要做的就是在每张见报的照片中露出微笑。我从未想过自己会干这样的勾当，但我们之间已经有了一份不成文的奇怪协议：我扮演他的女朋友，而他为我的工作提供帮助。这有点匪夷所思，但是从某种角度上说又是公平的。我们从这种关系中获取了各自需要的东西。”向他毫无保留地吐露这些深藏于内心的话之后，我感到一阵轻松。

“我之前从未听你说起过哪怕只言片语。”

“是的。感谢你的倾听。知道吗？你是第一个问我这个问题的人。”

“当你说你从没有和他上过床时，我稍稍松了一口气。你现在真的没有和他约会？”他问，一边用手指不经意地转动着空杯子。

“萨米，你也看见菲利普是什么样的人了。他根本就不知道怎么跟女孩子约会。我完全不明白他为什么会挑中我。说实话，这对我自己也是一件好事。但我绝无可能与他那种人交往的——尽管他拥有完美的腹肌。”

“完美腹肌，嗯哼？比这个还棒吗？”于是，我还没来得及反应，他已经向上一把捋起T恤，露出无比结实紧凑的小腹。

“天啊，”我深吸一口气，伸手在他块状分明的小腹上轻拍了几下，“或许我应该把‘完美腹肌’的称号送给你了。”

“或许？”他将T恤放下来，但抓住我的手一把将我拉进怀里，“来这儿！”

这次我们真的接吻了，在这间小小的咖啡馆里，我们的身体“严丝合缝”地紧贴在一起，脸庞、头发和脖子不断碰触和摩擦。

“嗨，这里可不是做这事的地方，”一个小个子男人对我们嚷道，同时在我们的桌面上敲了两下，“这是不允许的。”

我们赶紧分开，被他的指责臊得满脸通红，好不容易才回过神来。萨米向他表示道歉，他点点头就走开了，然后萨米转过头看着我。

“今天我们算是第一次在公众场合调情吗？”他问。

“当然算，”我笑了起来，非常开心，“而且，我觉得不仅仅是一次调情，简直算得上是一次真正的亲热。在伊斯坦布尔的大巴扎，绝对算得上。”

“这里还有更好的地方吗？”他让到一旁，好让我站起身来。我在他前面往咖啡馆门口走去，他从后面拉着我的手。“我在这里说的话都不是开玩笑的，贝蒂，我对你不是玩玩而已。”他看着我的眼睛说道。

“我对你也是认真的，萨米。”说这话时，我以为我会哽咽，但他温暖的微笑让我得以正常呼吸。

“我现在就想拥抱你，但又怕被别人谴责。”然后，他将手搭在我的肩膀上，“那就让我们继续剩下的旅程，好吗？一有机会我们就溜出来，但要保证不被别人看见。”

我点点头。尽管我心里最想做的，就是在伊莎贝拉和菲利普的饮料里偷偷放上一个星期剂量的安定，欣赏一番他们药性发作时苦苦挣扎的样子，然后看着他们进入平静而永恒的睡眠。哦，不！这对他们也不公平，他们“罪不至死”。我在心里默默地“赦免”了他们的死罪，让他们坐上飞往撒哈拉以南非洲地区的某个无名小村庄，而且是单程机票，这或许还能接受。

我们开始原路返回酒店，5个街区的路程花了一个多小时的时间。一路上，我们情难自已地停下来接吻、牵手和爱抚对方，摸索进每一个位置隐蔽的门廊，利用每一个私密或废弃的小巷、门厅、树荫和长椅来暂时避开外界不怀好意的目光。最后，当四季酒店金色的轮廓近在眼前时，我连萨米穿的是CK平脚裤都了然于心了。

“你先进去，接下来的几天按照工作日程做好分内的事情，但是不论怎样，都不许和菲利普·韦斯顿接触，任何形式都不行。我讨厌你跟他共处一室。”他噘起嘴，嘴唇微微颤抖，表现出一副不满的样子。

“我答应你。一想到你爬上伊莎贝拉的床头，躺在她身旁，啧啧称赞她穿着那件新买的La Perla内衣真是美极了……我就非常害怕和愤怒。”那种场面，光是想想就让我厌恶作呕。

“去吧，”他再一次将嘴唇压在我的嘴唇上，“晚餐时见，好吗？”

“好的。”我很快地回吻了他一下，然后不由自主地说道，“我会想你的。”我对酒店的保安笑了一下，飞快地穿过门廊来到电梯前，出电梯后就径直走回自己的房间，打开门时，我甚至没有注意到菲利普正四仰八叉地躺在床上，只裹着一条毛巾，戴着一副真丝眼罩。

“亲爱的，你去哪儿了？我真是累坏了，宿醉这种事真是要了我的命，而且，你还让我一个人孤苦伶仃地躺在这儿，”他抱怨道，“为什么不给我拿一块蘸冷水的湿毛巾呢？这肯定有效。”

“菲利普，你为什么不自己拿湿毛巾敷着？”我愉快地说道，“我正准备去做SPA呢，回来就是放点东西。你起来吃一两颗艾德维尔，然后洗漱一番，穿好衣服，七点四十五分时在大厅见，好吗？”接着，我重重地关上门，在通往土耳其浴室的光滑大理石地板上，欢快地踏着步伐。我告诉水疗技师给我增加按摩和足疗服务，并点了一杯薄荷味的茶。在荡漾着桉树精油芬芳的蒸汽浴室里缓缓脱下衣服，甜蜜地思念着萨米。

25

我们一行十几个人，除了喝酒和闲逛，没有别的事情可做。于是在第一天吃晚饭的时候，我们玩起了“流行文化”的小游戏。实际上并没有叫这个名字的游戏，内容也不是真的什么游戏——管它什么小游戏，一点儿意思都没有。只不过是大家反复地提问，让它看起来像个游戏，仅此而已。我想起迈克尔和佩内洛普就《飞跃比弗利》(*Beverly Hills, 90210*)的剧情向对方发问的情形。“黄昏桃核酒吧(Peach Pit After Dark)最早的老板是谁？”迈克尔身子向前倾，看起来非常严肃。“呃，你以为我不知道？当然是拉什·桑德斯(Rush Sanders)，史蒂夫的父亲！”佩内洛普夸张地转着眼珠回答。他们会不厌其烦地玩好几个小时。(“杰克，迪伦和他父亲住过的酒店叫什么？”“第一季中那个在生日聚会上不小心射中自己的人叫什么？”“对错题：唐娜和雷·普鲁特上床了。”)两人面红耳赤，极力向对方证明自己知道剧中的每一个场景，熟悉每一个角色。

现在我可不敢说自己比埃莉莎和马列娜聪明多少，因为她们能说得出麦当娜卡巴拉教所有成员的名字，尤其是我最好的朋友都知道梅尔·希尔弗是什么时候对杰基（凯莉的妈妈）不忠的，不过我也能想起特里斯塔和瑞安的婚礼策划人的名字，还有安吉丽娜·朱莉收养的柬埔寨儿子的名字。即便如此，我仍然无法理解有人会对这无聊游戏如此充满热情——这是一群多么乏味和无趣的人啊。

“哦，大家都不知道，马克·安东尼在娶詹妮弗·洛佩兹之前，就已经有两个孩子了。这个只能说是最基本的信息，你能告诉我他提出离婚申请的法院在哪里吗？”亚历山德拉对莫妮卡发问道。

她不屑道：“拜托，你在开玩笑吗？如果你这辈子读过新闻，你就会知道他在多米尼加共和国申请的。你可能不知道乔治在科莫湖别墅那条船的名字。”

“乔治？”奥利弗问道。大家纷纷往一起聚。

“克鲁尼。”马琳说道，“还会是什么？”

“哦，我的天啊，简直是听不下去了。”利奥怨气连天，“你们这帮人真可悲。”

我为利奥的判断力暗暗叫绝，但是我欢呼得太早了。

“你们居然认为这之间有关联？说出三个杰德·贾格尔约会过的人名，告诉我她现在供职于哪家珠宝公司？”

菲利普叹了口气，有气无力地拍了拍利奥的后背。“利奥，小家伙，再有点挑战性吧。那简直是我能想到的最糟糕的问题了——尤其是我们这里的每个人都参加了杰拉德珠宝（Garrard）开业典礼。”

这样的问答持续了整个晚餐时间，直到上甜点的时候，我们才开始去想土耳其的夜店会是什么样的。

“嗯，我确定不会比这里更好吧。我只知道这是个伊斯兰国家，我已经在我所有衣服允许的情况下，穿得尽可能得体了。”伊莎贝拉边说边低头看了看自己的着装。她的露背连衣裙看起来就像是金属做的。尽管裙子把身体的敏感部位都遮住了，并且有到膝盖那么长，不过背部和半个臀部都露在外面，两片布从乳头附近垂下，一直开到肚脐那里。近距离观察，我觉得她肯定是把衣服粘在乳头上的。脚上是一双银色的露趾细跟凉鞋，再加一个鳄鱼皮手握钱包，就是她全部的装备了。

“你觉得他们有没有水晶香槟？”戴维急火火地问，“他们会提供酒水的，是不是，贝蒂？”

我刚想告诉他，不管有没有大杯香槟，他都能顺利活过这个夜晚。但是，卡马尔，这个一直都没发话的人神秘兮兮地往前倾了倾身子，说道：“朋友们，我保证这里能满足你们的需求。今晚肯定会包大家满意，我们已经安排好了。”

“那么，卡马尔，我们聊聊女孩吧。土耳其姑娘到底怎么样？”菲利普问道。戴维对他报以赞赏的大笑，埃莉莎则朝我狂翻眼珠。我很快明白这是女朋友应该有的反应，于是也对她翻了翻眼睛。

“假设吗？”卡马尔问道。他想了一会儿继续说：“韦斯顿先生，我想你会发现土耳其女孩跟美国的、英国的或是其他地方的女孩没什么两样——有一些，我们可以说非常主动，而那些来自好家庭的就比较保守了。”

“那我们今晚会跟哪一类的结识，卡马尔？是主动的呢还是冰美人呢？”

卡马尔显然是被菲利普激发了兴趣，他大声笑了起来，喝了一大口酒，表情严肃地说道：“前者，韦斯顿先生。我估计今晚你结识的大多数都是前一类的女孩。”

菲利普对他回以窃笑，举起手来与卡马尔击掌庆祝。“非常不错，阿维格多先生。谢谢你。”

不出所料，我们桌上没有出现账单。随后我们乘船——游艇，或者说是帆船从博斯普鲁斯海峡顺流而下，前往目的地贝拉，那一刻我有些陶醉，享受起那个美妙的夜晚。为了使自己的注意力从伊莎贝拉对萨米的颐指气使上转移开，我跑来跑去挨个地跟每个人讲解注意事项。说服他们在到达酒吧的半个小时内要给摄影师摆拍，在派对过程中还要配合半个小时的录像拍摄，他们的言行会被记者记录下来。随后他们就可以纵情玩乐，不用担心“可卡因和妓女”这类的新闻标题带来的麻烦！当然还是要提防土耳其的媒体，不过我觉得他们不会有什么问题，因为卡马尔已经许诺不会让他们靠近VIP区域。总之，几乎所有的人对这个安排都很满意，当船靠近铺着红毯的码头时，大家都蠢蠢欲动了。

“这里的男人会不会都盯着我们看？”埃莉莎问卡马尔，她的眼睛因担心而瞪得圆圆的。

“盯着你看？为什么？当然了，他们会注意到你的美貌，但我认为他们不会让你感到不舒服的。”他说道。

“嗯，如果他们习惯了这里的女性都穿长袍，我们的着装会不会有些太怪了。”埃莉莎沉思道。

萨米又看了我一眼——吃晚饭时我们面对面坐着，他就不停地看我——我忍住没有笑出来，还是从鼻子发出了点声音。埃莉莎环顾四周盯着我说：“什么？你想让一帮乡下人整晚都盯着你看吗？我可不是冲着这个来的——我们还不如去新泽西呢？”

卡马尔趁着协助我们下船之机，很礼貌地忽略了埃莉莎。他把我们介绍给另外一群人，他们都很帅气，并且看起来都是非常非常成功的人。他们是我们的客户，每人背后都跟着两到四个迷人的美女。让埃莉莎和伊莎贝拉惊讶的是，那些女孩根本没有穿长袍，严格来说，她们实际上也没有穿胸罩。她们身体的裸露程度简直让人不能直视，我们还没进酒吧就已经是这样一番风景了。

有一个人自我介绍说叫奈迪姆，大模大样地宣称贝拉——也就是那座展现在我们面前的庞大建筑群是他的。那里有一个小码头，可供名人和VIP客人直接绕过大门进入俱乐部。客人几乎无须从船上走下来，就可以直接落座。那里可以提供任何他们想要的东西。奈迪姆跟我见过的其他俱乐部老板没有什么不同：不离口的雪茄、复古的T恤和运动鞋，以及刺猬状的头发，这是他们这类人的典型造型。如果他不是开着红色保时捷，喝着香槟，没人会注意到他。

“女士们，先生们，欢迎来到贝拉。”他说着伸开双臂，“这是你们在土耳其之夜的第一站。你们都看到了，贝拉坐落在博斯普鲁斯河岸，刚好在欧洲和亚洲的分界点。我们的客人来自世界各地，也显示出这里日益浓厚的国际化氛围。跟我来，准备好享受贝拉给你们提供的一切吧。”

他把我们带到水面上一个用绳子围起来的“VIP”区域，上面有一张大圆桌，一扇非常轻薄的柚木门把我们跟河水隔开，门只有0.6米高，让我不禁联想到醉酒后可能发生的意外。四周的风景简直是令人难以置信：大大小小的船只在河面上缓缓游弋。这时游船经过一座灯火通明的尖塔清真寺，塔顶似乎直入云霄。脚下是闪亮的深色木地板——几乎是黑色的，沙发是织锦缎面的，上面镶嵌着金色的金属。除了几张在风中起舞的白色帆布，整个空间都是露天的，富有性感的异域情调。唯一的亮光来自土耳其风格的玻璃灯和成百上千盏小茶灯。触手可及的地方都放着粗制木碗，里面装满了小杏仁和开心果。毫无疑问，那是我见过的最性感、最酷的地方，比纽约或者洛杉矶的任何夜店都别致迷人，却没有因自我感觉良好而滋生的优越感。

一群非常时尚的服务员瞬间围在我们桌边，请我们点酒水。不到半个小时，每个人都酒意正酣了。午夜来临的时候，埃莉莎和菲利普在桌子上跳起了舞，两人非常享受那劲爆的贴身热舞，似乎营造出一种爱情的气氛。摄影师就在旁边，不过奈迪姆和工作人员给他们带去了大批的酒水和美女，天知道他们错过了马列娜骑在一个土耳其著名足球运动员身上的画面。趁大家还没发现，我赶紧把他们两个拉开，告诉他们去马列娜在四季酒店的房间玩会更尽兴。他们没有拒绝，我让等在外面的林肯汽车载他们回酒店。我给酒店的门房去了电话，他保证会把他们送到马列娜的房间，绝对不会被摄影师或者记者看到。刚挂断电话，萨米出现了。

“嗨，你躲到哪里去了？”他说罢，一把抱住我的腰吻我的脖子，“我整晚都在找你，你却总是不见踪影。”

“哪里。”我说道。

他环顾了下四周，确保没有伊莎贝拉、菲利普或是拿着照相机的人。“我们离开这里吧，”他喘着气，“他们都喝醉了，没人会注意到的。”他又吻了一下我的脖子，动作相当粗鲁。我第一次感受到萨米并不是一个乖男孩。谢天谢地！

“我不能，萨米，我很想，但是我不能。我必须在这看着每一个人——这是我的职责。”

“都快两点了，他们到底要持续到什么时候？”

“你知道答案的，玩到黎明都有可能，也许晚一点儿我们可以在酒店见，但是现在我必须进去了。”

他垂着手臂，大声地叹息着。“我就知道会是这样，糟糕透顶。你先进去吧，我过一会儿再去。”他用手指梳理我的头发，突然听到有人叫他的名字，他赶紧把手收了回去。

“萨米？你在那里吗？你看到我的男孩——我的，呃，我的助理了吗？”伊莎贝拉的尖叫声从水面那边传过来。我转过身，看到她在询问那个穿制服的保安，他刚才很小心地护着我们不被别人打扰。

“上帝。”萨米嘟囔道，“什么？她找不到洗手间在哪里？我得走了。”

“等一下，我来处理。”我捏了捏他的手，“伊莎贝拉，在这里，他在这里。”

伊拉贝拉扭过头，当她看到我们的时候，脸上的表情先是放松而后变成困惑。她直接无视我，朝萨米走去。“我一直在找你。”她抱怨道，显然忘记了我还站在旁边，当她看到我时停止了抱怨。

“很抱歉把他从你那里‘偷’来，伊莎贝拉。马列娜和那个男孩都喝醉了，萨米非常好心地过来帮我把他们送到车上。我们正要往回走。”

她的情绪似乎缓和了一些，不过还是继续无视我的存在。她盯着萨米，而萨米则紧张地看着自己的脚尖。

“好的，我要进去看看大家怎样了。”我故作欢快地说着，朝门口走去，还是听到了伊莎贝拉冷冰冰的责备。

“我付钱给你不是让你忽视我、不管我的！”她叫道。

“哦，省省吧，伊莎贝拉。”萨米说道，听起来筋疲力尽，而不是苦不堪言，“我就出来五分钟帮助她一下，怎么叫不管你了呢？”

“那么，你知道我一个人坐在那里，而我的男孩却出去帮别人是什么感觉？”

我必须得进去了，所以没有听到后面萨米怎么回答的。当我穿过人群挤到VIP区域时，发现那里已经空无一人。先前的美国说唱乐换成了土耳其迷幻乐，到处都晃动着半裸的躯体。卡米拉、亚历山德拉和莫妮卡都已经找到了男人——皇家马德里队的足球运动员、CNN国际主持人、一个声称上寄宿学校起就认识菲利普的英国花花公子。在奈迪姆和其他老板的帮助下，他们躲藏到贝拉的角落里去了。我看到埃莉莎和戴维站在舞池旁边，朝对方张牙舞爪。我以为他们在吵架，走近之后才发现，他们根本不是在争吵，也不是在交流什么意见，他们嗑药嗑得太兴奋了，连讲话都要声嘶力竭地扯着嗓子。像之前一样，摄影师和记者单独坐在一起，跟我们保持一定的距离，他们似乎也醉得不轻。6只空烟盒散落在他们周围，当我过去问他们是否需要什么时，他们的头都不抬一下。我没看到利奥在那里，不过菲利普不难找——我只需要找到屋子里最漂亮的、胸部最大的金发美女，肯定就能找到他。我看到他们站在DJ那里，他用胳膊揽着她的腰，她看起来很眼熟，但是从背后我看不出来是谁。等他们转身的时候，我看到菲利普从AG牛仔裤的口袋里掏出一大团钞票，扔给那个把耳机戴在脖子上的瘦小DJ。

“嗨，伙计，让你播一些劲爆的音乐得多少钱？”他说道，旁边的女孩边笑边喝酒，“我再也不想听土耳其的垃圾音乐了。”

DJ用手掌把钱盖起来，放到了桌子上的一台机器下。他对旁边的另一个人招手示意，对他说了几句话。那个人就过去问菲利普：“你想听什么？他都可以满足你。”

“告诉他我们想听邦乔维（Bon Jovi）或者是枪炮与玫瑰乐队。”

那个人对DJ翻译了菲利普的话，DJ点点头，但是一脸茫然，10秒钟后，《天堂之城》（*Paradise City*）的旋律从扬声器传出，菲利普跟着节奏摇摆起来。当他看到我之后，对旁边的女孩说了些什么，她点点头走开了。

“嗨，亲爱的，这旋律是不是好多啦？”他问道，对着旁边的镜子审视自己。

“那是莉齐·格鲁布曼吗？”我问道，终于明白为什么她看起来那么眼熟了。

他继续摆头，对着一面假想的墙撞击。“显然她和塔拉·雷德听说了我们这周末的时髦聚会，因此亲自过来看一下。”

“她，嗯，她很漂亮。”我结结巴巴地说道，我知道我应该高兴。从工作成效这个角度上说，莉齐·格鲁布曼和塔拉·雷德跟着我们到了伊斯坦布尔。

“你的脸就像一只鳄鱼皮包。”他说道，把我拉到舞池里，“来吧，亲爱的，放松一下，我们一起跳吧。”

几分钟后我溜开去找埃莉莎，她看起来冷静一些了。她坐在戴维的腿上，戴维一边深吸着叼在嘴上的大麻烟卷，一边给她按摩后背。

“嗨，这边你能搞定吗？我想很多人都回酒店了，我应该回去看一下。”

“当然了，随便。你太多虑了，贝蒂。大家玩得都很开心。利奥在哪里？告诉他你要回去了，我们在酒店见，好吗？”戴维对着她的脸吐了一口大麻烟，她咯咯笑了起来。

“太好了。就这样吧。明天见。”

“好的，管它呢。我不打算见到明天的曙光，不过我们醒来之后我会找到你的。哦，菲利普在哪里？”她假装很随意地问道。

“菲利普？我刚才看到他的时候，他在跟莉齐·格鲁布曼和塔拉·雷德跳舞。”

“什么？她们也在这里？”她从戴维身上跳起来，脸上露出灿烂的笑，“我要去跟她们打声招呼，待会儿见，贝蒂。”

我四处寻找利奥，却找不到他的踪影。我想他应该带着某个男孩回酒店玩了。奈迪姆提出要用他的保时捷送我回酒店，我本想答应的，但是他居然把手放在我的腰上摩挲，并且说要带我逛午夜的伊斯坦布尔。我果断而礼貌地拒绝了他，乘了一辆林肯车回去了。酒店前台的女服务员热情地跟我打招呼，简单讲了下哪些人在什么时间回了房间。

“哦，等一下，有个你的留言。”她递给我一张折叠起来的小纸片，我立即打开，不知道会是怎样的灾难。上面用粗体的大体字写着：回来后到18号房间找我。上面没有签名，但有一把塑料房门钥匙。

我思考了下该怎么做。纸条一定是萨米留的。他应该自己订了一间房远离伊莎贝拉，这样我们就可以共度二人时光。一定是的，如果我大胆地猜想一下，这会是我一生中最浪漫的时刻。我早上刚做过全身SPA，现在我的秘密情人在召唤我。没有什么比这更好的了。

电梯似乎行驶了很久才到楼上，当我站在门前敲门的时候，浑身激动得抖个不停。

几乎过了一分钟房门才打开，那一分钟就像一个月那么长，我脑子里闪现出各种猜想，担心开门的不是萨米，又或者便条是留给别人的。我站在那里，双脚像长在了地毯上，想象着房门打开的瞬间各种糟糕的画面，如果开门的不是萨米我该怎么办？如果他不是等在里面，准备撕开我的衣服，把我扔到放着羽绒被的豪华大床上，我该怎么办？哦，求求你，我在心中祈祷着，求求你，求你让等我的是他，求你让他像我想要他一样渴望我，让他——

门突然开了，萨米一把把我拉进去，还没来得及把门踢上，他火热的嘴唇就印到了我的嘴上。“我想你想疯了。”他大声喘息着，把嘴唇从我的嘴上移到我脸上、脖子上和肩膀上，同时扯开我裙子上的肩带，从头上脱掉了我的衣服。

我们没有再说话，我们瘫倒在床上，我享受到了我能想象的最精彩的时刻，我们疯狂地袭击对方，我们水乳交融，无法区分彼此的躯体。我忘记了时间、忘记了地点，只是被不停地抚摸着。那种窒息的感觉一阵阵袭击我的身体——他身体的重量、他身上的味道、他的头发擦过我手臂的悸动、他手指划过我后背时毛孔直立的战栗。我得承认，那就像是禾林[1]小说中的性爱场景——或许更好。直到有人敲门，我才注意到房间中散布的蜡烛、两杯没动过的红酒和从CD机里传出的佛之吧（Buddha Bar）音乐。

“谁知道你在这里？”我低声问，从他身上爬起来，但立即又瘫了下去。

“除了前台没人知道。我用我自己的信用卡订的房。”

“会不会是伊莎贝拉知道了？”

“不可能。为了克服时差，她吃了一把安眠药，估计要睡两天才能醒来。”

我们继续讨论了几分钟，直到我意识到时间已经到了早晨，我最好回到自己的房间，免得造成一大堆的麻烦。

他又一把抱住我，吻我的耳垂、耳环和每一寸肌肤。“不要走，至少现在别走。”

“我必须得走了，很抱歉。你还不想让我们的关系公开吧，是吗？别这样。”

“我知道，我知道，你是对的。等我们回到纽约就有很多时间在一起了。”

“回去之后，你休想把我甩开。”我低语道。我的钉珠短裙在桌子上团成一团，不过我还是在再次穿上了它，然后又躺到床上。我不想穿上内衣，就把内裤和床头柜上的无带胸罩一起塞进了手提包。

我们往门口走的时候，萨米从床上扯下被我们撕坏的床单裹在腰间。“贝蒂，谢谢你给我如此美妙的夜晚。”他用双手捧住我的脸，让它看起来小巧动人。

---

1 禾林：即禾林（Harlequin）出版公司，以出版浪漫爱情小说为主。——编者注

我踮起脚尖用胳膊环住他的脖子。“非常美妙。”我说道。

一切都像我想的那么美好，直到我开门的那一刻。迎接我的是最刺眼、最眩晕的闪光灯。闪光灯咔嚓咔嚓响个不停，而我傻傻地站在那里，呆若木鸡。

“哦，不好意思，敲错门了。”约翰，我们带过来的一个摄影师说道。

“到底是怎么回事？”萨米问道。

“让我来处理。”我说道，“你别动。”

我重重地关上门，站到走廊里。“那是什么？你想干什么？”我尖叫道。

“嗨，亲爱的，我很抱歉。不要担心，我真的什么都没看到。”他说的根本不能让人信服。他是团队中最狡猾的，一开始就让我紧张不安——他的大部分作品都是狗仔队风格的照片，他把那些照片高价卖给小报。凯莉坚持要带上他，因为编辑都喜欢他的照片。

“你们为什么要监视我的房间？呃，我是说他的房间。我一早上都在跟大家讨论今晚的安排，根本没有什么值得你感兴趣的地方。”

“听着，我根本不关心你跟谁上床。”他猥琐地笑着，“当然了，我相信我能找到感兴趣的人，他们非常乐意知道菲利普的女朋友不跟他一起过夜这件事。不过旅行中你对我们还不错，那就让我们忘记刚才发生的事吧。”

浑蛋！他直勾勾地盯着我看，我脸上花掉的妆容和整夜做爱后的倦容肯定一览无余。

“并且，”他继续说道，把镜头从相机上取下来放到黑色的双肩包里，“我想这里面的东西比你上了伊莎贝拉的男孩还要劲爆。”

“什么?!”我真想勒死他，他竟然暗示有人比我度过的夜晚更美妙，他居然不相信我说的找大家讨论今晚安排的借口，他还胆敢说萨米是伊莎贝拉的。而我却根本想不出回击他的任何词语。

“好吧，有人透露你的男朋友和他最亲密的朋友开了一个小小的私人派对。”他扬起浓密的一字眉，用牙齿咬住嘴唇，露出一丝窃笑。

“我说的男朋友是指菲利普·韦斯顿。”他补充道。

我强忍住愤怒。“好吧，听起来很有意思。但现在我要上楼继续逐个拜访了，所以，如果你不介意的话……”我推开他，一手拿着凉鞋，一手拿着手提包，光着脚径直朝电梯走去。

我越想就越觉得事情没那么糟糕，尤其是他似乎对我和萨米的丑闻不感兴趣——或者说不那么有兴趣。他为什么要关注呢？我说服自己。这个人一直都在疯狂地追踪那些非常有名的人物，偷拍他们任何戏剧性的事件，那么他有什么必要对一个名不见经传的小公关代表的风流韵事感兴趣呢？就连那些名气不那么响亮的人他都会不屑一顾的。当然了，这里牵涉到菲利普。如果凯莉知道我跟伊莎贝拉的人在一起，她会很不高兴，伊莎贝拉也可能会要求她解雇我。不过是我想太多了，约翰似乎不太可能会泄露什么。只有艾比对我的行踪感兴趣，不过就算她浑身长满触角也不可能伸到伊斯坦布尔来。我意识到自己为什么看到那个摄影师会如此心烦意乱——在过去愉快的24小时里，我完全忘记了被跟踪、被监视的那种惊慌失措的感觉。因为艾比在8 000公里之外，我不用时刻担心自己的私生活会被公之于众。我深吸几口气，提醒自己事情没有想象中的那么糟糕，谢天谢地我和艾比身处不同的国家。

走到我和菲利普的套房门口，我注意到房门开着一条小缝——只有靠近了朝里面看才能看出来——并且有含混不清的声音从门缝里传出来。时间是早上八点——严格来说应该相当于半夜，因为我直到凌晨三点才回酒店，当时菲利普还在贝拉待着。我立即想到里面可能正在进行“三人行”，敲门的念头在我脑子里一闪而过，我还是直接推门进去了。

我从起居室的角落绕进去，穿过法式落地门，蹑手蹑脚地走到卧室，赫然看到的是赤身裸体仰面躺在床上的利奥。一两秒钟后我立即反应过来，那团在利奥胯部位置上下起伏的蓬乱头发是菲利普·韦斯顿的——他光光的屁股正对着我。还没等我反应过来，利奥看到了我。

“嗨，贝蒂，怎么了？”利奥若无其事地问道，完全不打算把他或者菲利普遮起来。

听到我的名字，菲利普转过了头，又露出几寸我刚才没看到的利奥的裸体。“哦，嘿，宝贝，你好吗？”他边说边用枕套擦了擦嘴，“一整晚你都去哪儿了？”

“我去哪里了？”像往常一样，我能想到的就是重复他的话。

“亲爱的，我一直在等你。”他抱怨道，像个圣诞节早晨的孩子一样从床上跳起来，找了件浴袍裹上。我第一次看到他全裸的身体。

“一直在等，嗯？”我机智地回答。

“嗯，如果你昨天能回来，我想利奥不会睡在我的床上。你说呢，亲爱的？”

我大笑起来。现在太有趣了。“哦，菲利普，拜托！你从来没想要跟我上床——”

“放松，宝贝，冷静一点儿。利奥几分钟前刚过来，他晕倒了。我也得再睡一会儿。我们昨天都喝了太多酒了，不过只要睡一觉就没事了。”

我笑得直不起腰了。“你在开玩笑吗？你是说我刚才看到的都不是真的？”既然他们对我看到的事情一点儿都不觉得尴尬，我也许——也许知道怎么处理。

“嗨，伙计们，我打算叫点咖啡、橙汁，还有牛角面包。我觉得宿醉有点难受了。”利奥说道。他还是不把自己遮起来，而是抓起遥控器浏览起酒店里的影片。

“太好了，伙计。我想要一杯特浓咖啡，一些阿司匹林，还有一大杯血腥玛丽。”菲利普说。

“这是真的吗？”我问道，不知道什么时候起，我的夜晚——我的人生就昏暗了。似乎我生活在另外一个现实世界里，很显然，那里只有我一个人。

“嗯？”菲利普问道，在我们面前脱掉浴袍去洗澡，卫生间的房门大开着，“利奥？告诉你的同事我们是一对儿。”

利奥努力从凌乱的被子上起身，看起来他们已经在那里躺了好几个小时了。他没穿内裤直接套上牛仔裤。“当然了，菲利普。贝蒂，我们只是朋友，亲爱的。你想吃什么吗？”

“呃，不用了，谢谢。我想，我还是去楼下餐厅吃早餐吧，好吗？待会儿见。”我找到干净的牛仔裤、T恤和一双夹趾拖鞋，塞到酒店的塑料洗衣袋里，冲出了房间，把菲利普和利奥留在房里。我感到胃里一阵作呕。

我在酒店的餐厅里消磨时间，打算吃些小吃。就在服务生把咖啡和一篮子色泽诱人的点心和松饼送来的时候，埃莉莎跌跌撞撞地进来了，一屁股坐在我对面的椅子上。

“我根本睡不着，我真想杀了我自己。”她说道。

看到她的瞬间我禁不住恐慌起来，我觉得她已经都知道了。我想那个时间大家应该都还在睡觉，不过她打结的头发、浓重的黑眼圈和神经质抖动的双手，显示她昨天嗑药过量，根本无法入睡，因此她下来等药效过去。

“嘿，当然，坐一会儿吧。”我说道，努力让自己听起来漫不经心。

服务生给她送来一个杯子和茶托。她呆滞的眼神在上面停留了好一会，似乎之前从没见过似的。不过她很快回过神，倒了点咖啡。随后满脸狐疑地盯着我。

“你起得真早，菲利普在哪里？”她说完一口喝掉了整杯咖啡。

“菲利普？”我尽量笑得自然一点儿，不过听起来还是像被噎到了，“哦，他还在睡觉吧。我也不知道我怎么起得这么早，一定是时差在作怪。”

“时差？”她哼了一声，“如果是你自己的问题，你该吃点阿普唑仑片。我难受死了。”

“拿去，吃点东西吧。你看起来需要吃点食物。”

又是一声哼。“一个松饼的脂肪和碳水化合物含量不会少于两个巨无霸。不，谢了。”她又倒了一杯咖啡一饮而尽。

“戴维在楼上吗？”我这么问完全不是出于兴趣，而是觉得我应该说点什么而已。

“我不知道他在哪里，三点钟之后我就没见到他人了。可能跟土耳其妓女鬼混去了。”她说这话的时候一点儿难过和惊讶都没有。

我只是盯着她看。

她叹了口气。“菲利普从来不会这么对你，是不是？他是一个多么完美的男人……”

我差点没把橙汁喷出来，还好我控制住了。“嗯，”我咕哝道，“你有没有听说过菲利普的事……嗯，关于他喜欢……”

她呆滞地盯着我。“喜欢什么？”

“哦，我不知道……喜欢男人？”

埃莉莎惊呆了，嘴巴大张着。“菲利普·韦斯顿？同性恋？你在开玩笑吧？贝蒂，你怎么能这么无知？仅仅因为他对时尚有高度的敏感性，仅仅因为他开着Vespa，又或者是他练瑜伽？这些无论如何都不能说明他喜欢男人！”

不，我在心里想，当然不是因为那些。不过该怎么解释半个小时前我看到他给我们的同性恋同事口交这个事实？

“好吧，不是，你说的我都能理解。只是——”

“贝蒂，你究竟打算什么时候才开始珍惜那个男人？每一个女孩都会为了留住他而竭尽所能的，但是你居然一点儿都不明白。很明显，今天早上有一些丑闻传出来。”她话题转得如此快，我都没时间去想她下面要说的事情会跟我有关。

“丑闻？我们团队中的吗？有人看到了吗？”

我看着我的眼睛，我确定她全都知道了。但是她只说：“我也不确定。一个摄影师——那个胖胖的，叫什么名字？——提到他拍了一些‘有趣’的暧昧照片。你知道是谁吗？怎么回事？”

我大口嚼着牛角面包，把视线集中在《国际先驱论坛报》(*International Herald Tribune*)的首页。“嗯，没有，我没听到过。我们该担心吗？我的意思是，我们不希望出现任何不好的事情。”

埃莉莎倒了第三杯咖啡，这次她给自己加了一小包咖啡伴侣。做这些动作时她的双手一直在颤抖。“我想我们要做的就是静观其变，不是吗？我要回去试着睡一会儿了——两个小时后我要回到这里的土耳其浴室搓澡。我听说那比激光换肤效果还好。晚点见。”

我看着她用细细的两条腿摇摇晃晃地走出餐厅，心想到底是什么让她的动作看起来那么奇怪。不过她说搓澡提醒了我，因此我吃完早饭直接去做观光前的按摩，再加上石蜡修脚。这是我应得的。

26

“我不得不说，我最喜欢的是这篇。”威尔说罢隔着桌子递给我一份打印稿，不过他听起来并不开心。他把我进入凯莉公关公司以来，凡是提到我的报纸都做了剪报，早午餐期间，我们一起浏览了那些剪报。一周前，我结束了非常成功的土耳其之旅回到美国，似乎没有人知道菲利普或是萨米身上究竟发生过什么。但是，我显然高兴得太早了。

艾比简直无所不知无所不晓。或者说她肯定跟约翰——那个胖摄影师联系过，因为她已经把那一小部分的事实编造成一个可怕的谎言，并在周五的时候登了出来。我想凯莉看到这个时，应该要心脏病发作了：

有消息称，公关人员贝蒂娜·罗宾逊在上个月的伊斯坦布尔媒体旅行中，实实在在地炒作了自己一把。她与菲利普的关系人尽皆知，却被人发现与瑞克·所罗门——那个给我们带来帕丽斯·希尔顿性爱录像的人关系亲密，也就是在同一家酒店，她与菲利普入住蜜月套房。这一巴黎性爱录像的翻版，主人翁不是那个大家最喜欢的聚会达人，而是聚会策划者，读者有望看到吗？敬请关注。

文章的配图是我打开萨米房门的那张，照片中我一只手拿着凉鞋，一只手整理着乱糟糟的头发，我的嘴巴大张着，眼睛下面是黑乎乎的妆容。除了没有魔鬼的身材和精致的衣服，照片中我的淫荡程度不亚于帕丽斯。照片的背景是一个模糊的身影，仔细看会发现是一个腰间裹着床单的男人，不过想要看清面孔是不可能的。那是萨米，毫无疑问——那个浑蛋摄影师跟他一起待了五天，肯定知道他是谁，显然他把照片卖给艾比的时候并没有向她透露这个信息。我想艾比都没怎么去想他是谁，随便就指定了一个声名狼藉的人，作为与我发生不正当关系的午夜情人。

自从为凯莉工作以来，我第一次看到她对有关我的报道不满。她问我是不是真有其事，并就“艾比为什么要针对我”进行寻根究底的盘问。我向她保证从没见过希尔顿性爱录像的那个人，更没跟他上过床——不管有没有摄像机，她似乎相信了我。奇怪的是，她居然没有问那个人究竟是谁，因此我也没有必要再撒谎。一问一答的会谈结束之后，凯莉给我下了指令：我必须化解跟艾比之间的仇恨，因为她的报道对我越来越不利。她还提醒我，现在距离《花花公子》的活动只有四周了，从现在开始，绝对不能再出现任何有关我私生活的负面言论。我向她保证，我完全了解目前的状况。并发誓会让艾比闭嘴——尽管我心里一点儿都没底。我知道我必须给艾比打个电话，当面跟她对质，但是只要一想到要听见她的声音，我都恶心得想吐。

菲利普，当然了，对此事保持缄默。只有我知道他很释然，因为照片是关于我的不检点——尽管他看起来像一个被女友公然背叛的失败者，或者，像威尔说的，被戴绿帽子的人，至少那不是关于他跟别人开小派对的照片。菲利普和我都没有再提过土耳其第一晚发生的事情，一个字都没有。在后面的旅行中，一切都恢复了原样，我们白天做SPA，晚上玩到三更半夜，我跟萨米没有机会接触，只能眼神交流（伊莎贝拉安眠药的药力并没有持续很久），我恪尽本分做好服务，确保客人满意，看着他们不要制造什么麻烦。当我们结束旅行离开土耳其时，一切跟出发时没什么两样——我们假装在一起——尽管只要仔细观察，就能发现我连午觉都不在菲利普的房间睡。

回国后的一周，我和菲利普在公开场合碰见过，当人们以为我们是情侣时，我们都没有否认。“艳照事件”的喧嚣过后，我和菲利普的“和解”给凯莉吃了一颗小小的定心丸。但是我需要以一种聪明的方式结束这种“关系”——不仅仅是因为小报的压力，更因为我真的喜欢萨米。

值得高兴的是，几乎所有相关的日报和周报都大张旗鼓地报道了我们精心策划的花天酒地的场景，并且夜总会业主协会很快就会在美国派对达人中炙手可热。只有《纽约独家新闻》刊登了我那张丑陋不堪的照片。因为听说我和菲利普“复合”了，凯莉似乎也释然了很多。萨米非常内疚，尽管伊莎贝拉把他看得很牢，我们还是联系过几次。真正伤心欲绝的倒是我的父母。

妈妈歇斯底里的程度无以复加，我不得不在通话过程中挂掉电话，请威尔舅舅给她打电话，向她解释不能轻易相信报纸上尤其是八卦专栏里的东西。这虽然让她情绪稳定了一些，但这仍然无法改变一个让人心绪难平的事实：就算我没有跟希尔顿性爱视频的男主角上床，我的父母还是看到了那张我显然是跟什么人上过床的照片。他们根本无法理解我到底在做什么，为什么要这么做，无论是工作还是私生活……尽管当前的情形非常糟糕，不过最糟糕的时候似乎已经过去了，唯一还执着于此的是威尔。

从土耳其回国一周后的星期天，我和往常一样跟威尔和西蒙吃早午餐。在我抱怨报道中缺乏事实依据的时候，威尔打断了我。

“贝蒂，亲爱的，不要用事实这个词谈论八卦论坛，否则你就太天真无知了。”

“唉，那我该怎么办啊？难道就听任那个蛇蝎心肠的女人肆意编造我的丑事吗？我现在还能继续自己的工作，这简直就是个奇迹。”

“是这样吗？”他扬起眉毛，喝了一口血腥玛丽，脸上的红晕更深了。

“如果我没记错的话，就是你让我做这份工作的吧。你说我需要多认识朋友，多出去见见世面，过一种全新的生活。现在好了，我做到了。”

“这个，”他拿着那张照片强调道，“可不是我的本意，你知道我的意思。亲爱的，只要你能开心，我愿意做任何事情。不过，如果说这个没让你开心，我觉得还是有失公允吧。”他的话让我哑口无言。

“那你建议我怎么做？”我问道，“你觉得银行的工作很无聊，现在又对你亲自为我选的工作不满了，而这仅仅是因为一个我曾经认识的女孩总是针对我。这样似乎不公平吧。”

他叹了口气。“好的，亲爱的，振作起来吧。你现在是个大姑娘了，我相信你会找到比现在更——怎么说呢？——慎重的生活方式。策划活动、参加聚会、喝上一两杯，跟可爱的男孩们嬉闹之类的事，我非常支持。但是为了讨好你的老板，去跟一个被宠坏的花花公子约会，让你的名字和照片登上各种小报，并且——尤其是——忘记你老舅的生日，就因为你忙着在国外照顾一帮二流演员和交际花，这可不是我推荐你做这个工作的初衷。”

威尔的生日，1月2号，我完全忘记了。

威尔示意服务生再上一杯血腥玛丽。“亲爱的，失陪一下，我要出去打个电话，看看西蒙到哪儿了。迟到可不是他的作风。”他把餐巾放在椅子上，脚步轻盈地穿过洞穴般的屋子，就像一位气宇轩昂的绅士。

当他返回的时候，他笑意盈盈，神色自若。“你的爱情生活怎样了，亲爱的？”他问道，似乎我们刚才没谈论过菲利普。

“难道我说得还不够吗？我对菲利普一点儿兴趣都没有。”

“亲爱的，我说的不是菲利普。和你一起回波基普西的那个大个子男孩怎样了？我非常喜欢他。”

“萨米？你怎么可能喜欢他？你只见过他半分钟。”

“没错，不过就在那半分钟里，他表现出愿意帮我撒谎的善意，他是一个相当有素质的人。告诉我，你对他有兴趣吗？”他目不转睛地盯着我，我很少见他会这样。

我在心里权衡了一下，决定告诉他伊斯坦布尔的事。至少在我的生活中应该有人知道我并不是什么荡妇。“是的，我想你可以这么说。”我喃喃道。

“说什么？你对他有兴趣？还是没兴趣？”他眨着眼睛问。

我深吸一口气。“他就是照片中的男孩。不过你没法看清楚。”

他绷紧脸，强忍着不让自己笑出来。“他跟你一起去的土耳其？你怎么做到的，亲爱的？”

“说来话长，简单来说我不知道他也要去那里的。”

威尔扬起一边眉毛。“真的吗？嗯，听到这个我很高兴。很遗憾这个上了八卦专栏，不过你们两个确立了关系，这让我非常开心。”

威尔开始喋喋不休，说他无数次想象过我跟萨米那样的男孩——身材强壮、性格沉稳——在一起，说我现在终于找到了最合适的男朋友，一个懂得什么东西是最重要的男孩。并且还问到他的政治立场如何。我兴致勃勃地回答了他所有的问题，即使不能跟萨米在一起，我也很愿意谈论他。我们吃蛋卷的时候，威尔谈到了那个我想要忘记的话题。

“这样的话，就可以解释为什么我的外甥女从土耳其回来后，一周都见不到踪影。我可不喜欢看到你只是每天出去忙工作，现在好了，有了新男友……新恋情是要好好培养，开始那段时间总是最美好的！哦，我一直都记得那段日子！两个人在一起怎样都不够，分开的每一秒都是煎熬。那样的阶段持续了两年的时间，直到事情发生了一百八十度大转弯，变得特别期待独处的时光，只要在一起就难免会争吵。不过你们离那个转折阶段还早呢，亲爱的。告诉我，现在怎么样？”

我把鸡蛋卷切碎铺在盘子边缘，然后放下刀叉。“实际上，我们回来之后还没见过面。”我说道，突然意识到那有多可怕，“也不是说有什么不对劲。”我赶紧补充道，“他忙着跟别人谈开餐馆的事情——虽然不是他的最终目标，不过目前来说也是个不错的机会——我们电话联系过几次。不过，我自己也因为《花花公子》的活动忙得不可开交。就这样，你知道的。”

听到那些话从自己的嘴中说出来，我知道自己听起来就像一个妄想狂，极力说服自己和周围的人某个家伙真的在乎自己，尽管种种迹象都表明事实并非如此。回来之后没再见过萨米确实让我心烦意乱，不过我们确实都非常忙，并且，在纽约一周都不跟某个男孩约会的情况也并不少见。还有，我提醒自己他在过去的七天里打过三个电话，他总是说和我在土耳其很快乐，迫不及待地希望事情早点定下来，我们就可以有个真正的约会了。我读过很多爱情故事，知道现在我最不能做的事情就是主动出击。目前事情还不明朗，不过如果前一周我能跟他见上两到三次，我就不会这么担心了。不过这些都不是问题，我相信我跟他会有长久的幸福，那么现在何必急于一时呢？

“嗯，我明白了。”威尔先是困惑不解，随后舒展了前额的皱纹，“我相信你明白你们在做什么，亲爱的。有计划再见他吗？”

“是的，我明天晚上要去《InStyle》杂志的聚会，他在那里工作。他请我活动结束后去喝咖啡。”

威尔的心似乎放下了。“太棒了，代我问候他。”他合起手掌，身体向前倾，像一个期待更多信息的闺密那样，“我想让你邀请他来参加下周的早午餐。”他说道，西蒙终于来了。

“萨米？哦，好主意！就我们四个人。我们可以好好了解下这个年轻人。”西蒙附和道。很显然，我和萨米的关系在他们那里已是公开的秘密。

“听起来是不错，伙计们，不过萨米每周日在格莱美西餐馆做早午餐，所以他来不了。或许再约时间吧。”听我这么说，他们都垂头丧气的。

“这样啊，或者我们可以去那里，”威尔并不热心地说道，“听说那里的菜不错。”

西蒙无精打采地点点头。“是啊，为什么不去呢？听起来很不错，并且在某种程度上……”

终于，谢天谢地，话题转到了他们即将出发的加勒比之行，我静静地坐着，假装很感兴趣，心中充满了和我的新男朋友的浪漫的午夜咖啡约会的无限幻想。

27

星期一我一整天都是晕乎乎的，一想到下班之后就能跟萨米见面，我的心就激动地怦怦乱跳。就像是在甜蜜的梦境中一般，我度过了夹杂着兴奋和憧憬的一天。在晨会时，尽管我一直坐在那里未曾离开半步，但几乎没有听进去任何一个议题，因此散会后我不得向一个“名单女孩”求助：让她把会议记录给我复印一份，好让我稍微了解一下会议上讨论的内容。《花花公子》的派对已经迫在眉睫，办公室里一片忙碌景象，而作为实际负责人的我，却无法做到专心致志。午饭时，我借机溜出去修了指甲。下午三点的时候，我声称要出去买杯咖啡，实际上却是赶到裁缝店取了上周末送去的一件性感小礼服，裁缝店刚刚按我的要求将它裁短了。下午六点左右的时候，我开始絮絮叨叨地编造各种不靠谱的借口——关于我父母、威尔舅舅以及一个生病的朋友，反正只要能让我提前下班就行，那样我就有足够的时间回到家里放松心情，在神志较为清醒的状态下精心打扮一番。我给凯莉和埃莉莎发了电子邮件，告诉她们我会认真准备参加《InStyle》杂志派对的事宜，并在第二天向他们汇报情况。六点半的时候，我走出办公室。

一回到家，我就开始风风火火地精心打扮起来，时间在脱毛、修眉、锉甲、梳理、搽粉和保湿等一整套错综复杂的程序中飞快流逝。当出租车停在游廊门口的时候，渴望与萨米见面的心情已经让我激动得几乎喘不出气来。前一天早午餐后威尔就拉我去Bergdorf精品店，在那里他坚持要给我买一件非常漂亮的裙子，它配有一条神奇的腰带，穿上后能让我的肚腩看起来像不存在似的。裙摆悠扬地垂到我的膝盖处。这是我有生以来第一条如此漂亮和昂贵的裙子，一个小时前，当我穿上它在镜子前仔细端详一番后，我就知道这将会是意义非凡的一晚。

当我从出租车里下来，款款向萨米走去时，他脸上的表情没有让我失望。我注视着他，他目不转睛地上下打量着我，从亮闪闪的银色高跟鞋到亮闪闪的水晶耳环（佩内洛普去年送我的生日礼物）。当他的眼睛在我全身上下“巡视”了好一番之后，脸上全绽放了大大的笑容。“哇哦！”它的声音听起来像低沉的吟诵，我觉得自己简直要幸福得死过去了。

“你喜欢吗？”我问，努力克制住想要在他面前扬起裙摆转个圈的冲动。非常神奇地，刚才那帮出来抽烟的顾客折回去后，门口有一段时间内只有我们两个人。

“贝蒂，你真是太美了。”他说道，语气诚恳。

“谢谢！你看上去也是英俊非凡。”要如和风细雨，我不断提醒自己。保持和风细雨般淡淡的感觉，让他想要更多。

“待会儿我们还见面吗？”他问，向两个靠近拦绳的女孩做出一个“请稍等”的手势。

“当然，我没问题，如果你……”我淡淡地说着，心里却努力控制住自己，不要因为满怀期待而声音哽咽。

“那就说定了。如果你不介意等我的话。我可能最晚要到一点，不，一点一刻的时候下班。我知道附近有个好去处。”

我长长地舒了一口气，知道他不会取消今晚的约会，这让我心中那块石头终于放下了。尽管现在距一点钟还有足足四个小时，尽管第二天上班我肯定会像个行尸走肉一般。但没有什么能对此有一丝一毫的影响，因为萨米会给我创造一个“快速复原”的环境：我们会挑选一张角落里的桌子，我可以将头靠在他强壮、宽阔的肩膀上，慢条斯理地喝着浓咖啡。他会在我耳畔倾诉着各种甜蜜的话，比如当我们各自结束了与菲利普、伊莎贝拉的关系后，就可以幸福地生活在一起，比如我是他遇见过的所有人中最懂他的那一个，比如从孩提时代起我们就已经互相认识，时隔多年之后还能再次相逢并且相恋是一件多么不可思议的事情……这些话会让我像一个十七八岁的小女孩那样笑个不停。他肯定会说我们在一起注定不是一件容易的事，要面临着来自社会和工作上的多重压力，但是我们有值得为之奋斗的东西，这让他意志坚定、信心满满。这时我会装出认真思索的神情，不时点头或者侧耳倾听，用坚定的表情告诉他我明白他的意思。最终，当我抬起头注视着他，对他所说的每一句话表示坚定的支持，由衷地认为他所说的全是妙不可言的好主意时，他一定会激动地一把把我拥进怀里拥吻我，先是轻柔地吻，接着变得有力和迫切起来。从那一刻起，我们将成为最贴心的朋友、最亲密的情人和最契合的灵魂伴侣。困难和挑战必然存在，但是我们将肩并肩，一个个地克服它们。在我读过的那些小说中，类似的故事不断在上演，不可思议的是梦想终于照进现实，我终将谱写属于我自己的爱情篇章。

“好的，听起来很棒哦。”在他改变主意或者再说点什么之前，我优雅地在他面前飘然而过（我希望如此），自己打开门，走进闹哄哄的酒吧内。

一点很快就到了。我在酒吧里四处溜达着，愉快的心情不断膨胀。我先是与埃莉莎闲聊了一阵，然后是戴维，然后是几个有过数面之缘的男孩（艾弗里介绍认识的）。没有什么能破坏这个美好的夜晚——即使和艾比共处一室也无所谓。她坐在吧台旁一个黑黢黢的角落里，发现我看到她以后，立刻走到我身旁拥抱了我。我挣脱她的拥抱，向后退了一步，静静地审视了一番她的脸，然后一言不发地转身走开。她反应过来，在我身后喊着我的名字，想要追上我。但是我举起右手示意她站住，然后向着相反的方向头也不回地大步走去。我径直走到凯莉公关公司预订的桌子旁，她已经不见了。我冷静地为自己倒了一杯香槟，这时萨米向我走来，他准备下班了。

我们走了将近10个街区，终于来到萨米所说的那个“好去处”。这是一家别致的小饭店，窗台上还摆放着圣诞节烛台。萨米推开门，侧身让我先进去，然后选择了一张靠近角落的餐桌——和我预想的一模一样。一坐下来，我就对着冰冷的双手呵着热气，当我用双手拢着刚端上来的热可可时，萨米用他的双手包住我的手。

“贝蒂，我想问你一些事情。”他看着我的眼睛说道。

我激动地开始喘息，但是还能勉强控制住自己的呼吸。问我一些事情？问我什么？问我是不是还和别的男人约会，因为你觉得现在是时候提出分手了？还是问我愿不愿意让自己成为你真正的终身伴侣？如果是这样，那么答案就是我愿意，一千个愿意，一万个愿意。但是，萨米，现在讨论这个会不会稍微早了一点儿啊。正当我幻想着各种可能性的时候，他说道：“我需要你给我一些耐心。”

这个答案让我们之间产生短暂而令人难受的沉默。我的耐心？我不确定这到底意味着什么，但听着绝对不像是一个示爱或者求婚的开场白，至少不是典型的爱情小说中那套路数。

像往常一样，我对语言所拥有的娴熟的掌控力在那一刻消失不见了。

“我的耐心？”我重复道。

“贝蒂，我想要做成这件事——只想做成这件事，但我需要你对我保持耐心，今天早上我接到一个电话，这个电话深深打动了我。”

“什么样的电话？”我问。这显然不是一个什么好消息。

“是一个律师打来的，他是市中心一家大公司的合伙人。他说他受一些投资人的委托，他们很有兴趣投资一家新的饭店。很显然，他们已经投资了多种不同的生意，但还没有涉足过餐饮领域。他们正在物色一个新出道有潜力的大厨——这是他的原话。现在有了几个人选，然后他还问我有没有兴趣。”

我不知道自己究竟在期待什么，但显然不是这个，幸运的是，我还知道这时该如何正确反应。“祝贺你！”我机械地说道，“这真是一个令人振奋的好消息，你说呢？”

他看上去显得轻松了一些。“我也觉得——我当然这样认为。只是如果想要获得这个机会的话，我将会忙得不可开交，他们希望我草拟一份新店运营的方案，内容要涵盖我所能想到的方方面面，包括饭店的选址、主题和装修风格，甚至要明确配菜师、西点师和副厨师长的人选。下个月我还必须向他们提交三份完全不一样的菜单提案。”

这下，我终于明白了“耐心”指的是什么。

他继续说道：“我还要继续打工和上课，空闲的时间本来就少得可怜，但我会千方百计挤出每一秒时间投入到这项工作上。好消息就是，我可以借此彻底结束和伊莎贝拉的关系，这让我轻松许多。坏消息则是，我将变得前所未有的忙碌。我不要求你等我，但是，嗯，如果你能够理解我的话——”

“什么也不用说了，”我越过桌子一头扎进他的怀里，“我完全理解，而且为你感到高兴，再高兴不过了。”我强迫自己说出这些“正确”的话。事后当我回到公寓，将米林顿抱在膝头，再回想这番对话时，我很庆幸自己当时将这些话说出口。萨米的“表白”当然不是我渴望听到的那个版本，但是就像我在爱情小说中后读到的那些女主人公一样，我将为梦寐以求的爱情奋战到底。

我微笑着看着萨米，他显得有些心烦意乱。我们隔着桌子握住对方的手。“你一定会成功的。”我边说边用力握紧他的手。直到他将我送上出租车，我那一直在眼眶里打转的泪水才终于夺眶而出。这不过是我们的爱情征途中又一个小小的障碍而已，我一定能战胜它。任何值得拥有的东西都值得为之付出辛劳，萨米是最值得拥有的，如果“耐心”是必须付出的，那我就拥有源源不断的“耐心”。我和萨米。毫无疑问地，注定会走到一起。

28

“好了，各位，现在请安静一下，我们开始开会！”凯莉喝完第四罐健怡可乐，又要了第五罐。今天公司为《花花公子》派对召开最后的动员大会。会议地点是巴尔萨泽（Balthazar）饭店一个隐蔽的包间——这是凯莉经常来吃午饭的地方，也是重大活动前她最喜欢召集大家开会的地方之一。我们点的食物刚刚端上桌，凯莉将她的法式尼斯沙拉放在一旁，从座位上站起，在咖啡因的作用下有点轻微地摇晃着。

“大家知道，明天是个大日子。我们会一起仔细审核活动清单，但是这也仅仅只是走个形式而已。也许你们会问，为什么这仅仅是形式而已？因为所有事情——每一个细节——都会被万无一失地贯彻执行。如果说有一段时间是为完美而存在的，那就是明天晚上！假如还有人对此心存怀疑，那我再次重申一下：明晚将是不可思议地完美，因为我不允许它出一点儿纰漏。”

所有人都在点头，配合着凯莉的激动人心的动员大会宣讲。这时门口处传来一阵小小的骚动，我们全都扭头去看，饭店里其他人也都围了过来。这时，利奥说道：“阿什莉·辛普森和杰西卡·辛普森姐妹，还有——”他伸长脖子在闹哄哄的人群中搜索了一番——“那个男孩，叫什么来着，之前和阿什莉交往过后来又分手的？赖安还是什么？两姐妹的父亲也在。”

“谁能联系到她们？”凯莉大声问道。

“我有办法。”埃莉莎很快回应道。

她从她硕大的孔雀蓝Marc Jacobs牌Stella包中掏出手机，在通讯录中飞快地翻阅着电话号码，找到了想要的那个号码后立即拨了过去。10秒钟后她开始跟电话那头的人快速地交流起来，我们也竖起耳朵听着。

“嗨，我是凯莉公关公司的埃莉莎。对，完全正确。我得到消息说辛普森姐妹现在在纽约，我们很希望她们能出席明天晚上的《花花公子》派对。”听上去好像电话那头的人很了解明天的派对似的。不过，现在还有谁不知道呢？

埃莉莎微笑着，向凯莉指了指手中的电话，给了她一个会意的眼神。“是的，那是当然。不不，我完全能够理解。我们将会为她们提供15分钟左右的单独入场时间，这样她们就用不着和其他人共用红地毯了，而且，她们将由专人护送至贵宾区，那里有为她们专门预订的桌子。”

她停顿了片刻，认真听对方说话，然后继续道：“女孩们整晚都会有私人侍者，这样她们提出的任何要求都会很快被落实妥当。我保证，绝对不会有任何人来打扰她们，当然，如果她们愿意让几个知名的摄影师摆拍一些照片的话，那就再好不过了。能为她们提供酒店套房、美发化妆和往来交通的费用是我们的荣幸，如果有需要，我们也可以提供出场服装。”

她又停下话头，然后皱起了眉头。“是的，我们当然希望她们俩一起出席。嗯，我很愿意为你们安排好这个。”她的兴奋之情显然有所减弱，此刻不过是在强装而已了，“太棒了！明天一早我就联系您，到时再与您进一步商讨细节。非常期待在明晚的派对上看到她们。肯定会引起轰动的！再见！”

“干得好！”凯莉说道，大家爆发出一阵欢呼，这让我再次意识到：凯莉作为一个公司的老板来说，真的是相当成功。“他们最后提出的要求是什么，你说我们会尽量满足的？”

埃莉莎咬了咬牙：“噢，她们的经纪人提到两姐妹如何如何喜爱菲利普·韦斯顿，她想知道菲利普能否来到现场，并与她们见面。”

凯莉尖叫道：“当然可以啊！这还不容易？贝蒂，当这两姐妹入场的时候，你跟菲利普去迎一下，带她们到贵宾区她们的专座那儿。告诉菲利普，一定要多与她们调情，让她们乐不可支。埃莉莎，明天让贝蒂负责与那个经纪人联系并跟进这个事情，好吗？对了，贝蒂，你手头上的事情完成得怎么样了？”

我能感受到埃莉莎正盯着我看，而且眼神绝对是不友好。“呃，可以说一切都准备有序了。”我负责的是午夜的惊喜环节。在过去的一个月我为此忙得脚不沾地，反复斟酌和推敲每一分钟的细节，我对取得让人惊叹的活动效果充满自信。凯莉已经批准了我的方案，但她坚持方案的具体内容只有我们俩掌握，因为她害怕知道的人多了，有可能会将方案的内容泄露给媒体。所以直到现在，除了我和她之外，没有人知道午夜时分究竟或发生什么。“午夜秀是一个大胆的尝试——我希望一切顺利进行！”

埃莉莎大大地打了一个哈欠。

我继续说道：“我已经向所有获得通行证的媒体申明并得到它们的保

证：绝对不允许复制、修改或者是伪造信息，在活动开始前一个小时的时候，我们会给各家媒体的联络人送去活动相关材料。这个是我们拟定的将要参加活动的媒体名单——”说到这儿，我拿出一沓材料分发给在座的每一位同事——“上面写着每一位到场的记者和摄影师的名字，还备注着他们各自的特点，比如他们最感兴趣的报道内容是什么，最想要重点采访的人是谁。还列出了哪些人、哪些地方是禁止采访的。当然，也标注了他们喜欢的酒水种类。”

凯莉点着头，仔细研究着面前这张清单。“迎宾人员的名单有没有在上面？”

“当然。按照活动方案，办公室里的每个人将轮番上阵，引导各位记者和摄影师，确保他们及时出现在他们想要采访的人面前。”

“昨天我跟供应商开了一个总结会，很高兴看到他们那边的工作也在顺利开展，”埃莉莎插话道，“他们的设计方案，包括酒吧布置、酒保侍者、音响灯光、舞台装饰和餐饮服务等基本符合我们和顾客的要求。”

凯莉夹了一块莴苣放到自己盘中，然后又改变主意，端起霞多丽白葡萄酒喝了一口。“好的，听起来不错，”她低声道，“但是，还是先回到媒体的这个议题吧。贝蒂，你有没有和所有的照片编辑联系过？要让他们知道，我们可以向他们提供所有他们需要的东西。”

“我已经联系过了。星期一我就让两个实习生给他们打了电话，星期三的时候实习生们已经全部通知到位，我觉得我们已经准备充分。”

午餐会议就这样又开了一个小时，最后凯莉宣布下午给我们放个假，去参加各自的约会来提振精神、放松心情，为接下来的那个不眠之夜做好心理准备。本来，我今晚的节目早已安排好——在家陪米林顿，抱着一大桶重奶油味爆米花——一部接一部地看TNT台的蹩脚电影，所以，下午放假的决定让我一阵狂喜。当然，空闲的时间越多，就意味着我越有可能陷入对萨米无法自拔的想念。在刚刚过去的几个星期，因为纷繁复杂的准备工作占据我所有的时间，所以对他的思念还不至于太困扰我，但是如果真的给我一点儿自由支配的时间，我不知会陷入怎样疯狂的境地了。

凯莉埋单之后，大家互相道了再见便纷纷离开。这时，埃莉莎把我拉到了一边。

“我能跟你说点事情吗？”她问。

“当然可以，什么事情？”

“听着，我知道我们之间有些事情变得有点古怪，但是我真心希望明晚我们能够齐心合力地完成工作。你也不想整晚奔忙劳碌吧？所以不如这样，我们制定个方案，可以让两人轮流工作和放松。你觉得怎么样？”

她竟然能意识到我们之间关系紧张，这多少让我有点意外。不过我很高兴她看起来不再那么生气上火。“当然可以，这主意听起来不错。虽然我很难想象明晚除了工作还有时间放松消遣，不过我们可以尝试一下，我答应你。”

这正是她想要听到的回答。“太棒了。那就这样决定了，我们明天见，贝蒂！”

我看着她紧了紧纤细的脖子上缀着流苏的围巾，迅速走进清冷的街道。奇怪的女孩！我心里想着，这时她伸手拦下一辆出租车。直到目送出租车消失在街角，我才往外走。这是很长一段时间以来，我第一次可以自由地度过整个下午，我可不想浪费哪怕一秒钟。

29

看完了《网上情缘》(*You've Got Mail*)，又看了一半《真爱无价》(Can't Buy Me Love)，电话响了。看到佩内洛普的号码出现在来电显示上，我非常诧异——既意外又激动。我已经简明扼要地跟她介绍过萨米了，但她还全然不知我有多么迷恋他。在之前的联系中，我已经从她强作乐观的独白中断定，艾弗里这家伙经常不在她身边，还有，她仍然待业在家，而与他们往来密切那对夫妻跟她则完全不是一类人……不过她是不会向我亲口承认这些的，于是剩下的话题就少得可怜了。我们傻傻地给对方写电邮、发短信说些无聊的事情，或者是偶尔打电话聊些无关痛痒的话题。说实话，我已经记不起上次接到她——我最好的朋友半夜三更打来感情满满的电话是什么时候的事了。

“嘿，贝，你好吗？很抱歉那么晚给你打电话，只怪时差这个东西太麻烦，不过我猜你现在还没睡。艾弗里又出城了，我实在找不到可以打电话聊聊的人，所以，今晚只好逮住你不放了！”

她的声音听起来有点空虚，我多么希望我们能再亲密一些。“佩，你能打电话来我非常高兴！你还好吗？”

“我没有吵醒你吧？”

“怎么可能。我正在看无聊的电影呢。你最近在忙什么？能听到你的声音真是太好了。”

“你那位做信托基金的英国男友在吗？”她问。

正如我所想的那样。佩内洛普已经和我一次又一次地分析萨米所谓的“耐心”的真实用意，不断向我保证我和他在一起那是迟早的事情。可现在，尽管她知道了萨米的事情，但似乎还不明白我并没有真的跟菲利普交往。

“佩，菲利普不是我的男朋友，我跟你说过，我和他被公司安排一起出现在《花花公子》的派对上，那也只是为了方便记者拍照而已。”

“好吧，我相信事实肯定如你所说的那样。派对是什么时候？那肯定会非常隆重吧？”

“就在明天晚上！压力真的很大，为此我们几乎不眠不休地忙活了很长时间，这个活动主要由我负责，直接向凯莉汇报工作。不过，现在似乎一切准备就绪了。如果摄影师们表现正常，‘兔女郎’们悉数出席，我们就大获全胜了。”

我们又这样聊了几分钟，谁也没有意识到我们对彼此的生活已经相当陌生了。

“那么，你对艾比有什么计划？她对你造谣中伤那么多次。”今天晚上第一次，我在她的声音中听到那个我所熟悉的佩内洛普正在回归。

我其实已经很努力地不去想她对我做的那些事情了，但是一旦想起，愤怒之情——那种被人侵犯的感觉足以让我陷入狂怒之中。“我还是想不通她为什么那么恨我，又不能跟她当面对质，对我来说简直就是一种折磨。你觉得人们会相信我跟希尔顿色情录像带里的那个男人有一腿吗？我甚至连他姓什么都不知道！”

“没人会信的，”她说，轻轻地笑了起来，“我也不知道她脑子里在想些什么，不过只要想到她大学时的那些斑斑劣迹，比如剽窃和抄袭别人的论文，你就可以理解她为什么撰写那些东西来诋毁你了，不是吗？你还记得大二那年她外婆去世时她的所作所为吗？她为了参加报社的面试，竟然没有回去参加葬礼。她有严重的心理变态倾向。艾弗里总是说，她是那种可以出卖亲生父母以获得晋升台阶的女人，我想他说的没错。因为艾弗里跟她上过床，所有我想他应该很了解。”

“什么？艾弗里和艾比上过床？我从没听说过。”

“我也不是百分之百地确定，但我觉得应该是八九不离十吧。他所有的朋友都和她上过床，该死的！大学时我们认识的每个男生也一样。我宁愿什么都不知道，但是我可以打赌……”

我强压住胸口泛起的一阵恶心，然后鼓起勇气问道：“告诉我，你那未婚夫在忙什么？你刚才说他出城了？”

她幽幽地叹息了一声，这比她说什么包含了更丰富更真实的含义。“我想他应该还好吧。我已经有段时间没见到他了。我原以为他一旦回到学校，整天待在大学校园里，我们在一起的时间会比以前多，但没想到，这反而给了他更多在外面玩到三更半夜的机会。他认识了一大帮新朋友，所以我想他应该过得不错。”

“他们的女性朋友中有和你谈得来的吗？”

她哼了一声：“什么女性朋友啊？她们只是不满22岁的孩子而已，刚刚大学毕业。他把自己搞得像是神父而她们是他的信徒一般。这让我心里有点不踏实，但是我又能说什么呢？”

好吧，这才像之前的我们。我努力让我们之间的对话更平和一些。“我相信这是适应期的缘故。你们至少在城里到处逛过了吧？我知道洛杉矶和纽约很不一样，但是肯定会有一些好玩的去处，是吧？”

“有时我会去海边走走，或者去全食超市（Whole Foods Market）买东西，还报名参加了瑜伽学习班，尝试做坚宝果汁之类的，然后就是参加各种各样的面试。我知道生活总会慢慢步入正轨，但到目前为止，还没有发生任何有意思的事情。艾弗里后天会回来，所以到时我们可能会去拉古纳短途旅行，或者是再去一次墨西哥——那很不错。不过前提是他的‘学术’活动不会占据他所有时间。”她毫无底气又无精打采地说着，我真想为她大哭一场。

“亲爱的，他到底去哪儿了？离开多久了？”

“他只是回纽约几天，因为家族生意——跟他的信托管理人和会计师会晤或诸如此类的事情，我不是非常确定。因为今天我有一个面试，所以他跟我说他一个人可以搞定那些事情，没必要让我跟他一起坐飞机横穿整个美国。”

“明白了。哎，我多希望你也能回来，跟我一起参加《花花公子》的派对。我会让你担任‘兔女郎’的督察员，在酒吧里到处巡视，确保她们的‘尾巴’牢牢地粘在屁股上。听起来很神气吧？”

“确实神气。贝蒂，我好想你！”

“我也想你，佩。如果你愿意，就买张机票回家看看。你又不是搬去关岛了，只是美国的西海岸而已。如果想家了，我们很希望你回来住一段时间。或许我跟你，还有艾比，可以一起出去吃午饭。说不定第二天就会在报纸上读到这样的新闻：贝蒂和佩内洛普被人目击和巨人队（棒球队名）的所有队员都上床了，这听起来是不是很棒？”

她大笑起来。那一刻我很想拥抱她。“跟你说实话吧，即使让我跟整支球队上床，我都不会反对。那可不是什么苦差事，你说呢？”

“绝对不是，亲爱的，怎么会是苦差事呢？佩，现在我必须躺下睡一会儿了，因为明天将会是无比漫长的一天，等派对结束了我们再聊个痛快好吗？”

“当然！能听到你的声音真是太好了。祝你好运，希望明天的活动顺顺利利，不要闹出太大的绯闻哦。我爱你，贝！”

“我也爱你，佩！我向你保证，从现在开始，一切都会变得越来越好。我很想你，很快会再打电话给你的。”

我将电话放回基座上，然后利索地爬上床，将电影看完。开心地想着：终于，终于，我和佩内洛普“重修旧好”了！

30

“核对一下，1、2、3，你们能听到吗？开始报数，1……”我对着对讲机话筒喊道，等着大家报数，好知道每个人的对讲机是否正常工作。当听到利奥报出16时，我知道大家都各就各位了，不禁深吸了一口气。客人开始陆续入场，随之而来的是各种问题，不管我怎样努力似乎都阻止不了问题的出现。前一天还信心满满、计划周详，现在开始乱套了，我内心的恐慌也越来越难以平息。

“斯凯？你能听到吗？”我对着从耳朵一直延伸到我嘴唇的话筒喊。

“贝蒂，亲爱的，我在呢。冷静，现在一切都很顺利。”

“除非你告诉我主题墙已经搞定了，否则我冷静不下来，10分钟前，那里还是乱七八糟的。”

“我正站在外面呢，一切都好。9米高的《花花公子》兔头标志已经喷绘在纸板上了，就等着名人们走过来拍照了。他们刚刚完成了最后润色工作，几分钟之后就干了，不要担心。”

“埃莉莎？我们有媒体和安保工作的最终安排吗？游廊的萨米负责VIP的入口，因此他需要知道哪些摄影师被安排在什么地方。”我像疯子一样喊出一个个指令，我讨厌自己这样的声音。说到萨米的名字时，我没有任何犹豫，那么，这对我算是一个进步。几个小时前我到达的时候，他吻了我的脸颊，在我耳边低语“祝你好运”，我差点没晕倒。唯一支撑我熬过这个夜晚的是，在接下来的六个小时内，他都和我“共处一室”。

“核对一下。《今晚娱乐》(*ET*)和《走进好莱坞》(*Access Holywood*)安排在首席位置。《E!》还拿不定主意要不要来——没有拿到独家报道权他们很不高兴——不过如果他们派人来了，我们也有准备。CNN、MTV的人和一个给福克斯做派对记录的家伙，还有那些知名工作室的人可以进来。小报的狗仔队只能在场外。每个人都清楚谁是贵宾，谁是一般客人。有一个问题就是，谁是萨米？”

我不能直接告诉她萨米也在我们的对讲系统中，现在我们说的每一个字他都听得到——更不能告诉她他是一个令我心潮澎湃的人。“埃莉莎，非常好。把名单给他就可以了，好吗？”我希望她不要再对此纠缠不休，而她偏要穷追不舍。

“不，说真的，贝蒂，萨米是谁？”她抱怨道，“哦，等一下，他是这里工作人员的头头，是吗？那他为什么要VIP最终名单呢？”

“埃莉莎，萨米负责今晚的安保工作。我们不可能考虑用‘圣殿’的那帮盖世太保，因此萨米很热心地帮了我们。他要在前门，仔细检查每一个细节。把名单给他。”我以为就此结束了，但是埃莉莎显然没有这个想法。

“哦，等一下！萨米。就是那个伊莎贝拉的助手？绝对是！我想起来了，他跟我们一起去了土耳其，是吗？那个周末，她把他支使得团团转。

你还以为他们是——”

“什么？埃莉莎？我听不到了，我要跟丹尼说话了，所以我得关掉耳机了，待会儿聊。”我关掉耳机，瘫坐在沙发上，努力不去想，萨米听到刚才那段对话会做何感想。

“有什么吩咐？”丹尼从吧台那边问。他正色眯眯地盯着面前走来走去的兔女郎，她们为迎接那些贪婪的男人和嫉妒心强的女人做足了准备。

“没什么，没什么。我想我们都准备好了，是吗？”

“对的。”

“我还有没有什么东西忘记了？”

“没有。”他打了个嗝。五分钟之内，他已经喝下三杯啤酒了。

我环顾四周，对眼前的一切很满意。俱乐部布置一新，变成了五十周年庆典的完美场地。我们设置了两个入口，一个是供VIP客人使用，一个是其他人员用。每个入口处都架着黑色顶棚，铺着红地毯，印着《花花公子》的标志。安保人员都穿着统一的制服，耳朵里塞着小巧的不易觉察的耳机。客人从顶棚处往里走，就进入了一条铺着大台阶的黑色走廊，上面装饰着黑色的薄纱幕帘，沿台阶往上穿过幕帘，客人就到达了一个凸起的平台，然后继续往下走进房间，在平台那里每个人都能看到他们。房间的左边是一个26米高的吧台，那里负责调酒的是35个身穿丁字裤和比基尼胸罩、头戴兔子耳朵的女调酒师。吧台后面的墙壁上贴满《花花公子》近50年来杂志插图：每一张都是彩色的，放大了两倍后不留间隙地贴在一起（为大量的比基尼照片留下空间）。我们把VIP区域设在了右边，用绳子跟普通区域隔开，里面是黑色的天鹅绒沙发，“预留”的标签放在每张玻璃桌子上的冷水机旁。灯光从屋子正中央打下来，下面是一个巨大的多层蛋糕样的圆形舞台。底下两层是给兔女郎在午夜表演时跳舞用的，顶层是用来展示我们的神秘嘉宾的。一个巨大的360

度舞池围绕着“蛋糕”舞台，周围摆满了天鹅绒矮凳。

“嗨，看起来怎么样了？”凯莉在我面前转了个身，展示那件非常紧身、非常短、几乎透明的包身裙，“觉得怎样？”

“美极了。”我回答，心里确实也是这么想的。

贝蒂，我给你介绍一下吧，这是亨利。亨利，这是我们今晚的大明星之一，贝蒂。

一个长相不错但是从没见过的40岁左右的男人——中等身高、中等体型，黄头发——朝我伸出手，露出非常灿烂的笑容。“很高兴见到你，贝蒂，凯莉经常提到你。”

“希望都是好话。”我相当老套地答道，“希望玩得开心。活动很快就开始了。”

他们笑了，含情脉脉地望着对方，那表情让人忍不住心生恨意。

十点整，派对的大幕拉开。赫夫带着他的6个女朋友占据了两个主桌，喝着“杰克兔子”。他周围的桌子上坐着各类名人及其随从：詹姆斯·甘多菲尼、帕米拉·安德森、海伦·格蕾·布朗、基德·罗克、伊万卡·特朗普、杰·鲁。他们看起来对我们的安排很满意，我们不限量供应酒水、一盘盘兔子形状的巧克力以及草莓。那些普通客人也都喝了一点儿酒准备跳舞，兔女郎四处走动，身体轻触房间里所有的男孩和大部分女孩，非常具有诱惑力。大概有200个兔女郎，她们都戴着兔耳朵、穿着紧身衣和丁字裤，走动时晃动臀部，以突显屁股后的兔尾巴，把骨盆往前倾，让别人看清楚丝带上她们的名字和家乡。男人们并不知道，真正的派对是在楼下女洗手间里，她们在里面抽烟、闲聊，取笑那些直勾勾盯着她们看的男人。她们上厕所的时候，必须把紧身衣的拉链全部拉开，完全脱掉衣服，并且再穿上的时候必须有别人帮忙。我靠在墙上，盯着面前的卫生间门等着里面的人出来，看到一个金发女孩伸出双手，放在另一个兔女郎枕头状的巨乳上。她羡慕地抚摸了一会儿，然后问道："真的还是假的？"双手还在上面放着。

被抚摸的女孩咯咯笑了，晃动了一下乳房说："亲爱的朋友，这两个是定制的。"然后她蹲下去，身子往前倾，一边用力把双乳往胸前挤压，一边拉上紧身衣的拉链。她重新起身时，紧身衣几乎连她的乳头都包不住，她看起来重心不稳，似乎要跌倒了。一切完成之后，她们把空酒杯放在洗手池上，连蹦带跳地加入到楼上的派对。

我回到楼上，又通过耳机和大家确认了下，一切都在按计划进行着，虽然中间出现了一点小意外：一个迪斯科灯球掉落，所幸没有砸到人；两个未成年人打起架来，被萨米和他的同事控制住了；还有黑樱桃供应不足，据说饥饿的兔女郎们从吧台后面一把一把地抓着吃。埃莉莎似乎还很清醒，关注着VIP的动态，利奥很老实地没有找人鬼混，巡视着吧台和舞池。距离午夜惊喜只有一个小时的时间了，我必须专心准备了。

午夜的惊喜表演是我的压轴戏，从土耳其回国之后我就开始着手准备这个节目了，我希望它能大获全胜。那时，只有凯莉、《花花公子》公关负责人和赫夫知道表演的内容，我迫不及待想看到每个人对这个节目的反应。我打算跟萨米他们再三确认下，确保他们知道在艾比出现的时候，如何拒绝她入内。就在那时，萨米的声音从耳机里吱吱啦啦的传过来。

"贝蒂？杰西卡和阿什莉的车子到了。"

"明白。我马上到。"我从吧台取了一杯金汤力酒准备讨好菲利普，但却怎么都找不到他。我不想让这对姐妹感觉被怠慢了，于是通过耳机向大家发出寻找菲利普的启示，让看到他的人告诉他火速赶到前门，随后我冲过去，刚刚看到她们从我们派过去的宾利车上下来。

"嗨，美女们。"我说得笨拙极了，"我们都很高兴你们能来。随我来，我带你们看看。”我带领她们走过红地毯，穿过无数亮得人睁不开眼的闪光灯。

她们在15分钟的展示时间里表现得极有风情，互相搂着对方的肩膀，翘着屁股，踩着一样的12厘米高的银色高跟鞋并排走着。我带着她们经过萨米（对我眨了眨眼睛），直接走到VIP区域。我叫我们雇的一个帅男孩好好招呼她们，让他满足她们的需求。然后我抽身去找神出鬼没的菲利普。

尽管我发出了无数的求助讯息，并且亲自搜寻了房间，还是不见他的踪影。我打算派人去男洗手间找一下，鬼知道他们在里面做什么勾当。那时我瞄了一眼手表，十一点五十五，表演很快就要开始了。我冲到楼上示意DJ把《Dancing Queen》切换成电子打击乐。这是一个信号。赫夫起身离开那帮叽叽喳喳的女朋友，缓慢地走向舞台的第二层，用手敲了一下话筒，开始致辞。“欢迎你们到来！”台下的观众立即疯狂起来，他们鼓掌欢呼，打断了他的讲话，齐声高喊着“赫夫、赫夫、赫夫”。

“好的，谢谢你们。非常感谢你们来参加派对，跟我和我的员工在一起庆祝——”他停顿了一下，对台下的人群眨了眨眼，人群中爆发出一阵喊声——“50年来那些重要的特辑、大名鼎鼎的作家，当然，还有迷人的姑娘们！”人群中的呼声一浪盖过一浪，几乎震耳欲聋。赫夫最后对大家表示感谢，然后回到了VIP的座位上，那里他的女人在等他。一些人以为这个环节就此结束了，开始朝吧台或者舞池走去，但是当DJ播放“祝你生日快乐”的乐曲时，他们都定住不动了。还没等大家反应过来，一个小的圆形舞台——大小可以站一个人——缓缓地从蛋糕舞台中升起。舞台继续上升，上面一个女人的身形出现在白纱幕布后，那一刻大家静静地站着，伸长了脖子盯着看。小平台在距离人群三层楼高的位置停住，那层白纱幕布退去，上面站着的是穿着紫色串珠紧身晚礼服，戴着皮毛围巾的亚香缇，简直是魅力四射。她用低沉沙哑的嗓音唱着“祝你生日快乐”，那是我听过的最性感的版本。亚香缇的表演是向玛丽莲·梦露为肯尼迪做的精彩表演致敬，不同的是，亚香缇的表演是献给赫夫的，称他是“女色界的总统”。当她的表演结束，整个房间沸腾了。金光闪闪的纸屑从天而降，人群陷入了狂欢，85个兔女郎围在舞台的底层跳起了舞。DJ把音乐切换成《Always on Time》，舞池里的人们从兴奋变成了疯狂。我听到身后有个男人对着手机喊道：“伙计，这简直是21世纪最棒的派对！”一些结成舞伴的人也陆续到舞池里跳舞。除了亚香缇“女色界”的言论，一切都按我的计划有条不紊地进行着——比计划的还要好。

埃莉莎、利奥和萨米都通过耳机告诉我表演太成功了，甚至连凯莉也找到一只耳机，在里面喊出对我的赞许。那一刻，我幸福极了，然而这种欢愉只持续了短短的7到10分钟，整个局面开始急转直下，预示着我也要跟着倒霉了。我在VIP区域四处游荡，希望能找到菲利普。在一个黑暗的角落，我看到一个非常熟悉的长满金发的脑袋，它正埋在一对堪比兔女郎的豪乳之间，上下移动。我疯狂地环顾四周，寻找摄影机，希望、祈祷有人拍到菲利普吮吸别人双乳的画面，并把照片贴到所有的报纸上，那么我就终于可以和他结束了。因为看到过他跟一个男人亲密的场景，所以再看他跟女人亲密的画面，我感觉很怪异。不过也没什么，我巴不得他这样。我意识到这对我来说是个机会：如果那意味着我跟他彻底结束，我乐于扮演被背叛的女友角色。我过去拍了拍他的肩膀，想要表现出一般人会有的愤怒，不过当他转过身喊道：“你想干吗？没看到我在忙吗？”我立即缩了回去。

不是菲利普。没有英国口音，没有轮廓分明的下巴，也没有“我就是坏男孩”的笑脸。出乎意料，那个盯着我、努力控制住愤怒和厌烦的人，居然是一个我认识的家伙：艾弗里。当他认出我时，惊讶得下巴都拉长了。“贝蒂。”他低声说道。

“艾弗里？”我无法移动，不能思考，也想不出一个合适的字眼。我模模糊糊意识到，那个女孩正扬扬自得地盯着我们，不过因为光线太暗了，我看不清她是谁。因为激吻，她的口红染得下巴和面颊都红了。15秒后，我终于发现我也认识她，是艾比。

“贝蒂，这个，不是……贝蒂，你知道艾比，是吧？”

他脸上渗出的汗珠清晰可见，双手痉挛似的逆时针摆动着，向那个女孩打手势，又好像假装她不在那里。

“贝蒂！很高兴见到你。我看了最近关于你的报道。”她声音颤抖，故意把手放在艾弗里背上摩挲，我盯着他们看，而她也看着我。

我继续盯着她，不知道该说什么，她应该还以为我对她的职业身份毫不知情。当面对质的场景让我有些恐慌，我不知道先应对谁，于是就那么站着。很显然，艾弗里以为在这种情况下，他应该继续说点什么。“佩内洛普知道我在纽约，并且她知道我喜欢出来玩，但是，我觉得这个不太适合让她知道。呃，她现在刚搬过去，需要好好调整一下，适应那边的一切，我觉得不让这件事烦到她会比较好，你知道吗？”他含混不清地说出每个字。

这时，艾比凑到他身上，亲吻他的耳垂，斜了我一眼然后假装陶醉地闭上眼睛。艾弗里一把推开她，就像掸去一只小虫子。他站起身，在桌子的另一侧抓住我的手臂，用力想把我拽离桌子。尽管他醉得有些神志不清，但动作还是相当灵巧。

我被他拉开几步远之后才回过神来，用力甩开他的胳膊。“你个浑蛋！”我低声叫道。我本想喊却什么也没喊出来。

“有问题吗？”艾比又贴到艾弗里身上。

我死死地盯着她，几乎被内心燃起的仇恨吓到。“有问题吗？你为什么会这么问？当然没有。太好笑了，明天你应该不会写自己是如何处心积虑地勾引了别人的未婚夫吧，他可是你认识了8年多的老同学的未婚夫啊。绝对不会，我想你明天的专栏里不会有一个字是关于你或者艾弗里的。相反，只会是关于我的，不是我偷了吧台的小费，就是跟舞蹈演员嗑药，或者是跟摄影师群交，对不对？”

他们都望着我。艾比先张口了。

“你在说什么啊，贝蒂，你真是在胡说八道。”

“哦，是吗？太有趣了。不幸的是我知道你就是艾莉·英塞德，我想知道，除了这个愚蠢至极的名字外，还有什么能让你如此恬不知耻！我会将事情的真相公之于众，我会给全城所有的记者、编辑、博客主和助手打电话，告诉他们你的真面目以及你是如何撒谎的。并且我很乐意把整个故事告诉你的编辑，到处散播谣言，诽谤中伤他人，你做这些足以惹上官司的事情，纯粹为了好玩。也许她很想听听你因为抄袭论文差点被学校开除的事，或者她会觉得那晚你跟曲棍球队的男孩上床的故事很有趣，那可不是一个男孩，也不是两个，也不是三个，而是四个。嗯，艾比，你觉得呢？”

“贝蒂，听着，我——”艾弗里显然没听我在说什么，他只是关心这件事是否会影响到他自己的生活。

“不，艾弗里，你听着。”我转过去面对着他，用从未有过的凶狠声音对他说，“从今天起，你有一周的时间向佩内洛普坦白。听到了吗？就一周，否则，她会从我这里得到消息。”

“上帝啊，贝蒂，得了吧，你根本不知道自己在胡说什么。你根本不知道发生了什么。什么都没有。”

“艾弗里，听我说，你听清楚了么？一周。”我转身离开，心里祈祷他不要挑战我的底线，让我告诉佩内洛普——我最好的朋友事情的真相，她那卑鄙的未婚夫把她扔在一个陌生的城市，自己回家过周末并且对她不忠，是一件非常困难的事情，尤其是在我们的关系出现了一点儿小裂缝的时候。

我刚走出几步，艾弗里紧紧拉住了我的胳膊，他拉得太用力，我被绊了一下，几乎要脸朝地跌倒。他拉了我一把，把我推到沙发上。他的脸离我只有5厘米，混合着酒味的热乎乎的气息喷到我脸上，他语言连贯地对我耳语道："贝蒂，我会否认你跟她说的每一个字，看她会相信谁？是我，那个她爱慕了有10年的人？还是你，在她送别派对上丢下她去跟男人约会的人？嗯？"他逼得更近了，整个身体差一点儿就压在我身上了，脸上的表情因激动和威胁而扭曲得可怕。我在想用膝盖袭击他的下体是否合适。我是如此厌恶他的这种举动，以致并没有很关注自己的安全问题。不过，我没有必要决定是否去袭击他，因为我正要抬起膝盖时，艾弗里的身体整个往后倒了出去。

"有什么要帮忙的吗？"萨米抓着艾弗里的衬衣将他揪了起来。

"伙计，你放开我。你算什么东西？"艾弗里吐了一口口水，看起来醉得更厉害了，也更加卑鄙，"这不关你什么事，明白吗？"

"我是保安。这里的事就是我们的事。"

"好吧，这是我的朋友，我们正在谈话，请你哪儿凉快哪儿待着去。"艾弗里挺直身子，想挽回一点儿尊严，不过以失败告终。

"哦，是吗？非常有意思，你的朋友看起来对你的'谈话'并不感兴趣啊。现在，出去。"

我揉着被捏痛的胳膊，看着他们两个你一句我一句地理论，心想谁会先在一句话中骂三次。

"伙计，冷静，没人需要你的帮助，好吗？我认识贝蒂很长时间了，站一边去，让我们把话说完。你不应该为我们拿点酒或做点别的吗？"

那一刻，我以为萨米会狠狠地揍艾弗里，但是萨米冷静下来，深吸一口气，转向我说：“你还好吧？”

我想告诉他所有的事情，跟他解释艾弗里是佩内洛普的未婚夫，告诉他我看到他跟一个女人鬼混，而那个女人正是艾比，那个叫艾莉·英塞德的人，尽管我知道艾弗里是个浑蛋，但从来没见过他像今天这样好斗。我想抱住萨米的脖子，一遍遍地感谢他，在他认为我有麻烦的时候过来帮我，并问他我该怎样向佩内洛普解释，以及怎么应对艾弗里。

那一瞬间，我真想什么都不管了，让这派对和工作见鬼去吧，管他第二天艾比会写什么。我只想挽住萨米的胳膊，头也不回地离开这里。但是，他当然知道我在想什么，他能在我的脸上看出来。他靠近我，小心翼翼地耳语道：“冷静，我们晚点再谈，贝蒂。”我努力让自己冷静下来，这时候看到埃莉莎和菲利普手挽手，慢悠悠地走了过来。

“这里怎么了？”菲利普问道，其实他对眼前的一切根本不感兴趣。

“菲利普，别管这事，没什么。”我说道，希望他们两个尽快从我眼前消失。

“你怎么不叫这个受雇的暴徒滚开，埃莉莎？”艾弗里灌了一杯酒，对埃莉莎抱怨道，“这个蠢货竟然插手跟他没有一丁点儿关系的事。我正在跟一个老朋友聊天，他突然就怒气冲冲出现了。他是为你们工作的吗？”

菲利普一下子就对整个局面感到厌烦，醉醺醺地倒在沙发上继续沉浸在金汤力酒里。听到自己最喜欢的派对男孩被雇来的人骚扰，埃莉莎则非常不高兴。

“你是谁？”她问道。

萨米看着她笑了，似乎在说：“你在开玩笑吧，你个白痴？我们前阵子还一起到国外旅行了5天，现在你却不知道我是谁？”当他看到迎接他的是空洞的表情时，只是说道："我是萨米，埃莉莎。我们在纽约游廊8号见过很多次，我们还一起去了伊斯坦布尔。我负责今晚的安保工作。"他的声音有力而平静，没有一丝屈尊和讽刺的意味。

"嗯，太有意思了。你跟我说这话的意思是，因为你在游廊一周工作几晚，又是伊莎贝拉·范德玛的男宠，你就以为自己可以粗暴地对待我的朋友——VIP客人？"很明显，她有些醉醺醺，并且非常享受在大家面前显示自己的权力。

萨米盯了她一眼，面无表情。"恕我直言，你的朋友正在骚扰我的……正对你的同事做身体上的攻击。她显然非常不高兴，因此我奉劝他去做点别的。"

"萨米？是你的名字吗？"她厌恶地说道，"艾弗里·温赖特是我们最亲密的朋友，并且我知道贝蒂跟他在一起从来不会不舒服。你不是应该去厕所里劝架，或者在门口告诉那些排队的小混混和小太妹们这里不欢迎他们吗？"

"埃莉莎。"我轻轻说道，不知道下面该说什么。"他只是在履行职责。他以为我需要帮助。"

"你为什么要替他说话，贝蒂？我会留心让他的老大知道他跟我们的VIP客人起冲突的。"她转身对着萨米，举起一只灰雁的空酒瓶，"与此同时，发挥你自己的价值，去给我们再来点酒水吧。"

"埃莉莎，亲爱的，她替他说话，是因为她上了他。"一个女孩的声音从我们身后冒了出来，是艾比。"至少我猜是这样的。菲利普，你是不是很激动？你的女朋友上了游廊的保安。太有意思了。"她笑道。

菲利普咯咯笑了起来，一点儿也不着急让我说出谁跟谁睡觉之类的事。"她没有。"他笑道，把腿伸到玻璃桌上，"她也许对我不忠，但是我觉得我们没有必要指责她跟这个员工睡觉。亲爱的，你没跟她上过床，是吗？”

“她当然跟他睡过。”艾比猥琐地笑道，“嗨，埃莉莎，你怎么没跟我介绍过这件事？一切都太明显了——你肯定知道。不敢相信我之前竟然没有发现。”

我的头像遭受铲子重重的一击。你怎么没跟我介绍过这件事？一切都变得豁然开朗了。艾比总能知道我在哪里，跟谁在一起，是因为埃莉莎一直向她透露我的行踪。就这么简单，就是这个样子。我唯一不明白的是埃莉莎为什么这么做。艾比的行为一点儿都不难理解：她是一个内心险恶、报复心强、心胸狭窄的人，只要能对自己的职业或者名气有帮助，她甚至会出卖自己垂死的母亲，或者是跟朋友的未婚夫上床。但是埃莉莎为什么这么做？

埃莉莎一下子显得手足无措，开始笑着喝自己的香槟。她只瞄了我一眼，还没等我说话就转过去看别的了，我认识到自己的猜测是对的。艾弗里又在求我了，萨米带着厌恶的表情转身朝门口走去，菲利普因为太醉或是太不关心，根本不知道发生了什么。

“亲爱的，是真的吗？你跟那个保安上床了？”菲利普一边问，一边专心致志地玩着艾比的头发，而艾比，脸上满是喜悦。那时，我开始怀疑，他是否一直都知道埃莉莎和艾比之间的勾当。或者更甚，他根本就是他们的同伙，把我当作掩盖他性取向的一个工具。太可怕了，简直不敢去想。

“嗯，菲利普，这个问题非常有趣。”我尽可能放大音量，艾弗里、埃莉莎、艾比和萨米都转过来看着我，“我认为如你所说，你会对我是否跟‘那个保安’上床感兴趣，是非常有意思的事。你这么说肯定不是出于嫉妒，毕竟，你和我之间从来没有发生过任何亲密的行为。”

菲利普看起来死人一般，所有人都一脸茫然。

“什么？哦，拜托，各位！你们知道所有人的每一件事，但你们竟然从来没有怀疑过这个自称是上帝送给纽约女性的礼物的人，其实真正喜欢的是男人？相信我吧。”

所有人都开始小声议论起来。

“是的，对的。”埃莉莎说道。

“贝蒂，亲爱的，你干吗要说这些废话？”菲利普冷静的语气跟他的表情完全不同步。

就在那时不知道是谁在耳机里喊吹牛老爹（P. Diddy）来了，他参加完附近的一个派对就不请自来了。通常情况下，这种身份的人能来我们当然欢迎。然而，他带了大约100个人过来，那就是一场灾难了。很显然，因为在门外等了很久，他开始不高兴了，因为萨米在屋里处理艾弗里的事，他的副手不敢私自做什么决定。我们能跟他说他不能进来，因为屋子已经很满了？或者告诉他可以选10个朋友进来坐在VIP区域？还是考虑如何从房间赶走100个人，好让他们都进来？那么，应该由谁站出来告诉他这些？没有人想尝试。

还没等我们想好如何应对吹牛老爹引发的灾难，一个实习生呼叫说一拨知名客人在厕所里买卖毒品被抓了——一个在外面维持秩序的纽约警察在换班的间隙去了趟厕所，刚好将他们抓了个现行。这个消息最让人不安的显然不是这件事本身，据实习生说，有不下5家的狗仔队拍到了那一幕——毫无疑问，那些照片会对我们推广的东西非常不利。

第三个呼叫来自利奥。他告诉我莫名其妙地——没人知道为什么——供应商统计错了数量，现在香槟已经全喝完了。

“不可能，他们知道这里有多少人，他们知道我们格外关注香槟。兔女郎要喝，女孩们要喝，银行家也要喝。唯一能让女孩们流连忘返的就只有香槟。现在才十二点半啊！我们该怎么做？”我的吼声盖过了阿什莉·辛普森高分贝的歌声。

“贝蒂，我知道，我正在想办法。我叫了几个服务生去外面尽可能地多找几箱，不过现在是深夜，这个点不太容易买得到了。他们可以在酒水店买几瓶，但是现在我不知道去哪里可以买到大批量的。”利奥说。

“贝蒂，我需要知道你想让我做什么，呃，那个还在外面等的VIP客人。”在门口慌乱不安的安保人员对着耳机叫道，“他现在已经焦躁得发火了。”

“贝蒂，你在吗？”我的耳机又响起凯莉的声音，她又拿起别人的耳机，问我发生了什么事。以往那个温和的女老板不见了，取而代之的是一个狂怒的恶魔。“你知不知道有人因为毒品交易被逮捕了？在我们的聚会上没有人会被逮捕。你听到了吗？”

她停顿了一会儿，随后又响起了更响亮清晰的声音：“贝蒂！你能听到吗？我要你立即到门口来！事情都一团糟了，还见不到你。你究竟在哪里？”

我看着埃莉莎把耳机从耳朵里取下来——不知道是出于什么原因，是故意还是太累了？她一屁股坐在菲利普旁边，跟艾比争着吸引他的注意。既然有酒喝，何必去战斗？我只能打起精神，集中精力去解决那些我根本不关心的问题，就在那时，我听到了最后菲利普对萨米的挑衅，这成为压垮我的最后一根稻草。

“嗨，伙计？是的，就是你。”菲利普一手揽着艾比，一手抱着埃莉莎，对萨米喊道。艾弗里坐在他旁边语无伦次地唠叨着什么。

“怎么了？”萨米问道，不太确定菲利普是不是在叫他。

“做个好小伙，给我们带瓶喝的过来。姑娘们，你们想喝什么？香槟还是伏特加？”

萨米看起来像被人抽了一巴掌。“我不是你的服务生。”

菲利普居然歇斯底里地笑到抽搐。“别说那么多，给我们拿喝的就是了，听到了吗，伙计？至于你们怎么分工的，我可一点儿兴趣都没有。”

我不知道萨米接下来会有什么举动，是揍菲利普还是完全忽视他，或者是去给他拿酒水？那一刻我只想现在躺在床上该有多舒服，对吹牛老爹是带1个人还是100个人，以及他是否会一走了之一点儿都不关心。我突然意识到，我几乎每日每夜每一分每一秒都跟一帮我见过的最差劲的人待在一起，而我得到的仅仅是一盒让我自己和我爱的人蒙羞的剪报。我站在那里，眼睛看到的是摄影师对着扮鬼脸的菲利普一阵猛拍，耳朵里听到的是在他们看来堪比国际危机的各种问题，我的脑子里只有威尔、佩内洛普、读书俱乐部的女孩，还有我的父母和萨米。那一刻，我感受到几个月来前所未有的平静，我摘掉耳机，把它放到桌子上，平静地对埃莉莎说：“我不干了。”

我转向萨米，毫不在乎别人会听到什么。我对他说：“我要回家了，如果晚一点儿你能过来的话，我会很高兴。我在第28大街东145号，1313公寓，我会等你的。”

没等任何人反应过来说些什么，我就转身离开了。我穿过舞池，经过一对DJ旁边似乎正在做爱的男女，径直朝门口走去，那里等候的一群人跟着音乐摇摆着身体。透过眼角的余光，我看到了凯莉，还有几个正跟吹牛老爹乐队成员调情的“名单女孩”，不过我躲过了她们的视线，悄悄走到人行道上。人群几乎挡住了马路，因此没有人注意到我。没有跟任何人说一句话，我径直走过半个街区，准备坐上刚刚拦下的出租车，忽然听到萨米叫我的名字，他跑过来在我上车之前一把关上了车门。

“贝蒂，不要这样。我可以一个人处理好的。跟我回去，我们晚点聊这个。”

我踮起脚尖，亲亲了他的脸颊，抬起手臂拦下了另一辆车。“我不想回去，萨米。我想回家。我希望晚点能见到你。但是我现在必须得离开这里了。”

他张开嘴想说话，但是我已经上了出租车。“我也可以自己处理。”我说道，对他笑了笑坐到了位子上。车子呼啸而过，带我远离一场噩梦。

31

直到凌晨两点半，依然没有萨米的消息。凯莉、菲利普和艾弗里不停地给我打电话，我统统都没接。冷静了很长时间之后，我给凯莉写了一封道歉信，三点左右，我得出这样的结论，埃莉莎——不像艾比——其实并不是阴险邪恶的人，她只是非常渴望一些东西罢了。时针转到四点的时候，仍然没有萨米的电话，我开始设想各种不好的情景。五点左右的时候，我终于迷迷糊糊睡着了，几个小时后我醒来，发现萨米没有发短信也没有出现在我面前，我几乎要哭了。

上午十一点的时候，他终于打电话来了。我告诉自己不要接、不准接、坚决不接，但是当他的姓名赫然出现在那小小的电子屏幕上时，我的意志就被彻底摧毁了。

“喂？”我说道。我本想让自己听起来轻松欢快些，但话一出口，还是像缺氧一样难听。

“贝蒂，我是萨米。现在打电话会不会不合适？”

嗯，要看情况，我想说。你是打算为昨天晚上的事情道歉吗？或者是解释为什么不过来看我？如果是那样的话，现在打电话再合适不过了——过来吧，我给你做松软的煎蛋卷，给你按摩酸痛的肩膀，吻遍你的全身。然而，如果你打电话是告诉我任何不好的事——不论是关于你、我还是我们——那你应该知道我现在非常非常忙。

“不，当然合适。怎么了？”这样的回答听起来应该很漫不经心了吧？

“我想知道昨天晚上怎么了，我非常担心你——你就那么中途离开了。”他没有提昨晚我要他来我这里的事情，不过语气中满是关心，就算弥补了这个缺憾吧。我知道他想让我打开话匣子，而我一旦开口就很难停下。

“我知道就那样中途走掉是很差劲——真的很不成熟，非常不专业。不管发生什么事情，我都应该一直待到活动结束。但是我感觉身体不听使唤，我就那么走了。我很高兴自己那么做了。你知道昨晚发生了什么吗？”我问。

“不是很清楚，不过我知道我确实不喜欢那些人，贝蒂。为什么那个叫艾弗里的人对你动手动脚？到底是怎么回事？”

于是我什么都说了。我告诉他在伊斯坦布尔发现菲利普和利奥在一起的事；我讲述了艾比（艾莉）的情况，以及她从埃莉莎那里获得信息的事实；我告诉她埃莉莎最近争强好胜，我知道她想得到菲利普，但却没想到她竟然那么对我；我跟他讲了佩内洛普和艾弗里的事，从他们第一次约会一直讲到他们订婚，还有我发现艾弗里和艾比偷情；我还坦陈因为总是有这样那样的事情，我已经缺席了很多次威尔和西蒙的家庭晚宴以及周日的早午餐聚会；我甚至一次都没回过迈克尔邀请我喝酒的电话，因为我总是很忙并且不知道怎么跟他解释；我知道我的父母对我非常失望，不愿意跟我说话，我甚至连我最好的朋友的近况都不清楚。我还向他道歉，因为我不愿意公开我们已经在一起的事实，不是出于不好意思，而是紧张。

他认真地听着，时不时提出几个问题。当我提到他时，他叹了口气。不祥的征兆。“贝蒂，我知道你不是不好意思——我知道完全不是这样。考虑到我们现在的情况，我们都认为不要公开比较好。不要对自己太苛刻。你昨天晚上做得对。我才是要道歉的那个人。”

我撕开一包辣堡，往手里倒了些。“你在说什么呢？你昨天晚上做得很好了。”

“我应该给那家伙脸上一拳。”他说，“就这么简单。”

“谁？艾弗里吗？”

“艾弗里，菲利普，有什么区别？我真想杀了他。”

这倒是他该说的话，可为什么我的胃还是那么难受？是因为我还在想他在过去的10个小时里都没有联系我，那他到底有多担心我吗？或者是我还没听他提过关于我们已经在一起的字眼？又或者是，我仅仅是为自己突然失业而压力巨大？那意味着我必须面对重新再找工作的事实。我一直都清楚银行业并不适合我，不过重新尝试另一个全新的行业也让人不安——另一个更有趣的工作——并且发现我也不是那块料。似乎是心有灵犀，萨米问我接下来想做什么，我告诉他早上我打电话给凯莉道歉的时候，她提出可以以自由职业者的身份让我做一些项目，不过她毫不犹豫地接受了我的辞职申请；或者我应该放下自己的自尊，给威尔打工。在我神志恍惚的时候，我意识到我还没问过他的餐馆怎样了。

当我问到这个的时候，他沉默了一会儿，然后我：“我有好消息告诉你。”

“你拿下它了！”我想都没想就喊了起来。然后我在心中祈祷，小心翼翼地问道:“你得到它了吗?”

“是的，我成功了。”他说道，我都能感觉到他在笑，“我提交了场地和菜单建议书，律师说他的客户非常满意。他们让我做主厨，他们在东村区买了一块地方。”

我激动得说不出话，不过他应该没有注意到。

“是的，一切都发生得太突然、太快了。有一家餐馆准备开业，但是投资方在最后一刻撤资了，我觉得算是得益于某种商业丑闻吧。总之，那些幕后的股东们低价接手了它。他们立即寻找大厨，尽快让餐馆开业。你能相信吗?”

“恭喜你!”我在心里热情地说，“太不可思议了，我就知道你会成功的!”我当然是这么想的，但是话从我嘴里出来后，我的直觉立即转换了频道，我讨厌自己那么想，但是对我们两人的关系而言，这真不算好消息。

“谢谢你，贝蒂。这对我意义重大，我迫不及待要告诉你。”

还没想好怎么组织语言，我就脱口而出:“不过这对我们两个意味着什么?”

沉默，可怕的沉默，而我还不知道那意味着什么。我知道我们注定是要在一起，任何困难非但不是不可克服的，相反，还会让我们的关系更坚固。

萨米终于开口说话了，声音沮丧而悲伤。“我要全身心扑在这个上面”是他仅有的回答，他说出那句话的瞬间，我知道那件事落空了，“那件事”，我指的是“我们的爱情”。

“当然了。”我不假思索地说道，“这是个可遇不可求的机会。”

在那个时候，爱情故事的男主角会继续说:“还有你，你是让我努力工作的动力和源泉。”但是萨米没这么说，他只是平静地说:“我要把握这个时机，如果我说让你等我，实在是太不尊重你了——尽管我希望你会等我。”

真可恶！我想。直接说让我等你，我会的。告诉我，你希望我能理解，尽管一切会很艰难，不过等这段时间过去，我们会幸福地在一起。请不要用这可怕的客气语调——我不想让你尊重我，我想让你要我。

但我什么都没说，我擦去滚落到下巴上的泪水，努力平静自己的声音。当我终于开口时，我为自己镇静和流畅的表达深感自豪。“萨米，我明白这次机会对你来说非常难得，听到这个消息我万分激动。你应该把所有的时间和精力都放在打造一家一流的餐厅上面。我保证我没有生气，也没有不安，我只是为你高兴。去吧。做你需要做的事情。我希望当它成为纽约最热门的餐厅时，你能邀请我去你那里吃晚餐。保持联系，好吗？我会想你的。”

我静静地把电话放回去，足足盯着它看了五分钟，然后整个公寓回响起我的哭泣声。他没有再打回来。

32

“再告诉我一次，我的生活会有改善吗？”我问佩内洛普。在公寓的起居室里，我穿着宽松运动裤在沙发上恣意伸展四肢——我几乎有三个半月的时间没有穿正装了。

“哦，贝蒂，亲爱的，当然会的。看看我的生活，现在不是正在走上正轨嘛！”她自嘲道。

“今天晚上怎么安排？你记得录下上周的《绝望的主妇》（*Desperate Housewives*）了吧？”我百无聊赖地问道。

她扔下手里的《Marie Claire》，盯着我说道：“贝蒂，上周日电视直播的时候你已经看过了，我们为什么要刻录呢？”

“我想再看一遍。”我抱怨道，“好了，应该还有其他值得看的。HBO的情色纪录片《走在山谷》（*Going Down in the Valley*）怎么样？我们录下来没有？”

佩内洛普叹了口气。

"那《现实世界》(*Real World*)呢?"我坐直身子去按录像机的遥控器,"我们至少应该有一些低俗的片子,哪怕是老的。我们怎么能没有《现实世界》呢?"说着说着,我几乎要掉泪了。

"天啊,贝蒂,你要控制下自己的情绪,振作起来。这样非常不好。"

她是对的。我已经堕落太久,反倒习以为常了。这次的失业状态和第一次有些不同:不再会一觉美美地睡到大中午,不会兴高采烈地去糖果店,也不会步行很远去探索新的街区。我也不去尝试找工作——没有热情,连消极应对都做不到——我最近仅仅靠从威尔和他的同事那里接点信息核对的活儿养活自己,他们也是出于同情才让我帮忙的。每天早上,我穿着浴袍躺在沙发上,匆匆完成当天的工作,然后就挥霍剩下的大半天时光。而佩内洛普——不论从哪个方面看,都有充分的理由远比我糟——却已经逐渐恢复对生活的积极态度,并且对我的状态越来越警觉,开始每天提醒我要振作。

萨米再也没有联系过我,距离上一次的电话,也就是《花花公子》活动的第二天,时间已经过去了三个月零两周又四天了。那天,挂掉萨米电话的几分钟后,佩内洛普的电话就来了。她告诉我她刚跟艾弗里谈过,已经知道了事情的真相。聚会进行时艾弗里给她打电话,坦白他喝得很醉,"无意间"吻了某个女孩。那天早晨她虽然很生气,但还是为艾弗里辩解。最后我终于克服顾虑,把什么都告诉了她。当她与艾弗里对质时,艾弗里终于承认他已经搞上艾比很长时间了,并且除了艾比还有其他人。

佩内洛普很冷静地叫管家(艾弗里父母送给他们小夫妻的订婚礼物)打包她所有的物品寄回纽约,自己则用艾弗里的信用卡订了两张最近一班飞机的头等舱,叫了她能找到的最豪华的加长林肯前往机场,在飞机上独占两个座位，喝得酩酊大醉。我去肯尼迪机场接她，直接把她带到黑门酒吧，两个人又喝得昏天暗地。刚开始的几周，她和父母住在一起，值得称赞的是，他们居然没有劝她原谅艾弗里或者是把他带回来，最后她实在待不下去了，就搬来跟我一起住了。

我们同病相怜，都品尝过悲惨的不幸，经受过心碎的折磨，还有失业的种种苦涩。我们成了完美的伴侣：共用一个浴室、同饮无数瓶酒、一起分担房租，还相伴看了数不清的无聊电视剧。直到佩内洛普找到了新工作，这种完美的局面才被打破。上周她说在韦斯切斯特的一家小型对冲基金公司找到了工作，会在两周内搬走。我早就知道我们的“睡衣派对”不会永远持续下去，但我还是有点被她背叛的感觉。她甚至还提到面试她的那个男士非常帅。一切都很明了，佩内洛普已经在不断往前走了，而我注定继续悲惨下去。

“你觉得我还要等多久才能去那家餐厅？”这个问题我问了不下上千次。

“我已经告诉过你了，我很乐意陪你乔装打扮一下，偷偷溜进去，不会被发现的——他甚至都不认识我。或者采用其他什么方式，不管怎样，现在去的话时机刚好。”

“你看到《华尔街日报》上的报道了吗？他们很赞赏那里，称萨米是近五年来最优秀的新厨师之一。”

“我知道，亲爱的，我都知道。他似乎获得了一致的好评，不是吗？你为他高兴吗？”

“你不明白。”我低声说道。

“什么？”

“没什么，没什么。是的，当然了，我为他高兴。我只是希望能和他幸福地在一起。”

萨米开了自己的餐馆——一个迷人的中东风格的小店，绝不像那种连锁餐厅——就在两个月前，默默无闻地开张了。如果不是威尔在某个周四的晚餐上提到，我还根本不知道。不过从那时起，我就开始关注餐馆的动态。起初，除了厨师的简介和开张那天的简短报道之外，没有太多的信息。那家位于下东区、有12张桌子的意大利餐厅，是一个著名投资银行家的特别项目，不过银行家因被艾略特·斯皮策指控，要在联邦监狱监禁两到三年。于是他不得不清算资产偿还证监会的巨额罚款。因为整个餐馆已经装修一新，厨房也全部做好了，所以萨米几乎可以直接就开业了。一开始只在网站上有一些零星的顾客点评，还有一篇关于“街区中产阶级化”的报道也顺带提到了他的餐馆。很快，餐馆的知名度突飞猛进：短短几周，就从邻家的精致餐馆跃升为纽约的人气餐厅了。

据《华尔街日报》时尚生活版的一篇文章称，附近的居民经常很早就去排队吃饭，餐厅很快随着菜谱的流行在附近站稳了脚跟。餐厅评论家弗兰克·布鲁尼为《纽约时报》采访了餐馆，萨米的名气随之提升。布鲁尼给了他三颗星的评价，之前从没听说过有哪位不知名的厨师和他的餐厅能得到这样的认可。紧接着，纽约其他的报纸和杂志也发表了令人欢欣鼓舞的专访。《纽约客》杂志发了一篇低调的文章，赞扬Sevi是“唯一地道的餐馆”。它已经从一个不知名的小餐馆变成了最炙手可热的知名去处。唯一的问题是萨米不接受预订，不管是什么情况，也不论是什么人。有一篇专访提到——相信我，我读了所有的专访——萨米称餐馆欢迎每一位客人，不过也不会特别优待什么人。“很多年来，我一直在思考什么样的人能进餐馆，什么样的人不能，现在我对这个不再感兴趣了。如果大家想来这里吃饭，不管是谁，都可以过来。”文章引用了他这段话，这就是他唯一的条件。

“但是没有人会去不接受预订的地方！”第一次读到他的话时，我对佩内洛普叫道。

“没人会去是什么意思？”她问道。

“你得雇几个非常刻薄、恶毒的预订员，如果有人想在五点以后或午夜之前就餐，预订员要一口咬定六个月以后才会有位子。”

她哈哈笑了起来。

“我是说真的！我知道那些人！他们去一个地方吃饭的唯一前提，就是让他们相信自己不被欢迎。订出所有位子的最快方式，就是告诉那些电话预订的人没位子了，然后趁机立即给菜品加价八美元，把饮料提价四美元。雇佣那些盛气凌人的服务生，再雇一个迎宾员，她要用那种不以为然的眼光上下打量每一个客人，这样他才会有机会。”我只是在半开玩笑，其实也无关紧要：显然他自己的策略更奏效。

《华尔街日报》的评论继续写道：最近纽约的餐饮市场被那些知名的餐厅和超级大厨主宰，仅在新时代华纳大楼里，就有五家这样的餐厅。其他地方也差不多如此，人们对这样的环境越来越厌倦，纷纷期待在一些简单的餐馆享受不一样的美食。而萨米的餐馆恰恰满足了人们这一需求。我太为他自豪了，每次看到类似的文章，或者是听到有人提到他的餐馆，我都激动得想哭，而这种情况偏偏多得不得了。我太想去亲眼看一下餐馆了，但是我无法否认，萨米根本没有拿起电话邀请过我。

“看一下，”她说道，递给我一打外卖菜单，“我要吃晚饭了，我们叫点什么吃的吧，说不定吃完饭还可以出去喝一杯。”

我盯着她，似乎她刚刚建议我们飞去孟加拉国。“喝一杯？出去？你开玩笑吧。”我翻了一遍手里的菜单，“没什么好吃的。”

她把菜单从我手里夺去，随便抽出几张。“没什么吃的？这里有中国菜、汉堡包、寿司、泰国菜、比萨、印度菜、越南菜、熟食、自助沙拉、意大利菜……就这些。选一些吧，贝蒂，现在就选。”

“说真的，佩，你要什么我就吃什么。”

我看她拨通了一家叫Nawab的餐馆电话，点了两份印度香米烧鸡柳和两篮印度薄饼。她放下电话转向我。

“贝蒂，我最后问你一次，你这个周末究竟想做什么？”

我意味深长地叹了口气，重新躺在沙发上。“佩，我无所谓，又不是一个大生日。我还要做读书俱乐部的活动，这已经够忙的了。我不明白为什么你一再坚持我们需要做点什么——我宁愿让自己的脑子一片空白。”

她哼了一声。“是的，每个人都会说不关心、无所谓，其实心里在乎得不得了。为什么不在周六晚上小聚一下呢？你，我，迈克尔，或者再叫上银行的同事，或者是你俱乐部的那些女孩。”

“佩，听起来不错，非常好。不过威尔说过周六一起吃晚饭，去个不错的地方，我记不起是哪里了，你想一起来吗？”

我们一直聊到外卖送来，我从沙发上抬起越来越沉重的身子，走到小厨房的餐桌前吃东西。当我们把辛辣的鸡块舀到米饭盘子里，我突然想到如果佩内洛普走了，我该有多想念她。有她陪着，我心里会好受些，确切地说，我们又回到了之前亲密无间的状态。我注视着她挥舞手里的刀叉，讲述一个有趣的故事，然后我站起来抱住了她。

“怎么回事？”她问道。

“我已经开始想念你了，佩。我会非常想你的。”

33

“谢谢大家！你们真是太好了！”我挨个拥抱站在我周围的每一个人。读书俱乐部成员过生日时，我们会聚在一起吃蛋糕、喝饮料。我的生日蛋糕是白巧克力慕斯，饮料是经典的柠檬露，搭配小糖包和柠檬片。小型的庆生会之后，我有些醉了，整个人心情都晴朗了，并且我还收到了价值100美元的巴诺书店礼品卡。

“好好享受今天的晚餐吧。”维卡在我后面喊道，“从你舅舅那里回来之后，如果你还想出去喝一杯的话，记得给我们电话。”

我点点头，跟她们挥手道别后往楼下走去。边走边想该如何接受别人的邀请，重新走出去参与社交。现在是下午一点，我要等到八点才去威尔家，因此我在亚斯特坊广场星巴克的露台上坐下来，点了一杯香草拿铁，翻看一份《华盛顿邮报》。有些习惯是很难改变的，因此，像往常一样，我翻到《第六页》，上面的内容把我惊呆了：关于艾比的文章，还有一幅她的照片。上面说《纽约独家新闻》已经取消了“艾莉·英塞德”的专栏，并因为她伪造简历而解雇了她。具体的细节文章没有提及，不过据匿名消息称，艾莉说自己毕业于埃默里大学，而实际上，她还差三个学分，根本没有拿到学士学位。还没读完整篇文章，我就迫不及待拨通了佩内洛普的电话。

“我的天啊，你读过今天的《第六页》吗？你必须得看一下，现在，马上！”

尽管我还没有忘掉艾比这个人，也还没有兑现自己要毁了她生活的诺言，不过自从《花花公子》的活动之后，她再也没有写过我一个字。我不知道是什么原因，是不是我的威胁让她害怕了，还是因为我不再为凯莉工作了，或者不再跟菲利普约会了，所以没有了跟踪报道的价值？究竟为什么也不值得去深究了。并且，她跟艾弗里很有可能已经彻底断了。不管怎样，我还是忍不住要诅咒她。

“贝蒂，生日快乐！”

“啊？哦，好的，谢谢！但是听着，你看今天的《华盛顿邮报》没？”

她笑了，足足有一分钟才停下来，直觉告诉我，我应该是错过了什么。“这是我给你的生日礼物，28岁生日快乐！”

“你在说什么？我不明白发生了什么。你跟这件事情有关系吗？”我问道，满心希望她跟这事有关。

“可以这么说。”她有些不好意思。

“佩，马上告诉我怎么回事！这可能是我一生中最美好的一天。快说！”

“好的，你冷静下。事情非常简单，实际上，是它自己找上门的。”

“什么事情？“

“我们亲爱的同学根本没有顺利毕业的消息。”

“那么，你是怎么知道的？”

“嗯，我的前男友告诉我，他跟她上床之后——”

“佩，完全正确。他告诉你他跟别的女人上床了——我告诉你那个‘别的女人’就是艾比。”我赶紧补充道。

“对的。不管怎样，我知道他们两个鬼混之后，我就想给她写封信告诉她我的想法。”

“这跟她没毕业有什么关联吗？”我太想知道怎么回事了，恨不得直接跳过这些无关紧要的细节。

“贝蒂，我正要说呢！我不想发电子邮件，因为有可能会被她转发给几百万人。不过她在纽约的住址又找不到——她一定以为自己是什么名人，别人都会巴巴地跑到她门外一睹她芳容呢——于是，我给《纽约独家新闻》打电话，但是他们不肯透露。就在那时我想到了跟埃默里大学联系。

“好的，我现在有点眉目了。“

“我想作为一个毕业生，我应该能从他们那里得到地址。于是我打电话给校友中心，告诉他们我在找一个失联的同学，想邀请她参加我的婚礼。”

“做得好！”我说。

“谢谢，我也这么觉得。不管怎么样，他们查找了所有的记录，告诉我说没有那个人。具体细节我就不说了，经过几分钟的深入询问得知，亲爱的艾比同学跟我们一起入学，却没有跟我们一起毕业——永远也毕不了业。”

“上帝啊，我现在能想到后面发生了什么，你真是太让我骄傲了。”

“嗯，好戏还在后头。跟我通话的是学籍处的一个女孩，她让我发誓保守保密，然后告诉我艾比被取消三个学分的事，因为艺术和科学学院的院长发现艾比跟她的丈夫上床了，因此向学校建议立即让她退学。我们没人知道这回事，因为艾比没有告诉任何人。她一直在学校游荡，假装还在上课，一直到我们毕业。

“不可思议。”我深吸一口气，“不过也没什么奇怪的。”

“是啊，只花了几分钟，我就申请了一个匿名的电子邮箱，让《纽约独家新闻》的员工都知道了他们的明星专栏作家并不是什么大学毕业生，并适当地暗示了她为什么没有拿到学位。我每天给他们办公室打电话询问她的情况，终于，昨天我得到消息，她不在报社工作了。于是我给《第六页》发了匿名信。”

“哦，我的天啊，佩内洛普，你这个可怕的小贱人。我没想到你还有这一手。”

“所以，像我刚才说的，生日快乐！我几个月前就知道真相了，不过写信的时候我想，如果再等等，我就能给你一份很棒的生日礼物。把这个当作是送给你和我的礼物吧。”她补充道。

挂断电话后，我抑制不住内心的狂喜，幸灾乐祸地幻想艾比在大街上乞讨，或者——稍微好一点儿——穿着麦当劳的围裙。几秒后，电话再次响起，我看也没看就直接接听了。

“还有什么事？”我问道，以为是佩内洛普刚才忘记什么趣事，再打过来跟我说。

“喂？”那边响起一个男人的声音，“贝蒂？”

天啊，是萨米。萨米！萨——米！我差一点儿就在咖啡馆里又唱又跳，喊出他的名字。

“嗨。”我简直无法呼吸，不敢相信我等了将近四个月的电话——这个我朝思暮想的电话——终于来了。

他感觉到我的兴奋，笑了起来。“很高兴听到你的声音。”

“我也很高兴。”我控制不住语速，飞快地说，“你最近还好吧？”

“很好，很好，我终于开了自己的餐馆，并且——”

“我知道，我看到报道了。恭喜你！你做得非常成功，难以置信地成功！”我迫不及待地想知道他是如何在短期内取得这么好的成就，不过我不想冒险去问一大堆惹人厌的问题。

“是的，谢谢你。你看，我一直忙得团团转，不过我打电话想——”

哦。他的语气听起来像是感情世界有了新进展，像是有了一个能担当得力助手的新女友……不是那种在家穿破旧邋遢的运动长裤的女孩，而是穿着可爱的丝绸睡衣的女人……

“……你今晚是否有时间跟我一起共进晚餐？”

我不确定听到的是不是真的，傻傻地愣了一会儿，但是他也没再说什么。“晚餐？”我试探性地问道，“今晚吗？”

“你可能已经有安排了，是吗？很抱歉这么迟才打电话，我只是——”

“不，没有安排。”在他改变主意之前，我违心地喊道。我完全控制不住自己的感情，不过那似乎一点儿都不重要了。从凯莉公关公司辞职后，我一次都没缺席过早午餐和周四的晚餐，我想威尔会明白我今晚的决定，“我完全可以跟你去吃晚餐。”

我从电话里听到他的笑声。“太好了！我七点到你公寓那边，怎么样？我们可以在楼下喝点东西，然后我带你去餐厅，如果这个安排行得通……”

“行得通？简直太棒了，非常完美。”我脱口而出，“七点吗？到时候见。”说完我就挂断了手机，害怕自己再多说一句话把一切都搞砸了。命运，绝对是无法抗拒的命运，在冥冥之中指引着萨米在我生日的时候打电话：那是我们会幸福地在一起的暗示。那天，我原本还在思考是否要告诉他我28岁生日的事，没想到他居然就约我吃饭了，我晚上就能看到他了。

于是，我开始了疯狂的准备工作。在回家的出租车上，我给威尔打电话祈求他的原谅，他只是笑笑，告诉我说如果我是跟一个男孩出去，他很乐意改期。我冲进美甲店，匆匆做了美甲和足部护理，然后花10美元做了10分钟的“椅子按摩”让自己放松。佩内洛普自告奋勇负责我的造型，她整理了一堆服饰，包括三条裙子、一件串珠背心、两双鞋子、四个包，还有她全部的首饰，那是她的父母为了减轻她失恋的悲伤送给她的礼物。她把东西放下就走了，打算晚上跟迈克尔和阿惠一起出去，等待我的好消息。我把衣服试穿了一遍，然后疯狂地整理房间，抱着米林顿跟着佩·班娜塔的《归属》(*We Belong*)跳起了舞。最后，离约定时间还有一个小时的时候，我终于在沙发上端坐下来，等待萨米的到来。

当谢默思在楼下按响我的门铃，我感觉自己要停止呼吸了。不一会儿，萨米出现在我门前。他帅极了，穿着衬衣、夹克衫，没有打领带，完全不事雕琢，却处处流露出自然的精致和完美。我注意到他把头发留长了，不长不短刚刚好，如果非要定义的话，就像休·格兰特那样的发型。当他俯下头吻我的脸颊时，我闻到他身上香皂的薄荷香味。如果不是死死抓住门框，我肯定会激动得晕倒。

“非常开心见到你，贝蒂。”他拉起我的手，朝电梯走去。我穿着借来的D&G高跟鞋，脚步轻盈，再加上一条长裙，我的双腿显得更加修长。外套是一件羊毛开衫，恰到好处地露出一点点乳沟。就像禾林小说里说的：尽管我们已经好几个月没见了，但是再次见面时仍感觉从未分开过。

“我也很高兴见到你。”非常兴奋整晚都能看着他了。

他把我带到东边三个街区外的一间超棒的酒吧，我们找了一张黑色的桌子，一坐下来就开始聊天。看到他几乎没什么变化，我非常高兴。

“告诉我你最近怎样了。”他边说边喝了一口他给自己点的席拉酒，

“最近在忙什么？”

“没，没，没忙什么。我这里可没有什么激动人心的消息。”我说道。唉，这难道不是21世纪最保守的回答吗？“他们写的关于你的每一个字，我都读过。都非常的棒！”

“是的，我交上好运了，真的非常幸运。”他突然咳嗽起来，看起来有些不舒服，“贝蒂，我，啊，我有件事情要跟你说。”

哦，上帝啊。那可绝不是什么好兆头，绝对不是。我开始责备自己不成熟的热情，居然天真地以为萨米打电话——刚好在我生日的时候——意味着他不仅仅是想要友好地与我再续友情。都是他禾林小说——它们才是问题的根源，我发誓不再去想那些小说里的事情：因为它很容易让你怀有不现实的期望。我的意思是说，多米尼克和恩里克不会在向他们梦寐以求的女性求婚的时候，把“我有件事情要跟你说”这句话作为开场白。那显然是一个男人要宣布他恋爱了——女友不是我。我觉得我可能连一丁点儿的坏消息都招架不住。

“哦，真的吗？”我努力说出这几个字，下意识地把双臂抱在胸前等待不幸的消息，“是什么？”

他的脸上浮现出奇怪的表情，可是我们的谈话被送账单的服务生打断了。“非常抱歉赶你们走，我们要关门举办一个私人派对了。你们用完我就马上收掉了。”

我想尖叫。听萨米说他爱上了一个有着特蕾莎般好心肠的泳衣模特是一件非常痛苦的事——我真的要等他说出这些消息吗？很显然我要等。我等到他从钱包里翻出现金，等到他去洗手间出来，等到我们在外面等出租车，又等到他跟司机讨论去Sevi的最佳线路。我们终于在去往他的餐厅的路上了，可他还是没说。路上他接了一个电话，压低嗓音，只是“嗯、啊”的回应着，有时候他回答说“是的”，有时候又含混不清，我在心里猜想他一定是在给她打电话。当他终于挂掉电话，我面对他，直视他的眼睛，说："你刚才想要告诉我什么？"

"我知道这听起来很奇怪——我发誓我也是几天前刚知道的，还记得我之前跟你提过的幕后投资人吗？"

嗯。这一点儿都不像是要宣布他爱上了别人——可以肯定，事情正往积极的方向发展。

"是的，他们在寻找年轻的厨师之类的，是吗？你要给他们提交个人想法和菜单？"

"没错。"他点头道，"嗯，事情是这样的，我要为此感谢你。"

我充满爱意地看着他，等他说我是他灵感的源泉，是他前进的动力，是他的缪斯女神。但是他接下来说的话真的跟我没有任何关联。

"由我来告诉你这件事感觉怪怪的，但是他们坚持让我说。在背后支持我的投资人是威尔和西蒙。"

"什么？"我看着他，不敢相信自己的耳朵，"是我认识的威尔和西蒙？"

他点点头，握住我的手说："你真的不知道，是吗？我还以为是你说服他们帮助我的，但是他们坚称你毫不知情。我也是最近才知道的。几个月前他们到格莱美西酒吧吃早午餐，那以后我就没见过他们了。"

我太惊讶了，都不知道该说什么了。并且我还没听到那个消息：到目前为止，萨米还没告诉我他不可救药地爱上了其他人。

"我不知道该说什么。"

"说你没有抓狂。"他说着往我这边靠过来。

"抓狂？我为什么要抓狂？我太为你高兴了！我不知道为什么威尔不告诉我。我想周日的早午餐上我就什么都知道了。"

"是的，他也这么说。"

我没有时间再继续讨论这个问题，因为出租车已经到达下东区了。一下车，那个报纸上出现的小巧的遮阳棚就映入眼帘。萨米关车门的时候，我注意到一对穿着讲究的情侣在看贴在门上的告示。他们转过身，很失望地对我们说："看起来这里今晚有什么事，不营业。"然后去其他地方找餐馆了。

我疑惑不解地看着萨米，他只是对着我微笑。"我有个惊喜给你。"他低声说道。

"一场私密之旅？"我的话音中充满期待，以致听起来有些难为情。

他点头道："是的，我希望今晚与众不同，所以我暂停营业了，这样我们就可以单独相处。我希望你不要介意，我要去厨房几分钟。我为今晚准备了特别的Sevi菜单。"

"是吗？我迫不及待了。顺便问一下，Sevi是什么意思？我好像没见过这个单词。"

他握住我的手，对着我笑了笑，然后低头看自己的脚。"在土耳其语里，它是'爱'的意思。"

我想我要幸福得晕过去了，不过还是专心地一步一步挪动自己的双脚。我跟着他走进黑漆漆的餐厅里，让自己的双眼适应里面的光线。过了一会儿，他打开了灯，我看到了一切，或者说是，所有的人。

"惊喜吧！"大家一起喊道。"生日快乐"的喊声在我耳边此起彼伏。我发现那些盯着我看的每一个人，我都认识。

"我的天啊"是我唯一的回应。

餐厅里的小桌子都被拼在一起变成了一张大餐桌，我的朋友和家人坐在周围，对着我又是挥手又是叫喊。

"哦，我——的——天！"

"过来坐这边。"萨米说道，再次牵着我的手把我带到主位。我一路上拥抱和亲吻每一个人，然后坐在自己的椅子里。佩内洛普把一个纸板做的皇冠戴在我头上，说了一些诸如“你是我们今晚的女主角”之类让人难为情的话。

“亲爱的，生日快乐！”妈妈说着斜过身子亲吻我的脸颊，“我和你爸爸不会错过这个日子的。”她身上散发出淡淡的香味，穿着一件漂亮的手工披风，用没有染色的羊毛织成。爸爸坐在她旁边，头发扎成整齐小巧的马尾，他穿着最好的一双Naots鞋子，看起来自信满满。

我顺着桌子望去，发现大家都在：佩内洛普和她的妈妈，她很高兴佩内洛普把他们带到这个超酷的新餐馆；迈克尔和阿惠，他们特意过来给我庆生；凯莉和亨利，亨利是她在《花花公子》聚会上认识的人；读书俱乐部的女孩们都在，每个人手里都拿着一本包好的书；当然还有西蒙，身上裹着一块亚麻布，还有威尔，坐在我的正对面，正在畅饮以他的名字命名的马提尼（后来我知道萨米把那里的酒命名为“威尔”）。

在大家一致要求我说两句的呼声下，我从位子上站起来，说了几句笨拙的话。我一讲完，一个服务生就送来了香槟，大家一起举杯庆祝我的生日和萨米的成功。随后，晚餐正式开始了。一盘一盘的菜由服务生放在肩上从厨房端出来，全都热气腾腾、香气扑鼻。我看着萨米在我斜对面的位子坐下，对我眨了眨眼睛。他开始跟艾莉克丝聊天，指着她的鼻环说着什么，惹得她笑了起来。我一边嚼着美味的孜然莳萝羊肉，一边看着他们。然后我移开视线，环视餐桌：大家传着盘子，往彼此的酒杯里斟满香槟，愉快地交谈着。我听到我的父母向凯莉做自我介绍，考特妮跟佩内洛普的妈妈讲我们的读书俱乐部，西蒙在跟迈克尔和阿惠讲笑话。

我坐在那里，一口喝干杯里的酒，把凳子挪到我旁边。“非常特别的夜晚，不是吗？”他坐了下来，“这让你感到惊喜吗？”

“非常惊喜！威尔，你怎么能瞒着我，是你和西蒙在支持这个项目？我不知道该怎么感谢你。”

“亲爱的，你不必谢我。我们这么做不是为了你，甚至也不是为了萨米，虽然我很喜欢他。你提过他每周日在格莱美西餐馆做早午餐，这激发了我们的好奇心。几个月前，我和西蒙去了那里，不得不说，我们对那里的菜赞不绝口，那个男孩简直就是天才！不仅如此，他一定认真倾听了你对我的介绍，否则他怎么会把那顿饭安排得如此完美：血腥玛丽正是我喜欢的那种，还有一些塔巴斯哥辣酱油和两个酸橙；一份《纽约时报》放在桌子上，刚好翻到周日风尚版；而且，没有马铃薯，一点儿都没有！几十年来，我一直在埃塞克斯豪斯酒店（Essex House Hotel）吃早午餐，可他们从来没有这么细心过。我们不停地谈论，最后决定在别人发现他之前把他挖走。看起来我们是对的，不是吗？”

“你们去格莱美西餐馆吃早午餐？就是为了去看萨米？”

威尔摊开手掌，对我扬了扬眉毛。“亲爱的，你对这个男孩非常着迷——大家都看得出来。我和西蒙都非常好奇！但是我们没有想到他的水平会这么高，这绝对是一个意外的收获。那天我问他对未来有什么打算，他跟我讲了一个什么叫‘休斯敦’的计划，我知道我们必须要帮助他。”

“是的，在土耳其的时候他提到过，他在烹饪学校有几个同学，打算一起在上东区开一个那样的餐馆。”我说道。

威尔喘了口气，点头道：“我知道。多么糟糕的想法！那个男孩不适合做连锁餐厅。我跟律师讲，由我负责提供资金，萨米负责管理和经营。除了财务状况，他不需要向我请示任何事情。这总比该死的政府得到他好吧，你觉得呢？并且，我也在尝试往不同的领域发展；我已经决定退休，停掉我的专栏了。”

啊，这个消息让我震惊。这是今晚各种惊喜中最劲爆的一个了。“你打算怎样？你是认真的吗？为什么是现在？你已经做了多少年了，一百年？全世界都在读你的专栏，威尔！你走了它怎么办？”

他喝了一口马提尼，陷入了沉思。“亲爱的，很多问题，有很多问题，我不是在编造什么故事，这只是时间问题。我不需要《纽约独家新闻》告诉我那个专栏已经老掉牙了。这么多年来我一直忙忙碌碌，现在我应该尝试一些新的东西了。”

“我不明白。”我说，虽然某种程度上我知道那是一个正确的决定。但是在我出生前，威尔就已经开始写那个专栏了。只要想想那个专栏就要结束了，心里就惴惴不安。

“不管怎样，我想让你知道，我已经跟我的编辑——他几乎还是个孩子——谈过了，他承诺会给你留出适合的岗位，看你要不要去那里工作。现在，我不想为这个喋喋不休，贝蒂，不过我觉得这才是你该考虑从事的职业。你很擅长写文字，我不明白你为什么不从事与之相关的工作。只要你愿意，我们就能把你弄进去，先从研究人员做起，慢慢就有希望做到实习报道员的位置。”

“我自己也在考虑这个。”我说道，打算告诉他那个还没经过深思熟虑，也不打算轻易向别人透露的想法，“我确实想尝试写作……”

“太好了！我一直希望你说这个话。坦白说，我觉得这有些姗姗来迟了，但是迟到总比不到好。我今晚就给他打电话……”

“不，不是那样，威尔。你会讨厌这个——”

“哦，老天，不要告诉我你想写周日风尚版的婚礼或是其他无意义的东西。拜托了。”

“还要糟。”我说道，不过比那个影响更大，因为我相信它，“我想写爱情小说。事实上，我已经有写作大纲了，并且我觉得这个故事很不错。”说完我就准备好迎接一场唇枪舌剑，奇怪的是，威尔没有那么做。

相反，他盯着我看了一会儿，似乎想从我脸上找到答案，然后点点头：“也许是你喝太多威尔马提尼了，不过亲爱的，我觉得那还算不错。”他侧过身子吻了我的脸颊。

爱情小说——是真的。经历过土耳其的事情，以及凯莉公关公司让我领略到的奢靡世界，我一直在构思一系列发生在两个时运不济的主人翁身上的故事，他们最终走到了一起。别人可能会说我是从个人经历中取材，或者是靠想象，但是不管哪种方式，我都觉得挺好。很长时间以来，写小说是唯一一件真正让我感觉开心的事。直到今天晚上。

当我正打算跟父母讲我的计划时，我的手机响了。太奇怪了，我想，所有我熟悉的人都坐在我周围，还会有谁给我打电话？我从包里拿出手机打算关掉，还是注意到上面是埃莉莎的手机号码。《花花公子》派对后，我再也没见过埃莉莎，也没跟她说过一句话。不管什么原因——她脑子进水、迷恋菲利普，或者仅仅为了寻开心——她竟然几个月来一直向艾比提供我的信息。不过我还是充满好奇，于是走到厨房去接她电话。

“喂？埃莉莎？”我问道。

“贝蒂，是你吗？听着，我有一个特大好消息！”

“是吗？怎么了？”很高兴我的声音听起来就像我希望的那样镇静、冷淡和疏远。

“嗯，我记得你跟，呃，跟游廊的那个保安，那个开了一家叫Sevi的餐馆的人认识，是吗？”

她假装不记得萨米的名字，像往常一样。但是我对纠正她的错误毫无兴趣。“是的，你说的对。实际上我现在正在Sevi。”我回答道。

“你在那里？你就在那个餐馆？哦，我的天啊，真是太好了！听着，我想说的是林赛·罗韩从洛杉矶到伦敦的途中要来纽约休息一晚——你知道我们现在是Von Dutch的宣传代表，她是他们的新代言人，知道吧？你猜怎么着？她今晚想在Sevi吃饭！听着，我是说真的。我现在去五文华东方酒店接她，我不知道她带了几个人，不过不会超过六个。我们大概半个小时到你那里，或者一个小时。告诉你的厨师朋友准备好今晚的VIP菜单，好吗？贝蒂，这对他来说是个很好的宣传机会！”她兴奋得上气不接下气。

如果我说我不打算告诉萨米，那我就是在撒谎。那会是一个大新闻——想登上那几家还没发现他的国际杂志，这无疑是最快的方式。但是我透过厨房的窗户瞄了一眼餐厅，看到萨米正把一个蛋糕放在桌子中央，那是一个堆着大块发泡奶油、铺着彩色糖衣的矩形大蛋糕。往前凑近望过去，我看到《高大黝黑的法人后裔》（*Tall, Dark, and Cajun*）的封面清晰地喷在蛋糕上。每个人的脸上都洋溢着由衷的喜悦，我听到有人问威尔我去了哪里。

那一瞬间，林赛·罗韩可能带来的效益在我眼前烟消云散了。我说：“谢谢，但是不用了，埃莉莎。他今晚举办一个私人活动，所以关门停业了。”

在她说话之前我挂断了电话，重新回到餐桌。这不算说谎，我想着，然后看了看大家，因为这才是这个季节真正的派对。